ullstein

## Das Buch

Die Grabungssaison 1921 verbringen Amelia Peabody, ihr Ehemann Radcliffe Emerson und ihre Familie wie jedes Jahr in Ägypten. Endlich haben die Archäologen wieder eine der raren Konzessionen für das Tal der Könige bekommen. Da wendet sich eine verzweifelte Witwe mit einer befremdlichen Geschichte und einer gefährlichen Bitte an sie. Die Frau trägt das goldene Abbild eines vergessenen Herrschers mit sich, von dem sie sagt, es sei verflucht. Sie beharrt darauf, daß die Statue bereits den Tod ihres Mannes verursacht habe. Wenn ihr nicht der Fluch genommen werde, würden weitere Opfer folgen. Amelia ist fasziniert von dem goldenen König und möchte seine Herkunft klären, doch dann muß sie erkennen, daß hinter der Legende mehr steckt als bloßer Aberglaube. Die Spur führt zu dem Königsgrab, aus dem die Statue stammt.

## Die Autorin

Elizabeth Peters studierte und promovierte am berühmten Orient-Institut der Universität Chicago. Für ihre historischen Romane wurde sie mehrfach ausgezeichnet, unter anderem mit dem Anthony Grand Master Award, dem Agatha Award und dem Edgar Grand Master Award. Sie lebt in Maryland, USA. Ihre Amelia-Peabody-Romane sind weltweit erfolgreich, zuletzt erschien *Der Herr des Sturms*. Der vorliegende Roman ist Amelias siebzehntes Abenteuer.

In unserem Hause sind von Elizabeth Peters bereits erschienen:

*Im Schatten des Todes*
*Der Fluch des Pharaonengrabs*
*Der Mumienschrein*
*Im Tal der Sphinx*
*Der Sarkophag*
*Verloren in der Wüstenstadt*
*Die Schlange, das Krokodil und der Tod*
*Ein Rätsel für Ramses*
*Die Hüter von Luxor*
*Der Fluch des Falken*
*Der Ring der Pharaonin*
*Der Donner des Ra*
*Der Herr der Schweigenden*
*Der geheimnisvolle Schrein*
*Die goldene Göttin*
*Der Herr des Sturms*
*Wächter des Himmels*

Elizabeth Peters

# Die Schlangenkrone

Roman

Aus dem Amerikanischen
von Beate Darius

Ullstein

Besuchen Sie uns im Internet:
www.ullstein-taschenbuch.de

Umwelthinweis:
Dieses Buch wurde auf chlor- und säurefreiem Papier gedruckt.

Ungekürzte Ausgabe im Ullstein Taschenbuch
1. Auflage Oktober 2007
2. Auflage 2007

Published by Arrangement with Dr. Barbara Mertz
Titel der amerikanischen Originalausgabe: The Serpent and the Crown (William Morrow, New York)
Umschlaggestaltung: HildenDesign, München (unter Verwendung einer Vorlage von Eisele Grafik Design, München)
Titelabbildungen: M. Harvey/Corbis und G. Schuster/zefa Corbis
Satz: LVD GmbH, Berlin
Gesetzt aus der Sabon
Druck und Bindearbeiten: Ebner & Spiegel, Ulm
Printed in Germany
ISBN 978-3-548-26766-1

Für Salima Ikram

*Ich habe ihnen den Odem des Lebens geraubt*
*Und ihre Herzen mit Furcht vor Dir erfüllt.*
*Meine Schlange auf Deinem Haupte verschlang sie.*

Versstele von Thutmosis III.

# 1

*Er erwachte aus einem fiebrigen Schlaf und schlug benommen die Augen auf. Etwas beugte sich über ihn. Durchschimmernd wie Kristall, ein riesiges konturloses Etwas, das eisige Kälte verströmte. Er versuchte sich zu bewegen, wollte schreien und war wie paralysiert. Klirrend kalte Luft berührte sein Gesicht, preßte ihm den Atem ab, die Wärme, das Leben.*

Wir hatten uns zum Nachmittagstee auf der Veranda eingefunden, ein beliebter Treffpunkt, der die Vorderseite unseres Hauses einnimmt und eine traumhafte Aussicht gewährt. Strahlendes Sonnenlicht, golden schimmernder Sand und ein träge dahinfließender Nil ließen fast vergessen, daß anderswo auf der Welt Schnee fiel und eisige Winde wüteten. Mein Gemütszustand war so mild wie die sanfte Brise. Die besinnlichen, wenn auch anstrengenden Weihnachtstage lagen hinter uns, und ein neues Jahr hatte begonnen – 1922, das uns zweifelsfrei wieder erfolgreiche Exkavationen bescheren dürfte und meinem geschätzten Ehemann, dem berühmtesten Archäologen aller Zeiten, weitere Lorbeeren.

Zärtlich betrachtete ich ihn – das kantige Gesicht mit den saphirblauen Augen umrahmt von pechschwarzem Haar, die beeindruckende Muskulatur unter den lässig hochgerollten Hemdsärmeln. Unser Sohn Ramses, der selbigen Spitznamen wegen seiner dunklen Hautfarbe erhalten hatte und weil er in seiner Jugend salbungsvoll wie ein Pharao gewesen war, fläzte sich auf dem Sofa, neben ihm seine bezaubernd schöne Frau, unsere Adoptivtochter Nefret. Aus ihrem Haus wehte das gedämpfte Protestgeheul ihrer Kinder herüber, aber das waren wir gewöhnt. Vermutlich versuchten Fatima und ihre zahlreichen (!) Gehilfinnen wieder einmal, die lieben Kleinen zu waschen und umzuziehen. Das zog sich erfahrungsgemäß länger hin. So vermochte ich ein leises Stöhnen nicht zu unterdrücken, als unvermittelt eine Kutsche vorfuhr und unsere himmlische Ruhe störte.

Emerson protestierte bei weitem geräuschvoller. »Hölle und Verdammnis! Teufel noch, wer ist das?« Sein bisweilen indiskutabler Sprachgebrauch hat ihm den ägyptischen Beinamen »Vater der Flüche« eingebracht.

»Hör auf zu fluchen, Emerson, ich bitte dich«, erregte ich mich. Unterdessen beobachtete ich, wie eine Frau aus der Kutsche kletterte.

»Kennst du die?« wollte mein Ehemann wissen.

»Nein.«

»Dann sag ihr, sie soll verschwinden.«

»Sie scheint sich nicht wohl zu fühlen«, warf Nefret ein. Als erfahrene Ärztin hatte sie die fahrigen Bewegungen und den unsicheren Gang registriert. »Ramses, geh ihr doch bitte entgegen. Vielleicht braucht sie Hilfe.«

»Hilf ihr wieder in die Kutsche«, tönte Emerson laut und vernehmlich.

Die dichten schwarzen Brauen forschend zusammengezogen, blickte Ramses in die Runde. »Bild dir selbst ein Urteil«, schlug ich diplomatisch vor. Ramses war sehr gut erzogen (von mir) und niemals unhöflich zu einer Dame. Und das fragliche Exemplar stolperte ohnehin entschlossen weiter. Sobald er sie erreicht hatte, umklammerte sie schwankend seinen Arm und stützte sich auf ihn. Mit einem rauchigen Akzent hauchte sie: »Sie sind sicher Dr. Emerson, nicht wahr? Ich muß dringend mit Ihnen und Ihren Eltern sprechen.«

Irgendwie irritiert über diesen Titel, den er zwar erworben hatte, aber nie verwendete, schaute er an ihr hinunter. Ich konnte ihr Gesicht nicht erkennen, da sie tiefverschleiert war. Die Schleier waren schwarz, genau wie ihr Kleid, das (für mein kritisches Auge) entschieden zu stramm um ihre fülligen Hüften saß. Ramses versagte sich den Impuls, ihren Klammergriff abzuschütteln, und geleitete sie widerstrebend auf die Veranda.

Sobald sie unter den schattenspendenden Arkaden stand, lüftete sie die Chiffonschleier und enthüllte ein Gesicht, dessen betonte Jugendlichkeit sie den Segnungen der modernen Kosmetikindustrie verdankte. Ihre Augen waren von Kajal umrahmt, die vollen Lippen sorgfältig bemalt. Als sie meinen Blick auffing, reckte sie ihr Kinn, worauf sich die erschlaffte Halspartie etwas straffte. »Verzeihen Sie mein Eindringen, aber die Sache duldet keinen Aufschub. Mein Name ist Magda Petherick. Ich bin die Witwe von Pringle Petherick. Man bedroht mich, und nur Sie können mir helfen.«

Mit diesem Auftakt hatte sie zwangsläufig unsere Aufmerksamkeit geweckt. Ich bot Mrs. Petherick einen Stuhl und eine Tasse Tee an. »Lassen Sie sich ruhig Zeit«, beschwichtigte ich, denn sie atmete schwer, und ihre Wangen schimmerten in einem ungesunden Rotton. Sie trug eine schwere Tasche bei sich, die sie neben sich stellte, bevor sie Ramses die Tasse abnahm.

Mit verschränkten Armen lehnte Emerson an der Wand und musterte sie interessiert. Der Name Pringle war ihm genauso geläufig wie mir.

»Ihr Gatte war Pringle Petherick, der renommierte Sammler?« erkundigte ich mich. »Ich glaube, er ist erst vor kurzem verstorben, nicht wahr?«

»Im November letzten Jahres«, erwiderte sie. »Das Datum ist in meinem Herzen eingraviert.« Sie preßte die Hand auf die fragliche Körperregion und begann ohne Umschweife mit der Schilderung, die ich bereits zum besten gegeben habe: »An jenem Morgen erwachte er aus einem fiebrigen Schlaf ...«

»Und das hier hat seinen Tod verursacht«, endete sie. Sie griff in die voluminöse Tasche und nahm eine rechteckige, mit ägyptischen Symbolen bemalte Schachtel heraus. »Er hatte es erst wenige Wochen zuvor gekauft und natürlich keine Ahnung, daß es mit dem Fluch des verstorbenen Besitzers belegt war.«

Eine längere Pause trat ein, weil wir nicht recht wußten, wie wir reagieren sollten. Mir war nämlich aufgefallen – wie dem werten Leser sicherlich auch –, daß ihrer Schilderung etwas Fiktives anhaftete. Aber nicht einmal Emerson hätte es gewagt, einer relativ frischgebackenen Witwe auf den Kopf zuzusagen, daß sie es mit der Wahrheit nicht so genau nahm.

»Wenn ich eine Frage stellen darf«, begann Ramses nach einer Weile, »wie kommt es, daß Sie sein Ableben so ... ähm ... detailgetreu wiedergeben konnten? Er war – ich meine – er war doch tot, oder?«

»Er hat eine Weile gelitten«, meinte Mrs. Pringle Petherick gefaßt.

»Oh«, entfuhr es Ramses.

Nefret, die Mrs. Petherick wie gebannt fixiert hatte, sagte: »Entschuldigen Sie, aber Ihr Gesicht kommt mir bekannt vor. Sind Sie nicht die Schriftstellerin Magda Gräfin von Ormond?«

Aha, dachte ich. Das erklärt den Akzent. Presseberichten zufolge entstammte die Gräfin dem ungarischen Adel und war im Zuge der Kriegswirren aus dem Land geflohen.

Der Mund der Dame verzog sich zu einem strahlenden Lächeln. »Sie haben meine Bücher gelesen? Möchten Sie, daß ich sie signiere?«

»Ich habe leider keins dabei«, antwortete Nefret mit Unschuldsmiene. »Ich habe Sie vor Jahren auf einem Verlegerempfang in London kennengelernt. Damals, glaube ich, waren Sie noch unverheiratet.«

»Mein geliebter Pringle und ich wurden erst ein Jahr vor seinem gräßlichen Tod ein Paar. Und jetzt«, fuhr sie fort, »fällt der Fluch auf mich. Zweimal habe ich bereits den schwarzen Schatten gewahrt. Und meine Intuition sagt mir, daß ein drittes Mal meinen sicheren Tod bedeutet. Nehmen Sie es an sich. Ich flehe Sie an!«

Sie schob Ramses das Kästchen zu. Mißtrauisch wich er zurück. Ich nahm es an mich und wollte es eben öffnen, als Mrs. Petherick ein damenhaftes Kreischen entwich.

»Öffnen Sie es ja nicht! Ich möchte dieses boshafte kleine Gesicht nie wieder sehen!«

»Darf ich das so verstehen«, bohrte ich, »daß Sie den – äh – Fluch auf uns übertragen?«

»Aber Sie haben doch Erfahrung mit solchen Dingen«, erregte sich Mrs. Petherick und rollte die kohlschwarz umrahmten Augen. »Sie können damit umgehen. Das haben Sie schon früher bewiesen. Ich kenne die Geschichten.«

Die von ihr angeführten Geschichten waren reißerische Zeitungsartikel, viele hatte unser Freund, der Journalist Kevin O'Connell, verbockt. Obwohl sich der vermeintliche Fluch ein jedes Mal als Ammenmärchen erwies und die Missetaten auf normalsterbliche Kriminelle zurückzuführen waren, stürzten sich etliche Leser auf die Sensationsmeldungen und ignorierten die rationalen Erklärungen. Wenn die Frau tatsächlich glaubte, wir könnten Flüche und dunkle Mächte abwehren, dann war es mit ihrem gesunden Menschenverstand nicht weit her.

Die lieben Kleinen würden bald zu uns stoßen, und ihre kindliche Fantasie sollte unter gar keinen Umständen von derartigem Unfug beflügelt werden. Deshalb hätte ich Mrs. Petherick am liebsten vorgeschlagen, einen Stein um das unselige Ding zu binden und es in den Nil zu werfen. Statt dessen räusperte sich Emerson. Seine Augen strahlten, über sein anziehend gebräuntes Gesicht huschte ein Ausdruck scheinheiligen Mitgefühls. Himmel noch, dachte ich.

»Na schön«, meinte er gedehnt. »Sie können es hierlassen, Madam. Ich werde einen Exor… – ähm – ich werde mich der Sache annehmen.«

Mrs. Petherick lehnte sich auf ihrem Stuhl zurück und ging über Emersons heikle Andeutung hinweg. »Was haben Sie damit vor? Es wieder in das Grab zurücklegen, aus dem es gestohlen wurde?«

»Das könnte schwierig werden«, mischte sich Ramses mit einem Blick zu seinem Vater ein. »Wenn es, wie ich vermute, auf dem Antiquitätenmarkt gekauft wurde, besteht wenig Hoffnung, daß wir den Dieb und die Originalfundstätte im nachhinein lokalisieren.«

»Hmph«, grummelte Emerson, den Blick seines Sohnes erwidernd. »Du kennst meine Methoden, Ramses. Machen Sie sich keine Sorgen, Madam, die Sache ist bei uns in guten Händen. Einen schönen Tag noch.«

Der Hinweis ließ an Deutlichkeit nichts zu wünschen übrig. Mrs. Petherick erhob sich zwar, wagte aber noch einen weiteren Vorstoß. »Dieses Ding hat auch meinen Hund auf dem Gewissen«, erklärte sie. »Mein armer kleiner Pug. Er wand und wälzte sich, und dann war er tot.«

Fatima hatte unseren Gast bemerkt und die Kinder vorübergehend abgelenkt, gleichwohl vernahm ich deren schrillen Protest. Emerson hörte es auch; er geleitete Mrs. Petherick kurzerhand zur Verandatür. Natürlich erklärte sie ihm noch, wo sie logierte, des weiteren bat sie um Aufklärung, sobald der Fluch aufgehoben sei. »Vielleicht sollte ich besser an der Zeremonie teilnehmen«, setzte sie mit einem selbstgefälligen Lächeln hinzu, das ihrer anfänglichen Leidensmiene widersprach.

»Nicht nötig«, erklärte Emerson und schob die Dame in die Droschke. Er bedeutete dem Kutscher loszufahren.

»Also wirklich, Emerson«, murmelte ich. »Was für eine

Zeremonie! Du hast ihr doch gar nichts zugesagt, allerdings war es taktisch unklug, ihr in diesem Punkt nicht zu widersprechen.«

»Was hätte ich denn tun sollen?« seufzte Emerson. »Die Frau war fix und fertig. Jetzt geht es ihr wieder besser.«

»Pah«, schnaubte ich. »Kennst du das literarische Werk der Gräfin von Osmond?«

»Gute Güte, nein«, antwortete mein Gemahl.

»Ich hab ein paar von den Schwarten gelesen«, sagte Nefret. »*Der Kuß des Vampirs* war ihr Erstling. Alle ihre Romane handeln von Vampiren und Flüchen und Heimsuchungen.«

»Genau«, bekräftigte ich. »Vermutlich wird die blumige Schilderung vom Ableben ihres Gatten in ihren nächsten Roman einfließen. Sie möchte uns und unsere fragwürdige Berühmtheit in den Zeitungen für ihre eigene Publicity nutzen. Soweit ich weiß, verkaufen sich ihre Bücher nicht mehr so gut.«

»Die letzten sind auch ziemlich langweilig«, kritisierte Nefret. »Die ersten vier oder fünf waren wirklich gut. Die Lektüre von *Söhne des Werwolfs* war so gruselig, daß ich die ganze Nacht das Licht angelassen habe.«

»Herrschaftszeiten«, blökte Emerson. »Wenn ich gewußt hätte, daß du solchen Quatsch liest, Nefret! Peabody, wieso hast du das gebilligt –«

»Sei nicht so überkritisch, Emerson. Um auf das eigentliche Thema zurückzukommen, ich habe nicht vor, mich von dieser Frau benutzen zu lassen. Gleich morgen werde ich ihr das verschlossene Kästchen mit einer gepfefferten Notiz zurücksenden.«

»Nein, nicht ungeöffnet«, wandte Emerson ein. »Bist du denn kein bißchen neugierig, wie das Corpus delicti aussieht?«

»Es ist lediglich ein schlichter Holzkasten, Emerson, noch nicht mal antik.«

»Das sehe ich auch.« Emerson winkte ab. »Aber was ist drin? Du magst ja mit den Motiven der Dame richtig liegen, meine Liebe, aber du vergißt eine interessante Tatsache. Petherick war ein reicher, skrupelloser Sammler. Vielleicht hat sie das Kästchen erst in Kairo gekauft, und der Inhalt stammt aus der Sammlung ihres Verblichenen. Laß uns doch mal einen kurzen Blick riskieren.«

Er nahm mir das Kästchen aus der Hand und wollte eben den Deckel anheben, als ich mich ereiferte: »Nein, Emerson. Nicht jetzt. Leg es weg.«

Nach der Abfahrt unserer Besucherin hatte Fatima die Haustür geöffnet, und die kleine Rasselbande stürmte ins Freie. Offen gestanden waren es nur zwei Kinder, beide erst vier Jahre alt, aber sie machten genug Lärm für ein gutes Dutzend, und sie überrollten uns wie eine Lawine. Wie üblich stürzten sie sich auf ihren heißgeliebten Großvater, der das bemalte Kästchen hinter seinem Rücken zu verbergen suchte. Er war zu langsam.

»Ein Geschenk! Opa hat ein Geschenk!« rief Carla. Ihre dunklen Augen, ein Erbe ihres Vaters, blitzten vor Freude. »Ist es für mich?«

Ihr Bruder David John, der das blonde Haar und die blauen Augen seiner Mutter geerbt hatte, schüttelte den Kopf. »Deine Annahme entbehrt jeder Grundlage, Carla. Großpapa hätte niemals nur für einen von uns beiden ein Geschenk.«

»Ganz recht«, strahlte mein Göttergatte. »Ähm ... das Geschenk ist nämlich für mich.«

»Hat die Dame dir was mitgebracht?« erkundigte sich Carla.

»Ja.« Emerson nickte.

»Wieso?«

»Weil – äh – weil sie eine nette Person ist.«

»Dürfen wir mal reinschauen?«

David John, dessen Methoden weniger direkt waren als

die seiner Zwillingsschwester, steuerte zum Teetablett, auf das Fatima eben eine Schale mit Keksen stellte.

»Möchtest du ein leckeres Plätzchen?« fragte Emerson seine Enkelin.

Carla zögerte, doch die Neugier siegte über die Naschhaftigkeit. »Ich möchte sehen, was in der Schachtel ist.«

Emerson versuchte es mit Strenge, aber das klappte nicht. Dafür liebt er seine Enkel zu sehr, und das wissen sie auch. »Ich hab doch gesagt, Carla, es ist nicht für dich.«

»Aber vielleicht gefällt es mir ja trotzdem«, erklärte Carla ungerührt.

»Du hast doch gehört, was Opa gesagt hat.« Ramses richtete sich zu seiner vollen Größe von einem Meter achtzig auf und fixierte seine kleine Tochter stirnrunzelnd. Kein bißchen eingeschüchtert, starrte die kleine, kaum einen Meter große Carla zurück. Sie war ein winziges Ebenbild ihres Vaters mit ihren schwarzen Locken, die schwarzen Augenbrauen mißmutig zusammengezogen.

Ich sagte: »David John ißt mal wieder alle Kekse.«

Mein psychologisch geschickter Einwurf hatte den gewünschten Effekt: Carla begann, gemeinsam mit ihrem Bruder die Gebäckschale zu plündern. Sobald ich die beiden abgelenkt wußte, gestikulierte ich heimlich zu Emerson.

»Du hast mich neugierig gemacht«, raunte ich ihm zu. »Komm, mach das Kästchen auf, Emerson.«

Das Objekt im Innern war schätzungsweise dreißig Zentimeter hoch und leicht zylindrisch geformt. Mehr ließ sich auf Anhieb nicht sagen, da es in Seidenpapier eingewickelt und mit einer Goldkordel verschnürt war.

»Sie ist kein Risiko eingegangen, was?« sagte Ramses, während sein Vater sich leise fluchend an den Knoten zu schaffen machte. »Von der Größe her könnte es ein Uschebti sein.«

»Bestimmt ist es etwas Kostbareres«, entgegnete ich. Jene kleinen Figürchen, Grabbeigaben, die den Toten im Jenseits dienen sollten, wurden zu Tausenden gefunden; meist waren sie aus Holz oder Keramik.

»Wie kommst du denn darauf?« forschte Ramses. »Das mit dem Fluch ist doch reiner Aberglaube, ob nun wertlos oder kostbar.«

»Petherick sammelte keinen billigen Firlefanz«, gab Emerson zu bedenken.

*Aber seine Frau vielleicht,* schoß es mir durch den Kopf. Doch diesen Geistesblitz behielt ich für mich.

Schließlich trabte Emerson unverrichteter Dinge ins Haus, holte sich ein Messer und schnitt die Knoten kurzerhand auf. Die Spannung wuchs, als Emerson mit einem schnöden Ruck das Einwickelpapier entfernte.

Das Licht der untergehenden Sonne ließ die kleine Statue erstrahlen, als glühte ein Feuer in ihrem Innern. Es war kein einfaches Uschebti, sondern die goldene Statue eines gekrönten Königs. Sein milde lächelndes Gesicht war jung und rundlich, sein halb entblößter Körper von bestechender Anmut. Der fein plissierte Rock, die winzigen, in Sandalen steckenden Füße und die schmalen Hände waren mit äußerster Präzision dargestellt.

Nefret hielt den Atem an, und Emerson warf mir einen triumphierenden Blick zu. Selbst Ramses' für gewöhnlich distanzierte Miene verriet andächtiges Staunen.

»Wie schön«, murmelte ich. »An diesem Gesicht ist überhaupt nichts Boshaftes.«

»Teufel noch«, knurrte Emerson, der die Statuette aus der Schachtel hob. »Woher stammt sie? Und woher hatte er sie? Wie konnte so ein Objekt unbemerkt auf den Markt gelangen?«

»Ist sie echt?« fragte Nefret entgeistert.

Emerson wog die Statue in der Hand. »Fälscher arbeiten nicht mit massivem Gold.«

***

Wir beschlossen, die Diskussion zu vertagen, bis die Kinder ins Bett mußten. Unsere Freunde, die Vandergelts, aßen am Abend mit uns, und als Emerson und ich uns umzogen, fragte ich: »Wirst du sie Cyrus zeigen?«

»Mmmh«, brummte mein Ehemann wenig aufschlußreich.

Im Laufe der Jahre hatte ich jedoch gelernt, Emersons Gegrummel zu interpretieren. »Du mußt, Emerson«, beharrte ich. »Du weißt genau, wir können die Statue nicht behalten, dafür ist sie viel zu wertvoll. Ein ganz gewöhnliches Uschebti ist eine Sache, aber das hier –«

»Ja, ja, verflucht noch mal«, knurrte Emerson. »Ich werd sie ihr bezahlen.«

»Wenn sie Geld hätte haben wollen, hätte sie bestimmt etwas gesagt.«

»Alle wollen Geld«, entgegnete Emerson lapidar. Er überlegte kurz und fuhr fort: »Komisch ist es ja schon, daß sie etwas so Kostbares wildfremden Menschen überläßt, nur um damit irgendeine Sensationsgeschichte ins Rollen zu bringen. Ein billiges Amulett hätte es auch getan.«

»Ganz sicher«, räumte ich ein. »Eine dieser ägyptischen Gottheiten mit ihren furchterregenden Köpfen wie Taweret oder Sobek wäre bei ihrem überspannten Gemüt weitaus passender gewesen. Wieviel ist das Objekt wert, was schätzt du?«

»Keine Ahnung, Peabody. Da ich keine Antiquitäten kaufe, verfolge ich die Preisentwicklung auf dem Markt nicht.«

»Ein Grund mehr, um Cyrus' Rat einzuholen. Er ist Sammler *und* ein erfahrener, renommierter Exkavator.«

»Hmmm«, hörte ich ihn grummeln. Diesmal war es quasi als schweigende Zustimmung zu werten.

Folglich nahm Emerson die kleine Schachtel mit ins Speisezimmer. Er weigerte sich hartnäckig, formelle Abendgarderobe zu tragen – die ist ihm verhaßt –, aber immerhin konnte ich ihm ein Tweedsakko und eine geschmackvolle saphirblaue Krawatte aufschwatzen. Wäre es nach ihm gegangen, hätte er legere Arbeitskleidung, hemdsärmelig und mit ausgebeulten Hosen, vorgezogen.

Nefret und Ramses warteten schon auf uns. Mein Sohn war ähnlich salopp gekleidet wie sein Vater, Nefret dagegen trug ein elegantes Kleid aus nilgrüner Seide, das ihr rotgoldenes Haar vorteilhaft unterstrich. Die Große Katze des Re gesellte sich gönnerhaft zu uns. Er war der einzige Kater im Haus, nachdem Nefrets launischer alter Spielgefährte Horus das Zeitliche gesegnet hatte.

Mit Adlerblick bemerkte Ramses die Schatulle.

»Soso, du willst Cyrus in die Geschichte einweihen?« erkundigte er sich.

Emerson runzelte die Stirn. »Hast du einen besseren Vorschlag, mein Junge? Du willst doch nicht etwa andeuten, ich sollte diese bedeutende Entdeckung für mich behalten? Das kann ich nun wirklich nicht.«

Das Bedauern in seiner Stimme veranlaßte Ramses zu einem Schmunzeln, Nefret lachte laut auf.

»Nein, das kannst du nicht«, bekräftigte ich. »Wir haben nicht einmal entfernt die Konsequenzen aus dieser Geschichte besprochen. Vermutlich muß ich, was Mrs. Pethericks Motive anbelangt, von meiner anfänglichen Einschätzung abrücken. Ein ganz gewöhnliches Amulett hätte denselben Zweck erfüllt, wenn sie lediglich vorhatte … ah, da sind ja die Vandergelts. Pünktlich wie immer! Guten Abend, Cyrus – Katherine – Bertie, mein lieber Junge. Wo habt ihr Jumana denn gelassen?«

Jumana gehörte zur Familie unseres geschätzten und leider verstorbenen Reis Abdullah und war keine Vandergelt, obwohl Katherines Sohn Bertie sie vom Fleck weg geheiratet hätte. Nach dem Studium der Ägyptologie arbeitete sie für uns, wohnte aber im »Schloß« – Cyrus' palastähnlichem Domizil unweit vom Tal der Könige.

Berties sympathisches Gesicht verdunkelte sich. »Sie meinte, sie müsse noch etwas fertigstellen. Das Mädchen hat nichts als Arbeit im Kopf.«

»Sie hat es auch nicht leicht«, gab ich zu bedenken. »Als erste ägyptische Frau, die als Altertumsforscherin tätig ist, hat sie vermutlich ständig das Gefühl, besser sein zu müssen als andere. Ein bewundernswerter Zug, finde ich.«

»Heute nachmittag hatten wir einen höchst interessanten Gast«, warf Emerson ungeduldig ein. »Eine gewisse Mrs. Pringle Petherick.«

Cyrus' faltige Miene verzog sich zu einem Grinsen. »Pethericks Witwe? Was macht sie denn in Ägypten? Pringle meinte immer, daß sie dieses Land verabscheut.«

Emerson konterte mit einer Gegenfrage. »Waren Sie ein Freund von ihm?«

»Na ja, Freund ist übertrieben. Er war ein leidenschaftlicher Sammler, genau wie ich«, räumte Vandergelt ein. »Ich habe die Exponate einmal gesehen – zumindest einen Teil davon. Bei der Gelegenheit gestand er mir, daß er nicht alles ausstellen könne, weil er manches illegal erworben habe. Und daß er jeden Preis zahlen würde, wenn ihm ein Stück gefalle. Sagen Sie, will seine Witwe etwa die Sammlung verkaufen?« Mit glänzenden Augen beugte er sich vor. »War sie deshalb hier, um sich von Ihnen beraten zu lassen? Emerson, alter Junge, Sie würden mich bei so was doch nicht übergehen, oder?«

»Daran haben wir noch gar nicht gedacht«, sagte Ramses gedankenvoll. »Klingt jedenfalls plausibler als der Unfug mit dem Fluch. Andererseits eine ziemlich umständliche Taktik, was Vater?«

»Nicht unbedingt«, wandte ich ein. »Bei deinem Vater muß sie ernsthaft davon ausgehen, daß er bei einer Veräußerung von Kunstgegenständen jede Unterstützung ablehnen würde. Vielleicht ist die Statue nur ein Muster, um ihn neugierig zu machen.«

»Wovon reden Sie?« wollte Cyrus wissen. »Muster? Statue?«

»Und was hat es mit dem Fluch auf sich?« erkundigte sich Katherine neugierig.

Ich schilderte ihnen in kurzen Zügen unsere Unterhaltung mit Mrs. Petherick. Nach einigen mißfälligen Schnaufern und vielsagenden Blicken von Emerson überließ ich ihm die Beschreibung der Statuette.

»Wie kann sie denn einen so hanebüchenen Unsinn glauben?« entfuhr es Katherine.

»Das dürfte dich doch am allerwenigsten überraschen«, warf Bertie ein. Es war eine versteckte Andeutung auf Katherines frühere Karriere als spiritistisches Medium. Damit hatte sie sich als Witwe mit zwei Kindern über Wasser gehalten, bis sie Cyrus Vandergelt heiratete. Der hatte Bertie und dessen Schwester Anna adoptiert, und der junge Mann dankte es ihm, indem er sein geschätzter und kompetenter Exkavationsassistent wurde.

»Mich überrascht es jedenfalls nicht«, sagte Cyrus ungeduldig. »Die Menschen, die an solchen Quatsch glauben, sterben einfach nicht aus. Na kommen Sie schon, Emerson, lassen Sie das Ding mal sehen.«

Emerson nahm die Statuette aus der Schatulle und hielt sie ins Licht. »Ich tippe, die hat Petherick nicht ausgestellt, stimmt's?«

Cyrus schüttelte den Kopf. Fasziniert streckte er die Hand aus – sie zitterte sichtlich –, und der Professor reichte ihm die Statue.

»Mrs. Petherick erwähnte, daß er das Objekt erst kurz vor seinem Tod erworben habe«, schaltete ich mich ein.

»Sie …« Cyrus räusperte sich. »Sie hat sie Ihnen überlassen? Im Gegenzug wofür?«

»Ich habe mich bereit erklärt, das böse Omen des ehemaligen Besitzers aufzuheben«, sagte Emerson überheblich feixend. »Persönliches Pech, Vandergelt. Hätten Sie meine Reputation als Experte für abergläubischen Hokuspokus, wäre sie vermutlich zu ihnen gekommen.«

»Ich finde das überhaupt nicht lustig, Emerson«, schimpfte ich.

Fatima öffnete die Türen zum Speisezimmer. »Das Abendessen ist –« Bevor sie den Satz beenden konnte, schob sich ein Mann an ihr vorbei und betrat den Raum. Groß und spindeldürr steckte er in einem schwarzen Abendanzug, das schmale, kränklich blasse Gesicht war von wirren ebenholzfarbenen Haaren umrahmt; allerdings achtete in dem Moment vermutlich niemand auf sein Äußeres. Unser Augenmerk galt der Pistole, die er auf uns richtete.

»Geben Sie sie zurück«, rief er, während er hektisch mit der Waffe herumfuchtelte. »Geben Sie sie mir auf der Stelle zurück, und es wird niemandem etwas geschehen.«

Wie gebannt fixierte er die Statuette. Cyrus drückte das Objekt fester an sich und trat einen Schritt zurück. »Aber, aber, junger Freund«, begann er.

»Keine Diskussion, Vandergelt«, mischte sich Emerson ein. »Wenn die Statuette ihm gehört, müssen wir sie ihm selbstverständlich aushändigen. Sir, darf ich vorschlagen, daß Sie die Waffe herunternehmen? Es sind Damen anwesend.«

Seine Bitte schien trotz der hinkenden Logik auf Verständnis zu stoßen. Der Fremde legte die hohe bleiche Stirn in Falten. »Verzeihung«, murmelte er.

Er nahm den Finger vom Abzug und senkte die Waffe; jetzt zeigte sie auf meine Füße statt auf meinen Kopf. Ein marginaler Fortschritt, immerhin. Dankbar lächelnd erwiderte ich seinen Blick, während Ramses lautlos hinter ihn glitt und ihm blitzartig den rechten Arm auf den Rücken drehte. Die Waffe fiel unter dem lauten Schmerzensschrei des Eindringlings zu Boden.

»Sie war gesichert«, sagte Ramses sachverständig.

»Sein Glück«, knurrte Emerson, der natürlich von Anfang

an um das Überraschungsmanöver seines Sohnes gewußt hatte. »Halt ihn fest.«

Den Kopf gesenkt, ertrug der Fremde Ramses' unnachgiebige Umklammerung. Cyrus wischte sich mit einem Taschentuch den Schweiß von der Stirn, Katherine sank seufzend in einen Sessel. Fatima, die sich in eine Ecke verkrochen hatte, nahm einen zweiten Anlauf.

»Sitt Hakim«, sagte sie mit einem milden Vorwurf in der Stimme, »das Abendessen ist –«

Weiter kam sie auch diesmal nicht. Eine Frau in einem eleganten, perlengeschmückten Abendkleid drängte unsere Hausangestellte beiseite, schüttelte unter schrillem Gekreische den mit Marabufedern besetzten Umhang von den Schultern und stürzte sich auf Ramses. »Wie können Sie es wagen! Lassen Sie ihn auf der Stelle los!«

Mit den Fäusten trommelte sie auf Ramses ein. Unser Sohn hob schützend einen Arm vors Gesicht, und Nefret kam ihm undamenhaft fluchend zu Hilfe. Ein gezielter Tritt in die Kniekehlen, und die Frau ging zu Boden.

»Also wirklich«, erregte ich mich. »Kommen wir denn nie zum Essen? Junge Dame, wer zum Kuckuck sind Sie und was soll das Ganze?«

Der Sturz schien sie zur Vernunft gebracht zu haben. »Ich komme wegen meines Bruders«, sagte sie ein wenig außer Atem. »Adrian, was haben sie mit dir gemacht?«

Ramses antwortete für seinen betreten schweigenden Gefangenen: »Die einzigen, die hier irgend etwas gemacht haben, sind Sie und Ihr Bruder. Bedroht er wildfremde Menschen immer mit einer Pistole?«

Bis dahin hatte sie die Waffe nicht bemerkt. Die Lippen zusammengekniffen, starrte sie Ramses vernichtend an. Völlig ungerührt erwiderte er ihren Blick. Unterdessen rappelte sie sich langsam auf und strich die zerknitterten Röcke glatt. Sie war eine ungewöhnlich große Frau und ihr Verhalten eher maskulin; breitbeinig und mit gestrafften Schultern baute sie sich vor unserem Sohn auf. Ihre langen schwarzglänzenden Haare hatten sich gelöst und hingen ihr wild ins Gesicht. Schmallippig und mit Habichtnase, waren die sanften braunen Augen das einzig Anziehende an ihr. »Offenbar habe ich die Situation falsch interpretiert«, sagte sie kühl. Ihr Blick glitt zu mir. »Sind Sie nicht die Sitt Hakim?«

»Ganz recht, das ist mein ägyptischer Beiname.« Ich nickte. »Er bedeutet soviel wie Frau Doktor, weil ich mich seit etlichen Jahren um die medizinische Versorgung der hiesigen Bevölkerung kümmere. Allerdings werden Sie mich mit Mrs. Emerson anreden und sich umgehend für Ihr unhöfliches Eindringen entschuldigen. Fatima, sag doch bitte dem Koch, daß es noch ein paar Minuten dauert, ja?«

»Er wird losheulen«, prophezeite Fatima finster.

Unser früherer Koch hatte das Essen anbrennen lassen, wenn wir ihn warten ließen, dieser hier brach in Tränen aus.

»Wir beeilen uns. Junge Frau, ich gebe Ihnen zehn Minuten für eine Erklärung, eine Entschuldigung und die Entfernung Ihres – äh – hitzköpfigen Bruders. Also, wer sind Sie?«

»Harriet Petherick. Und das ist mein Bruder Adrian.« Ihr Blick schweifte erneut zu Ramses. »Ich bitte Sie, lassen Sie ihn doch los. Er hat sich wieder beruhigt. Nicht wahr, Adrian?«

»Ja, natürlich.« Er kicherte verlegen. »Ich weiß gar nicht, wie das passieren konnte. Komm Harriet, wir dürfen diese Leute nicht länger stören.«

»Augenblick noch.« Emerson nahm seine heißgeliebte Pfeife aus dem Mund. »Ramses, laß den Burschen los. Und heb die verdammte Pistole auf. Miss Petherick, Sie und Ihr Bruder setzen sich erst einmal hin und erklären uns alles. Wenn ich das richtig verstehe, sind Sie die Kinder von Pringle Petherick. Seine Witwe war heute nachmittag bei uns.«

Miss Petherick nickte. Sie setzte sich gemeinsam mit ihrem Bruder auf ein Sofa und faßte seine Hand. Ramses inspizierte derweil die Pistole.

»Deutsches Fabrikat«, murmelte er.

»Ein Kriegsandenken.« Adrian Petherick grinste schwach.

Mit einem gedämpften Aufschrei trat Bertie zu ihm und starrte den jungen Mann skeptisch an. Zu einer Äußerung kam er nicht, da Miss Petherick zu der von uns geforderten Erklärung anhob.

»Mrs. Petherick ist unsere Stiefmutter. Wir haben sie auf ihren Wunsch hin nach Ägypten begleitet, auf eine – wie sie es bezeichnete – sentimentale Reise im Gedenken an ihren geliebten, verstorbenen Gatten. Daß sie die Statue bei sich hatte und was sie damit vorhatte, erfuhren wir erst heute abend, als sie ins Hotel zurückkehrte und uns informierte, daß sie Ihnen eines der kostbarsten Stücke aus Vaters Sammlung übergeben hat. Wir beide schätzen Mrs. Petherick sehr. Adrian hat sicher geglaubt, daß Sie eine trauernde Witwe übervorteilt hätten. Das erklärt auch seine Reaktion.«

»Nein«, erwiderte Emerson. »Ihre deplazierte Arroganz mag gewisse Personen beeindrucken, Miss Petherick, aber ich gehöre nicht dazu. Hat Ihr Bruder häufiger diese Anfälle geistiger Umnachtung?«

Sie stöhnte laut auf und hob protestierend eine Hand, als hätte Emerson sie geschlagen. Wenig später murmelte sie: »Es ist nicht, was Sie denken. Er hätte Sie nicht verletzt, das würde er nie tun!«

»Hmmm«, brummte Emerson. »Mal was anderes. Mrs. Petherick sprach davon, daß das Objekt mit einem Fluch belegt sei. Daß es ihren Gatten getötet, ihm förmlich den Atem abgepreßt hat.«

Der junge Mr. Petherick starrte ins Leere und zeigte keine Reaktion. Seine Schwester runzelte die Stirn. »Es überrascht mich nicht, wenn sie es so umschreibt. Trotzdem ändert ihre übersteigerte Fantasie nichts an den Tatsachen.«

»Und wie ist Ihr Vater nun gestorben?« bohrte ich.

»Eines ganz natürlichen Todes«, antwortete Miss Petherick. »Er hatte einen Schlaganfall und war halbseitig gelähmt. Den zweiten hat er nicht überlebt.«

Emerson blickte auf seine Taschenuhr. »Machen wir es kurz. Maaman weint Krokodilstränen in die Suppe, und ich möchte mein Essen. Selbstverständlich zahle ich Mrs. Petherick einen angemessenen Preis für das Artefakt, oder ich gebe es ihr zurück, wenn ihr das lieber ist.«

»Sie möchte es zurückhaben«, versicherte Miss Petherick. »Wir sollten es abholen.«

»Herrschaftszeiten«, tobte Emerson, der sich bislang diszipliniert hatte. Aber ein leerer Magen macht bekanntlich leicht reizbar. Bruder und Schwester zuckten unmerklich zusammen, als mein Ehemann sie wütend anfunkelte. »Sie beleidigen meine Intelligenz, junge Frau. Ich weiß zwar nicht, wer der rechtmäßige Besitzer dieser Statue ist, aber ich werde es herausfinden, ob mit oder ohne Ihre Unterstützung.«

Miss Petherick schluckte.

»Wissen Sie wenigstens, von wem Ihr Vater das Objekt erworben hatte?« fuhr Emerson fort.

»Nein.«

»Besprach er seine Kunstkäufe gelegentlich mit Ihnen?«

»Nein.«

»Dann ist Ihr Interesse an seiner Sammlung ausschließlich finanzieller Natur, mmmh?«

Die junge Frau errötete ärgerlich. »Das geht Sie nichts an.«

»Pah«, schnaubte Emerson. »Dann eben nicht. Ramses, gib Miss Petherick ihren Umhang und begleite die beiden zu ihrer Droschke.«

»Das Abendessen« – Fatimas Stimme überschlug sich fast – »ist serviert.«

***

»Was für eine Familie«, grummelte Emerson, als wir endlich beim Essen saßen. »Die Stiefmutter ist hysterisch und fantasiert irgendwelche Lügengeschichten zusammen, der Bruder ein Geistesgestörter –«

»Und die Schwester hat einen Schlag wie ein Preisboxer«, sagte Ramses, dessen Wange verdächtig dunkel schimmerte.

Fatima, die eben die Suppe servierte, quittierte das Ganze mit einem Naserümpfen. Sie war froh, daß sie das Feld für sich allein hatte und daß unser Butler Gargery uns nicht begleitete. Mittlerweile zu alt für die anstrengenden Reisen, war er in England geblieben und kümmerte sich um unser zwölfjähriges Mündel. Sennia war ein hochintelligentes Kind, und die Schulen in Luxor und Kairo hätten ihren Wissensdrang auf Dauer nicht zu stillen vermocht.

»Ziemlich salzig«, krittelte Emerson nach dem ersten Löffel. »Na Vandergelt, was meinen Sie?«

»Sie haben sich völlig korrekt verhalten«, antwortete Cyrus. »Soweit ich weiß, hat Petherick nur seine wertvolle Sammlung hinterlassen. Seine rechtmäßigen Erben sind mir allerdings nicht bekannt. Vielleicht wollten die Kinder der Witwe eins auswischen.«

»Wenn sie das mit dem Fluch ernst meinte, dann will sie die Statue bestimmt nicht zurück«, bemerkte ich.

»Emerson«, bekniete Cyrus meinen Ehemann, »ich zahle der Dame jeden Preis. Ich muß diese Statue haben!«

Emerson schob den Suppenteller von sich. »Ehrlich gesagt, Vandergelt, ist es mir völlig egal, wer sie bekommt. Ich will lediglich wissen, woher sie kommt.«

»Vermutlich von einem Händler«, warf ich ein.

»Und davor?«

Ich zuckte mit den Schultern. »Von einem weiteren Händler, Grabräuber oder einem unbefugten Exkavator. Worauf willst du eigentlich hinaus, Emerson?«

»Sag du es ihr, Ramses.« Er reichte die Statue seinem Sohn.

»Ja, Sir. Gut möglich, daß wir die Vorbesitzer dieses Artefakts nicht eruieren können, doch gibt die Statue selbst bereits gewisse Aufschlüsse über ihren Fundort.« Er hielt die Statue ins Licht und zeichnete mit dem Finger behutsam die kunstfertig modellierten Konturen nach. »Hier handelt es sich um einen der Amarna-Könige.«

Ich nickte bekräftigend. »Der Stil ist unverkennbar – die weich fließende Körpersilhouette, die zierlichen Finger und Zehen. Da diese Modelliertechnik ausschließlich während der Regentschaft des sogenannten Ketzerkönigs Echnaton und seiner unmittelbaren Nachfolger zur Anwendung kam, können wir einen Zeitraum von weniger als fünfzehn Jahren festlegen, da das Artefakt aus der späten Amarna-Periode und nicht aus der frühen –«

»Amelia, das wissen wir«, fiel Emerson mir schnöde ins Wort. (Wenn er mich mit meinem Vornamen anredet, ist das nicht unbedingt ein gutes Zeichen.)

»Katherine wirkte ein bißchen verwirrt«, beeilte ich mich zu erklären.

»Danke.« Katherine lächelte.

»Der Begriff Amarna«, fuhr ich fort, bevor Emerson mich bremsen konnte, »bezieht sich auf das Gebiet in Mittelägypten, wo Echnaton eine Stadt erbauen ließ, um seinem einzigen Gott Aton zu huldigen.«

»Könnte es sich um eine Statue Echnatons handeln?« fragte Cyrus. »Es ist leider kein Name eingraviert, ich hab schon nachgesehen.«

Ramses inspizierte die Statuette von allen Seiten und schaute unter die winzigen goldenen Füße. »Schätze, sie stand früher auf einem Sockel, in den der Name des Königs geprägt war.«

»Mag sein«, meinte Cyrus wenig überzeugt. »Aber das gibt uns immer noch keinen Hinweis darauf, woher sie stammt, nicht?«

»Amarna ist für mich am nächstliegenden«, fuhr Ramses unbeirrt fort. »Mutter und Vater haben dort in den 1880er Jahren gegraben, genau wie viele andere Archäologen und nicht zuletzt die Einheimischen. Das Gebiet ist riesig. Diese Statue könnte von einem Schrein in einem vornehmen Haus stammen oder aus der Werkstatt eines Künstlers. Die Deutschen haben doch vor dem Krieg eine entdeckt, nicht wahr, Vater?«

Emerson schüttelte den Kopf. »Unwahrscheinlich, mein Junge. Borchardt hat mehr oder minder bedeutungslose Gipsmodelle gefunden. Alles, was von Wert war, wurde nach der Aufgabe Amarnas mitgenommen. Eine massivgoldene Statue hätten Echnatons Nachfahren bestimmt nicht dagelassen.«

»Davon kann man nicht unbedingt ausgehen«, wandte Cyrus ein. »Vielleicht hatte der Besitzer sie aus Gründen der Sicherheit vergraben und starb dann zwischenzeitlich.«

»Möglich ist alles«, knurrte Emerson. »Versteifen Sie sich nicht so auf Amarna, Vandergelt. Wie Sie wissen, kehrten Echnatons Nachfolger nach Theben zurück. Einer von ihnen liegt in KV 55 bestattet, dem Grab, das Theodore Davis 1907 auseinandergenommen hat.«

»Es sei denn, die Mumie in dem besagten Grab *war* Echnaton«, beharrte Cyrus. »Weigall geht davon aus –«

»Weigall irrt«, entgegnete Emerson tonlos. »Die sterblichen Überreste müssen von Semenchkare stammen, dem Schwiegersohn Echnatons. Das steht außer Zweifel. Diese Statue könnte eine von vielen Grabbeigaben gewesen sein. Und wie Sie sich sicher erinnern, war das nach Davis' Vandalismus ein ziemliches Sammelsurium von unterschiedlichen Königen. Seine Arbeiter haben geklaut wie die Raben. Da kenne ich allerdings noch jemanden, was, Amelia?«

Sämtliche Blicke waren auf mich gerichtet. Bertie fragte verdutzt: »Sie meinen doch nicht etwa Ihre Gattin, Professor?«

»Nein«, erwiderte ich. »Er meint seinen Bruder.«

Ich brauchte nicht näher zu erläutern, wen ich damit meinte. Walter, Emersons jüngerer Bruder, war ein renommierter Wissenschaftler und eine integre Persönlichkeit. Seth hingegen, ihr illegitimer Halbbruder, war alles andere als das. Sethos (um bei seinem Kriminellen-Pseudonym zu bleiben) hatte in Ägypten einen florierenden Handel mit illegalen Antiquitäten betrieben. Überdurchschnittlich intelligent und charismatisch, war er mit seinem schauspielerischen Talent und seinen ständig wechselnden Tarnungen der Schrecken der gesamten Antikenverwaltung und für uns ein fortwährendes Ärgernis. Aber das war Vergangenheit, denn ich hatte ihn letztlich auf den Pfad der Tugend zurückgeführt. Im Krieg hatte Sethos seinem Land treu gedient, und er hatte mir hoch und heilig versprochen, seine Verbrecherkarriere an den Nagel zu hängen.

»Grundgütiger«, entfuhr es Cyrus. »Aber Sethos ist doch inzwischen geläutert und unser Freund. Wir brauchen ihn doch bloß zu fragen –«

»Ob er die Statue an sich genommen hat«, vollendete Nefret aufgeregt den Satz. »Vielleicht ist er völlig unschuldig!«

Sie hatte immer schon eine Schwäche für Sethos gehabt. Wie viele Frauen. Ramses schüttelte verständnislos den Kopf. Wie die meisten Männer hegte er kein besonderes Faible für seinen zwielichtigen Onkel.

»Auf seine Vergangenheit trifft eher das Gegenteil zu. Er hat sich doch offen dazu bekannt, daß er einige Stücke aus KV 55 entwendet und außer Landes gebracht hat. Wo steckt er denn überhaupt?«

»Keine Ahnung«, erwiderte ich. »Vermutlich ist er immer noch als Spion für das Kriegsministerium tätig.«

»Ist doch auch egal«, erklärte Nefret. »Mr. Petherick war der rechtmäßige Besitzer.«

»So einfach ist das nicht«, gab Ramses zu bedenken. »Sollte Sethos abstreiten, dieses Objekt aus KV 55 entfernt zu haben – und wir glauben ihm das –, dann tappen wir hinsichtlich der Herkunft der Statue weiterhin im dunkeln.«

»Hmmpf.« Emerson warf seine Serviette auf den Tisch und stand auf. »An die Arbeit.«

Mir war klar, was er vorhatte, und ich verstand seine Motive, dennoch sah ich mich zu mildem Protest genötigt. »Emerson, es ist bereits spät, und wir haben Gäste.«

»Wir sind keine Gäste.« Cyrus erhob sich ebenfalls. »Schätze, wir haben die gleiche Idee, Emerson. Schade, daß David nicht hier ist. Er ist der fähigste Künstler in der Familie.«

»Gut möglich, daß wir die Statuette noch behalten können, bis er nächste Woche eintrifft«, erwog Emerson. »Wenn nicht, dann haben wir wenigstens etwas in der Hand – Fotos, Zeichnungen und vielleicht einen Gipsabdruck.«

»Das wird die ganze Nacht in Anspruch nehmen«, protestierte ich.

»Und wenn schon«, brummte Emerson.

***

Es nahm fast die gesamte Nacht in Anspruch, denn Emerson gab sich erst zufrieden, als das Objekt von allen Seiten fotografiert war und detaillierte Aufzeichnungen vorlagen. Bei genauerer Untersuchung wies das Artefakt kleinere Schönheitsfehler auf. Ein Finger war abgebrochen. Die lange gestickte Schärpe und der weite Kragen waren wohl ursprünglich mit winzigen Glas- oder Edelsteinen besetzt gewesen, die überwiegend herausgebrochen schienen. In der blauen Krone klaffte ein winziger Spalt, mitten über der Stirn. Hier hatte die Uräusschlange, ein uraltes Königssymbol, das Herrscherhaupt geschmückt. Vermutlich war diese Einlegearbeit herausgefallen.

»Der arme kleine König«, seufzte ich. »Ohne die aufbäumende Schlange auf seiner Stirn war er hilflos gegen die Demütigung, in gierige Hände zu fallen, und den entweihenden Blicken der Sterblichen preisgegeben.«

Der einzige, der auf diesen poetischen Erguß reagierte, war Emerson. »Red keinen Unsinn, Peabody.«

Nach dem Aufbruch der Vandergelts zogen sich Ramses und Nefret in ihr Haus zurück. Emerson schlief auf der

Stelle ein. Ich setzte mich wie jeden Abend an meinen Toilettentisch und bearbeitete mein Haar mit den obligatorischen einhundert Bürstenstrichen. Die brennenden Kerzen zu beiden Seiten des Spiegels verliehen meinem Gesicht etwas geisterhaft Ätherisches, während meine Gedanken abschweiften.

Wegen der unvorhergesehenen Ereignisse an diesem Abend hatten wir eine ernsthafte Diskussion über unsere künftigen Pläne hinausschieben müssen. In früheren Jahren hatte Cyrus sich mit uns das Gelände des Arbeiterdorfs bei Deir el-Medina geteilt; während wir das Dorf selbst freilegten, widmeten sich Cyrus und Bertie den Gräbern auf den Anhöhen. In diesem Jahr fehlte es uns jedoch an Personal, eine Tatsache, die mein halsstarriger, egozentrischer Ehemann einfach nicht wahrhaben mochte.

Bislang hatten uns Freunde und Verwandte bei unseren archäologischen Missionen assistiert. Selim war der Sohn und Nachfolger unseres geschätzten Reis Abdullah, und die jüngeren Mitglieder seiner Familie rückten in die Positionen nach, die durch Tod und Alter frei wurden. David, Abdullahs Enkel, hatte eine glanzvolle Laufbahn als Zeichner und Illustrator eingeschlagen. Er und seine Frau Lia, Emersons Nichte, hatten mittlerweile jedoch vier Kinder. Verständlich, daß Lia demzufolge ihre Karriere als archäologische Assistentin aufgab. Ihr Vater war Philologe, hatte aber für uns als Exkavator gearbeitet, bis ihm das entbehrungsreiche Leben eines Feldarchäologen irgendwann zuviel wurde. Seine Frau Evelyn, eine begnadete Zeichnerin, ging in ihrer Großmutterrolle förmlich auf.

Blieben uns noch Nefret und Ramses, die sich bisher nie beklagt hatten; allerdings konnte ich mir durchaus vorstellen, daß sie sich mehr Freiräume und weniger diktatorische Kontrolle durch Emerson wünschten. Nefret hatte eine Praxis in Luxor eröffnet, ich vermutete jedoch, daß sie sich heimlich danach sehnte, wieder als Fachärztin tätig zu werden, wie in Kairo, wo sie vor Jahren eine spezielle Frauenklinik gegründet hatte. Die Kinder brauchten irgendwann Schulen, Ramses interessierte sich auch noch für andere Bereiche der Ägyptologie ... Kurzum, ich kam zu dem Schluß, daß wir unsere Lieben ihrer Wege ziehen lassen und einen neuen Mitarbeiterstab anwerben müßten. Wie ich das Emerson ohne ausufernde Verbalschlachten beibringen sollte, war mir schleierhaft. Im Grunde genommen freute ich mich auf einen konstruktiven Krach. Emerson ist göttlich, wenn er wütend ist – und ich hatte noch immer meinen Standpunkt durchgesetzt.

Ein Windhauch ließ die Kerzenflamme erzittern. Ich beugte mich vor, um mich genauer zu betrachten. War das etwa ...

Es war. Sie schienen zunehmend zahlreicher zu werden, die silbrigen Fäden in meinem Haar. Auch in diesem Punkt würde ich nicht kapitulieren. Nach einem prüfenden Blick über die Schulter – Emerson schlief tief und fest – griff ich zu dem Fläschchen mit der Haarfärbetinktur.

## Aus Manuskript H

Die Kinder wachten in aller Frühe auf. Durch ihre schrillen Piepsstimmen aus dem Tiefschlaf gerissen, zog Ramses sich stöhnend die Bettdecke über den Kopf. Er hatte höchstens zwei Stunden Schlaf bekommen.

Die Decke half aber nicht. Er schlug sie zurück, rollte sich auf die Seite und betrachtete seine schlafende Frau. Bei ihrem Anblick war seine Übellaunigkeit wie weggewischt: Ihr rotgoldenes Haar breitete sich fächerartig über das Kissen, Arme und Schultern schimmerten hell unter den schmalen Bändern des Nachtkleids. Er strich ihr eine zerzauste Strähne aus den Augen. Sie schlug die Lider auf. Nach einem schläfrigen Blick in seine Richtung seufzte sie mißmutig: »Oh nein, ist denn schon Morgen?«

»Bleib ruhig liegen«, murmelte Ramses und wünschte sich heimlich, er könnte ebenfalls im Bett bleiben. »Ich sag Vater einfach, daß du ein bißchen durch den Wind bist.«

»Um Himmels willen, nein! Dann denkt er ... na ja, du weißt schon, was er denkt.«

»Ja.« Die Zwillinge waren inzwischen vier Jahre alt, und sein Vater sparte nicht mit deutlichen Hinweisen, daß er für weitere Enkel plädierte. Seine Mutter seltsamerweise nicht.

»Du brauchst wirklich nicht aufzustehen«, beharrte Ramses. »Heute ist Freitag. Da arbeiten unsere Männer sowieso nicht. Und wie ich Vater kenne, hat er nur zwei Dinge im Kopf: Sethos ausfindig zu machen und Mrs. Petherick zu besuchen. Ich hab ihn selten so fasziniert von einem Artefakt erlebt.«

Nefret setzte sich auf, zog die Knie an und umschlang sie mit den Armen. »Das möchte ich auf gar keinen Fall verpassen!«

»Was?« Ramses grinste.

»Beides.« Sie schlug die Bettdecke zurück. »Obwohl mir schleierhaft ist, wie er es anstellen will, Sethos zu finden.«

Gleich nach dem Frühstück machten sie sich auf den von Büschen und Sträuchern gesäumten Weg zum Haupthaus, wo sie die Eltern beim Frühstück antrafen. Emerson begrüßte sie mit der üblichen Kritik: »Wieso habt ihr die Zwillinge nicht mitgebracht?« Und seine Gattin antwortete wie immer: »Erst wenn sie sich und den Kater nicht mehr mit Marmeladentoast bewerfen!« Die Große Katze des Re war hinter ihnen zurückgeblieben und spitzte die Ohren.

Seine Mutter sprühte wieder einmal vor Tatendrang, ihre Haare noch immer unglaublich tiefschwarz, das Kinn entschlossen gereckt. Ramses war überzeugt, daß seine Eltern gestritten hatten. Die beiden liebten derartige Auseinandersetzungen, und selbst das Auftauchen ihrer Kinder vermochte sie nicht aus dem Konzept zu bringen.

»Dein Vorschlag, nach Kairo zu fahren und Sethos dort zu suchen, ist schlichtweg abstrus, Emerson. Vielleicht ist er gar nicht mehr in Ägypten, hm? Was du dir da wieder in den Kopf gesetzt hast, tsts! Reicht es dir nicht, daß wir uns mit Mrs. Petherick und ihren exzentrischen Kindern herumschlagen müssen? Außerdem darfst du deine Arbeit in Deir el-Medina nicht vernachlässigen, Emerson!«

»Hat das irgendwer behauptet?« maulte Emerson. »Ich bin doch nur zwei Tage weg. Solange kommt ihr dort auch ohne mich zurecht. Da fällt mir ein – wo zum Teufel steckt eigentlich Jumana?«

Da ging seine Mutter hoch wie ein Feuerwerkskörper. »Emerson, du weißt genau, daß Jumana in der Grabungsparzelle der Vandergelts arbeitet, weil sie vorübergehend bei ihnen wohnt. Zudem braucht Cyrus sie mehr als du, denn er hat nur Bertie zur Überwachung seiner Arbeiter. Darüber wollte ich übrigens schon länger mit dir reden. Tatsache ist, daß wir zu wenig Leute haben und –«

»Verzeihung, Mutter«, unterbrach Ramses sie in der festen Gewißheit, daß seine Mutter sonst ohne Punkt und Komma weitergeredet hätte. »Fatima, du siehst so bedrückt aus. Ist irgend etwas?«

»Danke, daß du fragst, Ramses«, erwiderte Fatima. »Ich wüßte gern, ob diese zwei noch einmal wiederkommen oder andere Leute wie sie. Ich konnte sie nämlich nicht abwimmeln, sie haben mich einfach beiseite geschoben. Deshalb habe ich Jamad gebeten, die Tür zu bewachen.«

Sie beklagte sich nur selten, von daher erntete sie von sämtlichen Anwesenden bestürzte Blicke. »Ähm«, stammelte Emerson. »Tut mir leid, Fatima. Aber das ist bestimmt nicht erforderlich.«

»Doch, es ist erforderlich, Vater der Flüche.« Sie verschränkte die Arme und musterte ihn eindringlich. »In Kairo hatten wir sogar einen Türwächter, der Besucher einließ oder wieder wegschickte. Auf der Landungsbrücke zur Dahabije stand immer ein Wachmann. Hier ist alles offen und frei zugänglich. Es gehört sich nicht, daß Fremde unangemeldet hereinkommen können.«

»Sie hat recht.« Nefret nickte. »Die Pethericks sind nicht die einzigen, die ungebeten hier hereinschneien. Denk mal an die impertinente Frau letzte Woche, die Vater zehn Pfund bot, damit er für sie in Luxor den Fremdenführer spielen sollte! Der Tourismus floriert, und manche dieser Leute haben keinen Funken Anstand.«

»Die hat es immer gegeben.« Ihre Schwiegermutter runzelte die Stirn. »Aber was können wir da machen? Ich möchte diese lauschige, offene Veranda nicht aufgeben, und mit einer Mauer versperren wir uns die schöne Aussicht.«

»Wir könnten an der Straße ein Pförtnerhäuschen errichten, ein Stück vom Haus entfernt«, schlug Nefret vor. »Und einen der älteren Männer über Tag dort hineinsetzen. Jamad hat genug anderes zu tun.«

»Macht doch, was ihr wollt«, fuhr Emerson ungeduldig dazwischen. »Dem Genörgel deiner Mutter ist es zu verdanken, daß ich jetzt den Morgenzug verpaßt habe. Na schön, auch gut. Ramses, ich möchte, daß du mich ins Tal begleitest.«

»Ins Tal der Könige?« fragte Ramses verblüfft.

»Es gibt nur ein Tal in Luxor«, sagte sein Vater nachdrücklich und nicht ganz zutreffend.

»Ja, Sir. Darf ich wissen, warum?«

»Ich versprach Carter, ein Auge darauf zu haben.« Emerson schob den Frühstücksteller von sich, kramte seine Pfeife hervor und stopfte diese umständlich. »Er und Carnarvon trödeln in England rum und kommen erst in ein paar Wochen zurück.«

Seine Gattin fixierte ihn mit stahlhartem Blick. Genau wie Ramses hatte sie die Warnzeichen erkannt. Emerson log zwar nicht, aber er verheimlichte ihnen etwas.

»Das ist so nicht richtig«, wandte sie ein. »Howard hatte

im letzten Monat eine heikle Operation und muß sich erholen. Aber wieso hast du ihm das versprochen?«

»Es ist das mindeste, was man für einen Freund tun kann«, erwiderte Emerson.

»Pah«, entfuhr es seiner Gattin. »Niemand könnte im Tal der Könige eine illegale Exkavation vornehmen – schon allein wegen der Heerscharen von Touristen und Wachleuten –, selbst wenn es noch Gräber zu entdecken gäbe. Howard gräbt dort auch schon seit Jahren erfolglos. Was führst du wirklich im Schilde, Emerson?«

»Zweifelst du etwa meine Motive an?« erkundigte sich Emerson in gespieltem Ärger. »Schande über dich, Peabody. Komm, Ramses, wir gehen.«

»Was ist mit Mrs. Petherick?« rief seine Gattin.

Auf halbem Wege zur Tür blieb Emerson abrupt stehen. »Das weitere Vorgehen liegt bei ihr.«

Allerdings klang er nicht so überzeugt wie sonst, und seine Frau nutzte die Gunst der Stunde. »Unsinn. Als du das Artefakt an dich genommen hast, hattest du keine Ahnung von seinem Wert. Man wird an deinen Motiven zweifeln, wenn du es nicht umgehend zurückgibst oder dergleichen wenigstens anbietest.«

»Verflixt und zugenäht«, knurrte der Professor.

»Mrs. Petherick sollte über die bizarre Vorstellung ihrer Stiefkinder gestern abend unterrichtet werden«, fuhr seine Gattin fort. »Du hast selbst gesagt, daß du dir unsicher bist, wer wohl der rechtmäßige Eigentümer der Statue sein mag. Kann sie diese Frage nicht am besten beantworten? Vielleicht weiß sie sogar noch den Namen des Händlers, bei dem ihr Gatte das Objekt gekauft hat. Um seine Herkunft zu entschlüsseln, ist es sicher am einfachsten, von einem Käufer auf den vorangegangenen –«

»Ja, ja. Du hast deine Sichtweise klar dargelegt, Peabody, und brauchst sie mir nicht auch noch mit dem Bratspieß einzuimpfen. Wir werden der unsäglichen Frau einen Besuch abstatten. Und zwar schleunigst. Damit ich es endlich hinter mir habe.«

»Bin ich froh, daß du mir zustimmst, Emerson. Ich habe Mrs. Petherick heute morgen ein Kärtchen zukommen lassen und sie zu einem gemeinsamen Mittagessen ins Winter Palace eingeladen.«

»Hmph«. Emerson nestelte an seiner Taschenuhr. »Um wieviel Uhr?«

»Um zwei.«

»Dann haben Ramses und ich ja noch reichlich Zeit für einen Besuch im Tal. Wir nehmen die Pferde. Du brauchst nicht mitzukommen, Peabody.«

»Oh doch. Davon könnte mich weder Tod noch Teufel abhalten, Emerson.«

***

Ramses war seit Monaten nicht mehr im Tal gewesen. Die offizielle Grabungsgenehmigung, den Firman, besaß Lord Carnarvon, dessen Exkavationen unter der Leitung von Howard Carter seit 1913 andauerten. Und der hatte außer ein paar Arbeiterhütten und einem Geheimlager mit Alabasterkrügen nichts entdeckt. Man war generell der Ansicht, daß Carter seine Zeit verschwendete: Punktum – im Tal gab es keine verschollenen Königsgräber mehr.

Als sie zu den Pferden gingen, überkam Ramses ein Gefühl der Nostalgie. Sein primäres Interesse galt nicht der Exkavation, dennoch gab es nichts Erhebenderes als die Begräbnisstätten der berühmten Pharaonen des Reiches. Seine Familie hatte bis 1907 an den unbekannteren Gräbern arbeiten dürfen – mit der zähneknirschenden Zustimmung des amerikanischen Hobbyarchäologen Theodore Davis, der bis dahin quasi das Exklusivrecht auf jede neue Grabanlage gepachtet hatte. Und Davis hatte etliche Grüfte freigelegt, besser gesagt seine archäologischen Assistenten. Fatalerweise hatte Davis' unsachgemäßer Umgang mit dem rätselhaften Begräbnis in KV 55 bei Emerson einen explosionsartigen Wutausbruch ausgelöst, worauf Monsieur Maspero, der damalige Chef der Antikenverwaltung, sich auf Anweisung des einflußreichen Amerikaners gezwungen sah, die ganze Familie aus dem Tal zu entfernen.

Trotzdem war es eine fantastische Saison gewesen, seufzte Ramses im stillen. Hätte sein Vater sich damals nicht mit Maspero angelegt, hätten sie vielleicht sogar eine Chance auf den Firman gehabt, so Davis denn irgendwann das Handtuch werfen sollte. Von allen Ausgrabungsstätten in Ägypten war das Tal der Könige nämlich Emersons Favorit.

Jetzt bedachte Emerson den Eingang zu KV 55 im Vorbeigehen jedoch nur mit einem schiefen Seitenblick. Leise Beschimpfungen murmelnd, schob er sich durch die Touristenmassen. Die Sonne stand bereits hoch über den aufragenden Klippen. Ramses faßte seine Mutter am Arm.

»Ich könnte eine Pause vertragen. Und du?«

Der Tropenhelm verdeckte ihre obere Gesichtshälfte, er bemerkte jedoch, wie sich ihre zusammengepreßten Lippen entspannten. An diesem Morgen hinkte sie ein bißchen und versuchte angestrengt, sich das nicht anmerken zu lassen. Es war ihm schon hin und wieder aufgefallen, allerdings würde sie nie zugeben, daß sie müde war oder ihr die Füße schmerzten. »Wie du willst, mein Schatz.«

Emerson kam zurück und erkundigte sich verdutzt, wieso sie denn stehenblieben. Seine Gattin, die ihren berühmt-berüchtigten, weil ringsum mit diversen »nützlichen Dingen« bestückten Utensiliengürtel trug, entkorkte ihre Wasserflasche und reichte sie den anderen. Nefret nahm einen Schluck, Ramses ebenfalls, nachdem seine Mutter ihren Durst gestillt hatte. Emerson winkte ab – er kam so lange ohne Wasser aus wie ein Dromedar.

Sie gingen weiter, inspizierten ein Seitenwadi nach dem anderen, bis sie in eine von ausgezackten Klippen begrenzte Sackgasse gelangten. Hoch über ihnen, in einer engen Spalte, war ein Grabeingang – der des großen Eroberer-Pharaos Thutmosis III.

»Was macht Vater da eigentlich?« wollte Nefret wissen.

Ihre Schwiegermutter öffnete den mitgebrachten Sonnenbeziehungsweise Degenschirm. Sie nutzte diesen nämlich häufiger als Verteidigungswaffe, räumte jedoch gern ein, daß er auch anderweitig einsetzbar sei, wie beispielsweise als Schattenspender.

»Vermutlich sucht er nach Anzeichen für unautorisierte Grabungen. Dergleichen passiert vermutlich eher hier, wo es einsamer ist, und nicht im Haupttal. Frag mich jetzt nicht, was er sich davon verspricht.«

Dieser abgelegene Bereich verströmte eine majestätische und mystische Aura, die das Zentrum des Tals eingebüßt hatte, nachdem die Antikenverwaltung die Wege begradigt und ordentliche Stützwände neben den meisten Grabeingängen hochgezogen hatte. Hier, fernab von Lärm und Hektik, vermochte man sich durchaus vorzustellen, wie die altägyptische Trauergemeinde sich durch das Felsgestein geschlängelt hatte, angeführt von den Totengesängen der weißgekleideten Priester und dem Wehklagen der Frauen. Auf dem schweren, vergoldeten Sarg brach sich glitzerndes Sonnenlicht, blendete die Augen. Wie alle anderen Sarkophage war auch der von Thutmosis III. vor Urzeiten geraubt worden. Gleichwohl war er einer der reichsten und mächtigsten Regenten des Landes gewesen, mit Nubien und Syrien unter seiner Herrschaft; nahezu unvorstellbar für den menschlichen Geist, welche Schätze vermutlich mit ihm begraben wurden.

Emersons Gebrüll riß Ramses aus seinem Tagtraum, nicht zuletzt eine Folge des Schlafmangels.

»Hat Carter nicht im vorigen Jahr hier gearbeitet?« fragte Ramses ein wenig benommen.

Emerson antwortete ihm nicht. Statt dessen wühlte er in einem der riesigen Stein- und Schutthaufen, das Rufen seiner Frau geflissentlich überhörend: »Emerson, deine Handschuhe! Zieh gefälligst Handschuhe an!« Ramses kniete sich neben ihn, insgeheim skeptisch, was in Herrgottsnamen sein Vater hier zu finden hoffte. Sie entdeckten eine ganze Reihe von Tonscherben und den Fuß eines Fayence-Uschebtis – Davis hatte das Geröll nie gesiebt. Schließlich zerrte Emerson mit einem selbstzufriedenen Schnauben eine zerrissene Zeitungsseite aus dem Haufen. »Juli letzten Jahres«, verkündete er.

»Bestimmt von einem Touristen«, meinte Ramses.

»Es handelt sich um eine arabische Zeitung«, versetzte Emerson. »*Al Ahram*. Wir kehren besser um.« Er faltete das Blatt und schob es behutsam in seine Hemdtasche.

Sie machten sich auf den Rückweg. Sobald sie außer Sichtweite des Geröllhaufens waren, blieb Emerson stehen und gestikulierte hektisch zu den anderen. »Geht weiter«, zischte er. »Und plaudert locker miteinander.«

Er schnellte herum und lief den ganzen Weg zurück, Ramses im Schlepptau.

Kaum daß sie den Schauplatz des Geschehens erreichten, stoben mehrere Männer in sämtliche Richtungen auseinander. Emerson packte einen, Ramses einen zweiten. Ramses kannte den Burschen: Deib ibn Simsah. In dem nahen Dorf Kurna wohnten etliche der fähigsten Grabräuber Ägyptens. Die ibn Simsahs waren stolz auf ihren zwielichtigen Ruf und wurden nur noch von der Familie Abd er Rassul übertroffen. Nach einem halbherzigen Versuch, sich loszureißen, gab Deib auf und schenkte Ramses ein einschmeichelndes Lächeln.

»Wir haben nichts Schlimmes gemacht, Bruder der Dämonen. Du kennst mich und du kennst meinen Bruder Aguil.«

»Leider nur zu gut«, seufzte Ramses, sein Blick auf den dritten Mann geheftet, der flink wie eine Ziege über die Klippen kletterte. »Und wer ist das?«

Deib zuckte die Schultern und verdrehte die Augen. Lautstark fluchend stürzte Emerson dem Flüchtigen hinterher. Ramses konnte ihn eben noch packen. »Nein, Vater! Er hat eine –«

Der peitschende Knall eines Pistolenschusses machte es überflüssig, den Satz zu beenden.

# 2

Emersons abrupte Umkehr machte mich für Augenblicke stutzig, doch dann hastete ich mit den anderen hinterher. Der Knall eines Schusses beflügelte meine Schritte. Als wir am Schauplatz des Geschehens eintrafen, vernahm Emerson gerade zwei einschlägig bekannte Kurnawis. Er unterbrach sich in seinen lautstark gebrüllten Anschuldigungen und funkelte mich an. »Zum Donnerwetter, Peabody, ihr solltet doch verflucht noch mal weitergehen!«

»Unsinn«, antwortete ich. »Wer hat den Schuß abgefeuert? Und auf wen? Und warum?«

Die Hände in die Hüften gestemmt, fixierte Ramses mit zurückgelegtem Kopf die Spitze des Gebirgsrückens. »Es gab einen dritten Mann. Vater wollte ihn verfolgen, als mir auffiel, daß der Bursche eine Waffe bei sich trug.«

»Gute Güte«, entfuhr es mir. »Mein geliebter Emerson, bist du verletzt?«

»Nein, nein. Vermutlich hat er lediglich einen Warnschuß abgegeben, um Zeit zur Flucht zu gewinnen. Die ihm«, setzte Emerson aufgebracht hinzu, »ja auch gelungen ist. Wer war das, Deib? Spuck's aus!«

Die beiden Ägypter waren entsetzensbleich geworden. Deib rang die Hände und protestierte stammelnd. Sie hätten den Mann noch nie vorher gesehen. Sie hätten nicht gewußt, daß er eine Pistole hatte. Sie suchten lediglich nach einem Skarabäus, den einer von ihnen beiden am Tag zuvor verloren habe. Der Vater der Flüche wisse doch genau, daß sie solche Dinge an Touristen verkauften, und dieser hier sei ehrlich erworben worden von einem anderen Kurnawi. Sie hatten so gehofft, damit einen kleinen Gewinn zu machen.

Emerson unterbrach ihn. »Ich glaube euch kein Wort. Ihr habt uns heimlich beobachtet und uns hier graben sehen. Kurz entschlossen habt ihr euer Glück auch versucht.«

»Und was ist daran so verwerflich?« fragte Deib mit Unschuldsmiene. »Wenn wir ein verschollenes Grab entdeckt hätten, Vater der Flüche, hätten wir dich ganz bestimmt informiert.«

»Pah!« zischte Emerson. »Beschreibt mir den Mann, den ihr angeblich noch nie gesehen habt.«

Schwer zu sagen, ob die vage Beschreibung auf Deibs fehlende Beobachtungsgabe, auf berechtigte Vorsicht oder eine ansehnliche Bestechungssumme zurückzuführen war. Der Mann sei europäisch gekleidet gewesen, mittelgroß, nicht dünn, aber auch nicht dick. Er habe einen Hut getragen, Sonnenbrille und Vollbart hätten den Großteil des Gesichts verdeckt. Da er keinen Ton gesagt habe, könnten sie seine Stimme nicht beschreiben.

Nach einer gehörigen Standpauke ließ Emerson die Brüder schließlich laufen, und wir machten uns schleunigst auf den Rückweg.

Wir trafen pünktlich im Winter Palace ein. Der Tourismus florierte wie in der Vorkriegszeit, und in der Eingangshalle tummelten sich die Reiseteilnehmer, die, von ihren morgendlichen Ausflügen zurückgekehrt, auf das Mittagessen warteten. Wir wurden schon erwartet; kein geringerer als der Hoteldirektor Mr. Salt informierte uns, daß Mrs. Petherick umgehend von unserer Ankunft in Kenntnis gesetzt werden wolle, um uns dann in der Lobby zu treffen.

Statt den Aufzug zu nehmen, schwebte sie effektvoll die elegant geschwungene Treppe hinunter. Eine schwarze Spitzenmantille umrahmte ein Gesicht, das mich automatisch an die Vampirgestalten in ihren Romanen erinnerte – schwarz umrahmte Augen, blutrote Lippen und bleiches (puderbespachteltes) Gesicht. Sie reichte Emerson ihre schwarz behandschuhten Finger zum Kuß, doch der begnügte sich mit einem kräftigen Händeschütteln.

»Wie gut, daß Sie gekommen sind«, hauchte sie. »Ich brauche wirklich Ihren Beistand. Heute nacht habe ich ihn erneut gesehen. Wann, oh wann werden Sie die Zeremonie durchführen, die mich endlich befreit?«

Wie von ihr geplant, horchten die umstehenden Gäste auf. Ein anschwellendes Raunen ging durch die Menge.

»Ihn? Wen denn?« fragte Emerson irritiert.

Ihre Stimme senkte sich zu einem unangenehm schrillen Flüstern. »Er hat keinen Namen. Der gesichtslose Schatten, der meinem geliebten Gatten das Leben geraubt hat, ist mir auch hierher gefolgt.«

Seine Züge absolut kontrolliert, drehte Ramses seinen Hut in der Hand. »Das war doch dann das dritte Mal, oder? Hatten Sie nicht gesagt, der dritte Besuch sei der letzte?«

»Da haben Sie mich mißverstanden.« Mrs. Petherick schwindelte, ohne rot zu werden. »Aber er wird wiederkommen, und das nächste Mal –«

»Kommen Sie mit, Mr. Salt hat im Speisesaal einen Tisch für uns reserviert.« Ich packte sie unsanft am Arm.

Mit Emerson war an jenem Mittag nicht gut Kirschen essen. Sobald wir bestellt hatten, fixierte er Mrs. Petherick mit eindringlichem Blick. »Lassen Sie uns Tacheles reden, Madam. Wissen Sie überhaupt, daß Ihre Stiefkinder gestern abend in unser Haus eingedrungen sind? Und daß der junge Mann uns mit einer Pistole bedroht hat?«

»Der arme Adrian«, murmelte die Dame. »Er hat entsetzlich viel durchgemacht, und er hängt sehr an mir. Von *ihm* droht Ihnen bestimmt keine Gefahr.«

»Aber von jemand anderem?« versetzte ich.

»Hör auf damit«, erregte sich Emerson. »Willst du sie vielleicht noch ermutigen? Mrs. Petherick, als Sie uns das – äh – Objekt übergaben, wußten Sie da von seinem Wert?«

»Aber ja. Pringle beteuerte, es sei das kostbarste Artefakt in seiner Sammlung.«

Emerson zog das Kästchen aus seiner geräumigen Jackentasche und legte es auf den Tisch. »Ich darf davon ausgehen, daß Sie die rechtmäßige Besitzerin sind?«

»Ja, sicher.« Wie gebannt starrte sie auf das Kästchen.

»Wie Sie sich vorstellen können, Madam, solche Geschenke akzeptiere ich prinzipiell nicht. Ich gebe es Ihnen zurück oder kaufe es Ihnen ab, das liegt ganz bei Ihnen.«

Ihr manikürter Fingernagel streichelte die bemalte Oberfläche. Mit einer unvermittelten Bewegung hob sie den Dekkel und nahm die Statue heraus.

»Ich dachte, Sie wollten dieses boshafte kleine Gesicht nie wiedersehen«, merkte Ramses an.

»Mein geliebter Pringle war so stolz auf diese Statue. Er liebte sie so sehr.« Sie hielt das Artefakt hoch, schwenkte es über ihrem Kopf.

»Hölle und Verdammnis«, schnaubte Emerson. In diesem Fall konnte ich ihm die Kraftausdrücke nicht verdenken. Mrs. Petherick unternahm nämlich soeben den plumpen Versuch, die Aufmerksamkeit der anderen Gäste auf unseren Tisch zu lenken.

»Legen Sie es weg, Madam«, knirschte Emerson.

Mrs. Petherick rollte die Augen himmelwärts und entblößte ein Gebiß mit beachtlich langen Eckzähnen. Leises Gemurmel erhob sich im Raum, an den weiter entfernten Tischen war man zwecks besserer Sicht aufgestanden.

Emerson schnappte ihr kurzerhand die Statue weg und legte sie wieder in die Schachtel. »Und, wie haben Sie sich entschieden?«

»Nehmen Sie sie an sich, Professor Emerson. Sie haben mein volles Vertrauen.«

Sie hatte ihr Ziel erreicht, für allgemeines Interesse zu

sorgen. Unsere Fragen brachten keine nennenswerten Antworten: Sie kenne den Namen des Händlers nicht, von dem ihr Mann die Statue erworben habe. Wahrscheinlich irgendwo in London ... Ja, sie spiele mit dem Gedanken, die Sammlung in nächster Zeit zu veräußern. Momentan werde diese von einem Sachverständigen geschätzt.

»Und was ist mit der Statuette?« wollte Ramses wissen. »Ist sie nicht Teil der Kollektion?«

Mrs. Pethericks blutrote Lippen formten sich zu einem Lächeln. »Ich habe sie an mich genommen, weil ich es meinem bedauernswerten verstorbenen Mann schuldig bin, für ein Erlöschen der negativen Aura zu sorgen.«

Emersons Schulterzucken bestätigte mich in meiner Einschätzung. Was sie getan hatte, war vermutlich gesetzwidrig, aber das ging uns nichts an.

Mrs. Petherick ließ es sich schmecken. Sie vertilgte eben ein riesiges Stück Erdbeertorte mit Schlagsahne, als eine ältere Dame, grauhaarig und fest geschnürt, auf sie zusteuerte. »Gräfin? Ich möchte Sie wirklich nicht belästigen, aber ich bin eine große Anhängerin Ihrer Bücher –«

»Natürlich wollen Sie uns belästigen«, sagte Emerson laut und vernehmlich. »Was tun Sie denn gerade?«

Mrs. Petherick – jetzt in der Rolle der Gräfin Magda – hob eine juwelengeschmückte Hand. »Ich freue mich immer, meine treuen Leserinnen und Leser kennenzulernen. Möchten Sie, daß ich ein Buch für Sie signiere?«

Die Dame hatte zwar keins dabei, akzeptierte aber freudestrahlend ein Autogramm auf einem Stück hoteleigenem Schreibpapier. Weitere »große Anhänger« folgten ihrem Beispiel. Die Autorin sonnte sich in ihrer Selbstinszenierung und schrieb mit geschwungenen Lettern ihren Namen. Ich hatte den leisen Verdacht, daß ihre funkelnden Ringe unecht waren.

Der Bewundererstrom ebbte ab. Gräfin Magda schob sich den letzten Bissen Torte in den Mund und stand auf. Als

Emerson ihrem Beispiel folgte, faßte sie seine Hand und drückte diese fest. »Es wird doch eine Zeremonie geben, oder?« erkundigte sie sich. »Einen Exorzismus? Ich muß unbedingt dabeisein.«

Sie und jeder Journalist, den Sie auftreiben können, überlegte ich im stillen. Allein die Vorstellung, daß Gräfin Magda sich mit wehenden Schleiern zu Boden werfen und in Trance fallen könnte, während Emerson hilflos danebenstand, war mir ein Greuel.

»Das kann ich nicht billigen«, sagte ich laut.

Sie ignorierte mich. Weiterhin Emersons Hand umklammernd, bohrte sie: »Wann?«

»Keine Ahnung«, murrte Emerson, mit seiner Geduld am Ende. Er entwand sich dem Griff der Dame. »Daß eins klar ist: Ich übernehme lediglich die Aufsichtspflicht über das Objekt. Guten Tag, Madam.«

Ich schlug einen kurzen Spaziergang vor, damit Emerson sich abreagieren konnte, was er auch ohne Skrupel tat. »Da siehst du, Peabody, was du davon hast! Sie hat sich auf unsere Kosten in Szene gesetzt. Jetzt weiß auch der letzte Trottel in Luxor von der Statue und dem Fluch.«

»Vermutlich war die Geschichte längst bekannt«, wandte Ramses in dem vergeblichen Bemühen, seinen Vater zu besänftigen, ein. »Immerhin haben wir ein paar nützliche Informationen bekommen.«

»Nützlich? Pah!« schnaubte Emerson. »Du gehst ihrem albernen Geschwätz doch nicht auf den Leim, oder? Solange ich nicht aus unabhängiger Quelle weiß, wie das Testament lautet, glaube ich der Dame kein Wort.«

»Und wie willst du irgend etwas erfahren?«

»Ich habe meine Methoden«, antwortete Emerson. »Beeil dich, Peabody, wir haben bereits den halben Nachmittag vertrödelt.«

Als Emerson und ich die Veranda betraten, saßen Jumana und Cyrus dort bereits bei einer Tasse Tee. Jumana umarmte mich, Emerson schüttelte sie die Hand. Sie war ein hübsches junges Mädchen – schlank und drahtig wie ein Junge, mit riesigen dunkelschimmernden Augen. Ihre erste Frage lautete, ob sie sich die Statue einmal anschauen dürfe.

»Ja sicher, warum nicht«, meinte Emerson. Er nahm die Schatulle aus der Jackentasche und gab sie mir. »Entschuldigt mich. Ich muß noch einiges erledigen, bevor ich den Abendzug nehme.«

»Wo wollen Sie denn hin?« entfuhr es Cyrus verblüfft.

»Nach Kairo«, rief Emerson ihm über die Schulter zu und verschwand im Haus.

Nach einer Weile kehrte er zurück, nahm die von Jumana bewunderte Statue persönlich an sich und trank im Stehen eine Tasse Tee.

»Dann haben Sie also erneut mit Mrs. Petherick geredet?« wandte sich Cyrus an meinen Ehemann.

»Ja, aber ich glaube ihr kein Wort.«

»Aha.« Vandergelt nickte. »Ist das der Grund, weshalb Sie nach Kairo fahren?«

»Einer davon«, brummte Emerson.

»Ich empfehle Ihnen, während Ihres Aufenthalts kurz bei Monsieur Lacau vorzusprechen.«

»Warum soll er denn den Direktor der Antikenverwaltung treffen?« erkundigte ich mich argwöhnisch, nachdem Emerson beharrlich schwieg. »Wir haben ihm doch letztens noch einen Anstandsbesuch gemacht.«

»Nun ja«, druckste Cyrus herum. »Seinerzeit haben Sie ihm gegenüber aber nicht erwähnt, was wir Ende der letzten Saison besprochen haben. Unsere geänderten Pläne, wissen Sie noch, Emerson? Das Französische Institut hat Interesse an einem langfristigen Projekt in Deir el-Medina angemeldet.«

»Pffft.« Emerson tat so, als träfe ihn die Nachricht völlig überraschend.

»Was, Emerson?« sagte ich verblüfft. »Du willst Deir el-

Medina aufgeben? Das hättest du aber zumindest vorher kurz mit deiner Familie besprechen können.«

»Das hatte ich noch vor«, meinte Emerson ausweichend. »Cyrus hat sich offenbar schon mit dem Gedanken angefreundet. Wohl keine Lust mehr auf langweilige kleine Privatgräber, was, altes Haus?«

Nach kurzem Überlegen legte unser Freund seinen Standpunkt dar. »Ich war neulich in Deir el-Bahari, wo die Crew vom Metropolitan Museum arbeitet. Die Leute haben ungeheuer faszinierende Sachen gefunden. Einen Königinnensarkophag mit gemalten Szenen im Innern – herrliche Farben von einer Leuchtkraft, als wäre er erst gestern fertiggestellt worden.« Er seufzte ausgiebig.

»Stimmt«, konstatierte Emerson. »Aber an eine Grabungslizenz in ihrem Bereich ist gar kein Denken, Vandergelt.«

»Nein, aber es gibt noch andere mögliche Gebiete.«

»Sie meinen mögliche neue Gräber«, konterte Emerson. »Ist das alles, woran Sie denken, Cyrus? Unsere Exkavationen in Deir el-Medina haben doch eine Menge zum Vorschein –«

»Sicher doch. Aber seien Sie mal ehrlich, Emerson. Sie verlieren allmählich auch das Interesse, oder? Letztlich sind Sie auf Tempel fixiert und ich auf Gräber.«

»Na schön. Ihnen zu Gefallen bespreche ich die Angelegenheit mit Lacau. Auf Wiedersehen, Peabody, meine Liebe. Ich bin bald zurück.«

Die Motivation meines Ehemanns war mir jetzt klar. Emerson wollte Deir el-Medina erst aufgeben, wenn sich ein funkelnder Silberstreif am Horizont zeigte. Er hatte nämlich ein Auge auf das Tal der Könige geworfen. Nach meinem Dafürhalten standen seine Chancen jedoch schlecht. Lord Carnarvon besaß schon seit Jahren die entsprechende Konzession und hatte bestimmt keinerlei Ambitionen, diese jemals aufzugeben.

Nachdem er seinem Sohn diverse Instruktionen erteilt hatte, reiste Emerson ab.

Im Anschluß daran bereitete sich Ramses mit seiner Familie auf den Freitagsausflug zu Selim und dessen Angehörigen vor, den die temperamentvolle Carla und der etwas überlegte David John immer sehr genossen.

Aufgrund ihres Besuchs hatten sich weitere Verwandte Selims eingefunden, darunter ihr stellvertretender Reis Daoud und dessen Frau Khadija, die die jungen Emersons mit fürsorglicher Skepsis musterte.

»Deine Hände, Ramses. Was hast du gemacht?« meinte sie mißfällig.

»Gegraben«, räumte Ramses ein. »Bitte, Khadija, nicht die grüne Salbe! Es sind doch nur ein paar Kratzer!«

Sie war bereits im Haus verschwunden.

»Gegraben, wo?« Selim war hellhörig geworden. Schlank und hochgewachsen, ihnen zu Ehren in seinen besten Wollumhang gehüllt, beobachtete er grinsend, wie Khadija Ramses mit ihrer berühmten Salbe malträtierte. Ein überliefertes Rezept aus ihrer nubischen Familie mit erstaunlicher therapeutischer Wirkung, hinterließ das Medikament jedoch schwer zu entfernende Flecken auf Haut und Kleidung.

»Im Tal der Könige«, antwortete Ramses. »Nicht weit von Siptahs Grabstätte.«

Selims ausdrucksvolle dunkle Augen weiteten sich. »Wieso ausgerechnet dort?«

»Das ist eine lange Geschichte.«

»Dann erzähl sie uns«, meinte Daoud aufgeräumt. »Berichte uns von den goldenen Statuen und dem Mann mit der Waffe.«

Heiliges Kanonenrohr, er hätte sich gleich denken müssen, daß Fatima die Geschichte weitertrug, überlegte Ramses. Schließlich hatte sie niemand um Diskretion gebeten, und ihr neuer »Gehilfe« Kareem war eine notorische Plaudertasche. Er beschloß, Daoud, dem selbsternannten Geschichtenschreiber in der Familie, und Selim, der sämtliche Grabräuber und Händler in Luxor kannte, reinen Wein einzuschenken.

Im Dorf selbst war ein vertrauliches Gespräch jedoch unmöglich. Deshalb machten sie sich einvernehmlich auf den Weg zu dem kleinen Friedhof, und Ramses begann mit seiner Schilderung.

»Nur *eine* Statue?« erkundigte sich Daoud, sichtlich enttäuscht. »Ich dachte, es wären viele, und auch kostbare Juwelen.«

»Kareem ist ein ausgemachter Lügner«, stellte Selim fest.

»Vielleicht hat es aber auch damit zu tun, daß andere die Geschichte aufgebauscht haben«, meinte Ramses. »Glauben die Kurnawis etwa, wir hätten die Statue bei unseren Exkavationen gefunden?«

»Stimmt es denn nicht?« wollte Daoud wissen.

Selim warf ihm einen mitleidigen Blick zu. »Das weißt du doch ganz genau, Daoud. Die Dame hat sie Emerson gegeben, und der Sohn wollte sie wieder zurückhaben.«

»Ach ja, richtig.« Daoud strich sich über den mittlerweile stark ergrauten Bart. »Das hatte ich vergessen. Manche Kurnawis wollen diese Version aber trotzdem nicht wahrhaben.«

»Zwei derartige Spezialisten sind uns heute morgen über den Weg gelaufen«, bekräftigte Ramses. »Deib und Aguil. Und es gab noch einen dritten Mann, der in unsere Richtung geschossen hat.«

»Er hat es gewagt, auf den Vater der Flüche zu schießen?« Daoud blies empört die Backen auf. »Wer war das?«

»Vermutlich ein Europäer. Deib beteuerte, er habe ihn noch nie gesehen und könne ihn nicht beschreiben.«

»Deib lügt noch dreister als Kareem«, stieß Selim hervor. »Die beiden haben einen weiteren Bruder, Farhat. Er ist ein ausgemachter Bösewicht, Ramses, und hat ständig Ärger mit der Polizei. Wie konnte er es nur wagen.«

»Den werde ich mir mal vorknöpfen«, meinte Daoud.

Wahrscheinlich hat Selim recht, überlegte Ramses. Und Emerson wußte das auch und ahnte vermutlich, daß die Brüder ihn hinsichtlich der Identität des dritten Mannes angelogen hatten. Trotzdem hatte sein Vater nicht mehr Druck auf sie ausgeübt. Warum?

»Ja, das machen wir«, unterbrach Selim Ramses' Gedankengänge. »Ist die Statue echt? Aus welcher Periode stammt sie?«

»Amarna. Ja, sie ist echt. Wir wissen nicht, wann sie gefunden wurde und von wem Petherick sie erwarb. Falls ein solches Objekt in Luxor aufgetaucht wäre, hättet ihr doch sicher davon erfahren, oder?«

Selim strich sich über seinen gepflegten Bart. »Man hört dauernd irgendwelche Gerüchte von überwältigenden Entdeckungen. Zumeist ist es Lüge und Aufschneiderei. Und wenn der Fund schon sehr lange zurückliegt, ist er mir vielleicht nicht bekannt. Bist du sicher, daß die Statue aus Theben stammt?«

Ramses schüttelte den Kopf. »Es ist lediglich eine Vermutung.«

Ihre Schritte führten sie zu dem hübschen kleinen Grabmal, das David für seinen Großvater Abdullah entworfen hatte. Es war das auffälligste und meistbesuchte Monument auf dem kleinen Friedhof, da Abdullah wie ein Heiliger verehrt wurde. Vor der Öffnung waren Schnüre gespannt, auf denen sich anrührende Opfergaben reihten: Perlen, Schmuckbänder, kleine Amulette. Der gegenwärtige »Diener des Scheichs« und Wächter der Grabstätte saß mit gesenktem Kopf auf dem Boden und meditierte. Um ihn nicht zu stören, verharrten die drei in respektvoller Entfernung und schwiegen andächtig.

Ramses erinnerte sich an das erste Mal, als er Abdullahs Grab gemeinsam mit seiner Mutter besucht hatte, noch vor der Fertigstellung des Monuments. Sie hatte kleine Amulette mit den Motiven der alten Gottheiten auf dem Grab verstreut. Nie hatte sie ihm erklärt warum, und er hatte auch nicht danach gefragt; aber es schien sie zu trösten, und diesen Seelentrost hatte sie damals bitter nötig gehabt. Im Laufe der Jahre hatten der altehrwürdige Ägypter und die Engländerin trotz ihrer unterschiedlichen Herkunft und Glaubensanschauungen eine enge Beziehung aufgebaut, die mit rationalen Begriffen nicht erklärbar war. Aber schließlich, sinnierte Ramses, war die Liebe nun einmal nicht rational, oder?

»Jetzt erzähl uns doch von dem Mann mit der Waffe und seiner Schwester«, drängte Daoud in Erwartung einer dramatischen Schilderung nach der Enttäuschung mit dem Schatz.

Aber auch hier wurde er enttäuscht. Ramses klärte ihn schonungslos über die Pethericks auf.

»Was für eine merkwürdige Familie!« rief Selim. »Wird sie euch wieder Ärger machen? Ist das der Grund, warum ihr eine Mauer errichten wollt?«

»Keine Mauer, nur eine Art Wachposten, um ungebetene Besucher abzuwimmeln«, erklärte Ramses und nahm sich vor, ein ernstes Wort mit dem redseligen Kareem zu wechseln.

»Und was ist mit dem bösen Omen?« erkundigte sich Daoud gespannt. »Wird der Vater der Flüche den Dämon vertreiben?«

Emersons Geisterbeschwörungen erfreuten sich ungeheurer Beliebtheit. Ramses vermochte die Möglichkeit nicht auszuschließen, daß sein Vater dergleichen plante. Seine Familie hatte definitiv einen Hang zum Theatralischen, liebte Camouflage und Schauspielerei. Und es stand ihm gewiß nicht zu, Kritik an seinem Vater zu üben, da er, genau wie sein unverbesserlicher Onkel, für sein Talent zur Tarnung berüchtigt war und derartige Aktionen in seiner Jugend ausgiebig genossen hatte.

»Die Dame hat sich den Fluch nur ausgedacht, Daoud«, antwortete er.

Daoud zog eine betrübte Miene. »Kein Fluch? Keine Verwünschungen? Aber wieso errichtet ihr dann diesen Wachposten?«

Selim lachte. »Mein geschätzter Vater Abdullah hätte jetzt vermutlich geantwortet: ›Vorbeugen kann nie schaden.‹«

* * *

Wenn Fatima sich etwas vorgenommen hatte, verwendete sie ihre gesamte Energie darauf. Folglich verdonnerte sie eine Abordnung von Männern dazu, Ziegel zu formen für das Wächterhaus – wie sie es nannte. Bis zu dessen Fertigstellung mußte der halbblinde Wasim an der Straße in einem provisorischen Unterstand Wache halten. Als ich am Spätnachmittag aufbrach, begrüßte er mich mit einem breiten Grinsen, das seine braunen Zähne enthüllte.

»Nein, Sitt, ich habe alles, was ich brauche.« Er deutete auf einen Wasserkrug, Wasserpfeife und den Teppich, auf dem er hockte. »Vertrau mir, ich lasse keinen Dieb passieren!«

Neben ihm auf dem Teppich lag ein Gewehr. »Wer hat dir denn das erlaubt?« erkundigte ich mich mit einem gestrengen Blick auf das heikle Objekt.

»Was ist ein Wachposten ohne Waffe?« Als er meinen skeptischen Gesichtsausdruck bemerkte, setzte er rasch hinzu: »Sie ist nicht geladen, Sitt. Sie dient lediglich der Abschrekkung. Fatima hat es mir erlaubt!«

»Ach so. Wasim, du weißt, daß du die Leute nicht erschrecken darfst. Du hältst sie hier an und erkundigst dich höflich, was sie wollen. Wenn es Freunde von uns sind, läßt du sie passieren. Fremde fragst du nach ihrem Namen, und dann informierst du mich oder Fatima.«

»Oh ja, Sitt, ich verstehe. Ich lasse keinen Dieb passieren.«

Erst auf dem Rückweg zum Haus dämmerte mir, daß er

den Begriff »Dieb« zweimal verwendet hatte. Natürlich hätte mir klar sein müssen, daß unsere Leute über den »Schatz« tratschten. Und nicht nur sie. Vermutlich hatte Mrs. Petherick ihre haarsträubende Geschichte jedem erzählt, der sie hören wollte!

Als die jungen Emersons von ihrem Freitagsausflug zurückkehrten, nahm Elia, das Kindermädchen, sich gleich der schmuddeligen, mit Leckereien vollgestopften und übermüdeten Kleinen an. Es wurde bereits dunkel; funkelnde Sterne schimmerten über Luxor, und Ramses servierte den obligatorischen Whisky.

»Wer hat Wasim erlaubt, eine Waffe zu tragen?« erkundigte sich mein Sohn nicht ohne Kritik in der Stimme. »Er wird noch jemanden umbringen, so schlecht, wie seine Augen sind.«

»Sie ist nicht geladen.«

»Hat er das gesagt?« Ramses nahm einen entspannenden Schluck aus seinem Glas. Ein Nachmittag mit den Kindern war anstrengend. »Nun gut, hoffen wir das Beste. Vielleicht erschießt er ja irgendeinen neugierigen Journalisten.«

»Woher weißt du, daß die Presse über unseren sogenannten Schatzfund informiert ist?«

»Wenn nicht, müßten sie blöd, blind und taub sein. Mrs. Petherick hat unermüdlich an der Informationsverbreitung gearbeitet. Würde mich nicht überraschen, wenn sie den Zeitungen noch vor ihrer Abreise aus England Interviews gegeben hat. Die Dorfbewohner haben von der Statue erfahren und spekulieren wie üblich über deren Wert. Daoud und Selim waren bereits bestens unterrichtet, und ich habe ihnen unsere Begegnung mit den Petherick-Kindern geschildert.«

Er spähte zu Fatima, die geräuschlos die Öllampen entzündete. Sie senkte den Kopf und murmelte etwas von Kareem.

»Ist schon in Ordnung«, beschwichtigte Ramses. »Die Geschichte verbreitet sich leider wie ein übler Virus.« Er schaute durch die Sichtblenden zu dem kleinen Unterstand, wo unser Wachmann, eingehüllt in sanften Kerzenschein, auf seinem Teppich thronte. »Das war eine gute Idee, Fatima. Vielleicht sollten wir einen weiteren Burschen im Hof postieren.«

»Du glaubst doch nicht etwa, daß hier eingebrochen wird, oder?« hakte ich nach.

»Ich glaube, man sollte kein Risiko eingehen.«

### Aus Manuskript H

Ramses hätte nicht zu sagen vermocht, warum er sich unbehaglich fühlte. Eigentlich war seine Mutter die Spezialistin für irgendwelche Vorahnungen, doch schien sie nichts Außergewöhnliches wahrzunehmen. Sie ging zur gewohnten Zeit ins Bett und überließ es Fatima, sämtliche Türen und Fenster zu schließen. Ramses machte die Runde mit ihr, die er später mit Nefret im eigenen Haus wiederholte. Die Kinderzimmerfenster waren verriegelt, damit die lebhaften Kleinen nicht unbeobachtet hinaus- und Fremde hineinkonnten. Vor Jahren hatte jemand Carla terrorisiert, indem er flüsternd vor ihrem Fenster herumspukte. Und für einen möglichen Dieb, der es auf die Statuette abgesehen hatte, wäre es ein leichtes gewesen, diese auf erpresserische Weise zu bekommen. Im Austausch für einen seiner Enkel hätte Emerson nämlich nicht nur die Statue herausgerückt, sondern sein gesamtes Hab und Gut.

Wie nahezu allabendlich blieb Ramses an der Kinderzimmertür stehen und betrachtete die schlafenden Kleinen. David John schlummerte flach auf dem Rücken, Arme und Beine ausgestreckt, sein Kopf leicht nach hinten gereckt. Carla dagegen wand und wälzte sich im Schlaf, manchmal lag sie mit dem Kopf am Fußende, das Nachthemd wild verdreht um ihren winzigen Körper. Die beiden sahen so schutzbedürftig aus. Von väterlicher Liebe übermannt, traf ihn die entsetzliche Vorstellung, daß ihnen ein Leid geschehen könnte, wie ein Messerstich.

Nefret lag schon im Bett. Bei seinem Eintreten öffnete sie schlaftrunken die Lider. »Du warst lange weg«, murmelte sie.

»Ich habe die Kinder eine Weile beobachtet. Carla ist nachts fast so aktiv wie tagsüber.«

»Vermutlich warst du in ihrem Alter nicht anders«, kicherte Nefret schläfrig. »Kommst du jetzt ins Bett?«

Ein reizvoller Vorschlag, allerdings schüttelte er wegen seiner inneren Rastlosigkeit den Kopf. »Nachher. Ich mache noch einen kleinen Spaziergang.«

Die Sterne schienen hell, der Mond schwebte wie eine silberne Sichel am dunklen Firmament. Am liebsten hätte er sich die ganze Nacht unter die Fenster seiner drei Lieben gesetzt und sie bewacht. Allerdings hatte er einen leichten Schlaf und hätte ohnehin auf das kleinste Geräusch reagiert, zudem hielt Daouds Sohn Ali Yussuf im Innenhof des Haupthauses Wache.

Dennoch schlenderte Ramses nervös auf und ab. Wir brauchen einen Hund, entschied er schließlich. Ich werde mich gleich morgen darum kümmern.

Auf dem Rückweg zum Haus erstarrte er unvermittelt. Ein Geräusch, schrill und spitz wie der Schrei eines Raubvogels, trieb ihn zur Umkehr. Er stürmte in Richtung Haupthaus.

Das Hoftor war verschlossen und er sah niemanden, er hörte jedoch die Stimme seiner Mutter, die sich über Ali Yussufs Protestgeheul erhob.

»Du bist nicht ernsthaft verletzt. Hör auf zu jammern und erzähl mir, was passiert ist!«

Ramses verschwendete keine Zeit. Er zog sich an der Hofmauer hoch und sprang auf der Innenseite zu Boden. Seine Mutter, züchtig in einen voluminösen Morgenmantel gehüllt, hielt Ali Yussufs Gesicht umklammert. Sie spähte zu Ramses.

»Nur ein Schlag auf den Kopf«, erklärte sie kurz und bündig.

Ali Yussuf entzog sich ihr und stöhnte dramatisch: »Ich habe versagt.«

Ramses klopfte dem jungen Mann tröstend auf die Schulter. »Erzähl uns lieber, was passiert ist.«

Ali Yussuf hätte vermutlich niemals zugegeben, daß er eingenickt war, aber genauso verhielt es sich, denn sonst hätte er den Eindringling bestimmt früher bemerkt.

»Schwarz. Ganz schwarz, wie ein Schatten«, murmelte der Junge. »Ich hatte keine Furcht, Bruder der Dämonen ... Und wenn, dann nur ein bißchen. Als es von der Mauer sprang, habe ich mich darauf gestürzt und es festgehalten. Ich habe geschrien – aber nicht aus Angst, sondern zur Warnung, wie du gesagt hast.«

»Und dann hat es dich geschlagen«, wollte Ramses wissen. »Das schwarze Schattenwesen?«

Seine Mutter strich dem Jungen übers Haar. »Sei nicht so grob mit ihm, Ramses. Er hat sich tapfer gehalten. Sein Hilfe ... – äh – Warnschrei hat mich geweckt, aber als ich Licht gemacht hatte und ans Fenster kam, erblickte ich nur flüchtig eine Silhouette, die über die Mauer sprang.«

»Sicher hattest du deinen Degenschirm dabei«, bemerkte Ramses.

»Natürlich. Meine Güte, bist du heute abend zynisch. Im übrigen räume ich gern ein, daß ich nicht mehr als ein paar Hosenbeine gesehen habe und das auch nur für den Bruchteil einer Sekunde.«

»Schwarz?«

»Nein«, erwiderte seine Mutter sachlich-gefaßt. Sie beugte sich vor, hob etwas vom Boden auf und hielt es Ramses hin. »Aber du gibst doch zu, daß das hier schwarz ist, nicht wahr?«

Es war ein langes Gewand, mit weiten Ärmeln und Kapuze wie eine mittelalterliche Mönchskutte.

***

Wie vereinbart tauchten Selim und Daoud am nächsten Morgen auf. Sie hatten bereits von dem mitternächtlichen Zwischenfall erfahren und waren verstimmt, daß sie nicht zur Verteidigung des Emersonschen Besitzes eingesetzt wurden. Ramses beteuerte immer wieder, daß keinerlei Gefahr für die Familie bestünde, doch als Selim eine Armee von Wachleuten rings um das Haus postierte, gab er sich geschlagen.

»Ich weiß wirklich nicht, was der Bursche sich davon versprochen hat«, erklärte er. »Immerhin hätte er das ganze Haus durchsuchen müssen, ohne Lärm zu machen. Es ist ja nicht so, als hätte der Vater der Flüche die Statue für alle gut sichtbar auf den Wohnzimmertisch gestellt. Was meint ihr, ob Farhat dahintersteckt?«

»Farhat hat sich das Bein gebrochen«, meinte Selim.

»Gebrochen ...«

»Ja, sein Bein. Der wird in nächster Zeit nicht mehr auf Klippen oder Mauern herumklettern.«

Ramses blickte von Selim in Daouds verschmitztes Gesicht. Er beschloß, das Thema fallenzulassen.

»Ich finde, wir sollten uns einen Hund anschaffen. Wißt ihr vielleicht einen geeigneten Kandidaten?«

Daoud, der ein Herz für Tiere hatte, nickte. »Ich schaue mir ein paar von den Streunern an, und den besten bringe ich gleich morgen mit. Ein großer, bösartiger Hund ist genau richtig.«

»Um Himmels willen nicht bösartig«, wandte Ramses entsetzt ein. »Nicht bei den Zwillingen. Nachher fällt der Hund noch jemanden an. Nein, nein, es genügt, wenn er ordentlich bellt.«

Dann holte er die Statue, die die beiden ausgiebig bewunderten. Daoud berührte sie behutsam. »Die Schlange auf der Krone fehlt. Was ist damit geschehen?«

»Wir nehmen an, daß sie herausgebrochen wurde, bevor der Dieb die Statuette verkauft hat«, erklärte Ramses. »Petherick ist bestimmt nicht unvorsichtig damit umgegangen.«

»Das wäre ein schöner Fund«, meinte Daoud gedehnt. »Die Schlange besitzt ungeahnte Kräfte.«

Ramses lachte und klopfte ihm aufmunternd auf den Rükken. »Leider stehen die Chancen schlecht, mein Freund.«

Nach einem leichten Frühstück brachen sie zu einer Besprechung im Schloß der Vandergelts auf, auch das eine Anweisung seines Vaters.

Zu siebt fanden sie sich in Cyrus' »Konferenzraum« ein, um die künftige Arbeitsplanung zu diskutieren: Ramses, seine Mutter, Nefret, Daoud und Selim, Bertie und Jumana, die wieder einmal in ihrem Element war.

Emerson wäre hocherfreut über das Resultat, überlegte Ramses. Im Gegensatz zu vielen anderen Exkavatoren hatten sie ihre Arbeitsergebnisse mit Fotos, Berichten und Berties hervorragenden Plänen ausführlich dokumentiert. Genaugenommen gab es drei getrennte Ausgrabungsbereiche: das Dorf mit den Hütten der Arbeiter, ihre kleinen Grabmonumente auf den umliegenden Hügeln und die Relikte von Tempeln und Schreinen, in denen sie ihren Gottheiten gehuldigt hatten. Die Gräber unterstanden Cyrus' Verantwortung, und nach den Aufzeichnungen zu urteilen, hatte sein Mitarbeiterstab das Gebiet systematisch freigelegt. Fast alle Grabstätten waren in der Frühzeit geöffnet worden, die Grabbeigaben geraubt und die kleinen Kapellen zerstört. Was die frühen Diebe zurückgelassen hatten, hatten neuzeitliche Plünderer gefunden und an Touristen und Händler verkauft.

Die Konferenz förderte allerdings eine Überraschung zutage: Cyrus bekundete nämlich, er spiele mit dem Gedanken, einen jungen Künstler einzustellen. »Er hat sich gestern bei mir erkundigt, ob wir vielleicht eine freie Position haben. Sein Name ist Maillet. Schon mal von ihm gehört?«

»Hat der nicht mit Newberry in Beni Hassan gearbeitet?« forschte Ramses.

Cyrus schüttelte den Kopf. »Das kann nicht sein. Dieser Bursche hier ist Anfang zwanzig. Ich hab ihm erklärt, daß ich seine Zeugnisse sehen möchte, und er versprach, sie demnächst vorbeizubringen. Was meinen Sie dazu, Amelia?«

Bei Cyrus hatte sie immer das letzte Wort. Gedankenvoll spitzte sie die Lippen. »Wenn er Ihnen fachlich zusagt, sollten Sie ihn nehmen. Wir brauchen ganz gewiß weitere Unterstützung und dürfen keinesfalls davon ausgehen, daß David wie jedes Jahr zu uns stößt. Der Junge hat jetzt anderweitige Verpflichtungen.«

Ramses musterte sie verwundert. David hatte sich noch nie beschwert, nicht einmal bei ihm, obwohl es seinem Freund bestimmt schwerfiel, Frau und Kinder für Monate zu verlassen. Tja, die Sitt Hakim wußte eben alles.

Nach einem späten Mittagessen, gemeinsam mit Katherine, brachten die Vandergelts sie zu ihren Pferden. Bertie, der neben Ramses ging, blieb bewußt hinter den anderen. Ramses ahnte schon, was kommen würde. Der junge Mann sah in ihm einen Vertrauten, eine ziemlich undankbare Rolle, da er dem unglücklich Verliebten wenig Hoffnung machen konnte. Bertie schwärmte schon seit einigen Jahren für Jumana, allerdings standen seine Chancen schlecht, denn das hübsche ägyptische Mädchen war eine glühende Feministin und zudem fest entschlossen, Karriere zu machen.

»Vielleicht bist du zu hartnäckig«, gab Ramses zu bedenken. »Laß sie eine Weile links liegen oder flirte einfach mit anderen Mädchen.«

»Das hab ich ja versucht, aber es hat überhaupt nichts gebracht.«

»Probier es wieder.«

»Schätze, du hast recht.« Bertie bemühte sich um einen beiläufigen Ton. »Kommt Maryam eigentlich dieses Jahr?«

Ramses versagte sich eine sarkastische Bemerkung. Bertie hatte ein besonderes Talent, sich exakt in die Frauen zu verlieben, die seine Mutter für indiskutabel hielt. Sethos' uneheliche Tochter Maryam hatte bei Katherine noch schlechtere Karten als die »nicht standesgemäße« Jumana. Maryam war nämlich Mutter eines dreijährigen Sohnes und im Kriminellenmilieu nicht ganz unbekannt.

»Keine Ahnung.« Ramses zuckte die Schultern. »Wir haben in letzter Zeit weder von ihr noch von ihrem Vater gehört. Mensch, Bertie, kannst du dich nicht einfach in ein nettes englisches oder amerikanisches Mädchen verlieben? Du brauchst sie ja nicht gleich zu heiraten, sondern dich nur ein bißchen mit ihr zu – ähm – amüsieren.«

»Sie sind alle gleich«, seufzte Bertie. »Langweilige, eingebildete Püppchen.«

»Was hältst du von Miss Petherick? Die ist garantiert nicht langweilig.«

Bertie starrte ihn entsetzt an. »Du machst wohl Witze. Diese Schreckschraube!!!«

Die anderen hatten bereits aufgesessen und warteten. Bertie nahm Ramses beiseite und sagte leise: »Jetzt, wo du den Namen sagst, fällt es mir wieder ein. Ihr Bruder fuhr im Krieg die Verletzten ins Lazarett. Sein Krankenwagen wurde von einer Panzerfaust getroffen, die von ihm transportierten Verwundeten waren auf der Stelle tot. Er kam mit heiler Haut davon, aber –«

»Kriegstrauma?«

Bertie zog eine Grimasse. »Als sie ihn fanden, taumelte er halb von Sinnen über die Straße und sammelte Leichenteile ein. Er soll versucht haben, sie wieder zusammenzufügen.«

»Grundgütiger.«

»Nimm ein bißchen Rücksicht auf ihn.«

»In Ordnung. Danke für den Hinweis.«

***

Wir wurden häufiger von ungebetenen Besuchern heimgesucht, meist völlig Fremde, die mit Empfehlungsschreiben von irgendwelchen Leuten aufkreuzten, die wir gar nicht oder nur flüchtig kannten. Wann immer ich aus dem Fenster meines kleinen Arbeitszimmers spähte, wo ich einen Artikel für Emerson fertigstellte, den dieser schon vor zwei Monaten hätte abliefern müssen, bemerkte ich Kutschen oder Eselreiter vor dem neuen Wächterhaus, das in seiner Schlichtheit den Hütten im Dorf ähnelte. Man hatte mir versichert, daß Wasim hellauf begeistert sei von seinem Quartier und dort auch zu schlafen gedenke. Ich arbeitete unverdrossen weiter, bis Fatima um die Teezeit hereinkam und mich informierte, daß zwei unserer archäologischen Kollegen unten auf mich warteten.

»Bitte sie, zum Tee zu bleiben«, wies ich unsere Hausangestellte an. Dann erhob ich mich und reckte meine steifen Glieder. »Ich komme, sobald ich mich ein wenig frisch gemacht habe.«

»Ja, Sitt.« Sie reichte mir einen kleinen Stapel Visitenkarten. »Denen habe ich gesagt, daß niemand zu Hause ist.«

»Ach du liebes bißchen, so viele?« Ich ging rasch die Kärtchen durch. Sämtliche Namen waren mir unbekannt – bis auf den eines Zeitungsreporters. »Diese unsägliche Frau«, knirschte ich. »Ich habe mich also nicht getäuscht; sie will um jeden Preis im Rampenlicht der Öffentlichkeit stehen. Das mit dem Fluch hat sich wahrscheinlich wie ein Lauffeuer in ganz Luxor verbreitet. Deine Anregung, Fatima, einen Wachposten einzurichten, war eine sehr gute Idee.«

»Ja, Sitt.« Ich verzieh ihr die selbstgefällige Miene, mit der sie das sagte.

Meine Gäste waren Mr. Barton vom Mitarbeiterstab des Metropolitan Museum und ein Bekannter von ihm, den er als Heinrich Lidmann vorstellte. Barton wirkte auf mich immer wie eine lustige Vogelscheuche, mit seinen langen, schlenkernden Extremitäten und dem aschblonden Strubbelkopf. Sein Begleiter war um einiges kleiner und fülliger. Er musterte mich durch seine Nickelbrille und hob unversehens zu einem ausufernden Monolog an.

»Mrs. Emerson, ich kann Ihnen gar nicht sagen, wie geehrt ich mich fühle, Sie kennenzulernen. Ich habe schon soviel von Ihnen gehört, und natürlich bewundere ich Ihre Arbeit, insbesondere die herausragenden Exkavationen, die Sie und Ihr werter Gatte in el-Amarna in dem –«

»Fasse dich kurz, Heinrich«, unterbrach Barton ihn freundlich. »Man muß ihm einfach ins Wort fallen, sonst findet er nie ein Ende«, erklärte er mir.

»Das ist mein schwacher Punkt«, räumte Lidmann mit einem verlegenen Lächeln ein – irgendwie erinnerte er mich an ein Schaf, mit seiner langen Nase und dem blondgelockten Schopf. »Verzeihen Sie, Mrs. Emerson, aber ich war von –«

»Setzen Sie sich doch, meine Herren«, sagte ich, Mr. Barton beim Wort nehmend. »Emerson ist leider unterwegs, aber Ramses und Nefret werden sich bestimmt in Kürze zu uns gesellen.«

Sie ließen auch nicht lange auf sich warten. Die beiden begrüßten Barton wie einen guten alten Bekannten, der er ja auch war. Er stellte Mr. Lidmann vor, der postwendend zu einem Schwall von Komplimenten ausholte.

»Es ist mir eine Ehre, eine solche Ehre, Dr. Emerson.«

»Bitte verzichten Sie doch auf den Titel«, bot Ramses ihm an. »Angenehm, Sie kennenzulernen, Mr. Lidmann. Schön, Sie zu sehen, George.«

Fatima brachte das Teetablett. Ich servierte das göttliche Getränk, während sie eine Platte mit Gebäck herumreichte, bei dessen Anblick Mr. Lidmann leuchtende Augen bekam.

»Ein paar Minuten lang glaubte ich schon, daß wir uns die nächste Zeit nicht wiedersehen würden.« Barton lachte verschmitzt. »Wasim hat mich anfänglich nicht erkannt und fuchtelte mit dieser museumsreifen Flinte vor meiner Nase herum. Sie hatten doch noch nie einen Wachmann, oder? Liegt irgendwas an? Erzählen Sie mir jetzt nicht, daß diese abstrusen Geschichten wahr sind.«

Aufgrund früherer Erfahrungen mit den Aasgeiern von der Presse war ich vorsichtig geworden und antwortete mit einer Gegenfrage. »Welche abstrusen Geschichten meinen Sie, Mr. Barton? Und wo haben Sie dergleichen gehört?«

Während Mr. Lidmann genüßlich schweigend (!) kaute, berichtete Barton, daß seine Arbeiter am Morgen von nichts anderem geredet hätten. Genau wie ich befürchtet hatte: Die Nachricht hatte in Luxor die Runde gemacht, und im Zuge der Übertreibung war aus dem uns leihweise übereigneten Artefakt ein gigantischer Schatz geworden: Juwelen, goldene Statuen, Gefäße aus kostbaren Metallen. Ich hielt es für ratsam, dieses Mißverständnis umgehend aus der Welt zu schaffen, deshalb holte ich die Statuette und schilderte den beiden Herren, wie sie den Weg zu uns gefunden hatte.

Bei ihrem Anblick blieb Barton die Luft weg, dafür redete Mr. Lidmann wie ein Wasserfall. »Das ist von Echnaton, kein Zweifel, und es stammt aus seinem Grab in Theben, ich habe lange Zeit geglaubt, daß seine Grabbeigaben, mit Ausnahme des Sarkophags, von Amarna hierhergebracht wurden, nachdem die Stadt des Aton verlassen worden war, und daß sie von hiesigen Grabräubern gefunden wurden, die, wie Sie wissen, bedeutendere Entdeckungen gemacht haben als mancher Archäologe; wie beispielsweise –«

»Das ist eine Möglichkeit von vielen«, sagte ich. Allerdings eine, die niemand von uns erwähnt hatte, und ich machte den fatalen Fehler, eine konkrete Frage an ihn zu richten. »Wo könnte sich ein solches Grab befinden?«

Mr. Lidmann beeilte sich, es uns zu erklären. Er redete

schneller und schneller, nahezu ohne Atempause. Mr. Barton hatte schließlich ein Einsehen mit mir und äußerte die magischen Worte. »Fasse dich kurz, Heinrich.«

Ramses, der den Besucher intensiv taxiert hatte, sagte: »Das Westtal klingt plausibel; die Grabstätten von Echnatons Vater und einem seiner direkten Nachfolger sind dort, wie Sie richtigerweise darlegen, Mr. Lidmann. Sie scheinen sich in der Amarna-Periode bestens auszukennen.«

»Ich habe vor dem Krieg in dem fraglichen Exkavationsgebiet gearbeitet.« Zum ersten Mal verließ ihn seine Eloquenz, und er starrte betreten auf seinen leeren Kuchenteller.

»Mit Borchardt?« wollte Ramses wissen.

»Ja. Mein Name ist Ihnen verständlicherweise nicht geläufig, da ich schon jahrelang nichts mehr publiziert habe, und seit dem Krieg war ich nicht mehr in der Lage ...« Er sah auf. Unsere gespannten Mienen schienen ihn zum Fortfahren zu ermutigen. »Um ehrlich zu sein, ich suche eine neue Aufgabe. Ich kenne die Sprache. Ich habe Ausgrabungserfahrung bei einem der besten Exkavatoren gesammelt. Ich spreche Arabisch und bin vertraut im Umgang mit den einheimischen Arbeitern.«

»Darf ich das so verstehen, daß Sie sich bei uns um eine Anstellung bewerben möchten?« fragte ich zögernd. Der arme Kerl tat mir richtig leid. Der Krieg hatte so manche vielversprechende Karriere unterbrochen oder gar tragisch beendet.

»Ich würde jede Position annehmen, sei sie auch noch so schlecht bezahlt. Wenn Sie nichts für mich haben, dann auch gern bei Mr. Cyrus Vandergelt. Vielleicht können Sie bei ihm ein gutes Wort für mich einlegen.«

Sein beschwörender Blick galt Ramses, als wäre dessen Entscheidung die einzig maßgebende! Typisch Männer, dachte ich bei mir.

»Mein Vater trifft derartige Entscheidungen«, erklärte mein Sohn. »Sobald er wieder hier ist, werde ich Ihr Problem mit ihm diskutieren.«

»Danke. Tausend Dank. Ich werde Ihnen ewig dankbar sein.«

Seine Worte waren so peinlich, daß ich froh war, als George Barton geschickt das Thema wechselte. Er betrachtete die Statuette von allen Seiten und murmelte: »Wenn sie von einem Händler gekauft wurde, kann sie theoretisch von überallher in Ägypten stammen. Korrekt, Mrs. Emerson?«

»Sie haben vollkommen recht.« Ich nickte. »Von daher wäre es am effizientesten, ihre Herkunft über den Händler, von dem sie gekauft wurde, nachzuvollziehen. Mrs. Petherick beteuert, den Namen dieses Händlers nicht zu kennen, und ich bin geneigt, ihr zu glauben, denn sie ist eine höchst ignorante Person, die ständig von irgendwelchen Flüchen und Verwünschungen lamentiert.«

Als mir schwante, daß ich schon fast wie Mr. Lidmann klang, unterbrach ich mich und bot den Herren noch eine Tasse Tee an.

»Danke, Ma'am, aber wir müssen zurück«, sagte Barton. »Jammerschade, daß wir den Professor nicht angetroffen haben, aber das läßt sich hoffentlich bald nachholen.«

»Ja, ja«, pflichtete Lidmann ihm bei. »Es wird mir eine Ehre sein. Ich bin überzeugt, Sie haben ein sicheres Versteck für dieses bemerkenswerte Artefakt. Jeder Dieb in Luxor hat es darauf abgesehen.«

»Keiner würde es wagen, den Vater der Flüche zu bestehlen«, grinste Barton. »Das ist eine von Daouds Redensarten, und sie trifft den Kern der Sache. Informieren Sie uns doch bitte, Ma'am, falls sich der Professor entschließt, einen seiner berüchtigten ... ähm ... berühmten Exorzismen zu veranstalten.«

* * *

Während des Abendessens mit Nefret und Ramses kamen wir noch einmal auf unseren neuen Bekannten zu sprechen.

»Und, setzt du dich bei deinem Vater für ihn ein?« wollte ich von Ramses wissen.

»Warum nicht? In irgendeinem Zusammenhang wurde er als kompetenter Exkavator erwähnt. Und du jammerst ständig, daß wir mehr Personal brauchen.«

»Was ja auch stimmt. Das Schwierige ist nur, deinen Vater davon zu überzeugen.«

Nachdem die jungen Leute sich zurückgezogen hatten, arbeitete ich noch eine Weile an Emersons Artikel weiter, ertappte mich jedoch irgendwann dabei, wie ich herzhaft gähnte. Sein wissenschaftlicher Stil ist zweifellos mitreißend (was man von den meisten akademischen Publikationen nicht behaupten kann), aber ich hatte eine turbulente Nacht hinter mir. Schließlich mußte ich kapitulieren und machte es mir auf der Couch gemütlich.

Ich träumte, nicht von Abdullah, sondern von Emerson. Gekleidet wie ein Beduine schlenderte er durch die engen Gassen des Khan el-Khalili, eine goldene Statue auf seinem Haupte balancierend. Ein Stein pfiff an seinem Kopf vorbei. Emerson duckte sich und ging weiter. Ein Schuß peitschte durch die Luft und verfehlte ihn um Haaresbreite. Emerson ging weiter. Ich rief nach ihm, aber meine Stimme war nicht lauter als das Miauen eines Kätzchens. Irrtum, ich *war* ein Kätzchen und sprang ihm um die Beine, krallte mich in seinen Umhang, in dem verzweifelten Bemühen, ihn auf mich aufmerksam zu machen. Eine Frau, züchtig verhüllt und verschleiert, glitt aus einem Hauseingang und schlang die Arme um ihn. Völlig ungerührt spazierte Emerson weiter. Direkt vor ihm stürzte krachend der Laden des Parfümhändlers ein, und es regnete zerbrochene Glasfläschchen auf die Straße. Ich schrie auf …

Und erwachte am ganzen Körper zitternd und schweißgebadet. Es war kein Traum gewesen. Das Echo der Erschütterung hallte noch nach.

Ich sprang von der Couch und stürzte zum Fenster, von

dem aus man Veranda und Straße überblickte. In fahlgelbes Mondlicht getaucht, erhob sich eine Staubwolke über den Trümmern des Wächterhauses.

Der dramatische Vorfall hatte auch andere geweckt. Als ich die Haustür erreichte, in aller Hast bemüht, den Gürtel meines Morgenmantels zusammenzuknoten, kam Ramses mir schon entgegen. In einer Hand die Taschenlampe, versuchte er mit der anderen, seine Hose zuzuknöpfen. »Mutter, ist dir was passiert?«

»Nein, mir nicht. Aber das Wächterhaus ist eingestürzt. Beeil dich.«

Nilschlammziegel zählen nicht unbedingt zu den haltbarsten Baumaterialien. Lediglich eine Wand stand noch. Alles andere hatte sich in einen Geröllhaufen verwandelt, gekrönt von einem eingebrochenen Schilfdach. Und irgendwo unter diesem Chaos, so fürchtete ich, lag vermutlich Wasim.

»Grundgütiger«, hauchte Ramses. »Mutter, nimm mal die Taschenlampe.«

Er kniete sich hin und fing an, Steine beiseite zu räumen. Ehe ich ihm zur Hand gehen konnte, kamen einige Bedienstete zu uns gelaufen. Sie halfen Ramses nach Kräften und wurden für ihre Mühen belohnt, als nicht lange darauf eine tastende Hand zum Vorschein kam. Die Retter johlten und hatten den bedauernswerten Wachmann bald befreit. Er lag bäuchlings im Schutt. Nefret, die als letzte zu uns stieß, packte Ramses am Arm, als er den armen Kerl auf den Rükken drehen wollte. »Beweg ihn nicht. Wasim, kannst du mich hören?«

Fachmännisch tastete sie seinen Körper und seine Gelenke ab. »Bist du das, Sitt Hakim?« ertönte eine gedämpfte Stimme. »Bin ich tot?«

Das war er ganz offensichtlich nicht, doch mußten wir ihn zunächst mit Engelszungen vom Gegenteil überzeugen. Nefret zufolge war er bis auf ein paar Schrammen und Kratzer heil davongekommen. Trotzdem legten wir ihn behutsam auf eine Trage, worauf sie ihn in ihre Praxis bringen ließ.

Erst als sich die allgemeine Anspannung legte, hatte ich Muße, mir das Ganze genauer durch den Kopf gehen zu lassen. Wie hatte die Konstruktion überhaupt einstürzen können? Sicher, sie war nicht für die Ewigkeit konzipiert gewesen, gleichwohl verfügten die Männer über eine lange Erfahrung und hätten niemals schlampig gearbeitet. Ein forschender Blick in die Runde ergab, daß sich ausnahmslos alle Bediensteten um uns geschart hatten. Und das bedeutete …

»Ramses«, drängte ich. »Steht irgend jemand Wache?«

»Verdammt«, zischte Ramses.

Behindert von meiner einengenden Nachtkleidung vermochte ich ihm nicht schnell genug zu folgen. Als ich Emersons Arbeitszimmer betrat, hatte Ramses bereits die Schlüssel zum Schreibtisch gefunden und öffnete eben eine der Schubladen. Mit einem erleichterten Seufzer zog er das bemalte Kästchen heraus und hob den Deckel.

»Sie ist noch da«, entfuhr es mir. »Falscher Alarm.«

»Nein, es ist jemand hiergewesen.« Er deutete auf die staubigen Fußabdrücke, die den Boden bedeckten. Nackte Füße, wohlgemerkt!

Wir folgten den Fußspuren des Eindringlings durch die Eingangshalle. Sie führten geradewegs in Emersons und mein Schlafzimmer.

»Hier ist er zuerst gewesen«, murmelte Ramses. »Er hat unter dem Bett und in den Kommodenschubladen nachgeschaut. Eine steht noch halb offen. Oder hast du –«

»So unordentlich bin ich bestimmt nicht. Sieht mir ganz nach einer oberflächlichen und unüberlegten Suchaktion aus. Ihm war durchaus bewußt, daß er nicht viel Zeit hatte. Als er hier nichts fand, ist er ins Arbeitszimmer deines Vaters gelaufen.«

»Dann hat er uns kommen gehört und ist unverrichteter

Dinge geflüchtet«, kombinierte Ramses. »Soll heißen, er hat keine genauen Anhaltspunkte, wo die Statue versteckt ist. Laß mal sehen, wie er ins Haus gekommen ist.«

Die staubigen Abdrücke verloren sich im Korridor, dennoch ließ sich unschwer feststellen, daß der Eindringling durch den Hof herein- und wieder hinausgekommen war.

»Himmel noch mal.« Mein Sohn fuhr sich mit den Fingern durch die zerzausten Haare, aus denen sich prompt lawinenartig der Sand löste. »Er hat keinen einzigen brauchbaren Hinweis hinterlassen. Vater würde jetzt maulen, daß es allmählich eintönig wird.«

## Aus Manuskript H

Statt am nächsten Tag ins Ausgrabungsgebiet nach Deir el-Medina zu reiten, widmeten sie sich einer anderen Form der Feldforschung. In dem fieberhaften Bemühen, Wasim zu befreien, war das Geröll bereits beiseite geschafft worden, und eine nähere Inspektion bestätigte Ramses' Verdacht, daß es eines Abrißkommandos oder einer Explosion bedurft hätte, um den stabilen Bau zum Einsturz zu bringen. Sie entdeckten Spuren von Dynamit und etwas weiter entfernt die Reste der Zündschnur.

Dynamit war nicht schwer zu bekommen. (In Ägypten mußte man lediglich die einschlägigen Adressen kennen.) Eine Untersuchung der verkohlten Ziegelfragmente – es war die frühere Nordostwand – ergab, daß die Wirkung der Explosion lediglich auf diesen Bereich abzielte. Daß die gesamte Konstruktion eingestürzt war, hatte vermutlich niemand beabsichtigt.

»Ein Glück, daß Wasim in Türnähe geschlafen hat«, meinte Selim und klopfte sich den Mörtel von den Händen. »Keine schöne Sache, Ramses. Wir müssen uns die Männer in Kurna vornehmen und in Erfahrung bringen, wer ein Alibi hat.«

Grinsend klopfte Ramses ihm auf die Schulter. »An dir ist ein echter Detektiv verlorengegangen, Selim. Leider hat der Bursche nicht einen Fingerabdruck oder sonst irgendwas hinterlassen, das uns weiterbringen könnte.«

»Trotzdem werden wir den Kurnawis auf den Zahn fühlen«, entschied Selim. »Wie geht es Wasim?«

»Er genießt die Erholungspause und stopft sich in der Zwischenzeit mit Fatimas Leckereien voll. Nefret hat ihn verarztet und ihm erklärt, er könne nach Hause gehen, aber dafür fühlte er sich zu geschwächt.«

»Wir müssen einen anderen Wachmann einsetzen«, erklärte Selim. »Und das Haus neu bauen.«

»Das überlasse ich dir. Es hat ohnehin keinen Sinn, heute noch nach Deir el-Medina aufzubrechen.«

Ramses widmete sich wieder seinen Papyri. Unterschwellig empfand er leichte Schuldgefühle, obwohl er bei dem Wiederaufbau wirklich nicht gebraucht wurde. Selim hatte ein Dutzend Gehilfen, deren tatkräftige Präsenz zudem ausreichte, um die wenigen neugierigen Zaungäste zu verscheuchen.

Während des Mittagessens ging seine Mutter die aktuelle Post durch. »Nichts von den Pethericks dabei?« wollte Ramses wissen.

»Nein. Das überrascht mich irgendwie. Aber vielleicht ist Mrs. Petherick der Sache überdrüssig geworden.«

Am Nachmittag dann überbrachte ein Bote eine handschriftliche Mitteilung. David John, der erstaunlich früh Lesen gelernt hatte, brütete über einem Buch, und Ramses spielte mit Carla Fangen, als seine Mutter in den Garten kam. »Wo ist Nefret?« erkundigte sie sich.

»Sie hat einen Patienten.« Ramses nahm die Notiz an sich und entwischte seiner Tochter, indem er sich auf einen Baum schwang. Carlas gerechtfertigtes Wutgeheul »Das gilt nicht, Papa, das gilt nicht!« ignorierend, überflog er die Zeilen.

»Das stimmt«, gestand er lachend Carla zu und sprang zu

Boden. »Ich hab verloren, und du gewinnst. Jetzt geh schnell und wasch dich, bevor es Tee gibt. Papa muß mal kurz weg.«

»Fatima hat Pflaumenkuchen gebacken«, setzte seine Mutter hinzu.

»Gehst du auch weg?« wollte Carla wissen.

Ihre Großmutter strich der Kleinen über die wirren schwarzen Locken. »Ja.«

Die dunklen Augenbrauen nachdenklich zusammengezogen, erwog Carla die Vor- und Nachteile. David John hatte bereits die logischen Schlüsse gezogen: Waren die anderen erst einmal fort, würde die nachgiebige Fatima ihnen bestimmt den gesamten Pflaumenkuchen überlassen. Er schloß das Buch, umarmte hastig seine Großmama und trottete gemeinsam mit Carla ins Haus.

Ramses nahm seinen achtlos hingeworfenen Mantel von der Bank, und seine Mutter sagte: »Ich bin froh, daß du dich bereit erklärt hast, mitzukommen. Mrs. Petherick scheint mir einem Nervenzusammenbruch nahe. Wenn wir nicht bald bei ihr aufkreuzen, tut sie womöglich noch etwas Unüberlegtes.«

Ramses überflog erneut die Notiz. Die zittrige Handschrift ließ auf ein angegriffenes Nervenkostüm und fahrige Hände schließen: *Er wird mich noch vor Einbruch der Dunkelheit holen. Beim Allmächtigen, bitte beeilen Sie sich!*

»Ich bin ganz deiner Meinung, daß wir zu ihr müssen«, bekräftigte er. »Aber du hast doch sicherlich einkalkuliert, Mutter, daß dieser verzweifelte Hilfeschrei auch eine Finte sein kann, oder? Ich hatte bislang den Eindruck, daß du die ganze Geschichte für einen inszenierten Presserummel hältst.«

»Wenn das Leben so einfach wäre!« seufzte seine Mutter vielmeinend. Sie faßte seinen Arm und führte ihn sanft, aber entschieden über den Gartenweg. »Der Mensch macht sich gern etwas vor, wie die Fälle von Hypochondrie belegen. Mrs. Petherick ist möglicherweise fest davon überzeugt, daß die Bedrohung real ist, damit rechtfertigt sie ihre Handlungen vor sich selbst und –«

»Ja, Mutter.«

Sie mochte ja recht haben, aber ihr selbstgefälliges Lächeln und ihre ausholenden Schritte verrieten ihre wahren Motive. Er hatte letztlich umsonst gehofft, daß er sie davon abbringen könnte, sich in die Belange der Pethericks einzuschalten.

Sie warteten noch so lange, bis Nefret den letzten Patienten behandelt hatte. Als die drei das Flußufer erreicht und ein Boot für die Überfahrt genommen hatten, stand die Sonne bereits tief im Westen. Das rotgoldene Licht der tiefstehenden Sonne ließ die altehrwürdigen Säulen des Luxor Tempels genauso erstrahlen wie die moderne Fassade des Winter Palace Hotels. Im Laufschritt passierten sie die Stufen vom Kai hinauf zur Straße.

»Sie schreibt, wir möchten direkt zu ihrem Zimmer kommen. Sie hat Angst, die Tür zu öffnen!« Ramses nahm seine Mutter am Arm. Dank langjähriger Praxis wanden sie sich geschickt an den obligatorischen Kamelherden, Eselgespannen und Kutschen vorbei, die die Straße verstopften.

»Welches Zimmer?« erkundigte sich Nefret und blickte entlang der weitläufigen Hotelfassade. Das Parterre mit Empfangshalle und Rezeption erreichte man über zwei geschwungene, gegenüberliegende Treppenfluchten, die Gästezimmer waren in der ersten und der zweiten Etage, im Souterrain befanden sich Lager- und Vorratsräume sowie der Servicebereich.

»252 und 253«, erwiderte Ramses. »Eine Suite. Die ganz am Ende.«

»Die mit dem Balkon? Überrascht mich, daß sie nicht … Ach du meine Güte! Was ist denn das?«

Trotz der Entfernung war jeder Irrtum ausgeschlossen. Die schwächer werdende Sonneneinstrahlung konzentrierte sich mit dramatisch anmutender Intensität auf die steinerne Balkonbalustrade und die daran gelehnte Silhouette. Mannshoch, in schwarzen Trauerflor gehüllt, schien diese das diffuse Licht förmlich zu absorbieren. Während sie ungläubig hinaufstarrten, beugte sich die Gestalt langsam vor und fiel etwa zwölf Meter tief auf die darunterliegende Terrasse.

Ramses schüttelte Nefrets Hand ab und stürmte kurz entschlossen ins Hotel. Die Gäste in der Lobby starrten ihm entgeistert nach. Er wartete nicht auf den gelegentlich ohnehin unzuverlässigen Aufzug, sondern hastete die Treppe hinauf. Im zweiten Stock angelangt, rannte er pfeilschnell durch den langen Korridor und hätte nicht übel Lust gehabt, den Hotelarchitekten für die verschachtelte Baukonstruktion zu erwürgen. Die meisten Gäste saßen im Teeraum oder auf der Terrasse; nur einige wenige der geräuschlos umherschwebenden Bediensteten nahmen von ihm Notiz.

Mrs. Pethericks Suite lag am Ende des rechtwinkligen Gangs. Ramses wußte von früheren Besuchen bei anderen Bekannten, daß die Räumlichkeiten durch ein kleines Entree betreten wurden. Vor der verschlossenen Tür dieses Vorzimmers stand Abdul, ein Hoteldiener, herausgeputzt mit rotem Fez, einer goldbetreßten Jacke und unpassender, aber malerischer Pluderhose. Ramses überging sein fröhliches »Salam aleikum«, klopfte statt dessen energisch an die Tür und rief ihren und seinen Namen. Keine Antwort, nicht das leiseste Geräusch aus dem Innern. Er wandte sich zu dem Diener. »Ist die Dame nicht da?«

»Sie ist nicht herausgekommen, Bruder der Dämonen.« Abdul überlegte ein paar Sekunden lang und formulierte dann freudestrahlend seine Schlußfolgerung. »Also ... muß sie noch drin sein, richtig? Sie gab mir ein großes Bakschisch und wies mich an, keinen zu ihr zu lassen. Niemanden außer dir oder der Sitt Hakim oder ...«

Die Tür war nicht abgeschlossen. Vielleicht war die Dame ja im Bad. Ramses trommelte geräuschvoll auf eine der Innentüren, die zum Salon führte. Keine Resonanz.

»Was wird hier gespielt?« brüllte er. Da die Frage definitiv nicht ihm galt, versagte sich Abdul eine Antwort. Ramses realisierte, daß er das Spiel wohl oder übel mitspielen mußte, er nahm sich jedoch fest vor, umgehend ein paar Takte mit der unsäglichen Frau zu reden.

Die Innentür war ebenfalls unverschlossen. Die deckenhohen Balkontüren standen offen, die zarten Gardinen blähten sich im Wind. Ein blutroter Sonnenuntergang entflammte den westlichen Himmel. Im Salon herrschte peinliche Ordnung, ebenso im Schlafzimmer und im Bad. Mrs. Pethericks Garderobe hing fein säuberlich aufgereiht im Schrank, ihre Toilettenartikel lagen auf dem Frisiertisch ausgebreitet, nur von der Bewohnerin selbst fehlte jede Spur.

# 3

»Es war lediglich ein ausgestopftes Kleidungsstück«, erklärte ich. »Das hab ich natürlich auf Anhieb gemerkt, weil es relativ schwerelos hinunterflatterte.«

»Ja.« Ramses ging nervös in Mrs. Pethericks Salon auf und ab, dabei nahm er wahllos irgendwelche Gegenstände in Augenschein, als fände er so die Lösung. »Wie viele von diesen unmöglichen Umhängen besitzt diese unsägliche Frau eigentlich?«

»Vermutlich mehrere. Sie hat ein Faible für Schwarz, eine bekanntermaßen beliebte Farbe für Abendcapes, -stolen und -schals.«

Nachdem wir uns vergewissert hatten, daß auf der Terrasse des Winter Palace keine unappetitlich verstümmelte Verletzte lag, waren Nefret und ich nach oben gerannt. Ich drapierte das fragliche Kleidungsstück über die Rückenlehne des Sofas. Es hatte Ähnlichkeit mit dem Umhang, den der Eindringling auf unserem Grundstück zurückgelassen hatte; allerdings war jener aus Wildseide gewesen, dieser hier aus weichem Samt mit Paillettenstickerei auf den Schultern. Unvermittelt kreisten meine Gedanken um die eher nebensächliche Frage, was dieses Kleidungsstück wohl suggerieren sollte. Die unendliche Macht des Bösen? Die Präsenz des berüchtigten Herrn der Finsternis? Es war weder ägyptisch noch antik oder modern. Aber wer an solche Scharlatanerie glaubt, schert sich nicht um logische Erwägungen.

Wir durchsuchten die Suite ein weiteres Mal und fanden nichts Aufschlußreiches. Nach unserem Dafürhalten fehlte auch nichts. Kurze Zeit später gesellte sich Mr. Salt zu uns. Der Direktor eines großen Hotels muß starke Nerven haben, trotzdem wirkte der gute Mann spürbar angegriffen. Die Gäste hatten ihn informiert, daß jemand eine Leiche aus einem Fenster oder von einem der Balkone im oberen Stockwerk auf die Terrasse geworfen habe. Oder, wie ein fantasiebegabter Zeuge zu berichten wußte, von unsichtbarer Hand aus den himmlischen Sphären über dem Hotel. Mr. Salt bat uns – mit leicht bebender Stimme –, ihm unseren Stand der Informationen mitzuteilen.

Unsere Zusicherung, daß es keine Leiche gebe, erleichterte ihn sichtlich. »Demnach müssen wir die Polizei also nicht einschalten«, sagte er und wischte sich die Schweißperlen von der Stirn.

»Noch nicht«, erwiderte ich.

»Noch nicht? Aber Mrs. Emerson, wenn es keinen Toten gibt –«

»Genau darin liegt ja das Problem«, erklärte ich. »Mrs. Pethericks leibliche Hülle ist ebenfalls nicht präsent. Die Dame scheint verschwunden zu sein.«

»Verzeihung, Mutter, aber diese Schlußfolgerung ist ein bißchen voreilig«, wandte mein Sohn ein. »Möglicherweise gibt es eine ganz harmlose Erklärung für ihre Abwesenheit. Am besten erkundigen wir uns bei den anderen Gästen, aber auch bei Mrs. Pethericks Sohn und Tochter sowie ihrer Zofe.«

»Sie hat keine Zofe mitgebracht«, räumte Mr. Salt ein. »Eine der Hotelangestellten kümmert sich um sie, wenn sie Hilfe braucht. Aber ich bin ganz Ihrer Meinung, vermutlich gibt es eine ganz harmlose Erklärung!«

»Sie haben doch nichts dagegen, wenn wir Nachforschungen im Hotel anstellen?« erkundigte ich mich.

»Im Gegenteil, ich bin Ihnen sogar dankbar, Mrs. Emerson.«

Mrs. Petherick war weder im Speisesaal noch in einem der Gesellschaftsräume. Der Portier hatte sie nicht gesehen, und sie hatte auch keinen Zimmerschlüssel abgegeben. Diese waren an großen schweren Bronzeanhängern befestigt, unwahrscheinlich, daß sie einen dermaßen sperrigen Gegenstand mitgenommen hätte, selbst wenn sie spontan ausgegangen wäre, ohne uns eine Nachricht zu hinterlassen. Adrian und Harriet Petherick waren nicht im Hotel, allerdings hatten sie ihre Schlüssel abgegeben. Das Zimmermädchen stammelte und stotterte vor lauter Nervosität wirres Zeug. Wir beschlossen, weitere Nachforschungen zu vertagen. Sämtliche Hotelgäste zu vernehmen, hätte ohnehin Stunden in Anspruch genommen und wäre vermutlich auf eine unproduktive Mischung aus Fiktion und Fakten hinausgelaufen. Aufgrund früherer kriminalistischer Ermittlungen ahnte ich bereits, was uns in der Lobby erwartete: eine sensationshungrige Menschentraube, die mich mit Fragen bombardieren und die nicht zuletzt mit brandaktuellen Informationen prahlen würde. Ich war sogar gezwungen, zwecks Durchkommens meinen Schirm einzusetzen, und ein impertinenter Bursche – laut eigenem Bekunden Journalist – folgte uns den ganzen Weg bis zum Hafen.

Wir nahmen unsere Plätze im Fährboot ein. Es war eine jener zauberhaften ägyptischen Nächte; das Mondlicht kräuselte sich auf der sanft wogenden Wasserfläche, und die Sterne strahlten am schwarzsamtenen Firmament. Ich sah auf die Uhr. »Herrje, ist das wieder spät. Fatima wird verstimmt sein.«

»Und Maaman heult in die Suppe«, meinte Nefret sarkastisch. »Sag mal, Mutter, was hältst du von der Sache?«

»Für mich gibt es nur zwei mögliche Erklärungen«, erwiderte ich, während ich mich entspannt an den gepolsterten Rücken der Bootsbank lehnte. »Entweder hat Mrs. Petherick das Hotel aus freien Stücken verlassen oder sie wurde gegen ihren Willen fortgebracht.«

»Ohne dabei gesehen zu werden?« bohrte Ramses. »Abdul ist zwar nicht der Hellste, aber er hätte es bestimmt gemerkt, wenn jemand eine strampelnde, schreiende Frau hinausgetragen hätte – selbst wenn sie bewußtlos gewesen wäre, immerhin ist sie nicht gerade zierlich.«

»Das ist dir auch schon aufgefallen, was?« murmelte Nefret. »Vielleicht hat Abdul dich angelogen.«

»Mich? Niemals. Oh, Mist«, knirschte Ramses haareraufend. »Tut mir leid. Ich hab mich im Tonfall vergriffen. Na ja, jedenfalls hat er einen Mordsrespekt vor Vater, und auf seine Weise ist er eine ehrliche Haut. Nein, Mutter. Die Dame hat mit einem anderen Trick gearbeitet. Schließlich blieb ihr massenhaft Zeit zum Verschwinden, bevor ich die Suite erreichte.«

»Ohne etwas mitzunehmen?«

»Ein vollgepackter Koffer hätte den Effekt vermasselt«, grinste Ramses.

»Aber dann muß der grundehrliche Abdul doch geschwindelt haben, als er beteuerte, daß sie die Suite nicht verlassen hat.«

»Nicht zwangsläufig. Er war nicht die ganze Zeit vor ihrer Tür; er räumte ein, daß er seinen Posten ein- oder zweimal oder, ›ja, Bruder der Dämonen, vielleicht sogar noch öfter‹, verlassen habe, um mit den anderen Zimmerkellnern eine Zigarette zu rauchen oder einem natürlichen Bedürfnis nachzugehen. In diesem kurzen Moment hätte sie heimlich, still und leise verschwinden können. Ein Entführer hätte das nicht bewerkstelligt.«

Meines Erachtens zog Ramses jetzt voreilige Schlüsse. Zugegeben, seine Interpretation war durchaus überzeugend, aber intelligente Verbrecherhirne schmieden erfahrungsgemäß geniale Pläne. Falls der Schurke sich als Diener getarnt und Mrs. Petherick kurzerhand in einen Teppich oder einen Wäschebeutel verfrachtet hatte ... ich verfolgte das Thema bewußt nicht weiter, da Ramses ausnehmend mißmutig wirkte.

»Sollen wir deinen Vater nicht besser von den neueren Entwicklungen unterrichten?« sagte ich statt dessen.

»Warum? Morgen liest er es doch sowieso in der Kairoer Tageszeitung.«

»Ach du gute Güte! Ich darf gar nicht daran denken! Er wird wütend sein, nicht wahr?«

»Darauf kannst du Gift nehmen«, meinte Ramses trokken, »vor allem, wenn er die Kommentare liest, die wir der Presse gegeben haben.«

»Aber wir haben doch gar nichts verlauten lassen«, protestierte ich. »Nur daß diejenigen, die Informationen haben, sich an Mr. Salt wenden sollen.«

»Das hindert die Journalisten aber nicht daran, uns zu zitieren«, versetzte Ramses.

»Ich frag mich, was wohl Abdullah dazu gesagt hätte«, sinnierte ich.

»Hast du in letzter Zeit von ihm geträumt?« Ramses bemühte sich um einen bewußt beiläufigen Ton. Meine Familie zeigte sich nach wie vor skeptisch gegenüber diesen sonderbaren Träumen, für mich waren sie jedoch so wirklich, als sähe ich meinen lieben verstorbenen Freund leibhaftig vor mir. Er hatte sein Leben für mich geopfert, indem er sich instinktiv vor mich warf, als er mich in Gefahr wähnte.

»Nein, in letzter Zeit nicht«, antwortete ich.

Nefret lächelte wehmütig. »Immerhin kann er nicht darüber meutern, daß wir wieder mal einen Toten haben. Erinnert ihr euch noch an seine typische Redensart? ›Ein neues Jahr, eine neue Leiche!‹«

***

»Ein neues Jahr, eine neue Leiche!« sagte Abdullah. Er kam wie stets über den Weg vom Tal der Könige. Meine Route hatte mich über die steilen Hänge hinter Deir el-Bahari geführt, und die schrägstehenden Strahlen der Morgensonne schickten mir meinen Schatten voraus.

»Was willst du damit sagen?« forschte ich. »Wir haben dieses Jahr noch keine einzige Leiche zu vermelden. Vielleicht könntest du mich erst einmal begrüßen, bevor du anfängst herumzukritisieren«, setzte ich pikiert hinzu.

Statt einer Antwort lächelte er sardonisch und strich sich über den Bart. An dem Tag, als er in meinen Armen gestorben war, war dieser schlohweiß gewesen. In meinen Träumen war er schwarz und Abdullahs Gesicht das eines jungen, vitalen Mannes.

»Noch nicht, Sitt«, bemerkte er.

»Wer?« drängte ich. »Doch nicht etwa Emerson? Oder Ramses? Oder ... oder ...«

»Das entzieht sich meiner Kenntnis. Die Zukunft ist ungewiß. Aber gibt es nicht immer eine Leiche? Du suchst doch die Gefahr, Sitt.«

»Wenn du damit auf Mrs. Petherick und ihre Statue anspielst, so ist sie zu uns gekommen, vergiß das nicht. Und wo sollte da eine Gefahr bestehen? Die Frau ist ignorant und erfindet hanebüchene Geschichten.«

»Die Statue ist keine Erfindung.«

»Woher stammt sie, Abdullah?«

Er rollte mit den Augen und grinste salbungsvoll. »Von einem Ort, wo du sie nie vermuten würdest, Sitt.«

»Hätte mir auf Anhieb klar sein müssen, daß du mir keine schlüssige Antwort gibst! Also nicht aus Amarna, und nicht aus Grab 55?«

Sein verschmitztes Lächeln verlor sich. Er trat einen Schritt auf mich zu und streckte eine Hand aus, als wollte er meine Wange berühren. »Sitt, bedenke meine Worte. Hör auf damit, Katastrophen nachzujagen, ruhe dich lieber aus und genieße das Leben. Für dich ist es gewiß nicht anders als für mich: Werden die Tage nicht kürzer, die Wege länger, die Lasten schwerer?«

Seine Worte prasselten wie eine Gesteinslawine auf mein Herz, der Himmel schien sich unversehens zu verdüstern, gleichwohl schüttelte ich energisch den Kopf. »Um so mehr Grund, das beste aus den kürzeren Tagen zu machen und sich für die schwereren Lasten zu stählen. Ausgerechnet von dir hätte ich einen solchen Sermon nicht erwartet, wo du doch immer so tatkräftig und beherzt warst.«

»Ah«, meinte Abdullah gedehnt. »Ich wußte, daß du das sagen würdest.«

Ein Sonnenstrahl erhellte sein milde lächelndes Gesicht, was mich allerdings nicht daran hinderte, meiner Entrüstung Luft zu machen: »Was ich von dir will, sind praktische Ratschläge – aber die bekomme ich nie! Wenn du mir schon nicht konkret sagen willst, woher die Statue stammt, dann gib mir doch wenigstens einen kleinen Tip!«

»Das habe ich«, meinte Abdullah und strich sich weise über den Bart. »Und ich will dir noch einen Hinweis geben. Vor nicht allzu langer Zeit hast du mir eine ähnliche Frage gestellt, und ich habe sie dir beantwortet. Besinne dich darauf, dann fällt dir die Antwort ein.«

Er drehte sich um und schlenderte davon. Ich stampfte ärgerlich mit dem Fuß auf. Im Laufe der Jahre hatte ich ihn so manches gefragt, worauf Abdullah bestenfalls mit einer geheimnisvollen Andeutung reagiert hatte. Zudem hatte ich nicht die leiseste Ahnung, auf welche meiner Fragen er sich bezog.

***

Am nächsten Tag entdeckte ich nach dem Frühstück von der Veranda aus Menschenmengen, die sich um das provisorische Wächterhaus scharten. Unser neuer Wachposten, Dauds Sohn Hassan, stand mitten auf der Straße, breitbeinig, Wasims antiquierte Flinte im Anschlag; ich glaube, einzig und allein der Anblick der Waffe (ich hoffte inständig, daß sie nicht geladen war!) verhinderte, daß die sensationslüsterne Meute den Wachunterstand stürmte und uns von allen Seiten bedrängte.

Um ehrlich zu sein – worum ich mich natürlich stets bemühe –, wurde ich im Laufe des Morgens zunehmend nervös. Ich interessierte mich brennend dafür, was augenblicklich in Luxor passierte: ob Mrs. Petherick aufgetaucht war, ob es neue Informationen gab und was ihre Kinder von all dem hielten. Nachdem er das Horrorszenario mit steinerner Miene inspiziert hatte, hatte Ramses mir strikt verboten, das Haus zu verlassen oder, besser gesagt, mich eindringlich gebeten, seinen Wünschen Folge zu leisten. Darauf zog er sich in sein Arbeitszimmer zurück, um sich den hieratischen Papyri zu widmen, die er gerade übersetzte, denn die ägyptische Sprache war Ramses' Spezialgebiet.

Meine Gedanken kreisten um das Gespräch mit Abdullah. Er hatte wie üblich entsetzlich geheimnisvoll getan, und es war auch nichts Neues, daß er mich zurechtwies, weil ich seiner Meinung nach »die Gefahr suchte«. Allerdings hatte er doch tatsächlich die Unverfrorenheit besessen, mir zu erklären, ich sei allmählich zu alt für solche Abenteuer! Das hatte er bislang noch nie gewagt. Zudem hätte er sich denken müssen, daß mich das lediglich anspornte.

Vielleicht hatte der alte Gauner genau das beabsichtigt, obwohl ich derartige Inspiration nie und nimmer benötigte. Genau wie Abdullah würde ich mein Schicksal meistern. Ein schneller und honoriger Tod, am besten im Kreise meiner Lieben, war dem schleichenden Verfall von Geist und Körper bei weitem vorzuziehen.

Was zum Teufel hatte er bloß mit seinem letzten »Hinweis« gemeint? Ich versuchte, meine zahllosen Gespräche mit ihm zu rekapitulieren. Er hatte immer wieder betont, daß die Zeit im Jenseits keine Rolle spielte; was mir unendlich lang vorkam, war für ihn nur ein kurzer Augenblick. Wir hatten über so vieles geredet, und ich vermochte beim besten Willen keine Bezüge auf Amarna oder Echnaton zu finden.

Nachdem Nefret ihre Patienten behandelt hatte – eine entzündete Zehe und ein Fall von Bindehautentzündung –, gesellte sie sich zu mir auf die Veranda.

»Was wollen denn die ganzen Leute da draußen?« fragte sie und ließ sich eine Tasse Kaffee von Fatima einschenken. »Haben die nichts Besseres zu tun?«

»Viele Leute werden schier erdrückt von Langeweile«, seufzte ich, »weil sie mit ihrer Zeit nichts anzufangen wissen.«

»Wer ist denn der Typ mit dem schreiend bunten Jackett und dem breitkrempigen Hut?«

»Mit ziemlicher Sicherheit ein Journalist«, schnaubte ich. »Diese Ganoven erkenne ich kilometerweit. Gute Güte, der Kerl versucht allen Ernstes, Hassan zu bestechen!«

»Da ist er vermutlich nicht der erste. Aber Hassan hat Charakter.«

»Wasim für gewöhnlich auch. Würde mich trotzdem nicht wundern, wenn er sich ein ansehnliches Bakschisch in die Taschen geschaufelt hätte.«

»Weil er den Leuten einen regen Mitteilungsaustausch versprach, was du ihm schlichtweg verboten hattest? Also deshalb hat er Angst, seine Arbeit wieder aufzunehmen. Und ich dachte schon, es läge an dem Zwischenfall mit dem Hauseinsturz.«

»Die Habgier siegt häufig über die Feigheit«, sinnierte ich. »Grundgütiger, sieh dir diese Menschenmassen an. Ich wünschte, ich wüßte –«

»Was sich so ergeben hat? Ich auch«, räumte Nefret ein. »Aber es ist zwecklos, das Haus zu verlassen. Wir wären auf der Stelle von Neugierigen eingekesselt.«

»Ich habe schon daran gedacht, mir einen Umhang und einen Schleier von Fatima auszuleihen und mich wenigstens bis zum Wächterhaus zu schleichen.«

»Das kann ich zwar verstehen, aber bitte, tu's nicht, Mutter. Ich hab so ein Gefühl, daß wir über kurz oder lang von Miss Petherick oder von Cyrus hören werden.«

Sie sollte sich irren. Mit gelindem Erstaunen verfolgte ich, wie Hassan zurücktrat und die Flinte hinter dem Rücken zu verbergen suchte. Dann erkannte ich den Mann, der die Straße hinaufkam – größer als die meisten Ägypter, seine weiße Uniform tadellos, ein gestutzter Bart umrahmte die untere Hälfte des braungebrannten Gesichts. Wenn man klug ist, diskutiert man nicht mit ägyptischen Polizeichefs, schon gar nicht mit Ibrahim Ayyid. Er war noch recht jung, hatte sich aber bereits den Ruf erworben, daß er Disziplin und Fairneß vertrat.

Angenehm überrascht lief Nefret zur Tür und reichte ihm die Hand. Höflich senkte er den Kopf zu einem angedeuteten Handkuß, mich begrüßte er militärisch tadellos, mit einem zackigen Kopfnicken und zusammengeschlagenen Hakken.

»Ich muß mich für mein unangekündigtes Auftauchen entschuldigen«, begann er.

»Aber ganz im Gegenteil«, erwiderte Nefret. »Sie haben uns quasi das Leben gerettet, Mr. Ayyid. Wir wären fast gestorben vor Langeweile.«

Ich bat Fatima, frischen Kaffee zu bringen, unterdes musterte Ayyid uns forschend. »Soweit ich weiß, waren Sie von Anfang an in die Sache involviert. Und Sie waren gestern abend im Hotel. Anlaß meines Besuches ist nämlich, daß ich Sie um nähere Informationen ersuchen muß.«

»Aber erst, wenn Sie uns die aktuellen Neuigkeiten mitgeteilt haben.« Ich lächelte, um damit anzudeuten, daß dies einer meiner kleinen Scherze war. »Ist Mrs. Petherick wieder im Hotel?«

»Nein. Ihre Kinder behaupten, sie sei entführt worden, und die Polizei sowie die britischen Behörden sind inzwischen eingeschaltet.«

Er holte Notizblock und Bleistift heraus.

»Dann ist Ihr Besuch bei uns offizieller Natur?« erkundigte ich mich.

»Ja, Madam.«

»Sie können sich voll und ganz auf unsere Kooperation verlassen«, erklärte ich. »Der Professor ist in Kairo, aber mein Sohn ist hier. Nefret, bitte Ramses doch rasch zu uns.«

Mir entging nicht, daß Mr. Ayyids tiefdunkle Augen Nefrets schlanker Silhouette folgten, als sie den Raum verließ. Ich wußte, daß er sie schätzte, nachdem sie ihm häufiger bei Obduktionen assistiert hatte. Ob diese Empfindungen auch privater Natur waren, konnte ich nur mutmaßen. Als vollendeter Gentleman und tief religiös, wäre er ihr niemals zu nahe getreten.

Ayyid rutschte nervös auf dem Stuhl herum, und ich ertappte mich dabei, daß ich ihn, in Gedanken versunken, unhöflich angestarrt hatte. »Ich kann Ihnen den Hintergrund kurz schildern«, fing ich an. »Die Sache begann damit, daß Mrs. Petherick uns vor ein paar Tagen aufsuchte.«

Ich war noch nicht weit gediehen, als Ramses und Nefret hereinkamen. Fatima brachte unaufgefordert weiteren Kaffee und frisches Gebäck, um einen Vorwand zum Lauschen zu haben. Ich schloß meine Ausführungen mit dem Besuch in Mrs. Pethericks Suite am vorherigen Abend. Dann harrte ich Mr. Ayyids Kommentaren.

»Eine merkwürdige Geschichte«, meinte er gedehnt.

»Nicht ganz so merkwürdig, wenn man die möglichen Motive der Dame bedenkt«, erklärte Ramses. »Die ganze Sache ist ein Riesenbluff, um ihre Publicity und den Absatz ihrer Bücher zu fördern.«

»Dann sind Sie also nicht der Auffassung, daß sie entführt wurde?« wollte Ayyid wissen. Er sah zu Nefret, indes antwortete Ramses.

»Ich glaube, sie hat sich verkleidet und von Abdul unbemerkt aus dem Zimmer geschlichen. Sie wissen um die Bauweise der Suite, Sir. Da ist die Außentür zu einem kleinen Vestibül mit zwei Innentüren, die jeweils ins Schlafzimmer und in den Salon führen. Gut möglich, daß sie im Schlafraum wartete, bis Abdul und ich den Salon betraten, und dann hinausgeschlüpft ist.«

Ayyid machte sich Notizen. »Mehrere Gäste beteuern, daß ihnen im Treppenhaus eine hochgewachsene, schwarz gekleidete Gestalt aufgefallen ist«, sagte er trocken.

»Das überrascht mich nicht«, grinste Ramses. »Aber die hat es nie gegeben. Sie hat einen leeren Umhang vom Balkon geworfen.«

Nefret beugte sich vor. »Wie haben sich Mr. und Miss Petherick denn dazu geäußert? Die beiden glauben doch sicher nicht, daß ihre Stiefmutter von irgendeinem rachsüchtigen Dämon entführt wurde, oder?«

Mr. Ayyid hätte sie jetzt höflich darauf aufmerksam machen können, daß er hier die Fragen stellte, aber das tat er nicht. »Sie behaupten, daß ihre Stiefmutter von jemandem entführt wurde, der es auf die Statue abgesehen hat. Wie wertvoll ist dieses Artefakt?«

»Ziemlich wertvoll«, erklärte Ramses. »Aber die Vermutung ist absurd. Die Statuette war gar nicht im Besitz von Mrs. Petherick, sie ist bei uns.«

»Wer wußte davon?«

»Vermutlich ganz Luxor«, seufzte mein Sohn.

»Und es wurde versucht, bei Ihnen einzubrechen«, gab Ayyid mit ernster Miene zu bedenken. »Warum haben Sie die Polizei davon nicht unterrichtet?«

»Wir ziehen es vor, dergleichen allein zu regeln«, sagte ich. Mr. Ayyids Miene suggerierte, daß er diese Anschauung ganz und gar nicht teilte. Als ich mich anschickte, ihn auf unsere explizite kriminalistische Erfahrung hinzuweisen, kam Ramses mir zuvor.

»Es bestand zu keinem Zeitpunkt auch nur die geringste Gefahr, Sir. Nur ein Verrückter wäre davon ausgegangen, daß er das versteckte Objekt ohne ausgedehnte Suche und das Risiko einer –«

Er brach abrupt ab. Ayyids Augen wurden schmal.

»Mr. Adrian Petherick ist aber doch nicht ganz zurechnungsfähig, oder? Und er ist offenbar besessen von der Idee, die Statue wieder an sich zu bringen.«

»Trotzdem würde er nicht dermaßen unüberlegt handeln«, wandte Ramses ein. »Er weiß, daß mein Vater das Artefakt an Mrs. Petherick zurückgeben wird. Er war dabei, als das besprochen wurde.«

»Sie ist die rechtmäßige Besitzerin?«

»Wir nehmen es an.«

»Also wissen Sie es nicht genau?«

»Wir kennen das Testament von Mr. Petherick nicht«, räumte Ramses ein. »Wenn Sie das für relevant halten, sind Sie sicher eher als wir in der Lage, diese Frage zu klären.«

»Mag sein.« Ayyid machte sich eine weitere Notiz. »Können Sie mir den ersten Eindringling beschreiben?«

»Er war bereits verschwunden, als Ramses eintraf«, sagte ich, da mein Sohn etwas pikiert wirkte. »Ich sah nur seine Beine, als er über die Mauer setzte. Er trug europäische Hosen. Ali beteuert, er sei groß und ungeheuer stark gewesen, ich bin mir aber nicht sicher, ob seine Aussage verläßlich ist.«

»Ich würde gern einmal mit Ali Yussuf reden.«

»Bitte, tun Sie sich keinen Zwang an. Nur werden Sie nicht viel aus ihm herausbekommen, da es dunkel war und er friedlich döste.«

»Und der zweite Vorfall? Wollen Sie etwa behaupten, es habe keine Gefahr für die Beteiligten bestanden?«

»Vermutlich war das gar nicht beabsichtigt«, erklärte Ramses. »In erster Linie ging es wohl darum, uns aus dem Haus zu locken, damit der Bursche eine weitere Suche starten konnte.«

»Hmmm.« Ayyid setzte eine skeptische Miene auf. »Also hat keiner von Ihnen den Unbekannten gesehen?«

Ramses schilderte ihm die Sache mit den Fußspuren. »Wir haben den Film noch nicht entwickeln können. Ich werde

Ihnen die Fotos dann umgehend zukommen lassen, wage aber zu bezweifeln, daß sie sehr aussagekräftig sind.«

»Barfuß«, meinte Ayyid gedankenvoll. »Das heißt nichts, jeder Mensch kann schließlich die Schuhe ausziehen.«

»Darf ich fragen, wieso Sie dieser Angelegenheit soviel Bedeutung beimessen, statt die Suche nach Mrs. Petherick zu forcieren?« forschte ich.

Mein kritischer Ton entging Mr. Ayyid nicht. Er schloß sein Notizbuch und stand auf. »Das würde ich ja, Mrs. Emerson, wenn ich auch nur den kleinsten Anhaltspunkt hätte, wo wir suchen sollen. Allerdings haben wir derzeit keinerlei Beweis, daß ihrem Verschwinden ein Verbrechen zugrunde liegt. Sollten Sie irgend etwas erfahren, so hoffe ich doch, daß Sie sich über Ihre üblichen Gewohnheiten hinwegsetzen und mit der Polizei Kontakt ... Allahu Akbar! Was ist denn das?«

Er hatte es nicht heranpreschen sehen, aber wir. Wie vom Donner gerührt verfolgten wir sprachlos das riesige sandfarbene Tier, das, einem Löwen nicht unähnlich, in großen Sätzen angesprungen kam. Daoud lief mit rudernden Armen hinterher und brüllte irgend etwas Unverständliches. Hinter Daoud stoben die schaulustigen Gaffer kreischend und schreiend in sämtliche Richtungen auseinander. Das furchterregende Wesen stellte sich auf die Hinterläufe und warf sich so kraftvoll gegen die Verandatür, daß diese in den Angeln bebte. Dann begann es zu heulen.

Ich muß gestehen, daß selbst ich zusammenzuckte. Ich dachte nur noch an die Vampire und Werwölfe in Gräfin Magdas Horrorgeschichten. Gottlob traf Daoud in diesem Moment ein. Völlig außer Atem brachte er zunächst kein Wort heraus; er packte die Kreatur am Halsfell und zerrte sie zurück. Sie gehorchte unversehens, rollte sich auf den Rükken und streckte ihre gewaltigen Pfoten in die Luft.

Ramses faßte sich als erster wieder. »Ich meinte einen Hund, Daoud, und kein Raubtier! Wo zum Kuckuck hast du denn den –«

»Es ist ein Hund, Bruder der Dämonen«, maulte Daoud. »Ein schöner Hund, und ein lieber Hund. Und du hast selbst gehört, wie laut er bellen kann!«

Fatima hatte sich ins Haus geflüchtet. Durch den Türspalt schimpfte sie: »Daoud, du bist von Sinnen. Dieses Tier können wir auf gar keinen Fall in die Nähe der Kinder lassen.«

»Schau'n wir mal«, meinte Nefret. »Bring ihn rein, Daoud.«

Daoud zog den Hund am Nackenfell hinter sich her. Nach einem kurzen, angespannten Augenblick – sozusagen auf Tuchfühlung mit der Bestie – wälzte sich ebendiese vor Nefret auf dem Boden und ließ sich schwanzwedelnd von ihr untersuchen. Nefret streichelte die prankenartigen Pfoten.

»Seht ihr? Braves Hündchen«, kicherte sie. »Im übrigen ist es eine Hündin. Ich werde sie Amira nennen.«

»Sie sieht nicht eben aus wie eine arabische Prinzessin«, drang Fatimas Stimme durch den Türspalt.

»Wart's ab, bis sie gefüttert und gebürstet ist«, gab Nefret zurück. »Außerdem wächst sie noch.«

»Du meinst, sie ist noch nicht ausgewachsen«, entfuhr es mir. »Wie groß wird sie denn schätzungsweise?«

Nefret lachte. »Schwer zu sagen. Pfoten und Gebiß deuten jedenfalls darauf hin, daß es sich um ein sehr junges Tier handelt.«

Fatima öffnete die Tür ein Stück weiter, und herausspaziert kam die Große Katze des Re. Der Kater verharrte mit starrem Blick, sein aufgerichteter buschiger Schwanz zuckte nervös. Blitzschnell fuhr er die Krallen aus, setzte zum Sprung an und kratzte den Hund in die Nase. Amira legte sich flach auf den Boden und bedeckte den Kopf mit den Pfoten. Die Große Katze des Re stolzierte zum Sofa, sprang hinauf und begann sich zu putzen.

Während Nefret Amira kurz verarztete, sagte ich: »Daoud, die Hündin scheint mir tatsächlich recht friedfertig. Aber wieso hat sie sich gegen die Tür geworfen?«

»Sie wollte zu euch«, erwiderte Daoud.

Leicht irritiert verabschiedete sich Mr. Ayyid, und wir setzten uns zu einem kleinen Schwätzchen zusammen – Daouds Spezialität. Er hatte die neuesten Nachrichten aus Luxor von seinem Sohn Sabir erfahren, der am Ostufer die bei Touristen beliebten Bootsausflüge arrangierte und folglich einiges mitbekam. Kaum zu glauben, aber die vermeintlich aufgeklärten europäischen und amerikanischen Ägyptenbesucher muteten nicht minder abergläubisch an als die Fellachen am Westufer.

»Etliche Damen im Hotel wollen letzte Nacht den schwarzen Dämon gesehen haben. Er wandelte durch die Korridore oder spähte in ihre Fenster«, erzählte Daoud.

»Schwarzer Dämon, ein guter Name.« Ramses lehnte sich zurück und verschränkte die Arme. Er hatte eine Schwäche für Daouds Geschichten, zog ihn aber auch gern damit auf. »Aber Daoud, wieso geisterte der Dämon weiterhin im Hotel herum, nachdem er Mrs. Petherick fortgeschafft hatte? Sie hatte die Statue ja nicht einmal. Die haben wir in Verwahrung.«

Daoud überlegte scharf. »Treibt ein Dämon erst einmal sein Unwesen, dann hört er nicht auf, bis er seine Mission erfüllt hat.«

»Klingt logisch«, sagte Ramses mit todernster Miene. »Andererseits können wir die Statue nicht an ihren ursprünglichen Besitzer zurückgeben, da wir nicht wissen, woher sie stammt.«

»Der Vater der Flüche kann den Dämon bannen«, meinte Daoud. »Und die Dorfbewohner platzen vor Neugier, wann das sein wird. Sie möchten alle kommen und zusehen.«

»Ich spreche mit Vater«, versprach Ramses.

»Nein, das tust du nicht«, versetzte ich. »Daoud, habt ihr irgend etwas in Erfahrung bringen können, wo und wann die Statue gefunden wurde? Selim wollte doch den Händlern und den einschlägigen Grabdieben auf den Zahn fühlen.«

Daoud schüttelte bedauernd den Kopf. »Leider Fehlanzeige. Aber wir probieren es weiter.«

Nach Daouds Aufbruch sagte Ramses: »Ich bezweifle, daß Selim irgendwas Brauchbares erfährt. Am besten, wir konzentrieren uns auf Petherick und den Händler, von dem die Statue erworben wurde. Vater will diesbezüglich in Kairo Nachforschungen anstellen.«

»Das ist aber längst nicht alles. Du weißt doch, was er sich in den Kopf gesetzt hat, oder?«

»Allmählich schwant es mir.«

Nach einer kurzen Pause hob ich an: »Wie kommst du mit den Übersetzungen zurecht?«

Ramses' Miene hellte sich sichtlich auf, als ich mich nach seinem speziellen Interessengebiet erkundigte. »Hervorragend, Mutter. Ich arbeite an einigen Ostraka. Wir haben die Gebetstäfelchen in der Nähe des Tempels gefunden. Sie dekken einen langen Zeitraum ab, sind aber fast nie datiert, so daß sie sich nur anhand inhaltlicher Bezüge und sprachlicher Feinheiten einordnen lassen.«

»Sehr interessant, mein Junge. Ähm ... und warum machst du das überhaupt?«

Mit leuchtenden Augen beugte Ramses sich vor und stützte die Ellbogen auf den Tisch. »Im Verlauf der Epochen ändert sich das Verhalten der Sünder – das Bewußtsein für das eigene Fehlverhalten wird ausgeprägter. Professor Breasted hat Vorlesungen zum Thema Moraltheorien gehalten, wie sie in den Texten zur Weisheit dokumentiert sind; ich vermute ähnliches hinter diesen schlichten Gebeten. Statt Schuld von sich zu weisen, gestehen die frühen Ägypter und bitten die jeweilige Gottheit um Vergebung.« Verlegen lächelnd brach er ab. »Entschuldige. Ich will dich nicht mit meinen weithergeholten Theorien langweilen.«

»Im Gegenteil, du bist damit auf einen höchst interessanten und vielversprechenden Ansatz gestoßen. Ich werde dafür sorgen, daß du ihn weiterverfolgen kannst.«

Ramses musterte mich argwöhnisch. »Was hast du jetzt wieder vor, Mutter?«

»Dein Vater kommt morgen zurück. Dann diskutieren wir alles weitere. So und jetzt vergnüge dich weiter mit deinen Übersetzungen.«

Im Verlauf des Vormittags beobachtete ich zum einen die Aktivitäten rund um den Wachposten, zum anderen fertigte ich eine meiner kleinen Listen an. Ramses hatte vermutlich recht damit, daß wir uns logischerweise an die letzten Erwerber der Statue halten sollten, trotzdem konnte ein bißchen Spekulation nie schaden. Zunächst notierte ich die möglichen Fundorte.

1. *Das Grab Echnatons in Amarna.* Es war noch vor unserer Zeitrechnung geöffnet und ausgeraubt worden. Ein solch kostbares und handliches Artefakt hätten die ersten Plünderer oder diejenigen, die die Grabbeigaben des Königs nach Theben umsiedelten (falls das je geschehen war), bestimmt nicht übersehen.
2. *Ein Privathaus in Amarna.* Das kam mir sehr unwahrscheinlich vor. Selbst ein steinreicher Höfling hätte seinem König nicht mit einem so wertvollen Objekt gehuldigt, und wenn doch, hätte er es bei Verlassen der Stadt mitgenommen.
3. *Das Grab Echnatons in Theben.* Ein solches Grab war nicht bekannt, und es wurde allgemein behauptet (mit Ausnahme von Howard Carter), daß es im Osttal keine weiteren Königsgräber mehr gebe. Das Westtal war ebenfalls erforscht, wenn auch nicht so gründlich. Die Chance, auf eine noch unbekannte, intakte Pharaonengruft zu stoßen, war demnach mehr als gering. Alle königlichen Begräbnisstätten waren bereits in der Frühzeit geplündert worden. Und wie schon erwähnt, hätten Grabräuber ein solches Kleinod nie und nimmer verschmäht.
4. *Grab 55, das geheimnisvolle Grabmal, das die Arbeiter*

*von Mr. Theodore Davis im Jahre 1907 lokalisiert hatten.* Meiner Meinung nach kam diese Theorie noch am ehesten in Frage. Die Exkavation war extrem lax überwacht worden. Und laut Emersons Schilderung stellten die Objekte in dem fraglichen Grab, die den diversen Angehörigen der königlichen Familie von Amarna mitgegeben worden waren, letztlich ein chaotisches, nicht exakt katalogisierbares Sammelsurium dar. Seit der Entdeckung von KV 55 waren inzwischen fünfzehn Jahre vergangen. Es braucht seine Zeit, um derart seltene Objekte an den Mann zu bringen, und die Verhandlungen sind verständlicherweise geheim. Hätte Mr. Petherick nicht den Tod gefunden, wäre die Statuette vielleicht erst fünfzehn oder zwanzig Jahre später aufgetaucht – nachdem »die Luft rein war«, wie es so schön heißt.

Nach diesem deprimierenden Resultat schob ich die Liste beiseite und konzentrierte mich erneut auf die Aktivitäten vor meinem Fenster. Nicht lange, und Ramses bestimmte die Szenerie: Er steuerte um die Ecke und schob ein wild mit den Armen ruderndes Individuum mit Reitkleidung und riesenhaftem Tropenhelm vor sich her. Es war derselbe Journalist, der Hassan zu bestechen versucht hatte. Ramses hielt ihn am Kragen gepackt. An der Straße gab er ihm einen Stoß, worauf der Bursche taumelnd nach vorn stolperte.

»Ich hab ihn dabei erwischt, wie er hinter dem Haus herumspionierte«, erklärte mein Sohn, als er ins Haus zurückkam. »Er hat in die Fenster hereingespäht.«

»Was für eine Unverfrorenheit«, erregte ich mich. »Hoffentlich hat er die Kinder nicht erschreckt.«

»Im Gegenteil. Carla hat angeregt mit ihm geplaudert«, erwiderte er grimmig.

»Zum Glück sind alle Fenster mit Riegeln versehen.«

»Fürchte, das reicht nicht. Ich habe mir überlegt, den Hund frei herumlaufen zu lassen.«

»Läuft er denn dann nicht weg?«

»Bestimmt nicht. Amiras ganzer Ehrgeiz besteht darin, ins Haus zu gelangen, aber das hat die Große Katze des Re bereits zu ihrem Revier erklärt. Folglich steht der Hund an der Tür Wache und wartet auf seine große Chance.«

»Und was machen wir mit denen da?« Ich deutete eine ausladende Geste in Richtung Wächterhaus an. Die meisten Touristen verschwanden um die Mittagszeit, es lungerten aber noch genug Leute draußen herum. »Ich laß mich doch nicht in meinem eigenen Haus einsperren!«

»Hab noch einen Tag Geduld«, drängte Ramses. »Morgen früh ist Vater wieder hier, gut möglich, daß er weitere Neuigkeiten mitbringt.«

Zähneknirschend gab ich nach, froh und erleichtert, als ich endlich ein bekanntes Gesicht registrierte. Besser gesagt zwei – Cyrus Vandergelt auf seiner braven Stute Queenie.

»Schön, Sie zu sehen«, begrüßte ich ihn an der Tür.

»Wir werden belagert«, erklärte Cyrus, als Jamad das Pferd in den Stall brachte. »In der Stadt tummeln sich die Journalisten. Anscheinend hat diese unmögliche Person die Geschichte mit der verhexten Statue schon in England verbreitet, und mehrere Zeitungen haben hier in Ägypten Reporter auf sie angesetzt.«

»Sie bleiben doch zum Mittagessen, oder?« fragte ich.

»Danke, gern. Katherine hält die Stellung und läßt Sie herzlich grüßen. Und Bertie bewacht die Eingangstore, nachdem einige von diesen Banditen versucht haben, darüber zu klettern.«

Während des Essens – kalte Platten und Salate – unterrichtete Cyrus uns über den neuesten Stand der Dinge. Inspektor Ayyid war auch bei ihm gewesen.

»Hat eine Menge Fragen gestellt«, meinte Cyrus. »Kam mir fast selbst vor wie ein Verdächtiger.«

»Nein, nein«, überlegte Ramses laut. »Er ist auf Adrian Petherick fixiert. Das ließen seine Fragen an uns erkennen.«

»Gute Güte«, entfuhr es mir. »Daran hatte ich noch gar nicht gedacht, aber du hast vermutlich recht. Der Mann, der in unser Haus eindringen wollte, trug europäische Kleidung. Und der junge Mr. Petherick ist mental ein wenig instabil.«

»Er ist nicht zurechnungsfähig«, korrigierte Ramses mich scharf. Als er meinen tadelnden Blick bemerkte, setzte er weniger heftig hinzu: »Er hatte ein gräßliches Erlebnis im Krieg, wovon er sich nie mehr ganz erholen wird.«

»Eine schlimme Geschichte.« Cyrus nickte zustimmend. »Aber meines Erachtens spricht noch etwas gegen ihn. Verdächtigt Ayyid ihn auch, seine Stiefmutter entführt zu haben?«

»Oder sie ermordet zu haben?« hauchte ich im Gedenken an Abdullahs Motto »ein neues Jahr, eine neue Leiche«.

Ramses bedachte mich mit einem vernichtenden Blick. »Deine Fantasie geht mal wieder mit dir durch, Mutter. In ihrer Suite fanden sich weder Blut noch Anzeichen auf einen Kampf. Garantiert hat sie ihr eigenes Verschwinden arrangiert. In ein paar Tagen taucht sie wieder auf, mit irgendeiner blutrünstigen Geschichte, und dann bekommt sie die ersehnten Schlagzeilen – und die Statue.«

»Emerson hat das Artefakt nicht mitgenommen, oder?« erkundigte sich Cyrus.

»Nein, es ist hier im Haus.«

Cyrus musterte mich erwartungsvoll. Lachend schüttelte ich den Kopf. »Es ist besser, wenn Sie nicht wissen, wo. Ich bin die einzige, die es weiß, und ich versichere Ihnen, die Statue ist gut versteckt.«

»Meinen Sie, ich würde irgend jemandem davon erzählen?« versetzte Cyrus gekränkt.

»Nicht freiwillig.«

Cyrus' Kiefer klappten auseinander. »Amelia, finden Sie nicht, daß das ein bißchen weit hergeholt ist? Sie glauben doch nicht im Ernst, daß man mich kidnappen und foltern würde?«

»Nein«, sagte mein Sohn, wobei er mich noch schärfer fixierte. »Diesen kleinen Nervenkitzel gönnt sie nur sich selbst.«

### Aus Manuskript H

Ramses fragte sich insgeheim, wer wohl alles darüber informiert war, daß seine Mutter »als einzige« das Versteck der Statue kannte. Was zudem nicht stimmte. Er wußte, wo Emerson das Artefakt verbarg und wäre jede Wette eingegangen, daß das Personal ebenfalls davon Kenntnis hatte. Folglich beschloß er, sein eigenes Gerücht in die Welt zu setzen.

Er nahm Nefret beiseite. »Ich bin für eine Weile weg. Zum Tee bin ich wieder hier. Laß Mutter nicht aus den Augen. Sie darf das Haus nicht verlassen. Andernfalls verpaßt du ihr einen Schlag auf den Schädel.«

»Ein blendender Einfall«, meinte seine Frau trocken. »Also gut, ich versuch's. Wo willst du eigentlich hin?«

»Nach Deir el-Bahari, ich möchte mich kurz mit Winlock, Lansing und Barton austauschen. Vielleicht wissen die mehr als wir.«

»Paß auf dich auf.«

»Wird gemacht.«

Nach einem flüchtigen Kuß strebte er zu den Stallungen, sattelte Risha und ritt durch die Wüste in das Gelände, wo die Mannschaft des Metropolitan Museum arbeitete. Nach Beendigung ihrer Exkavationen in der kleinen Bucht südlich von Hatschepsuts bezauberndem Tempel widmeten sie sich dem verfallenen Tempel aus der elften Dynastie neben dem späteren Grabmonument der Pharaonin.

Im Prinzip dienten Exkavationen der Gewinnung neuer, noch unbekannter historischer Fakten. Die brutale Wahrheit war jedoch, daß die Museen zunehmend auf Ausstellungsobjekte setzten. Fundstücke wurden für gewöhnlich zwischen dem Kairoer Museum und dem Exkavator geteilt. Und der Met-Mitarbeiterstab hatte mehrere Königinnengräber, das intakte Grab eines hohen Beamten und darin wiederum einige reizende kleine Modelle gefunden, die den Wirkungskreis dieses wichtigen Mannes veranschaulichten.

Das große, natürlich angelegte Amphitheater, eingeschlossen von den lohfarbenen Sandsteinfelsen der Hochwüste, verströmte eine majestätische Aura, wenn es nicht gerade von Touristen und Archäologen belagert war. An jenem Tag erblickte Ramses schon von weitem die Staubwolke über dem Gelände der Met-Mannschaft sowie den Gesang der Arbeiter und das Geschnatter der Touristen, die, flankiert von Dragomanen, Hatschepsuts Tempel besichtigten.

Ramses wurde mit großem Hallo begrüßt, zunächst von George Barton, mit dem er einige Jahre zuvor eine etwas ungewöhnliche Erfahrung geteilt hatte, und dann von den anderen Mitarbeitern. Ihm schwante bereits, warum sie ihn so überschwenglich aufnahmen. Barton, ein liebenswert offener Mensch, nahm kein Blatt vor den Mund.

»Und, was gibt's Neues? Wie ich höre, ist die Dame verschwunden. Hoffe, sie hatte die Statuette nicht dabei.«

Winlock, sein Vorgesetzter, schüttelte mißfällig den Kopf und reichte Ramses die Hand. »Schön, Sie wieder in Ägypten zu wissen. Nehmen Sie keine Notiz von George, seine Manieren lassen leider einiges zu wünschen übrig.«

»Ich gebe es ungern zu, aber wir anderen sind genauso neugierig.« Lansing grinste. »Georges Beschreibung von der Statuette hat uns den Mund wäßrig gemacht. Irgendeine Idee, von woher sie ursprünglich stammen könnte?«

»Ich hatte gehofft, Sie könnten einige Theorien dazu beisteuern«, meinte Ramses. »Wir sind womöglich etwas betriebsblind.«

»Wir machen eine kurze Pause«, entschied Winlock. Er

rief seinem Reis ein paar Anweisungen zu und geleitete Ramses dann zu einem schattigen Platz unter der Klippe, wo er ihm einen Campinghocker anbot. »Selbstverständlich werden wir versuchen, Ihnen zu helfen. Oh …« Er spähte über seine Schulter zu einem Mann, der langsam näherkam. »Kennen Sie Michail Katschenowsky? Er hat angeboten, einige Inschriften für uns zu übersetzen. Michail, das ist Ramses Emerson.«

Die abgetragene Kleidung des Russen schlabberte um seinen Körper, sein Gesicht war griesgrämig, mit einem langen, ungepflegten Backenbart, Hakennase und hängenden Mundwinkeln. Die Lippen verzogen sich zu einem verhaltenen Grinsen.

»Natürlich kenne ich Mr. Emersons sprachwissenschaftliche Arbeiten. Angenehm, Sie kennenzulernen, Sir.«

Ramses reichte ihm die Hand. »Haben Sie nicht mehrere Artikel über die demotischen Ostraka und Papyri im Turiner Museum veröffentlicht?«

Das lange mürrische Gesicht hellte sich auf. »Es ehrt mich, daß Sie sich daran erinnern. Das war vor einigen Jahren. Vor dem Krieg.«

»Ihre Übersetzungen haben mich sehr beeindruckt«, sagte Ramses höflich. So wie es aussah, brauchte der arme Teufel dringend Bestätigung. »Vor allem die von dem Burschen, der sich über die Ehefrau seines Nachbarn beschwert.«

»Ah, aber mein Verständnis von den Verbformen war nicht korrekt«, entfuhr es Katschenowsky. »Ihre neueste Publikation verweist darauf –«

»Genug jetzt«, unterbrach Lansing lachend. »Kein längerer Exkurs in die altägyptischen Dialekte. Wir möchten lieber von Gold und unermeßlichen Schätzen hören.«

Sie verbrachten eine unterhaltsame Viertelstunde mit der Diskussion von Theorien, die die Emersons bereits mehr oder weniger in Erwägung gezogen hatten. Zweifellos spitzten sämtliche Arbeiter die Ohren, denn es war erheblich leiser geworden. Ramses wartete, bis der Reis zu ihnen trat, um sich von Winlock weitere Order zu holen, dann bemerkte er mit getragener Stimme: »Vater bewahrt die Statue an einem sicheren Ort auf. Ich bin der einzige, der das Versteck kennt. Er würde es nicht einmal Mutter verraten.«

Die anderen tauschten vielmeinende Blicke aus. Barton verkniff sich ein Grinsen. »Hoffentlich war er nicht verärgert, als Ihre Mutter sie uns neulich gezeigt hat.«

»Ganz und gar nicht. Er möchte nur nicht, daß Unbefugte sie sehen. Immerhin hat man erneut probiert, bei uns einzubrechen.«

Davon hatte die Met-Crew schon gehört. »Keine Ahnung, wer es gewesen sein könnte?« erkundigte sich Lansing.

Ramses schüttelte den Kopf, und Winlock schaute auf seine Armbanduhr. »Zurück an die Arbeit, Jungs. Kommen Sie, Ramses, und sehen Sie sich alles an. Wir legen derzeit den südlichen Teil des Tempelinnenhofs frei. Wir haben zwar noch keine Gräber entdeckt, aber interessante bautechnische Veränderungen innerhalb der Anlage festgestellt.«

Ramses lehnte mit der Begründung ab, daß er früh zu Hause sein müsse. »Sobald die Sache geklärt ist, schaue ich gern wieder vorbei. Augenblicklich werden wir von Journalisten und sensationshungrigen Touristen umlagert.«

»Der Professor wird sich dieser Leute bestimmt annehmen«, sagte Lansing hoffnungsvoll. Emersons berühmtberüchtigte Temperamentsausbrüche galten in der gesamten Region als unterhaltsame Spektakel.

* * *

Ramses war fast zu Hause, als er einen anderen Reiter bemerkte. Es dauerte einen Moment, bis er sie wiedererkannte. Sie war wie ein Mann gekleidet, mit Reithose, Stiefeln und Jackett, und sie ritt lässig elegant im Männersitz. Er hielt an und wartete auf sie.

Ihre Begrüßung war gewohnt unkonventionell. »Ein prachtvolles Pferd! Araber?«

»Ja. Schätze, unsere Begegnung ist kein Zufall.«

»Ich habe Ihre Stallungen schon den ganzen Nachmittag beobachtet, gespannt, wann sich einer von Ihnen hinaustrauen würde«, lautete die kühle Antwort. »Mir war klar, daß Sie eine Konfrontation mit dieser Meute vor Ihrem Haus genauso verabscheuen wie ich.«

»Was wollen Sie?«

Sie lehnte sich zurück, die Zügel locker in den Händen, und lächelte kaum merklich. Zum ersten Mal wirkten ihre Züge weich und unvermutet anziehend. »Aha, Sie haben die direkte Art Ihres Vaters geerbt. Also kann ich ganz offen reden. Ich brauche Ihre Hilfe.«

»Wir haben keine neuen Informationen über Ihre Stiefmutter«, gab Ramses zurück.

Sie winkte ungeduldig ab. »Wir auch nicht. Das beunruhigt mich auch nicht weiter. Es geht mir um Adrian. Dieser verfluchte Polizeichef verdächtigt ihn, in Ihr Haus eingedrungen zu sein. Sie müssen das klarstellen.«

Ramses hob forschend die Brauen. »Müssen?«

»Ach Mist.« Sie biß sich auf die Unterlippe und senkte den Kopf. »Verzeihen Sie. Es war dumm von mir. Ayyid sagte – nein, anders –, er *behauptete*, Sie hätten Adrian erkannt.«

»Eine beliebte Vernehmungstaktik«, bemerkte Ramses. »Keiner von uns hat den Eindringling erkannt. So haben wir es Ayyid auch geschildert.«

»Verstehe. Aber Sie denken, daß es Adrian war, nicht?«

»Und Sie?«

»Er war den ganzen Abend mit mir zusammen. Wir haben bis spät in die Nacht diskutiert … über familiäre Angelegenheiten.«

»Und dabei bleiben Sie?«

»Selbstverständlich.« Wieder huschte ein Lächeln über ihr

Gesicht. »Adrian kann keiner Fliege etwas zuleide tun«, sagte sie mit Nachdruck. »Er ist hypersensibilisiert gegen jede Form von Gewaltanwendung. Das resultiert aus –«

»Ich weiß. Und es tut mir sehr leid für ihn.«

»Ah.« Augenblicke später fuhr sie fort: »Ich bedaure, daß Sie und Ihre Familie einen falschen Eindruck von mir gewinnen mußten, und ich entschuldige mich dafür. Können wir das nicht irgendwie ungeschehen machen?«

Sie hielt ihm die Hand hin, und Ramses schlug nach kurzem Zögern ein.

»Wir unterstützen Sie natürlich, kein Problem«, sagte Ramses.

»Danke. Und jetzt will ich Sie nicht länger aufhalten.« In leichtem Trab ritt sie davon und schaute sich nicht mehr um. Ramses sah ihr noch eine Weile nach, bevor er Risha in den Stall brachte.

***

Fatima hatte den Tee bereits serviert, als Ramses mit Reitkleidung und zerzausten Haaren zu ihnen stieß.

»Wir haben nicht auf dich gewartet«, bemerkte ich. Es war ein Vorwurf und keine Entschuldigung, was Ramses auch registrierte.

»Tut mir leid, daß ich mich verspätet habe«, rief er über das Begrüßungsgekreische der Kinder hinweg, die ihn sogleich mit Fragen bestürmten. »Nein, Carla, Papa hat dir nichts mitgebracht. Du darfst nicht immer ein Geschenk erwarten, wenn ich für kurze Zeit weg war.«

»Opa bringt mir immer was mit«, maulte Carla. »Wann kommt er zurück?«

Die Frage überhörte ich geflissentlich, denn sonst hätte sie bis zu Emersons Rückkehr unermüdlich auf der Lauer gelegen. Statt dessen kehrte Carla irgendwann an den Tisch und zu den Keksen zurück.

»Haben die Leute vom Metropolitan Museum was Interessantes in Deir el-Bahari gefunden, Papa?« meldete sich David John zu Wort.

»In letzter Zeit nicht.« Ramses nahm sich einen Stuhl und berichtete, während sein Sohn aufmerksam lauschte. »Sie räumen den vorderen Teil der Tempelanlage des Nebhepetre frei.«

Ich schenkte Tee nach. »Haben sie irgendwas Neues über das – ähm – Objekt erfahren? David John, reich die mal bitte deinem Papa.«

Der kleine Junge gehorchte. »Meinst du die Statue, Großmama? Ich hoffe, du verstehst mich nicht falsch, wenn ich jetzt anmerke, daß es nach meinem Ermessen sinnvoll gewesen wäre, wenn man mir Gelegenheit zu einer kurzen Betrachtung gegeben hätte, vor allem im Hinblick auf die Tatsache, daß viele andere –«

»Ich hab dich schon verstanden, David John«, unterbrach ich ihn. Für gewöhnlich ein eher schweigsames Kind, plapperte mein Enkel jedoch in einem fort, sobald ihn ein Thema interessierte. Die Ägyptologie war ein solches Thema – eine Tatsache, die seinen Großvater regelrecht entzückte und die schaurig-schöne Erinnerungen in seiner Großmutter wachrief. Es reichte mir völlig, daß ich mich mit einem frühkindlichen Genauigkeitsfanatiker und Besserwisser herumgeschlagen hatte. Ich fragte auch gar nicht nach, wie der Kleine das mit der Statuette herausbekommen hatte. »Aber mir leuchtet nicht ein, was du dazu beitragen könntest.«

»Das kann man nie wissen«, meinte David John altklug.

»Stimmt. Aber das mußt du mit deinem Großvater ausmachen. Die Statue ist an einem sicheren Ort, und ich darf das Versteck nicht verraten.« Als ich das wohlvertraute Aufblitzen in seinen kornblumenblauen Augen bemerkte, setzte ich hinzu: »Und komm mir ja nicht auf die Idee, auf eigene Faust danach zu suchen! Das ist ein offizielles Verbot, Schätzchen, merk dir das.«

»Ja, Großmama.« David John nickte matt. »Was, wenn ich fragen darf –«

»Nimm dir noch ein Plätzchen.«

»Ich glaube, Carla hat alle aufgegessen, Oma.«

Nicht alle. Einige blieben liegen, weil unvermittelt der Hund hinter der Tür auftauchte, sich auf die Hinterbeine stellte und erwartungsvoll durch das Fliegengitter spähte. Carla wollte schon begeistert zu ihm laufen, doch Nefret sagte scharf: »Runter, Amira. Carla, sie darf hier nicht rein.«

Die Hündin gehorchte. Carla dagegen machte sich an der Türverriegelung zu schaffen, die gottlob immer verschlossen ist.

Ramses nahm sie gegen ihren Protest auf den Arm. »Du hast gehört, was deine Mama gesagt hat. Wie kommt der Hund überhaupt hierher? Ich habe Amira doch heute nachmittag an einen Pfosten gebunden.«

Sie hatte das Seil zerrissen. Ein ausgefranstes Ende baumelte ihr am Hals. Glücklich über die unerwartete, ihr zugedachte Aufmerksamkeit öffnete Amira die Lefzen und hechelte aufgeregt mit ihrer langen rosafarbenen Zunge. Ein ziemlich unappetitlicher Anblick.

»Bring sie weg«, sagte ich. »Carla und David John, ihr beide macht euch jetzt fertig fürs Abendessen und fürs Zubettgehen.«

»Anbinden ist zwecklos«, seufzte Nefret. »Amira läuft nicht weg. Sie folgt den Zwillingen überallhin.«

Sie nahm die Kinder bei der Hand, und als sie die Tür passierten, trottete der Hund wie selbstverständlich hinter ihnen her.

»Deine Idee mit dem Wachhund war eine gute Entscheidung«, räumte ich ein. »So, und jetzt erzähl mal, was heute nachmittag passiert ist.«

»Warte, bis Nefret wieder hier ist. Im übrigen bin ich heute mit einem interessanten Burschen zusammengekommen –«

Nefret kehrte zurück, und er brach ab.

»Hat Mutter dir schon die Post gezeigt?« erkundigte sie sich.

Ich nahm eine Mitteilung aus dem überquellenden Postkörbchen. »Man bietet uns fünfhundert Pfund für einen Artikel über Mrs. Pethericks Verschwinden und den Fluch der goldenen Statue.«

»Kein schlechtes Angebot«, grinste Ramses. »Von wem stammt es?«

»Von Kevin O'Connell natürlich. Die *Times* hat nur dreihundert geboten und der *Daily Mirror* schlappe zweihundertfünfzig.«

»Irgendwelche Neuigkeiten?« fuhr Nefret sachlich fort.

»Ich war gerade dabei, Mutter von dem Typen zu erzählen, den ich heute kennengelernt habe. Ein gewisser Michail Katschenowsky. Sein Spezialgebiet sind demotische und hieratische Schriften. Vor dem Krieg hat er einige hervorragende Artikel publiziert.«

»Wie schön für dich.« Ich lächelte. »Ihr habt euch sicher angeregt unterhalten. Arbeitet er für Mr. Winlock?«

»Ich glaube nicht, daß der ihn offiziell eingestellt hat. Ehrlich gesagt sah er ein bißchen abgerissen aus.«

»Vielleicht hat er Interesse an einer festen Anstellung«, warf Nefret ein.

»Vater wäre bestimmt nicht einverstanden«, gab Ramses halb bedauernd zurück. »Er würde zu Recht behaupten, daß wir keinen weiteren Übersetzer brauchen.« Er leerte seine Teetasse und sagte dann ziemlich abrupt: »Ich habe auf dem Nachhauseweg Miss Petherick getroffen.«

Nefret schwieg. Ich nickte bekräftigend, und Ramses fuhr fort: »Sie hat sich für ihr Verhalten neulich entschuldigt, die Unschuld ihres Bruders beteuert und diesbezüglich um unsere Unterstützung gebeten.«

»Und was hast du ihr gesagt?« bohrte Nefret.

Ramses zuckte die Schultern. »Ich war höflich und unverbindlich.«

»So?« Nefret kniff argwöhnisch die Augen zusammen. »Du hast Mitleid mit ihm. Das kann ich nachvollziehen; seine schrecklichen Kriegserfahrungen sind ein bleibendes Trauma. Das heißt aber nicht zwangsläufig, daß er ein unbeschriebenes Blatt ist. Und ich nehme an, daß Miss Petherick sehr überzeugend sein kann, wenn sie sich etwas in den Kopf gesetzt hat.«

»Worauf willst du eigentlich hinaus?« wollte Ramses wissen.

Ich tippte auf Eifersucht, denn mein Sohn kam bei Frauen blendend an.

Aber diesmal hatte ich mich getäuscht, denn Nefret legte lachend die Arme um Ramses' Nacken. »Ach, vergiß es, Schätzchen. Die Frauen finden dich eben unwiderstehlich, was soll's!«

»Soso.« Grinsend schlang er einen Arm um ihre Schultern und zog sie auf seinen Schoß.

»Dein Vater kommt morgen zurück. Soll er sich doch um die Pethericks kümmern.« Ich lächelte wohlwollend. »Holen wir ihn vom Bahnhof ab?«

»Auf gar keinen Fall«, entschied Ramses mit Nachdruck. »Dann hätten wir sämtliche Journalisten am Hals, und Vater könnte ihnen vermutlich gar nicht mehr entwischen.«

»Sie erfahren es sowieso«, prophezeite ich. »Emerson ist nicht zu übersehen.«

Emersons Ankunft am nächsten Morgen war an Auffälligkeit bestimmt nicht zu überbieten. Wie er uns später erzählte, hatte man ihn schon im Zug erkannt, und als er durch die Straßen von Luxor schlenderte, wuchs sein Gefolge dramatisch an. Sobald er die Zufahrt zu unserem Haus passierte, teilte sich die sensationslüsterne Menge und hielt ehrfürchtig Abstand, weil der Vater der Flüche die Anwesenden mit wüsten Kraftausdrücken beschimpfte. Schließlich baute er sich zur Begutachtung vor dem neu errichteten Wächterhaus auf. Wir hörten ihn bis auf die Veranda.

»Donner und Doria, was ist denn das?« wollte er von Wasim wissen, der inzwischen wieder seiner Aufsichtspflicht nachkam. Wasims Antwort verstanden wir nicht, doch Emerson nickte zufrieden. »Du erschießt jeden, der sich an dir vorbeimogeln will, kapiert?«

Gewohnt schnellen Schrittes strebte er weiter. Stolz und Bewunderung erfüllten mich beim Anblick seiner imposanten Statur, athletisch trotz seines fortgeschrittenen Alters, eindrucksvoll wie eine römische Gottheit. Sicher, sein Anzug war schrecklich zerknittert, seine Krawatte hing schief und die schwarzen Haare (was zum Kuckuck hatte er mit seinem neuen Hut angestellt) hatten vermutlich schon seit Tagen weder Kamm noch Bürste gesehen. Ein Lächeln breitete sich auf seinem braungebrannten Gesicht aus, als er mich an der Tür entdeckte.

Ein kleineres Mißverständnis bahnte sich an, als die Zwillinge auftauchten, gefolgt von dem Hund, dem wiederum die Große Katze des Re folgte. Emersons spontane Reaktion war zugegebenermaßen verständlich: Er schob die beiden Kinder kurzerhand hinter sich und verpaßte Amira einen Schlag auf den Kopf. Er verfehlte sein Ziel, da das Tier sich ihm zu Füßen warf.

»Herrschaftszeiten«, brüllte Emerson, als die Kinder sich kreischend an ihn klammerten. »Wer ... was ... wo ...«

»Keine Sorge, Vater. Sie ist lammfromm. Ramses fand, daß wir einen Wachhund bräuchten.« Nefret öffnete ihm. Nicht unbedingt überzeugt schob Emerson die Kinder ins Innere und folgte ihnen. Die Große Katze des Re kam Amira zuvor und glitt hinein, worauf die Hündin sich draußen hinlegte, die Schnauze an die Tür gepreßt.

»Gut, gut«, brummelte Emerson. »Keine schlechte Idee.« Er warf einen mordlustigen Blick auf die rund um das Wächterhaus versammelte Menschenmenge. »Solange er die Kinder nicht beißt.«

»Amira ist ein edelmütiges Tier«, beteuerte David John.

»Sie läßt sich sogar von uns reiten, aber Mama sagt, das dürfen wir nicht«, piepste Carla. »Was hast du mir mitgebracht, Großpapa?«

Mit einem gönnerhaften Blick zu mir zog Emerson zwei Päckchen aus der Jackentasche und gab jedem Kind eins. Er war im Souk gewesen und hatte für Carla ein silbernes Armband und Buntstifte für David John gekauft. »Und jetzt ab mit euch«, sagte er. »Nehmt den Hund mit.«

Carla umarmte ihn stürmisch. »Ich möchte aber noch nicht gehen, Opa. Fatima hat Zuckerplätzchen gebacken.«

Emerson zog Sakko, Krawatte und Weste aus, warf alles auf einen Stuhl und setzte sich darauf. »Schön, wieder zu Hause zu sein«, strahlte er. »Ich habe großartige Neuigkeiten, meine Lieben.«

»Du hast den Namen des Antiquitätenhändlers erfahren, der die Statue an Mr. Petherick verkauft hat?« forschte ich.

»Du hast Sethos aufgespürt?« bohrte Nefret.

Emerson winkte beide Male ab. »Viel besser, viel besser. Wo steckt denn eigentlich Ramses? Ich möchte, daß er die großartigen Neuigkeiten aus erster Hand erfährt.«

Fatima glitt mit einem Tablett, beladen mit Kaffee und Keksen, durch die Tür. Ramses folgte ihr. »Ich hab noch gearbeitet«, erklärte er. »Aber ich hab dich kommen gehört.«

»Nicht nur du, sondern vermutlich das ganze Westufer«, bemerkte ich süffisant. »Also dann, Emerson, spann uns nicht länger auf die Folter. Was ist mit deinen großartigen Neuigkeiten?«

Emerson stürzte seinen Kaffee hinunter und hielt Fatima die Tasse hin. »Ah, das hab ich jetzt gebraucht. Danke, Fatima. Niemand macht besseren –«

»Emerson«, drängte ich.

»KV 55«, grinste er.

»Davis' Grab? Was ist damit?«

»Lacau hat mir die Genehmigung zur Reexkavierung erteilt!«

Sein Grinsen verschwand, als er unsere entgeisterten Mienen registrierte.

»Das verflu ... das verflixte Grab ist leer, Emerson«, erklärte ich.

»Woher willst du das wissen?« erregte er sich. »Davis' Exkavation war extrem oberflächlich. Würde mich nicht wundern, wenn er die Hälfte übersehen hat. Himmel noch, Peabody, du scheinst die Realitäten zu verkennen.«

Ramses räusperte sich. »So langsam begreife ich, Sir.«

»Na also«, sagte Emerson anerkennend. »Und, was meinst du dazu, mein Junge?«

»Du hast nach einem Vorwand gesucht, um wieder im Tal arbeiten zu können. Da kam dir die zerrissene Zeitungsseite gerade recht – als Beweis, daß jemand vor kurzem dort war, und dann hast du auch noch Deib und Aguil beim unbefugten Herumbuddeln erwischt. Ich verstehe bloß nicht, was du dir davon versprichst. Sämtliche Ägyptologen sind sich einig, daß es im Osttal keine weiteren Königsgräber gibt.«

»Mein lieber Junge, ich gehe nicht davon aus, daß mir neue Grabungen im Tal der Könige gestattet werden. Carter und Carnarvon haben den Firman, und ich würde mich gegenüber anderen Archäologen niemals unkollegial verhalten.«

»Niemals, Sir?« wiederholte Ramses halb fragend.

»Hmph«, knurrte Emerson. »Die Statuette muß ursprünglich aus einem Königsgrab stammen. Der Kunststil deutet auf die Amarna-Periode. Wir wissen von drei Gräbern, die unmittelbar auf Echnaton folgen – KV 55, das von Haremhab im Osttal und von Aja im Westtal. Keines davon ist fachmännisch erforscht worden. Das Grab von Haremhab zählte zu Davis' exkavatorischen Glanzleistungen – diverse Artefakte kursierten über Jahre auf den illegalen Antiquitätenmärkten.«

Er hielt inne, um seine Pfeife anzuzünden, worauf ich mich ereiferte: »Um Himmels willen, Emerson, sag mir nicht, du willst diese unsägliche Grabstätte von Haremhab erneut freilegen. Es ist eine der längsten Grabanlagen im Tal. Ramses hat recht, und Cyrus hatte ebenfalls recht; du hast Deir el-Medina satt und suchst nach einem Vorwand, um wieder im Tal der Könige arbeiten zu können. Frei nach der Devise: Wenn ich erst einmal einen Fuß in der Tür habe, werden die mich so schnell nicht wieder los. Du erstaunst mich wirklich. Ein gewissenhafter Exkavator, für den ich dich eigentlich gehalten hatte, gibt nicht mitten in der Saison ein Projekt auf!«

Emerson gestikulierte mit der Pfeife. »Halt mir keine Vorträge, Peabody, ich weiß, was ich tue.«

»Ach, tatsächlich? Und wie steht es mit den Pethericks? Ich war der – offenbar irrigen – Meinung, du wärst wegen weiterer Nachforschungen nach Kairo gefahren. Weißt du überhaupt, was hier los war?«

»Na klar.« Selbstzufrieden blies Emerson einen Rauchkringel in die Luft. »Die Kairoer Zeitungen standen voll davon. Deine Kritik verletzt mich tief, Peabody. Aber wenn du auf einem kompletten Bericht meiner Aktivitäten bestehst –«

»Ich bestehe nicht darauf, Emerson. Ich bitte dich darum. Inständig.«

»Hmph«, murrte mein Ehemann. »Also gut. Ich war bei den renommiertesten Kairoer Antiquitätenhändlern. Keiner wußte von der Statue. Was an sich nichts zu bedeuten hat, aber ihre ausgeprägte Neugier deutete auf echte Unkenntnis. Ich habe einigen Leuten, die Petherick Antiquitäten verkauft haben, Telegramme geschickt, unter anderem auch Howard Carter. Ich habe Gargery nach London telegrafiert, daß er sich mal umhören soll, was in Pethericks Testament steht –«

»Gargery!« entfuhr es mir. »Wie kannst du den mit so einer heiklen Mission betrauen? Der alte Trottel wird überall hinausposaunen –«

»Was von Fall zu Fall mehr bewirkt als vornehme Zurückhaltung«, konterte Emerson, der es sicher wissen mußte. »Ich vermute stark, daß der *alte Trottel* sich in Kent langweilt. Er hat doch immer so gern an unseren kleinen Abenteuern teilgenommen.«

»Was ist mit Sethos?« drängte Nefret.

»Was soll mit ihm sein?«

»Emerson, jetzt stell dich nicht dumm«, krittelte ich. »Weißt du, wo er ist?«

»Ja. Zumindest weiß ich, wo er sein könnte.« Er blickte sich im Zimmer um, als rechnete er jeden Augenblick damit, daß sein Bruder sich aus dem Nichts materialisierte, und deutete dann zum Wächterhaus. »Et voilà.«

Inmitten der johlenden Meute, beinahe so, als *hätte* er sich aus dem Nichts materialisiert, stand eine vertraute Gestalt. Ich hätte ihn überall wiedererkannt.

# 4

Er sah seinem Bruder sehr ähnlich – zwei, drei Zentimeter kleiner und nicht ganz so muskulös wie Emerson, aber trotzdem athletisch und gut gebaut. Allerdings wäre dies nur einem eingeweihten Beobachter aufgefallen, da Sethos momentan eine schlohweiße, etwas zu lange Haarpracht zur Schau stellte, ein feiner Oberlippen- und Kinnbart zierten seine untere Gesichtshälfte. Leinenanzug und Spazierstock mit Silberknauf vermittelten den Eindruck eines wohlhabenden, nicht uneitlen Gentlemans. Er schob sich durch die Menge und strebte zum Haus, gefolgt von zwei schwitzenden Burschen, die mehrere große Koffer sowie eine Hutschachtel schleppten. Vor der Verandatür blieb er stehen und bedachte uns mit einem entwaffnend freundlichen Lächeln.

»Guten Morgen, meine Lieben. Wie schön, euch alle wiederzusehen.«

»Wen stellst du diesmal dar?« erkundigte ich mich, während ich ihm die Blendentür öffnete.

»Einen reichen Weltenbummler und Menschenfreund«, erwiderte Sethos und strich sich mit einer Fingerspitze über den dünnen Schnurrbart. »Sir Malcolm Page Henley de Montague, zu Ihren Diensten, Madam. Du kannst den Titel weglassen, wenn du mit mir sprichst, Amelia.« Er verteilte großzügig Bakschisch an die wartenden Kofferträger.

»Findest du diese Tarnung nicht ein bißchen riskant?« kritisierte ich. »Sir Malcolm hat in dieser Region einige Exkavationen finanziert. Nachher begegnest du noch jemandem, der ihn persönlich kennt!«

»Du unterschätzt mich, meine Liebe. Meinst du, ich könnte solchen Leuten keinen hübschen, kleinen Bären aufbinden?« lautete die arrogante Antwort. Er hauchte mir einen brüderlichen Kuß auf die Wange, küßte Nefret auf die Stirn und schüttelte Ramses die Hand.

»Setz dich endlich hin und laß das alberne Getue«, raunzte Emerson ihn an. »Wieso hast du so lange gebraucht?«

»Lange? Immerhin ist es mir mit meiner eindrucksvollen Erscheinung und dank geschickter Kommunikation geglückt, dir ein paar lästige Individuen vom Hals zu halten. Schätze, da draußen lungern Journalisten aus ganz Ägypten herum.«

»Bist du mit demselben Zug wie Emerson aus Kairo hergekommen?« wollte ich wissen.

»Sicher doch«, antwortete Sethos.

»Sicher ist bei dir gar nichts. Du könntest ebensogut die ganze Zeit in Luxor gewesen sein.«

»Oder sonstwo in Ägypten«, versetzte mein Schwager treffend.

»Mutter, so bringst du ihn nur vom Thema ab«, stieß Ramses zwischen zusammengebissenen Zähnen hervor. Er fand seinen Onkel extrem anstrengend – ich im übrigen gelegentlich auch. »Vater, wie hast du – ähm – Sir Malcolm so schnell gefunden, was hast du ihm erzählt und warum ist er mitgekommen?«

»Er wußte, daß ich in Kairo war«, erwiderte Sethos. »Hat er euch nicht darüber aufgeklärt, daß wir die letzten Jahre regelmäßig miteinander in Kontakt standen?«

»Nein«, knirschte ich.

Emerson brummte »hmph« und mied meinen Blick.

Unser beider Reaktion schien Sethos köstlich zu amüsieren. »Als ich von besagter Sache erfuhr, dachte ich, ihr könntet meine Hilfe brauchen. Zumal die Situation diesmal noch absurder anmutet als sonst.« Dabei fixierte er mich eindringlich.

Nefret kam mir zu Hilfe. »Mutter trifft keine Schuld. Vater hat die Statuette an sich genommen und dieser unsäglichen Frau versprochen, den Fluch aufzuheben.« Sie beugte sich vor und sah ihn scharf an. »Hast du das Artefakt aus Grab 55 entwendet?«

Sethos blickte unbehaglich drein. Nefret gehörte zu den wenigen, die sein zynisch-arrogantes Ego ankratzen konnten. Er reagierte ebenso direkt. »Nein. Die meisten Objekte, die ich aus diesem Grab entfernt habe, waren von nur geringem Wert; mir ging es hauptsächlich um die historische Bedeutung.«

»Zweifellos.« Ramses warf ihm einen vernichtenden Blick zu. »Könnte es sein, daß du ein derart kostbares Objekt übersehen hast?«

»Keine Ahnung, da ich noch nicht das Privileg hatte, es zu begutachten«, versetzte Sethos schlagfertig.

Emerson stand auf, murmelte irgend etwas Unverständliches und verschwand. Er kehrte mit der bemalten Schachtel zurück. Kommentarlos reichte er sie Sethos, der den Deckel abnahm. Unversehens entfuhr ihm ein anerkennender Pfiff, und seine Augen weiteten sich. Obwohl ein begnadeter Schauspieler, schien mir seine Verblüffung echt.

»Ich wußte doch, daß du es nicht warst.« Nefret wirkte sichtlich erleichtert.

»Dein Vertrauen ehrt mich, meine Liebe. Aber selbst wenn ich es gewesen wäre ...« Er räusperte sich. »Du weißt doch, die schönsten Objekte behalte ich immer selbst.«

»Schluß mit dem Kokolores«, meinte Emerson leicht gereizt. »Also schön, ich glaube dir. Und deiner Argumentation. Trotzdem plane ich, Grab 55 erneut zu öffnen.«

»Ich habe bestimmt nichts übersehen«, beharrte Sethos. »Ich war tagelang allein in der Grabstätte – nur mit meinem

Gehilfen. Da hatte ich massenhaft Zeit, um jede Ecke und jeden Spalt genauestens zu inspizieren.«

»Vielleicht war einiges schon weg, bevor du dort aufgekreuzt bist«, gab Ramses zu bedenken. »Es waren zahllose Besucher dort. Überdies hatten sich die Arbeiter kleinere Schmuckstücke angeeignet, die sie auf den Märkten in Luxor verscherbelt haben. Ein Objekt wie dieses wäre allerdings unter der Hand gehandelt worden.«

»Wieso eigentlich?« warf Nefret ein. »Müssen nicht alle Kunstobjekte vor ihrer Ausfuhr aus Ägypten die Antikenverwaltung passieren?«

Sethos hüstelte vornehm. »Darf ich das kurz richtigstellen, meine Liebe? Ich glaube, ich kenne mich mit den illustren Machenschaften im Antiquitätengeschäft bestens aus.«

»Das«, polterte Emerson, »kannst du laut sagen.«

»Also«, hob Sethos an, »in der guten alten Zeit – wie es so schön heißt – gab es diesbezüglich im östlichen Mittelmeerraum keine Beschränkungen, keine Überwachung. Als Mariette die Antikenverwaltung übernahm, stellten er und sein Nachfolger Maspero neue Regeln auf. Ausländische Exkavatoren brauchten eine Grabungslizenz, und alles, was sie entdeckten, durchlief die Prüfung der Inspektoren. Die Verwaltung entschied, welche Stücke man behalten durfte und welche das Kairoer Museum bekam. Mariette und Maspero wird übrigens nachgesagt, daß sie vielfach zu großzügig gewesen seien.«

»Komm auf den Punkt«, meinte Emerson ungehalten. »Die autorisierte Exkavation ist schließlich nicht das Problem.«

»Korrekt.« Sethos nickte. »Die Ägypter haben jahrelang unkontrolliert gegraben und die Fundstücke an Touristen verkauft, die diese ohne Schwierigkeiten ausführten. Nach 1860 wurde den einheimischen Burschen dies jedoch strikt untersagt. Die Antikenverwaltung sprang plötzlich hart mit Grabdieben um, wie beispielsweise mit den Abd er Rassul-

Brüdern, die das Grab mit den königlichen Mumien geplündert hatten.«

»Infam!« entrüstete ich mich. »Folter sollte grundsätzlich verboten werden.«

»Um es kurz zu machen«, fuhr Sethos mit einem höflichen Nicken zu mir fort, »neuzeitliche Grabräuber müssen ihrem Gewerbe heimlich nachgehen. Die paar Schmuckstücke aus KV 55 haben die Behörden abgeschrieben, weil sie diese ohnehin nicht mehr lokalisieren können. Bedeutende Funde müssen jedoch mit äußerster Sorgfalt vermarktet werden, um die Spuren zu den ursprünglichen Entdeckern zu verwischen. Manche Händler sitzen jahrelang auf ihren wertvollen Stücken, während sie heimlich mit Museen und Sammlern verhandeln.«

»Carter«, wetterte Emerson.

»Er und andere. Carter agiert als Vermittler. Er kauft für seinen Mäzen Lord Carnarvon und für Institutionen wie das Metropolitan Museum. Demnach«, schloß mein Schwager, »ist die Existenz dieser Statuette vermutlich seit Jahren bekannt. Daß sie meiner Aufmerksamkeit entgangen ist, ärgert mich zugegeben maßlos. Ich kann das nur dem Umstand zuschreiben, daß ich seit 1914 anderweitig involviert war.«

»Willst du damit andeuten, daß sie erst nach diesem Zeitpunkt gefunden wurde?«

»Ich deute nichts dergleichen an«, gab Sethos zurück. »Aber auch mir passiert gelegentlich ein Lapsus.«

»Gesetzt den Fall, das Artefakt war jemals in KV 55«, sinnierte Emerson, »dann finden sich dort womöglich noch Anhaltspunkte. Die fehlende Uräusschlange beispielsweise oder Splitter des Sockels. Viele Holzobjekte waren feucht geworden und aufgequollen. Davis mit seinen Hauruckmethoden hätte dergleichen achtlos entsorgt. Wir müssen KV 55 hundertprozentig ausschließen können, bevor wir andere Möglichkeiten in Erwägung ziehen.«

Ich hatte der Diskussion mit wachsendem Unmut gelauscht

und stellte leider fest, daß Ramses zunehmend interessiert schien. »Nach meinem Dafürhalten«, merkte ich gegenüber meinem Ehemann an, »geht dein Archäologentemperament mal wieder mit dir durch. Darf ich dich darauf hinweisen, daß Mrs. Petherick auf höchst mysteriöse Weise verschwunden ist? Und daß versucht wurde, hier einzubrechen?«

»Pah«, schnaubte Emerson. »Der Pseudodieb war vermutlich ein Journalist.«

»Der zudem kurzerhand das Wächterhaus in die Luft gejagt hat?«

»Diese Dreckspatzen kennen keine Skrupel. Und Mrs. Petherick taucht bald wieder auf, mit einer haarsträubenden Geschichte über ihre Flucht aus den Klauen des Dämons.« Er sah auf die Uhr und sprang mit einem unschönen Schimpfwort auf. »Alles nur Zeitverschwendung! Ramses, Nefret, Peabody, packt eure Ausrüstung zusammen.«

»Wo wollen wir denn hin?« erkundigte sich Ramses der Form halber.

»Nach Deir el-Medina, wohin sonst? Wasim sollte Selim informieren, daß der die gesamte Mannschaft zusammentrommelt.«

Ich fläzte mich behaglich in meinem Sessel. »Ich muß mich um unseren Gast kümmern, Emerson. Anders als sein Bruder möchte er sich bestimmt etwas ausruhen und erfrischen nach der langen ermüdenden Zugfahrt. In ein oder zwei Stunden –«

»So ein Larifari!« entfuhr es Emerson. »Ihr kommt unverzüglich nach, wenn ihr fertig seid. Und ihr zwei reitet mit mir.«

### Aus Manuskript H

Emerson wäre so wie er war aus dem Haus gestürmt, wenn seine Gattin ihn nicht gedrängt hätte, den guten Anzug gegen Arbeitskleidung zu tauschen und einen Tropenhelm aufzusetzen. Als Ramses und Nefret aufbruchfertig waren, wartete er bereits ungeduldig. Er ging im Laufschritt voraus, über die steilen Anhöhen hinter Deir el-Bahari auf dem Pfad, den die frühen Arbeiter benutzt hatten, um von ihren Hütten ins Tal der Könige zu gelangen, wo sie die Monumentalbauten der Herrscher anlegten und schmückten. Wenngleich der kürzeste Weg ins Dorf, war er mühsamer als die Straße, die von Norden her ins Tal führte. Dennoch gehörte er zu Emersons bevorzugten »Spaziergängen«, eine Auffassung, die andere Familienmitglieder nicht teilten.

Gleißendes Sonnenlicht strömte in das enge Tal. Am Nordende stand der Ptolemäische Tempel, das einzige relativ intakte Bauwerk. Im Dorf selbst säumten Lehmziegelfundamente und -wände sowie kleine Häuser rechts und links die einzige Straße. Es war kein sonderlich eindrucksvolles Ausgrabungsgebiet. Die Ruinen hatten das gleiche langweilige Graubraun wie alles im Tal, nirgends ein bißchen Grün, keine Farbspuren von verwitterten Malereien oder abblätternder Goldauftrag. Der Ort war im 14. Jahrhundert vor Christus entstanden, für die Handwerker und Künstler, die an den Pharaonengräbern gearbeitet hatten, und ihre Familien.

Trotz seiner wenig anziehenden Optik hatte das Dorf eine archäologische Sensation beherbergt: das Grabversteck der Hohepriesterinnen des Amon, mit prunkvollen Sarkophagen und erlesenen Schmuckstücken. Bertie und Jumana hatten es seinerzeit entdeckt, worauf Monsieur Lacau die meisten Artefakte für das Kairoer Museum beanspruchte. Als leidenschaftlicher Sammler war Cyrus indes nicht leer ausgegangen. Nach Ramses' Einschätzung waren in Deir el-Medina Artefakte von hoher altertumswissenschaftlicher Bedeutung entstanden. Die Bewohner, geschickte und erfahrene Handwerker, hatten mitunter sogar lesen und schreiben können. Das bewiesen die zahlreich hinterlassenen Schriftstücke – Papyri oder Tonscherben mit hieratischen und späterhin demotischen Zeichen. Nach der verblüffenden Erkenntnis, daß Europäer gutes Geld für solchen »Müll« zahlten, hatten die hiesigen Fellachen illegal hier gegraben und die Fundstücke an Sammler und Museen verkauft. Die kleinen Privatgräber auf dem Hügelkamm, von den Arbeitern jeweils für ihre eigene Bestattung errichtet, hatten den umtriebigen Grabräubern mithin lukrative Einkommen beschert: Wandgemälde, Votivstelen, Grabbeigaben ließen sich trefflich in klingende Münze verwandeln.

Ramses konnte sich ein solches Dasein nicht vorstellen, allerdings waren die frühzeitlichen Arbeiter für ägyptische Verhältnisse sehr gut bezahlt worden, und die dichtgedrängt stehenden Häuser hatten den Bewohnern vermutlich gefallen. Vor dreitausend Jahren war die mittlerweile totenstille Straße zudem voller Leben gewesen, wie einige der erhalten gebliebenen schriftlichen Dokumente enthüllten.

Mit einer gewissen Schadenfreude registrierte Ramses, daß sein Vater sich nicht unmittelbar in die Arbeit würde stürzen können. Ein Stück weiter, am nördlichen Ende der Ausgrabungslinie, standen Daoud und Selim mit ein paar von ihren Leuten zusammen – und aus der schwatzenden, gestikulierenden Menge ragte eine hochgewachsene Gestalt im eleganten weißen Leinenanzug. Cyrus Vandergelt steuerte geradewegs zu ihnen, als sie ins Tal hinabstiegen. Bertie und Jumana waren bei ihm. Nach einem knappen Morgengruß bombardierte der Amerikaner Emerson mit Fragen.

»Warum haben Sie uns nicht informiert, daß Sie zurück sind? Was haben Sie erfahren? Wer ist der Bursche, der Sie begleitete? Haben Sie Lacau getroffen?«

»Bin vorhin erst angekommen«, erwiderte Emerson. »Schwer beschäftigt. Viel zu tun. Selim, Daoud –«

»Oh nein, so nicht«, sagte Cyrus entschieden. »Wir haben einiges zu besprechen, Emerson. Haben Sie etwa geglaubt, Sie könnten klammheimlich zurückkehren und ich merke nichts davon?«

Emerson funkelte Daoud an, der verbindlich zurückgrinste. »Mein Sohn Sabir hat es mir umgehend berichtet, Vater der Flüche. Ich hab Selim informiert, daß du schleunigst die Arbeit aufnehmen willst, und Selim hat die anderen informiert, und –«

»Du hast es Mr. Vandergelt erzählt«, schloß Emerson.

»Aber klar doch«, erwiderte Daoud, erstaunt, daß der Professor das überhaupt erwähnte.

»Also, wer ist der rechtmäßige Besitzer der Statue«, drängte Cyrus.

Da sich der Amerikaner nicht so leicht abwimmeln ließ wie die ägyptischen Arbeiter, verzog Emerson stöhnend das Gesicht und schickte sich an, die Neugier seines Freundes zu befriedigen.

»Woher zum Teufel soll ich das denn wissen? Ich habe im Zug Gerüchte gestreut. Es wird vielleicht eine Weile dauern, bis die entsprechende Resonanz erfolgt. Was Lacau anbelangt, so hat er mir die Genehmigung erteilt, Grab 55 erneut freizulegen. Das Französische Institut übernimmt dann voraussichtlich dieses Areal.«

Der Professor wollte sich umdrehen, doch Cyrus packte ihn am Arm. »Und was wird aus mir?« brüllte er aufgebracht.

»Aus Ihnen? Hmmm«, meinte Emerson. Er rieb sich das energische Kinn. »Was würden Sie vom Westtal halten?«

»Ist das Ihr Ernst?« Cyrus strahlte wie ein Honigkuchenpferd. »Ist das denn nicht Teil der Konzession von Carter und Carnarvon?«

»Momentan ist Lacau auf Carter nicht sonderlich gut zu sprechen«, erklärte Emerson mit sichtlicher Genugtuung. »Der Bursche hat ein paar krumme Dinger im Antiquitätengeschäft gedreht – das ist wahrlich keine gute Visitenkarte für einen professionellen Exkavator. Aber das bleibt unter uns, verstanden, Vandergelt?« Er warf einen gestrengen Blick in die Runde.

»Aber sicher«, bekräftigte Cyrus hastig. Daoud starrte in eine ungewisse Ferne, als wäre er tief in Gedanken versunken.

»Carter hat in nächster Zeit keine Pläne für das Westtal«, fuhr Emerson fort. »Lacau war mit mir einer Meinung, daß das Gebiet zu unautorisierten Grabungen einlädt. Und, zufrieden? Schön. Dann erlauben Sie doch sicher, daß ich jetzt an die Arbeit gehe. Will schließlich nicht, daß diese verdammten Franzosen Grund zur Kritik haben.«

»Dann gedenkst du also, hier abzuschließen?« wollte Ramses wissen.

Sein Vater wirkte tief getroffen. »Wie kannst du so etwas von mir denken, mein Junge? Ich gebe eine Exkavation doch nicht mitten in der Saison auf! Nein, nein, wir können beides machen.«

Ramses' unterschwellige Kritik brachte Cyrus auf den Plan. »Ich nicht«, sagte er ohne Umschweife. »Und so ohne weiteres bin ich auch nicht bereit, mich Hals über Kopf dem Westtal zuzuwenden.«

»Hier haben Sie doch die meisten bekannten Gräber erforscht, oder?« wandte Emerson ein.

»Das ja, aber –«

»Na also. Dann versperren Sie die Eingänge und geben Sie sich mental einen Ruck.«

Mit diesen Worten marschierte Emerson hochzufrieden davon, seine Mannschaft im Schlepptau.

Jumana platzte fast vor Neugier. Während Nefret ihre Fragen nach bestem Wissen zu beantworten suchte, spähte Ramses über das enge Tal. Jetzt, da sie das Gebiet aufgaben, fand er es irgendwie schade. Er war sich sicher, daß unter dem unwirtlichen Gestein weitere Ostraka, Stelen und womöglich auch Fragmente der bedauerlich unvollständigen Texte verborgen lagen, mit deren Übersetzung er sich gerade beschäftigte.

KV 55 hatte ihm diesbezüglich nichts zu bieten. Und was

war mit der nächsten Saison? Sein Vater durfte bestimmt nicht davon ausgehen, daß er noch einmal einen plausiblen Vorwand fand, um seine Aktivitäten im Tal der Könige fortzusetzen.

Dank Emersons Akribie (und der häufigen Arbeitsunterbrechungen durch »kriminelle Elemente«, wie seine Mutter es vorzugsweise umschrieb) war erst das halbe Dorf freigelegt, darüber hinaus einige kleine Schreine und Tempel an der Nordseite. An jenem Morgen hetzte Emerson sie wie ein Sklaventreiber, sie schütteten ansatzweise ausgegrabene Bereiche wieder zu und beendeten die Freilegung einiger anderer. Der Schutt türmte sich zu Riesenbergen auf. Das Durchsieben war Aufgabe seiner Mutter, und Emerson fluchte wie ein Kesselflicker, weil sie nicht auftauchte. Ramses' Angebot, für sie einzuspringen, wurde abgelehnt.

»Los, hilf Cyrus und seiner Truppe«, wies Emerson seinen Sohn an und deutete mit einer ausladenden Geste auf die weitverstreuten Grabstätten. »Himmeldonnerwetter noch mal, er steht einfach da und feixt. Hätte ich dem armen Irren doch bloß nichts vom Westtal erzählt!«

Bertie und Jumana kamen zwar hervorragend ohne ihn zurecht, trotzdem gesellte Ramses sich zu ihnen. Als die Sonne im Zenit stand und ihm das Hemd am Körper klebte, fragte er sich allmählich, wann Emerson wohl die Mittagspause einläuten werde. Nefret hatte den ganzen Morgen in der prallen Sonne gearbeitet und nach Emersons Vorgaben fotografiert. Merkte sein Vater denn nie, wann es genug war? Nach einer Weile entdeckte Ramses drei Reiter auf der nach Norden führenden Straße und war erleichtert, als er seine Mutter erspähte. Neben ihr ritt Sethos, ein Stück hinter ihnen Nasir mit einem großen Picknickkorb.

Ramses winkte den anderen. »Mittagspause. Da ist Mutter.«

»Dem Himmel sei Dank«, seufzte Cyrus. Er reckte sich, rieb sich den schmerzenden Rücken. »Wer ist das da bei ihr?«

Ramses half dem älteren Mann über den beschwerlichen Höhenweg. »Ein alter Freund. Sir Malcolm … öh-uffz –«

Cyrus sah ihn schief an. »Ein alter Freund, und dann wissen Sie nicht, wie er heißt? Junge, Junge. Ich hab das Gefühl, daß wir den Burschen beide gut kennen.«

Sie schlenderten zu dem schattigen Plätzchen, das seine Mutter in der Nähe des Ptolemäischen Tempels eingerichtet hatte. Gemeinsam mit Nasir packte sie eben den Mittagsimbiß aus, während sie pausenlos herumkommandierte.

»Emerson, hör auf zu fluchen und setz dich hin. Selim, Daoud, kommt, gesellt euch ruhig zu uns. Ah, da sind Sie ja, Cyrus. Bertie – Jumana – darf ich vorstellen: Sir Malcolm Page Henley de Montague, ein alter Freund der Familie.«

Cyrus musterte »Sir Malcolm« vom tadellosen Tropenhelm bis hinunter zu den eleganten Stiefeln und hielt ihm die Hand hin. »Nett, Sie wiederzusehen, Sir. Wir haben uns vor ein paar Jahren in London kennengelernt. Aber vermutlich erinnern Sie sich nicht mehr an mich.«

»Unmöglich, Sie zu vergessen, Mr. Vandergelt«, sagte Sethos lapidar.

»Insbesondere nachdem ich Sie bei der Krone aus der Siebzehnten Dynastie überboten habe.«

»Ach ja.« Sethos nickte. »Nichts für ungut, Mr. Vandergelt, aber es war ein ziemlich häßliches Objekt und höchstwahrscheinlich eine Fälschung.«

»Meinen Sie?«

»Unbedingt. Aber lassen wir die Vergangenheit ruhen. Wie kommen Sie mit der Arbeit hier voran?«

»Ganz gut«, ging Cyrus auf den Themenwechsel ein.

Emerson hielt das Ganze für überflüssiges Affentheater. Er ließ ihnen lediglich ein paar Minuten zum Essen und Trinken und scheuchte dann alle wieder an die Arbeit.

»Dem Himmel sei Dank, daß David in ein paar Tagen zu uns stößt«, grummelte er. »Nichts für ungut, Nefret. Du machst ausgezeichnete Fotos, aber wir könnten wirklich weitere Unterstützung brauchen.«

»Exakt«, bekräftigte seine Frau. »Cyrus, was ist eigentlich mit dem jungen Mann passiert, der sich bei Ihnen beworben hatte?«

»Hab nichts mehr von ihm gehört. Merkwürdig, jetzt da Sie es erwähnen.«

»Wir brauchen nicht noch mehr Leute«, widerlegte Emerson schamlos seine eigene Aussage. »Peabody, ab zu deinem Geröllhaufen. Sir – ähm – Malcolm, Sie können ihr ein bißchen zur Hand gehen.«

Sethos streifte eben die weißen Wildlederhandschuhe über, die er während des Essens ausgezogen hatte. »Nichts was ich lieber täte, Professor. Leider rät mir mein Arzt von körperlicher Arbeit ab. Ich habe zwei linke Hände.«

Den Rest des Nachmittags fläzte er sich untätig im Schatten, während die anderen schwitzten.

***

Bislang war Sethos mit seiner Maskerade durchgekommen, obwohl Jumana ihn immer wieder argwöhnisch musterte. Sie hatte ihn schon mehrfach und unter diversen Pseudonymen kennengelernt, und sie war ein helles Köpfchen. Ich fragte mich, wie lange es noch dauern würde, bis sie zwei und zwei zusammenzählte. Genau wie sein Stiefvater wußte Bertie um Sethos' Verwandtschaft mit uns, allerdings war der gute Junge beileibe kein Schnellmerker. Mit nachdenklich gerunzelter Stirn hatte er das Wortgeplänkel zwischen Cyrus und Sethos verfolgt. Ein, zwei Stunden später stellte er sich neben mich, stotterte und stammelte herum, bis ich ein Einsehen hatte und seine Vermutung bestätigte.

»Dann ist es also in Ordnung, wenn ich ihn mit seinem richtigen Namen anspreche?« erkundigte sich Bertie. »Ich meine – er weiß doch, daß ich es weiß, oder?«

»Ja. Aber benutzen Sie seinen korrekten Namen bitte nicht in Gegenwart Uninformierter.«

»Oh.« Bertie kratzte sich verlegen am Kinn. »Mein Wort darauf, Mrs. Emerson. Und darf ich ... ich meine ... wäre es unpassend, wenn ich ihn nach Maryam frage?«

»Warum eigentlich nicht?«

»Oh. In Ordnung.«

Er wiederholte sein Ehrenwort und zog erleichtert ab. Er war ein richtig netter Junge. Wirklich schade, daß die junge Frau, die er hoffnungslos verehrte, kein Interesse an einer Heirat hatte.

Ich mußte Emerson daran erinnern, daß er den Zwillingen versprochen hatte, zum Tee zurück zu sein, sonst hätte er uns vermutlich bis zum Umfallen weiterschuften lassen. Es war ein ungewöhnlich schwülwarmer Tag, nur daß mein Ehemann kein Problem mit der Hitze hat und aus allen Wolken fällt, wenn andere darunter leiden.

Als ich nach einem erfrischenden Bad auf die Veranda schlenderte, legte Fatima gerade das Teegeschirr auf und flirtete dabei mit Sethos – wenn ich ihr harmloses Geplauder einmal so nennen darf. Sonst eher schüchtern, verfiel sie seinem routinierten Charme noch jedesmal. Sobald Emerson auftauchte, lief Fatima errötend hinaus.

»Na, wieder im Element?« fragte Emerson daraufhin süffisant. »Kannst du nicht einmal die Finger von den Frauen lassen?«

»Was ist denn daran schlimm?« gab Sethos zurück. »Ich mag Fatima. Sie ist eine nette Frau und eine ausgezeichnete Köchin.«

»Hmph«, brummte Emerson, dem die Argumente ausgingen. »Wo bleiben denn die Kinder?«

Er blickte über die Verandamauer und wetterte los. »Hölle und Verdammnis! Wasim hat jemanden durchgelassen. Wer zum Henker ...«

Die Antwort war leider eindeutig. Der Mann näherte sich

bereits dem Haus. An der Tür, die er Fatima galant aufgehalten hatte, wiederholte Sethos den Kraftausdruck seines Bruders. »Hölle und Verdammnis!«

Der Besucher blieb vor der verriegelten Verandatür stehen und spähte durch die Blenden. »Guten Abend. Darf ich ein paar Minuten Ihrer kostbaren Zeit stehlen? Mein Name ist Sir Malcolm Page Henley de Montague.«

* * *

Ich besitze das ausgesprochene Talent, mich blitzschnell auf eine veränderte Situation einzustellen, gleichwohl konnte ich den echten Sir Malcolm sekundenlang nur fassungslos anstarren. Ein verstohlener Seitenblick versicherte mir, daß sich der selbsternannte Adlige weggeschlichen hatte. Also riß ich mich zusammen, öffnete die Tür und bat den Fremden herein.

»Emerson«, sagte ich, »kümmere dich doch bitte um unseren Gast. Ich muß … ich muß – ähm – Fatima zur Hand gehen.«

Es war nicht nett gegenüber Emerson, der genauso erschüttert wirkte wie ich, aber er würde die Situation bestimmt meistern. Ich spurtete hinter meinem Schwager her, der in seinem Zimmer hastig einen Koffer durchwühlte.

»Was –«, begann ich.

»Haarfarbe«, japste Sethos, während er Perücken, Bärte und diverse Fläschchen und Tiegel hervorkramte. »Verdammt, mir ist die schwarze Farbe ausgegangen.« Er straffte sich und musterte mich skeptisch. »Du hast nicht vielleicht …«

Tja, werte Leser, was sollte ich da machen? Die Lage war ernst, wir bewegten uns am Rande einer Katastrophe. Ich ging und holte ihm den kleinen Flakon. »Ich benutze es so gut wie nie«, erklärte ich.

»Das sieht man«, erwiderte Sethos prompt. »Geh und warne Fatima, ja? Sag ihr – verdammt noch mal, sag ihr irgendwas, daß ihr kein Fehler unterläuft. Am besten warnst du auch Ramses und Nefret.«

»Und was machst du?«

»Mich rasieren«, sagte mein Schwager.

***

Fatima (hat sie nun ein schlichtes Gemüt oder tut sie nur so?) akzeptierte mein hastiges Gestammel mit einem Nicken und arrangierte weiterhin seelenruhig Teekuchen auf einer hübsch geblümten Platte. Nefret und Ramses konnte ich nicht mehr vorwarnen, denn sie hatten sich mit den Zwillingen bereits auf der Veranda eingefunden. Der Hund lag mit hängender Zunge vor der verschlossenen Fliegengittertür.

Wie ich später erfuhr, hatten die lieben Kleinen mal wieder für einigen Wirbel gesorgt, da Sir Malcolm dummerweise versucht hatte, Carla über den Kopf zu streicheln.

»Verzeihen Sie, Sir Malcolm«, sagte ich höflich und nahm mir einen Stuhl.

»Aber, aber, Mrs. Emerson.« Der Gentleman, der bei meinem Eintreten aufgestanden war, setzte sich wieder. »Ich bin derjenige, der sich entschuldigen muß. Einfach unangemeldet bei Ihnen hereinzuplatzen ... Nun ja, Ihr Gatte meinte, ich solle bis zu Ihrer Rückkehr warten, ehe ich Ihnen den Grund für mein Kommen schildere.«

Bei genauerem Hinsehen stellte ich fest, daß Sethos' Tarnung nicht einwandfrei gewesen war. Sir Malcolms Kinn war länger, sein Haar lichter. Gleichwohl hatte die Ähnlichkeit Wasim dazu bewogen, den Neuankömmling durchzulassen.

»Bitte, fangen Sie ruhig an«, forderte ich ihn auf.

»Das ist schnell erzählt.« Sir Malcolm beugte sich vor, die Hände auf den Silberknauf seines Spazierstocks gestützt. »Ich möchte Ihnen ein Angebot für die Statuette machen, die Mrs. Petherick Ihnen überlassen hat. Ich zahle jeden Preis.«

»Unbesehen?« schaltete sich Ramses stirnrunzelnd ein.

Emerson erholte sich ganz allmählich von Sir Malcolms unerwartetem Auftauchen. Jetzt hatte er seine fünf Sinne wieder beisammen.

»Ach, Sir Malcolm hat sie bestimmt schon gesehen«, folgerte er. »Nicht wahr? Wann und wo war das noch gleich?«

»Das tut nichts zur Sache, Professor Emerson.«

»Oh doch«, brauste Emerson auf. Nichts ist ihm so zuwider wie eine höfliche Abfuhr. »Erst beantworten Sie meine Fragen, dann können wir über die Angelegenheit diskutieren. Also, haben Sie das Objekt in Mr. Pethericks Sammlung begutachten können?«

»Nein.« Sir Malcolm blickte ungemein skeptisch zu Carla, die neben ihrem Bruder saß. »Mir wurde das Artefakt vor zwei Jahren angeboten, von einem Händler in London. Leider war Petherick schneller als ich.«

»Name des Händlers?«

»Aslanian.«

»Ah. Wo hatte er es her?«

»Ich habe ihn nicht gefragt. Für solche Transaktionen gelten ungeschriebene Gesetze.«

»Das ist mir nicht neu«, schnaubte Emerson. »Dann wissen Sie also nichts Näheres über seine Herkunft?«

»Nein.« Sir Malcolm zögerte. »Man könnte zweifellos gewisse Rückschlüsse ziehen. Sie als Experten haben das sicher schon getan.«

Sein Ton war einlenkend, was bei Emerson allerdings abprallte, da er den Besucher am liebsten kurzerhand vor die Tür gesetzt hätte. »Das haben wir. Was die Statuette angeht, sind mir die Hände gebunden. Die rechtmäßige Besitzerin ist doch wohl Mrs. Petherick.«

»Aber sie hat sie Ihnen gegeben. Und die unsägliche – ähm – verzeihen Sie, meine Damen, die Frau ist einfach verschwunden.«

»Sie hat sie in meiner Obhut gelassen«, korrigierte Emerson. »Ich gehöre nicht zu denen, Sir, die andere Menschen übervorteilen. Wenn die Dame wieder auftaucht, will ich die Sache gern mit ihr besprechen. Ich warne Sie aber schon jetzt – Sie sind nicht der einzige Interessent.«

»Vandergelt«, knirschte Sir Malcolm abfällig. »Wissen Carter und Carnarvon davon?«

»Carter ist in nächster Zeit in Kairo«, entgegnete Emerson, der sich inzwischen blendend amüsierte. »Fragen Sie ihn doch selbst.«

»Möchten Sie noch eine Tasse Tee, Sir Malcolm?« fragte ich.

»Ich hatte noch gar keine, Mrs. Emerson.«

»Ach du meine Güte. Nefret, hast du –«

»Ich hab ihm Tee angeboten«, verteidigte sich Nefret. »Mag sein, daß Sir Malcolm es nicht mitbekommen hat.«

»Ich war abgelenkt, weil Ihre Tochter nach meiner Hand geschnappt hat«, stieß der Gentleman zwischen zusammengebissenen Zähnen hervor. »Danke, Mrs. Emerson, ich möchte keinen Tee.«

Er stapfte zur Tür. Er war dermaßen aufgebracht – kein Wunder bei der Provokation –, daß er Amira vergaß. Sie bellte erwartungsvoll. Sir Malcolm schrak zurück. »Könnte vielleicht jemand die Güte besitzen und diese Bestie entfernen?«

»Sie beißt nicht«, sagte Nefret.

»Da bin ich mir nicht so sicher, Madam.«

»Na dann kommen Sie.« Nefret ging ihm voraus und packte Amira am Nackenfell.

Bevor er aufbrach, drehte der Adlige sich noch einmal um und schleuderte uns gallig einen letzten Satz entgegen: »Wir sehen uns noch!«

»Wen meint er damit?« wollte Emerson betont naiv von mir wissen. »Original oder Fälschung?«

»Als ich – ähm – du weißt schon wen zuletzt gesehen habe, war er mitten in einem optischen Verwandlungsprozeß. Der Himmel weiß, wie er jetzt getarnt ist.« Ich wußte lediglich, daß er schwarze Haare haben würde, aber das behielt ich für mich.

»Ich sag ihm kurz, daß die Luft rein ist«, erbot sich Emerson. »Bestimmt kann er einen Whisky-Soda vertragen. Ich im übrigen auch.«

Ramses stand auf und hob Carla auf seine Schultern. »Die Kinder müssen ins Bett. Komm, David John.«

»Bevor ihr geht, noch ein Wort zu Carla«, sagte ich. »Junge Dame, hast du wirklich versucht, den Gentleman zu beißen?«

»Er hat meinen Kopf getätschelt, Großmama.«

»Das ist noch lange kein Grund.«

»Ich hab schon ewig niemanden mehr gebissen«, protestierte Carla. »Aber ich mag diesen Mann nicht. Er hat ein gemeines Gesicht.«

»Definitiv«, bekräftigte David John. »Obwohl ich es eher ›verschlagen‹ nennen würde. Er führt nichts Gutes im Schilde.«

Fatima glitt aus dem Haus, um das Teegeschirr hinein- und das Getränketablett hinauszubringen. Sie mied meinen Blick, doch ich bemerkte ihr verstohlenes kleines Lächeln. Als Emerson und Sethos zu uns stießen, zuckte sie mit keiner Wimper, obwohl die Haare von letztgenanntem pechschwarz waren, genau wie das verwegene Menjoubärtchen, das seine Oberlippe zierte. Statt der geckenhaft eleganten Kleidung trug er einen legeren Anzug.

»Whisky?« fragte Emerson.

»Ausgezeichnete Idee. Das war verdammt knapp. Ich dachte, der Bas … der Bursche sei noch in London. Wo sind die Kleinen?«

»Im Bett«, sagte ich. »Ein Glück, daß die Kinder dich nie als Sir Malcolm kennengelernt haben. Sie mochten ihn nicht.«

»Carla hat versucht, ihn zu beißen«, sagte Nefret.

»Couragiertes Mädchen. Dafür verdient sie ein kleines Geschenk.«

»Ein solches Verhalten auch noch zu belohnen, dulde ich nicht«, sagte ich streng. »Interessiert es dich nicht, wieso Sir Malcolm hier war?«

»Er hat es auf die Statuette abgesehen, was sonst?« Sethos nahm einen Schluck Whisky und entspannte sich. »Sammler sind Exzentriker, aber er ist einer der schlimmsten. Es kursieren ein paar häßliche Gerüchte, wie er gewisse Artefakte erworben haben soll. Außerdem ist er wohl ein schlechter Verlierer.«

»Aber er ist doch als Menschenfreund und Mäzen bekannt«, protestierte ich.

»In der Öffentlichkeit. Andererseits hätte er Petherick eigenhändig abgemurkst, nur um die Statue zu bekommen.«

Fatima hatte die Öllampen angezündet. Die in der leichten Brise flackernden Flammen warfen zuckende Schatten auf die Wände.

»Auf einige Leute scheint die Statue eine fatale Wirkung auszuüben«, sinnierte ich.

»Auf mich nicht«, tönte Emerson. »Ich will wissen, woher das verfluchte Ding stammt und wie es –« Er wirbelte herum. Whisky schwappte über den Rand seines Glases. »Mich tritt ein Pferd! Ramses, mußt du dich so anschleichen?«

»Entschuldige, Sir.« Ramses schloß die Tür hinter sich.

»Er macht es ja nicht mit Absicht«, nahm Nefret ihren Mann in Schutz.

»Ich weiß, ich weiß. Tschuldigung, mein Junge. Nimm dir einen Whisky, und mir kannst du auch noch einen eingießen.«

»Sir Malcolm hat uns immerhin einen wichtigen Hinweis gegeben«, fuhr Emerson fort. »Petherick hat die Statue von Aslanian in London gekauft. Gleich morgen telegrafiere ich Walter, daß er sich diesen Händler mal zur Brust nehmen soll. Die Spur reicht natürlich viel weiter zurück.«

»Laß Walter aus dem Spiel«, wandte Sethos ein. »Der wird aus Aslanian nichts herausbekommen, dafür ist der

Bursche zu gerissen. Walter hat beileibe nicht dein Durchsetzungsvermögen.«

»Stimmt.« Emerson nickte düster, und Sethos fuhr fort: »Ich werde mit ein paar von meinen Leuten Kontakt aufnehmen.«

»Die dann bei Aslanian einbrechen und heimlich seine Aufzeichnungen inspizieren?« forschte Ramses. »Und ich dachte, du hättest dich aus diesem – äh – Gewerbe zurückgezogen.«

Darauf wich Sethos ihm geschickt aus: »Ramses, sei doch bitte so nett, ich könnte noch ein Glas vertragen.«

### Aus Manuskript H

Gleich nach dem Abendessen scheuchte Emerson sie alle ins Bett, weil er am nächsten Morgen zeitig starten wollte. »Ich beabsichtige, Sektion 23 morgen abzuschließen«, verkündete er.

Ramses hätte jede Wette dagegen gehalten, obwohl er wußte, daß sein Vater Berge versetzen konnte. Dennoch war es ein unmögliches Vorhaben, selbst für Emerson. Am Spätnachmittag stießen die Arbeiter auf eine Schicht Geröll, in der sich Tonscherben und Papyri befanden. Fluchend entschied Emerson, daß eine sorgfältige Exkavation länger als geplant dauern würde. Es war eine erschöpfte, staubige Mannschaft, die durch die zunehmende Dunkelheit trottete. Sethos hatte sich wieder einmal gedrückt, angeblich, weil er dringende Geschäfte in Luxor zu erledigen hatte. Als sie sich müde auf der Veranda einfanden, erwartete er sie bereits. Auf dem Sofa ausgestreckt, die Große Katze des Re auf seiner Brust, plauderte er angeregt mit Fatima.

»Eine erstaunliche Frau«, bemerkte er. Er schob den Kater beiseite und richtete sich auf. »Sie nimmt meine Metamorphosen wie selbstverständlich hin.«

»Schätze, du hattest einen arbeitsreichen Tag?« erkundigte sich Ramses.

Sein Onkel ignorierte den Sarkasmus. »Ich habe einige Telegramme abgeschickt. Zwei lagerten für Emerson im Telegrafenamt. Ich habe mir erlaubt, sie mitzubringen.«

Er deutete auf das Postkörbchen, das wie üblich überquoll.

Nach einer argwöhnischen Inspektion der ersten Depesche – sie war immer noch versiegelt – riß Emerson den Umschlag auf. »Ah! Ich wußte doch, auf Gargery ist Verlaß. Er hat den Anwalt der Pethericks ausfindig gemacht und sich mit dem Bürovorsteher angefreundet. Die testamentarischen Verfügungen ließen sich leicht recherchieren. Die Witwe erbt alles. Insoweit hat die Dame wohl die Wahrheit gesagt.«

Er öffnete das zweite Telegramm. »Von Carter«, verkündete er und las laut vor: *»Danke bestens für Überwachung. Treffe in Kürze ein, um Exkavationen wieder aufzunehmen.«*

»Ein taktvoller Warnhinweis, deine Aktivitäten einzuschränken«, bemerkte Sethos. »Sonst noch was von Interesse, Amelia?«

»Wie üblich, lästige Einladungen und unverfrorene Anfragen. Hier, für dich, Ramses. Handgeschrieben.«

»Der Brief ist von Heinrich Lidmann«, berichtete Ramses. »Er weist noch einmal auf sein Stellengesuch hin.«

»Was?« wetterte Emerson. »Du hast doch nicht etwa jemanden eingestellt, ohne daß ich davon weiß, oder?«

»Wenn du Ramses genau zugehört hättest, wäre dir klar, daß wir nichts dergleichen getan haben«, warf seine Frau ein. »Wir haben Lidmann lediglich zugesagt, daß wir darüber nachdenken werden, daß du aber letztlich dein Einverständnis geben mußt.«

»Ich muß gar nichts. Wer ist der Kerl überhaupt?«

»Vor dem Krieg war er mit Borchardt in Amarna«, schilderte Ramses. »Seine Erfahrungen sind sicher ganz nützlich für uns. Ich habe dieser Tage aber auch noch einen anderen Aspiranten kennengelernt. Einen Experten für demotische und –«

»Herrschaftszeiten, wofür brauche ich einen weiteren Übersetzer, wenn ich dich habe?« erregte sich Emerson. »Ich möchte keine weiteren Mitarbeiter einstellen. Sobald David hier eintrifft, ist meine Mannschaft komplett. Hoffentlich trudelt der Junge bald ein. Ich brauche einen erfahrenen Fotografen, wenn ich KV 55 öffne.«

»Er wird in ein paar Tagen hier sein«, meinte Ramses. Emerson war und blieb uneinsichtig. Er hatte die beiden von Ramses angeführten Bewerber rigoros abgelehnt und ging zudem schnöde darüber hinweg, daß David eine Vielzahl von Spezialgebieten beherrschte. Fotografieren konnten Nefret und Selim nämlich fast genausogut. »Wenn du David so händeringend brauchst, warum wartest du dann nicht, bis er kommt?« setzte sein Sohn hinzu, seine Verärgerung mühsam überspielend.

Emerson kratzte sich am Kinn. »Stimmt. Ein, zwei Tage machen auch nichts mehr aus. Gibt uns Gelegenheit, uns einen ersten Überblick zu verschaffen.«

»Und«, wandte seine Frau ein, »unsere Nachforschungen im Hinblick auf Mrs. Pethericks mysteriöses Verschwinden voranzutreiben.«

»Pah«, tönte Emerson. »Daß ich nicht lache. Die taucht in ein, zwei Tagen wieder auf und füttert die Zeitungen mit reißerischen Geschichten.«

***

Hier irrte sich Emerson. Mrs. Petherick tauchte weder am nächsten noch am übernächsten Tag wieder auf. Die Suche nach ihr blieb bestenfalls sporadisch, da man keinerlei Anhaltspunkte hatte. Die Presse walzte die Sensation tagtäglich aus, mit Hinweisen auf den »schwarzen Dämon« und aberwitzigen Geschichten über sein vermeintliches Herumgespuke.

Emerson ignorierte die leidige Angelegenheit, zumal er

mit der Arbeit in Deir el-Medina nicht so zügig vorankam wie geplant (was wir ihm schon im vorhinein erklärt hatten). Wir brachten allein einen ganzen Tag damit zu, kleinste Tonscherben und Papyrusfetzen zu katalogisieren!

An jenem Nachmittag brach eine kleine Meuterei los. Mit meinem schweigenden Einverständnis (heftigem Nicken) erklärte Nefret, sie und Ramses würden früher aufhören – soll heißen, um die Uhrzeit, zu der die meisten Exkavatoren die Arbeit beenden. »Wir haben den Kindern versprochen, den Tee zusammen mit ihnen einzunehmen«, meinte sie. »Du wirst mit diesen Fragmenten heute ohnehin nicht mehr fertig, Vater.«

»Oh doch«, gab mein eigensinniger Ehemann zurück. »Aber, na ja ... wenn ihr es den Kleinen versprochen habt –« Gnädig entließ er die beiden.

Wir anderen durften weiterschuften, bis es dunkel wurde, und wenn ich nicht rasend vor Wut aus der Haut gefahren wäre, hätten wir vermutlich in irgendeinem staubigen Wüstenloch übernachtet.

Als wir vor dem Haus absaßen, erblickten wir Sethos, Ramses und Nefret sowie eine vierte Person auf der Veranda. Fatima räumte soeben das Teegeschirr ab. Der Fremde, ein ausgemergelter, unscheinbarer Mann mit graumelierten Haaren, sprang auf, sobald wir hereinkamen. »Guten Abend, Professor und Mrs. Emerson. Ihr Sohn bat mich netterweise zu bleiben, aber wenn ich störe –«

»Wer zum Teufel sind Sie?« fragte Emerson ungnädig.

Ramses antwortete mit einem verlegenen Blick zu seinem Vater: »Das ist Michail Katschenowsky, von dem ich dir bereits erzählt habe. Ich habe mir erlaubt, ihn zum Abendessen einzuladen. Fatima weiß Bescheid.«

»Mein lieber Junge, das hier ist dein Zuhause«, sagte ich. »Du kannst einladen, wen immer du möchtest. Guten Abend, Mr. Katschenowsky. Und, haben Sie ausgiebig mit meinem Sohn gefachsimpelt?«

»Es ist mir eine Ehre«, schwärmte Katschenowsky, »daß ich mir das Arbeitszimmer ansehen durfte, wo die fantastischen Übersetzungen angefertigt werden, und natürlich auch die Originalpapyri.«

Emersons Gesichtsausdruck spiegelte seine Einstellung zu Menschen, die bei Papyrusfetzen, bekritzelten Tonscherben und zusammenhanglosen Textstellen in Ekstase geraten, aber er verkniff sich gottlob jede Äußerung. Mein kleiner Hinweis, daß Ramses Gäste einladen konnte, zeigte immerhin Wirkung. »Schön, schön«, grummelte er gönnerhaft. »Nett, Sie kennenzulernen, Karschenowsky. Ramses meinte, Sie sind kompetent. Kann ich nicht beurteilen. Hieroglyphen sind für mich böhmische Dörfer.«

Unsicher, ob das ein Scherz sein sollte, schmunzelte Katschenowsky verhalten, räusperte sich und schmunzelte erneut. »Es ehrt mich, daß Ihr Sohn meine Arbeiten kennt, Professor. Ich habe seit vielen Jahren nichts mehr veröffentlicht, aufgrund von Umständen, auf die ich keinen Einfluß hatte.«

Auch ein Kriegsopfer?, überlegte ich. Der Krieg war seit vier Jahren vorbei, aber etliche Überlebende litten immer noch unter den physischen und mentalen Wunden. Trotz der grauen Haare und der faltigen Gesichtshaut war er jünger, als ich auf den ersten Blick geschätzt hatte. Womöglich war der arme Mann in Gefangenschaft und Zwangsarbeit geraten.

Nefret riß mich aus meinen Gedanken. »Das Abendessen verspätet sich ein bißchen, Mutter. Du hast noch Zeit für einen Whisky-Soda, wenn du möchtest.«

»Aber gern«, erwiderte ich.

»Besser spät als nie«, knurrte Emerson. »Und hoffentlich nicht versalzen oder angebrannt.« Er drückte so schwungvoll auf den Siphon, daß das Soda wie eine Löschfontäne herausspritzte. Mit seinem Ärmel wischte er seelenruhig den Tisch trocken und reichte mir dann das Glas.

»Und, gibt's was Neues von Mrs. Petherick?« wollte ich wissen.

Nefret schüttelte den Kopf. »Nichts. Auch nichts von Miss Petherick. Ich hatte eigentlich erwartet, daß sie nochmals auf die Aushändigung der Statue drängt.«

»Eine merkwürdige Geschichte«, meinte Katschenowsky. »Was wird denn aus der Statue?«

»Ich werde sie den rechtmäßigen Besitzern zurückgeben, wer auch immer das sein mag«, entgegnete Emerson. »Das muß noch geklärt werden.«

»Sie sind ein grundehrlicher Mensch, Professor«, entfuhr es Katschenowsky. »Aber von Ihnen hätte ich auch nichts anderes erwartet.«

»Hmph«, räusperte sich Emerson. »Ich interessiere mich einzig dafür, woher die Statuette stammt. Und diesbezüglich tappen wir weiterhin im dunkeln.«

»Wenn ich sie vielleicht einmal sehen dürfte«, meinte Katschenowsky gedehnt. »Ich bin bestimmt kein Fachmann, aber manchmal fällt einem Außenstehenden auch das eine oder andere auf.«

»Haben wir noch Zeit?« fragte ich Nefret.

»Ja. Ich würde sie mir selbst gern noch einmal anschauen.«

»Ich hol sie.« Emerson stellte sein Glas ab und ging ins Haus.

Sekundenbruchteile später stürmte er auf die Veranda zurück, tobend wie ein Wilder. »Sie ist weg! Das verdammte Ding ist weg!«

## Aus Manuskript H

Emerson atmete tief ein und faßte sich wieder. »Peabody«, sagte er.

»Gute Güte, Emerson, verdächtigst du etwa mich?«

»Es sähe dir jedenfalls ähnlich, ein neues Versteck zu suchen, weil dir das alte nicht sicher genug schien.«

Seine Frau bedachte ihn mit einem vernichtenden Blick.

»Offen gestanden hielt ich deinen Schreibtisch für unsicher. Dort würde ein Dieb zuerst nachsehen, und das Schloß läßt sich kinderleicht aufbrechen. Trotzdem hätte ich sie nie weggenommen, ohne dich vorher zu informieren. Wie kannst du so etwas überhaupt von mir denken?«

»Wer hat sie denn dann genommen?« brüllte Emerson.

Sämtliche Blicke wanderten zu dem bedauernswerten Russen. Katschenowsky kauerte sich in die Sitzpolster und stritt vehement alles ab.

»Er kann es nicht gewesen sein«, sagte Ramses.

»Er war im Haus, in dem Lagerraum neben meinem Arbeitszimmer«, erklärte Emerson.

»Und ich war die ganze Zeit bei ihm. Ich bin nur einmal hinausgegangen, um ein Buch aus deinem Arbeitszimmer zu holen. Ich war höchstens drei Minuten weg – ohne Mr. Katschenowsky.«

»Danke«, hauchte Katschenowsky. »Danke. Es stimmt, ich war es nicht.«

»Na schön«, knirschte Emerson.

Eine recht unangenehme Gesprächspause folgte. Ramses blickte geflissentlich nicht zu seinem Onkel, der so ein erlesenes Stück bestimmt leidenschaftlich gern an sich gebracht hätte. Aber nein, ein auffälliger Diebstahl paßte nicht zu ihm, zumal er davon ausgehen mußte, daß man ihn als ersten verdächtigte. Nach einem langen Augenblick sagte Sethos: »Ich war es auch nicht. Amelia – du glaubst mir doch, nicht?«

Sie riß sich aus ihren brütenden Erwägungen. »Ja, ich glaube dir. Sind die Kinder schon im Bett?«

»Dort sollten sie zumindest sein«, meinte Ramses trocken. »Aber meine Hand würde ich dafür nicht ins Feuer legen.«

Seine Mutter erhob sich. »Kommt alle mal mit. Ja, auch Sie, Mr. Katschenowsky. Man hat Sie verdächtigt, folglich haben Sie auch das Recht auf Aufklärung.«

»Was faselst du da?« Emerson fiel aus allen Wolken. »Diese lieben, kleinen, unschuldigen Kinder –«

»Halt den Mund und komm mit, Emerson.«

Sie folgten dem Pfad, der sich zwischen den beiden Häusern schlängelte. Die Lichtkegel der angezündeten Laternen ließen die Blumenbeete sanft erstrahlen, Zweige raschelten leise im lauen Nachtwind. Sobald sie sich dem Gebäude näherten, sprang ein dunkler Schatten unter höllischem Gebell auf sie zu. Katschenowsky verbarg sich angstvoll hinter Ramses.

»Geh weg, Amira«, sagte Ramses. Er schob die Hündin beiseite.

Die Zwillinge waren zwar schon im Bett, schliefen aber beileibe noch nicht. Ramses vernahm die sanfte Stimme des Kindermädchens, das ihnen auf arabisch eine Gutenachtgeschichte erzählte. Von klein auf zweisprachig aufgewachsen, war den Kindern diese Sprache ebenso vertraut wie das Englische.

Carla, die das Gebell gehört hatte, sprang freudig überrascht aus dem Bett. »Seid ihr alle gekommen, um uns noch einmal eine gute Nacht zu wünschen? Auch Mr. Katschenowsky!«

»Du kennst den Gentleman?« fragte Emerson und erwiderte Carlas Umarmung.

»Ja, ich hatte bereits das Vergnügen.« Katschenowsky strahlte. »Beim Tee.«

»Und Carla hat nicht versucht, Sie zu beißen?«

»Aber nein. Sie ist so ein süßes kleines Mädchen.«

Carla giggelte.

»Sehr schön, Carla«, lobte ihre Großmutter. »Na, David John, was hast du denn mit der Statuette angestellt?«

David John sah sie mit seinen riesengroßen blauen Augen völlig ungerührt an. »Sie ist in meiner Spielzeugkiste, Großmama.«

Sie fand das bemalte Kästchen unter Stofftieren, Holzautos und Bauklötzen versteckt und reichte es Emerson, der seinen Enkel entgeistert anstarrte. Dann sagte sie streng: »David John, du bist ungehorsam gewesen. Ich habe dir ausdrücklich verboten, danach zu suchen.«

»Stimmt, Großmama. Aber ich brauchte sie gar nicht zu suchen, weil ich wußte, wo ihr sie versteckt hattet.«

***

Viele fürchten Emersons cholerisches Temperament, dabei ist er eigentlich ein herzensguter Mensch. Wie zur Wiedergutmachung, daß er Mr. Katschenowsky verdächtigt hatte, forderte er unseren Gast immer wieder auf, sich den Teller ordentlich zu füllen und von seiner Arbeit zu berichten. Auf sein Spezialgebiet angesprochen, entspannte sich der Russe sichtlich. Emerson lauschte mehr oder minder aufmerksam, während Ramses und Katschenowsky Themen diskutierten, zu denen wir anderen nichts beizusteuern wußten.

Um ehrlich zu sein, waren mir manche Gesprächspunkte absolut schleierhaft.

Gleichwohl freute es mich, Ramses in seinem Element zu erleben. Ich beschloß, noch am gleichen Abend ein Wörtchen mit Emerson zu reden, zumal meinem geliebten Mann zusehends die Kontrolle entglitt. Sein ehrgeiziges Vorhaben, an zwei Grabungsstätten gleichzeitig aktiv zu werden, generierte nämlich exakt die von mir im Vorfeld ausgemachten Probleme: Wir hatten zuwenig Mitarbeiter.

Das machte ich ihm später auch klar.

Beim Frühstück äußerte sich Emerson noch nicht zu unseren geänderten Plänen. Nach unserer Ankunft in Deir el-Medina inspizierte er unseren Wirkungsbereich vom Vortag und trommelte uns dann alle zusammen.

»In zwei Stunden sind wir hier fertig«, kündigte er an. »Cyrus, wie steht's mit Ihnen?«

Der Amerikaner strich sich über sein Ziegenbärtchen.

»Wir haben die Eingänge der Gräber zugeschüttet, die nicht mit Schutztoren versehen sind. Ich hatte eigentlich geplant, im Laufe des Tages hinüber ins Westtal zu wechseln.«

»Sehr gut«, sagte Emerson. »Davids Schiff läuft heute morgen ein, dann ist er heute abend hier –«

»Darauf darfst du dich keinesfalls verlassen, mein Lieber«, wandte ich ein. »Es ist nicht auszuschließen, daß er den Morgenzug verpaßt und –«

»Oder morgen früh«, fuhr Emerson halsstarrig fort. »Dann werde ich KV 55 öffnen. Meine Mannschaft besteht aus –«

»Moment mal, Emerson. Ich hole eben Papier und Bleistift. Du hast wie immer alles im Kopf, aber ich möchte das auch schriftlich festhalten.«

»Entschuldige, Mutter«, meinte Nefret. »Hier, du kannst meine Schreibutensilien haben.«

Ich nahm die Sachen an mich und nickte aufmunternd, während Emersons Gesicht zornesrot anlief.

»Wie ich schon sagte« – er funkelte mich bitterböse an – »meine Mannschaft besteht aus Peabody und mir, Nefret und David und einem halben Dutzend Arbeitern. Selim und Daoud bleiben bis auf weiteres hier. Ramses, ich möchte, daß du dich auf deine Übersetzungen konzentrierst.«

»Wie bitte?« Ramses' Gesicht war ein einziges Fragezeichen.

»Ich brauche dich nicht«, sagte Emerson so bestimmt, als hätte er die Entscheidung allein getroffen und nicht nach einem längeren, lautstarken Disput mit mir. »Das Grab ist klein und überschaubar – für dich ist da nichts von Interesse. Wenn wir unsere Arbeit in Deir el-Medina vernünftig abschließen wollen, muß das zu Tage geförderte Inschriftenmaterial übersetzt und publiziert werden. Und das ist deine Aufgabe.«

»Aber ...« Ramses blickte ihn verdutzt an. »Aber dann ... das heißt, ich soll auf unbestimmte Zeit an den Papyrusfragmenten weiterarbeiten? Das kann Wochen, wenn nicht sogar Monate in Anspruch nehmen. Wie du weißt, haben wir eine Menge Material.«

»Ich kann dir helfen«, erbot sich Jumana. »Ich würde gern mehr Erfahrung beim Übersetzen hieratischer und demotischer Schriften sammeln.«

»Du bleibst weiterhin für Mr. Vandergelt tätig«, entschied Emerson. »Er braucht dich mehr als Ramses.«

»Ja, Sir«, seufzte Jumana gehorsam. Berties leicht gequälte Miene hellte sich auf. Er hätte es nie gewagt, sich in Emersons Entscheidungsfindung einzumischen.

»Da fällt mir noch was ein!« blökte Emerson, als wäre ihm spontan eine Idee gekommen. »Was ist mit Karnowoskowitsch, diesem russischen Hungerhaken? Er kann dir doch zur Hand gehen, Ramses. Sagtest du nicht, er sei entsprechend qualifiziert?«

»Das ist er bestimmt.«

»Selbstverständlich nur, wenn es dir nichts ausmacht, den wissenschaftlichen Ruhm zu teilen –«

»Aber Vater, das war nie ein Thema für mich«, erwiderte Ramses vorwurfsvoll.

»Das weiß ich. Na schön, dann hätten wir das auch geklärt. Wenn nicht irgendwelche unvorhergesehenen Probleme auftauchen, sind wir in spätestens einer Woche mit KV 55 fertig. In der Zwischenzeit arbeitet Cyrus mit seiner Crew im Westtal. Wenn Sie meinen Rat hören wollen, Vandergelt, dann fangen Sie am besten mit dem Grab von Aja sowie Nummer 25 und 26 an. Prüfen Sie das Sedimentgestein und sorgen Sie dafür, daß der verdammte Schutt anständig gesiebt wird.«

»Wird gemacht. Noch was, alter Junge?« Cyrus grinste breit.

Seine Ironie entging Emerson. »Neulich war einer hier, der einen Job suchte. Behauptete, Amarna-Experte zu sein, hat vor dem Krieg dort gegraben. Sein Name ist … äh-hm –«

»Lidmann«, half Ramses ihm weiter. »Heinrich Lidmann.«

»Ja genau, so hieß der Knabe. Den können Sie sich ja mal ansehen.«

»In Ordnung«, erwiderte Cyrus. »Ich werde umgehend Kontakt mit ihm aufnehmen. Wo wohnt er?«

Emerson blickte zu seinem Sohn, der daraufhin antwortete. »Im Luxor.«

Emerson nickte und fuhr fort: »Sobald wir mit KV 55 fertig sind, können Sie David und Nefret haben.«

»Donnerlittchen, das ist verflixt großzügig von Ihnen«, entfuhr es Cyrus.

Es war verflixt großzügig von *mir.* Ich brauche dem werten Leser sicher nicht näher darzulegen, daß die Idee zu dieser Arbeitseinteilung von mir stammte und daß Emerson ein zäher Verhandlungspartner gewesen war.

Am späten Vormittag hatten wir das restliche Geröll gesiebt und gekennzeichnet, und ich konnte Emerson dazu bewegen, mich nach Hause zu einem schnellen Mittagsimbiß zu begleiten. Wir hatten kaum Zeit zu essen, da sprang er auch schon wieder auf und drängte zur Eile. »Ich hab mit Vandergelt ausgemacht, daß wir uns um halb eins treffen.«

»Ich komme später nach«, erklärte ich.

»Ich auch«, bekräftigte Sethos und streckte sich auf dem Sofa aus.

## Aus Manuskript H

Seine Mutter verblüffte ihn doch immer wieder. Sie würde es zwar nie zugeben, trotzdem wußte Ramses genau, daß sie für Emersons geänderte Pläne verantwortlich war.

Cyrus fieberte der neuen Aufgabe genauso entgegen wie der Professor. Im Sattel seiner rundlichen Stute Queenie sitzend, erwartete er sie bereits an der Straße, die zu seinem erhöht liegenden Anwesen mit Blick auf das Tal führte. Jumana wirkte beinahe verloren auf dem riesigen Braunen aus Vandergelts Stall, doch Ramses wußte, daß sie die Pferde mit eiserner Hand führte. Bertie und Heinrich Lidmann verharrten neben ihnen. Cyrus hatte mithin keine Zeit verloren.

»Schätze, Sie kennen sich bereits«, sagte der Amerikaner. »Herr Lidmann hat netterweise umgehend auf meine Nachricht reagiert.«

»Sehr erfreut.« Lidmann verbeugte sich in die Runde. »Es ist mir eine solche Ehre. Ich kann nur hoffen, daß ich Ihnen von –«

»Sicher, sicher«, schnitt Emerson ihm das Wort ab. »Auf geht's.«

Lidmann blieb mit Jumana hinter den anderen zurück. Er ritt gut für seinen beträchtlichen Leibesumfang, und sein Hang zur Redseligkeit schien sich vorübergehend verflüchtigt zu haben. Vielleicht kam er aber auch nicht zu Wort, weil Jumana pausenlos redete.

Cyrus lenkte seine Stute neben Ramses.

»Gestern abend ist mir eine eigenartige Sache passiert«, flüsterte er. »Ein Bursche namens Montague war bei mir. Aber das war doch nicht ... ähm –«

»Sethos? Nein. Es war der echte Montague.«

»Das hab ich mir gedacht. Sie warnen ihn besser.«

»Er weiß Bescheid. Was wollte Montague von Ihnen?«

»Dreimal dürfen Sie raten. Wie ist – ähm – er denn aus der Sache rausgekommen?«

»Er hat seine Tarnung gewechselt, vermute mal, das bringt ein paar heikle Erklärungen mit sich.«

Sie ließen die Pferde auf der Eselkoppel zurück und passierten die Schranke ins eigentliche Tal.

»Ich habe Abu gesagt, daß ich morgen ein paar Leute anheuern will«, fuhr Cyrus fort. »Heute war es schon zu spät, um eine anständige Mannschaft zusammenzukriegen. Ich hab nicht mal gelesen, was anliegt.«

»Da gibt es nicht viel zu lesen«, erwiderte Emerson. »Die

Crux an unserem Beruf sind die unzureichenden Veröffentlichungen, weil einem dafür die Zeit fehlt. Sie können praktisch bei Null anfangen. Genau das habe ich nämlich vor. Ah, da ist Selim.« Er winkte.

»Wo sind die anderen?« erkundigte sich Cyrus.

»Die brauch ich heute nicht. Ich werde mir einen groben Überblick verschaffen und dabei sicherstellen, daß nicht illegal gegraben wird. Das hab ich Carter zugesagt.«

»Verstehe.« Cyrus grinste wissend. »Was dagegen, wenn ich mich Ihnen anschließe?«

Sie marschierten bis zum Ende des breiter werdenden Tales und in das Seitenwadi, wo sich hoch über ihnen das in den Fels geschnittene Grab von Thutmosis III. befand. »Sieht aus, als wären diese Sch… die Simsahs wieder hiergewesen«, raunzte Emerson, einen Schutthaufen inspizierend. »Sie haben wohl nichts gefunden.«

»Gibt es denn hier noch was zu finden?« erkundigte sich Cyrus hoffnungsvoll.

»Wer weiß?« Emerson rieb sich nachdenklich das Kinn. »Man müßte das ganze Gebiet bis hinunter zum Sedimentgestein freilegen, und das ist eine verdammte Menge Geröll.«

Der Tag schleppte sich dahin. Die Sonne brannte vom Himmel; nirgends ein Fleckchen Schatten, und die Temperaturen stiegen rapide an. Emerson scheuchte Nefret und Selim mit der Kamera umher. Cyrus schlug vor, zum Tee ins Schloß zurückzukehren. Wie nicht anders zu erwarten, lehnte Emerson rigoros ab und schlug statt dessen den Weg in ein weiteres Seitenwadi ein. Unvermittelt drang eine vertraute Stimme zu ihnen.

»Da ist Mutter.« Ramses stieß seinen völlig geistesabwesenden Vater an. »Und Nasir, mit einem Picknickkorb. Na endlich. Ich bin am Verdursten.«

»Warum hast du denn nichts gesagt, mein Junge?« meinte Emerson vorwurfsvoll.

»Wer ist das da bei Mrs. Emerson?« fragte Bertie. Eine

Hand schützend über die Augen gelegt, blinzelte er ins Sonnenlicht.

»Ein Freund«, antwortete Ramses, dem Sethos' neuer Deckname partout nicht einfallen wollte.

Cyrus starrte zu dem Fremden und begann fürchterlich zu husten.

Sie gesellten sich zu den anderen, in den Eingang einer »hübschen« leeren Gruft, wo seine Mutter sie mit »Anthony Bissinghurst« bekanntmachte.

Jumana musterte »Bissinghurst« mit einem fragenden Stirnrunzeln. »Kennen wir uns nicht? Ihr Gesicht kommt mir irgendwie bekannt vor.«

Sethos lächelte. »Dann würde ich mich bestimmt an Sie erinnern, Miss Jumana. Ich habe schon viel Positives über Sie gehört.«

Ramses beobachtete seinen Onkel aus rein beruflichem Interesse. Er hatte viel von Sethos gelernt, würde ihm aber zweifellos nie das Wasser reichen können. Die optischen Veränderungen – verdächtig schwarze Haare und Schnurrbart, getönte Gläser, die seine Augen verbargen – waren dabei das wenigste. Sprachduktus, Haltung, einstudiertes Lächeln und ausladende Gesten paßten exakt auf einen Anthony Bissinghurst. Wer immer das sein mochte. Er hoffte, daß Sethos diesmal cleverer gewesen war und einen Charakter erfunden hatte, statt einen zu imitieren.

»Nein, nein, nur Amateur«, antwortete Sethos eben auf eine Frage von Cyrus. »Keine formale Ausbildung, wissen Sie. Aber durchaus sehr interessiert.«

Als letztes besuchten sie Grab 55. Es grenzte an den Hauptweg, wie auch zwei weitere im Rahmen von Ausflügen gern besuchte Königsgrüfte. Um diese Uhrzeit waren die Touristen glücklicherweise längst in ihre Hotels zurückgekehrt. Emerson spähte über die niedrige Mauer, die Davis' Expeditionsmannschaft 1907 errichtet hatte. Der Eingang befand sich fast zwei Meter unter Bodenniveau und war teilweise von Steinmassen, Picknickresten und Tierkadavern blokkiert. Besucher und Wachleute hatten den trichterförmigen Zugang als willkommenen Mülleimer mißbraucht.

»Laßt uns mal einen kurzen Blick riskieren«, sagte Emerson.

Einer nach dem anderen kletterten sie in die enge Grube. Bertie ließ Jumana in Emersons ausgestreckte Arme gleiten und folgte ihr dann.

Der Professor spähte als erster über den Steinhaufen, der sich vor dem Eingang türmte. »Hat jemand eine Taschenlampe mitgebracht?« brüllte er.

Daran hatte natürlich keiner gedacht. Schließlich zauberte seine Frau eine Kerze und Streichhölzer aus ihrem Utensiliengürtel und reichte beides hinunter. Im schwachen Lichtkegel sahen sie, was sie erwartet hatten: eine steinerne Treppenflucht, von Geröll versperrt. Ramses wußte, daß es zwanzig Stufen waren, die in einen gewundenen Gang mündeten, der zu der Grabkammer führte, allerdings erhellte der Schein der Kerze lediglich die obere Hälfte der Treppe.

Der Fäulnisgestank war überwältigend. Lidmann preßte sich ein Taschentuch aufs Gesicht und gab Würgegeräusche von sich.

»Aber, aber, Mr. Lidmann, nicht so zimperlich, wenn Sie mit uns zusammenarbeiten wollen!« trompetete Emerson freundlich. »Hilf mir mal, Ramses. Ich denke, ich kann mich da durchquetschen.«

»Nein, Sir«, lehnte Ramses entschieden ab. »Der Mörtel ist zu instabil, und du weißt überhaupt nicht, was dich da unten erwartet. Schlangen beispielsweise.«

»Ganz recht«, schaltete sich seine Mutter ein. »Das gilt im übrigen auch für dich, Ramses. Und versuch ja nicht, Emerson, ihn mit fadenscheinigen Argumenten zu überrumpeln. Außerdem ist es gegen deine sämtlichen Exkavationsprinzipien, irgendwo einzudringen, wo sachverständige Exkavatoren fürchten –«

»Verdammter Mist«, erregte Emerson sich lautstark.

Gleichwohl zeigte der mahnende Einwurf Wirkung, denn er wandte sich schimpfend von der verheißungsvollen Öffnung ab.

Zwei von ihnen mußten Lidmann wieder hochhieven, während Bertie ihn vom Grubenrand hinaufzog. Oben angelangt, sackte der Deutsche entkräftet in sich zusammen. »Keine Kondition mehr«, japste er mit einem entschuldigenden Lächeln.

»Wir bringen Sie ruckzuck wieder in Form«, sagte Emerson, der keinerlei Hilfe bedurft hatte.

»Wir starten morgen früh um sechs«, fuhr er dann ungerührt fort und rieb sich die Hände an der Hose sauber. »Sie auch, Vandergelt. Das heißt – ähm – ich nehme doch an, daß Sie das ebenso sehen, oder?«

»Aber selbstverständlich. Sobald ich meinen Trupp zusammenhabe. Wieso haben Sie's denn so eilig?«

»Ich hab's immer eilig«, versetzte Emerson.

Das stimmte zwar, obwohl Ramses mutmaßte, daß sein Vater diesmal unter erheblichem Druck stand. Howard Carter wurde in wenigen Wochen zurückerwartet. Was Emerson in der Zwischenzeit geplant hatte, war allen ein Rätsel, doch hätte sein Sohn wetten mögen, daß es in eine Übertretung der Carnarvon-Carter-Konzession münden würde.

Am nächsten Morgen waren sie um kurz nach sechs an der besagten Ausgrabungsstätte. Niemand fragte mehr nach Ramses' Übersetzungsfortschritten, zumal er ohnehin mitgekommen wäre. Wie alle anderen war er gespannt darauf, was sich wohl in Grab 55 verbarg.

Um diese frühe Stunde war das Tal noch nicht »von lästigen Touristen verseucht« (Originalton Emerson). Sie hatten eine Holzleiter mitgebracht, was den Abstieg zum Eingang erleichterte. Den Müll zu entsorgen gestaltete sich als unappetitliche Aufgabe. Nachdem er eine Weile überlegt hatte, sagte Emerson: »Das wird einige Zeit in Anspruch nehmen. Fang schon mal an, Hassan. Ramses, was hältst du davon, wenn wir solange ins Westtal reiten? Vielleicht braucht Cyrus Verstärkung.«

Nefret schloß sich ihnen an.

Nach einem halbstündigen Ritt erreichten sie das landschaftlich reizvolle und von Ägyptologen kaum erforschte Tal. Es gab keine geebneten Wege, und das nächstgelegene Grab war das von Amenophis III., dem Vater Echnatons. Ein weiteres Königsgrab war das von Aja, einem der Nachfolger Echnatons. Als sie weiterritten, bemerkten sie eine riesige Staubwolke und Stimmengewirr. Emerson nickte selbstzufrieden.

»Er hat meinen Rat angenommen.«

*Rat* war untertrieben, er hatte Cyrus regelrecht dazu abkommandiert.

Ramses nickte. »Aber wieso ausgerechnet das Grab von Aja, Vater? In diesen Felsen gibt es doch bestimmt unzählige andere Gräber, die noch nicht sachkundig erforscht sind.«

»Ein reiner Selektionsprozeß, mein Junge. Aja war unter Echnaton ein hoher Offizier, bevor er dann selbst auf den Thron kam, und obwohl er zu der alten Religion zurückkehrte, schätzte er seinen König unter Umständen so sehr, daß er ihm ein ehrendes Andenken bewahrte.«

»Das ist es also. Du bist nach wie vor darauf fixiert, die ursprüngliche Herkunft der Statue zu eruieren.«

»Wenn ich mir etwas in den Kopf gesetzt habe, gebe ich so schnell nicht auf«, untertrieb sein Vater schamlos. »Ajas Nachfolger Haremhab begann als erster mit der Damnatio memoriae, also damit, den Nachlaß Echnatons zu zerstören. Im übrigen hätten die Ramessidenherrscher, die ihm ebenso feindlich gesinnt waren, die Statuette vermutlich kurzerhand eingeschmolzen.«

Einer der Arbeiter hatte sie erspäht und winkte hektisch, worauf Cyrus zu ihnen steuerte. »Wollen mir wohl nachspionieren, was?« grinste er.

»Aber nicht doch, nicht doch.« Emerson saß ab. »Wollten bloß fragen, ob wir mit anpacken können?«

»Es gibt nichts zu tun, nichts zu sehen. Wir haben eben erst angefangen. Und bei Ihnen?«

»Auch nichts Weltbewegendes«, grummelte Emerson. Kritisch beäugte er das Procedere. Jumana winkte, und er winkte zurück. »Wo ist denn dieser Lidmann abgeblieben?«

»Er ruht sich aus«, erwiderte Cyrus.

»Was? Es ist nicht mal Mittag.«

»Er fühlt sich nicht besonders.«

»Pah«, schnaubte Emerson.

»Nicht jeder hat eine Konstitution wie du, Vater«, warf Nefret ein. »Ich schaue besser mal nach ihm.«

Sie strebte zu der Stelle, wo eine einsame Gestalt unter einer schattenspendenden Segeltuchplane hockte. Ramses folgte ihr, da sein Vater und Cyrus über die Zuordnung einiger fragmentarischer Fundstücke diskutierten.

Lidmann sah wirklich krank aus. Das runde Gesicht kalkweiß und von Schweißperlen übersät, versuchte er aufzustehen. Nefret legte ihm eine Hand auf die Schulter. »Bleiben Sie sitzen. Cyrus meinte, Sie fühlen sich nicht gut. Was haben Sie denn?«

»Sie sind Ärztin, nicht?« forschte Lidmann. »Das hab ich zumindest gehört. Es ist nichts, Frau Doktor Emerson. Das geht wieder vorbei. Die üblichen Probleme ...« Er stockte und hielt sich den Magen.

»Ein allgemeines Unwohlsein«, meinte Nefret mitfühlend lächelnd. Sie befühlte seine Stirn. »Fieber haben Sie anscheinend nicht, obwohl das bei der Hitze schwer feststellbar ist.«

»Mir ist sehr warm«, seufzte Lidmann. »Und ich habe Herzrasen.«

Er hielt ihr den Arm hin. Emerson trat zu ihnen, während sie Lidmanns Puls fühlte. »Er hat doch nichts, oder?« blökte er.

»Seine Pulsfrequenz ist etwas zu hoch, aber nicht bedenklich. Zur Sicherheit bringe ich ihn besser zum Haus zurück und untersuche ihn dort.«

»Das Schloß ist näher«, schlug Cyrus vor.

»Eine gründliche Untersuchung kann ich nur in meiner Praxis durchführen«, versetzte Nefret mit der Entschiedenheit einer kompetenten Medizinerin. »Fühlen Sie sich in der Lage zu reiten, Mr. Lidmann?«

»Ja, ja. Zu liebenswürdig von Ihnen. Tut mir leid, Mr. Vandergelt, daß ich Sie gleich am ersten Tag enttäusche, und ich hatte so gehofft, Sie mit meiner Arbeit –«

»Machen Sie sich mal keinen Kummer, Lidmann«, beschwichtigte Cyrus den Mann. »In ein, zwei Tagen sind Sie wieder auf dem Damm. Befolgen Sie strikt die Anweisungen der Dame – sie ist eine hervorragende Ärztin.«

»Ich begleite die beiden«, meinte Ramses.

»Was?« erregte sich Emerson und nickte dann widerwillig. »Na ja, ist vermutlich auch besser. Falls er von seinem Gaul fällt. Aber komm schleunigst wieder zurück.«

Ramses versagte sich eine Antwort. Falls der Zustand des Deutschen kritisch war, würde Nefret seine Hilfe benötigen.

Lidmann hielt sich zunächst gut. Er plauderte betont aufgeräumt über das Leben und Wirken Echnatons. Um ihn von seinem Unwohlsein abzulenken, ging Ramses auf das Thema ein (wenn er denn zu Wort kam); doch die sengende Hitze und der beschwerliche Weg forderten ihren Tribut, und als sie schließlich zu Hause ankamen, hing der Deutsche wie ein nasser Sack im Sattel. Ramses mußte ihm beim Absitzen und in die Untersuchungsräume helfen.

»Soll ich hierbleiben?« wollte er wissen.

Die Frage galt zwar seiner Gattin, doch Lidmann antwortete. Flach auf dem Rücken liegend, hielt er seinen Hemdkragen umklammert und stöhnte: »Bitte. Wenn es Ihnen nicht zuviel Umstände macht.«

»Entspannen Sie sich, Herr Lidmann«, sagte Nefret vom

Waschbecken her, wo sie ihre Hände reinigte. »Ich will Sie doch nur abhören und Fieber messen. Und Sie sind nicht der erste Mann, den ich mit nacktem Oberkörper sehe. Ramses, hilfst du ihm bitte beim Ausziehen?«

Lidmanns weißer Schwabbelbauch war beileibe kein attraktiver Anblick, doch er ließ sich bereitwillig von Nefret untersuchen.

»Kein Fieber.« Nefret schüttelte das Thermometer hinunter. »Und Ihr Herz ist auch völlig unauffällig.«

Lidmann stöhnte und preßte die Hände auf die Magengegend. »Können Sie mir nicht etwas verschreiben? Damit ich wieder arbeiten kann?«

»Heute werden Sie sich schonen«, erwiderte Nefret. »Ich gebe Ihnen etwas zur Magenberuhigung, möchte mich aber vergewissern, ob das Medikament keine Nebenwirkungen hat. Am besten bleiben Sie über Nacht hier. Dann sehen wir morgen, wie Sie sich fühlen.«

»Aber ich muß ... ich muß ...«

»Zwecklos, mit ihr zu argumentieren«, schmunzelte Ramses. »Wir geben Ihnen einen Schlafanzug und was Sie sonst noch so brauchen.«

Selbiges überließ er Nefret und Fatima und zog sich nachdenklich in sein Arbeitszimmer zurück.

***

Mit Ausnahme seiner Mutter, die im Haus an ihren Aufzeichnungen arbeitete, hatten sich die anderen auf der Veranda zum Tee eingefunden, als sein Vater heimkehrte. Nach einer kurzen Entschuldigung steuerte er in Richtung Bad, einen leichten Verwesungsgeruch hinter sich herziehend. Ganz ohne Zweifel hatte er Hassan bei der unerfreulichen Müllbeseitigung tatkräftig unterstützt.

»Grundgütiger.« Sethos rümpfte die Nase. »Ein Glück, daß ich heute hiergeblieben bin!«

»Ich hoffe, du hast dich nicht gelangweilt«, bemerkte Ramses. »Wie hast du dir die Zeit vertrieben?«

»Er hat mit uns gespielt«, piepste Carla. »Er kennt viele tolle Geschichten von Grabräubern.«

»Jede Wette«, murmelte Ramses.

Sethos grinste. »Wie geht es denn deinem Patienten, Nefret?«

Die Geschichte mit Lidmann hatte er bestimmt von Fatima erfahren, die soeben leise summend das Geschirr auftrug.

»Nur die üblichen Magenprobleme«, erklärte Nefret. »Trotzdem möchte ich, daß er über Nacht hierbleibt. Zur Beobachtung.«

»Archäologen haben für solchen Mumpitz keine Zeit«, tönte Emerson, der frisch geschrubbt wieder auftauchte, in seiner gewohnt schroffen Art. »Der Bursche soll aufstehen, Nefret. Arbeit ist die beste Medizin – das sagt Peabody auch immer.«

Er hielt seiner Frau die Tür auf. »Stimmt doch, oder, meine Liebe?« erkundigte er sich höflich.

»Im allgemeinen ja.« Sie nahm sich einen Stuhl und nickte zu Fatima. »Trotzdem, Nefret hat recht mit ihren Vorsichtsmaßnahmen. Lidmann muß sich eben erst noch akklimatisieren.«

»Hmmm, ja.« Der Professor nickte. Ramses schloß, daß sie wieder einen kleineren Zwist ausgefochten hatten. Danach gingen sie immer ungemein höflich miteinander um.

Lidmann tauchte weder zum Tee noch zum Abendbrot auf. Fatima hatte ihn versorgt. Nefret berichtete, daß er alles aufgegessen habe und sich besser fühle, aber das ließ ihre Schwiegermutter so nicht gelten.

»Ich werde mich kurz mit ihm unterhalten«, tat sie kund.

»Ich auch«, bekräftigte Emerson. »Gute Güte, der Bursche kann doch nicht tagelang rumfaulenzen. Wo hast du ihn einquartiert, Nefret?«

Sie hatte Lidmann eines der Gästezimmer in ihrem Haus zugewiesen. Die ganze Familie schlenderte dorthin, einschließlich Sethos, obschon Ramses ihn davon abzubringen versuchte.

»Wenn du die Kinder aufweckst, ist die Hölle los.«

»Ich bin so schweigsam wie ein Mäuschen«, feixte sein Onkel.

Lidmann trug ein Nachthemd von Emerson, da ihm Ramses' Schlafanzüge über dem Bauch spannten. Auf Kissen gestützt, blickte er von dem Buch auf, in das er vertieft gewesen war, seine Augen schreckgeweitet. Ramses konnte es ihm nicht verdenken; der Familienaufmarsch nährte die Vermutung, daß es sich um eine Inquisition und nicht um einen Krankenbesuch handelte.

»Es geht Ihnen schon besser, nicht?« fragte Emerson in der festen Überzeugung, einen mitfühlenden Ton angeschlagen zu haben.

Seine Frau war neben das Bett getreten. Lidmann zuckte zusammen, als sie seine Stirn befühlte. »Angenehm kühl«, verkündete sie. »Haben Sie Ihre Medizin genommen, Mr. Lidmann?«

»Ja, Madam. Mir geht es schon besser. Oh ja, viel besser. Sie sind sehr nett.«

»Frühstück um sechs«, tönte Emerson. »Und dann ab ins Tal, hm?«

»Abwarten«, erwiderte Nefret. »Wir sind im Salon, Mr. Lidmann. Melden Sie sich ruhig, wenn Sie etwas brauchen. Gute Nacht«, setzte sie betont hinzu.

Sethos blieb hinter den anderen zurück. »Ich glaube, wir haben uns vor ein paar Jahren in Kairo kennengelernt, Mr. Lidmann. In dem Laden von Zahi Gabra, stimmt's?«

»Tut mir leid.« Lidmann schüttelte den Kopf. »Ich kann mich nicht entsinnen.«

Kein Wunder, überlegte Ramses, zumal Sethos damals bestimmt eine andere Identität repräsentierte – und falls die Begegnung überhaupt stattgefunden hatte. Er wünschte eine angenehme Nachtruhe und schloß sich seinem Onkel an.

»War das ein Test?« fragte er leise.

»Das könnte schon sein.«

»Hast du einen speziellen Verdacht?«

»Genau wie deine werte Mutter traue ich allen alles zu.«

»Ich begleite dich an Amira vorbei«, erbot sich Ramses.

»Nicht nötig. Ich hab am Nachmittag mit ihr gespielt. Sie vergöttert mich.«

»Bild dir darauf nichts ein. Dieser Hund liebt ausnahmslos jeden.«

»Wie du meinst.« Beiläufig zuckte Sethos mit den Schultern.

Amira war es nicht, die ihn aufweckte. Ramses sprang wie ein Gehetzter aus dem Bett, bevor er einen klaren Gedanken fassen konnte. Emersons Stimme erreichte einen nicht zu unterschätzenden Geräuschpegel, eine Fähigkeit, die er gern und oft einsetzte. Sein Sohn spurtete durch den Flur zum Kinderzimmer. Die Zwillinge lagen wundersamerweise in tiefem Schlummer. Am Fenster war nichts Ungewöhnliches festzustellen. Auf dem Rückweg prallte er mit Nefret zusammen. »Alles in Ordnung mit den Kindern. Bleib im Haus.«

Barfuß rannte er ins Freie. Die meisten Lampen auf dem Weg zum Haupthaus waren heruntergebrannt, aber als er weiterlief, entdeckte er den schwachen Lichtkegel einer Taschenlampe und seine Mutter.

»Ah, da bist du ja«, murmelte sie. »Die Taschenlampe braucht eine neue Batterie.«

Sein Vater stand über eine dunkle Silhouette gebeugt, die wie hingegossen auf den Pflastersteinen lag. Ramses war nicht die Spur überrascht, als er in das käsige Mondgesicht des übergewichtigen Lidmann blickte.

»Aufwachen, verdammt.« Emerson schüttelte den Gestürzten. »Peabody, halt ihm dein Riechsalz unter die Nase.«

»Ich hab es leider nicht bei mir«, lautete die zerknirschte

Antwort, worauf Lidmann unvermittelt die Augen aufschlug.

»Was ist passiert?« keuchte er. »Wo ist es hingegangen?«

»Wo ist was hingegangen?« wollte Emerson wissen. Lidmanns Kopf wackelte unkontrolliert auf den Schultern hin und her.

»Hör auf, ihn so durchzuschütteln, Vater«, rief Ramses.

»Ach so, ja.«

Emerson ließ Lidmann los, worauf dessen Kopf mit einem dumpfen Geräusch auf den sandigen Boden fiel. »Entschuldigung«, knirschte der Professor. »Antworten Sie mir, Lidmann. Was machen Sie mitten in der Nacht hier draußen?«

Emersons Methoden waren brutal, aber wirkungsvoll. Lidmann hob die geballten Fäuste und ließ sie auf die Brust sinken. »Ich war am Fenster. Ich machte mir Sorgen wegen der Kinder. Ich bin hinausgegangen und sah es auf ihr Haus zulaufen. Ich hab es gepackt und dann … kann ich mich an nichts mehr erinnern.«

»Hölle und Verdammnis«, zischte Emerson. »*Es*?«

Etwas Dunkles schimmerte in Lidmanns fest zusammengepreßter Hand. Als Ramses ihm behutsam die Finger auseinanderbog, sah er auf einen zerknitterten schwarzen Stofffetzen.

# 5

## Aus Manuskript H (Fortsetzung)

Sie fanden Amira in der Dunkelheit, da sie geräuschvoll schnarchte. Die Hündin lag etwas abseits von dem Gartenweg und ließ sich weder durch Schütteln noch durch Anbrüllen aufwecken, vermutlich, weil man ihr ein Schlafmittel verabreicht hatte. Nefret verordnete dem schlotternden, kreidebleichen Lidmann die gleiche Therapie und begleitete ihn in sein Zimmer, während die anderen zum Haupthaus zurückschlenderten.

»Geht ihr eigentlich nie schlafen?« seufzte Sethos theatralisch und verbarg ein Gähnen hinter der hohlen Hand. Ramses bemerkte, daß er trotz der späten Stunde tadellos gekleidet war.

Emerson, der Schlafanzüge für neumodischen Firlefanz hielt, hatte eine Hose über sein Nachthemd gestreift. Statt einer Antwort auf diese eher rhetorische Frage sagte er: »An dieser Geschichte ist was faul. Irgend jemand hat versucht, ins Haus einzudringen. Das hat mich geweckt.« Er spähte zu seiner Frau, die sich eine Äußerung geflissentlich versagte. »Ähm ... na ja, offen gestanden ist Peabody wach geworden. Immerhin besaß sie soviel Grips, mich zu wecken, bevor sie hinausstürmte.«

»Offen gestanden«, berichtigte sie ihn, »war Sethos als erster wach.«

Sämtliche Blicke wanderten zu Sethos, der wie hingegossen auf der Ottomane lag. »Ich hab noch gar nicht geschlafen«, gestand er.

»Und wieso nicht?« wollte Ramses wissen.

»Ich hab draußen im Hof gesessen und geraucht und Ali Yussufs monotonem Schnarchen gelauscht«, erklärte sein Onkel. »An eurer Stelle würde ich mich nicht darauf verlassen, daß er einen rechtzeitig warnt. Der junge Kerl wächst noch und braucht seinen Schlaf. Dummerweise kam der Einbrecher – ich verabscheue die abgedroschene Phrase ›der schwarze Mann oder Dämon oder wer auch immer‹ – von der Vorderseite um die Ecke der Veranda. Als er mich hörte, zog er sich hastig zurück. Er hatte die Blendentür verriegelt, deshalb mußte ich durchs Haus zurückgehen, und dabei habe ich Amelia aufgeweckt.«

»Wie lange hast du dafür gebraucht?« bohrte Ramses.

»Nicht so lange, daß er zu eurem Haus zurückkehren, ins Fenster starren, Lidmann wecken und dann in dieser Richtung verschwinden konnte«, sagte Sethos.

»Wenn es Lidmann war, warum ist er dann nicht einfach wieder in sein Zimmer gegangen? Ihm blieb doch ausreichend Zeit, oder?« sinnierte Ramses.

»Damit hätte er aber riskiert, vorher noch mit dir zusammenzutreffen«, meinte Emerson. »Es war unverfänglicher für ihn, den Ohnmächtigen zu spielen und uns irgendeine wilde Geschichte aufzutischen.«

»Und der schwarze Stoffetzen in seiner Hand?«

»Vorher präpariert«, meinte Emerson. »Für den Fall, daß man ihn schnappte.«

»Was ist mit dem Hund?« Ramses ließ nicht locker.

»Lidmann hätte sich am Nachmittag stundenlang aus Nefrets Arzneimittelschrank bedienen können, und er bekam ein herzhaftes Abendessen«, erklärte Sethos. »Lammbraten, nicht wahr? Damit hat er Amira geködert.«

»Klingt zwar plausibel, eignet sich aber keinesfalls als Beweis«, sagte Ramses. »Wir können ihn doch nicht aufgrund von Verdachtsmomenten anzeigen.«

»Du bist viel zu vertrauensselig«, schnaubte Sethos. »Wer ist der Bursche überhaupt? Hat denn irgendeiner von uns geprüft, ob seine Geschichte wahr ist? Amelia, du enttäuschst mich.«

»Ramses kannte seinen Namen. Aber du hast recht, wir sollten der Sache auf den Grund gehen. Du kümmerst dich darum, ja Emerson?«

***

Mr. Lidmann kam pünktlich mit Ramses und Nefret zum Frühstück und wirkte genauso unverdächtig wie alle anderen. Er versicherte uns, daß er wieder genesen sei, was sein morgendlicher Appetit bewies. Zwischen zwei Bissen fing er immer wieder von seinem gräßlichen Erlebnis mit dem Phantomwesen an.

»Ich versichere Ihnen, als ich es packte, fühlte ich nichts als den Stoff«, sagte er mit weit aufgerissenen Augen. »Es war, als wäre es völlig materielos. Ich konnte es nicht festhalten, obwohl ich große Angst hatte, daß es den Kindern etwas antun könnte und –«

»Wie kamen Sie darauf?« wollte Emerson wissen.

»Sie sind so klein, so hilflos, so zutraulich. Sie passen doch gut auf die beiden auf, oder?«

»Selbstverständlich«, bekräftigte ich, nicht sonderlich begeistert von seinem Engagement für die Zwillinge. »Es wird Sie sicher beruhigen, der Hund ist heute morgen wieder putzmunter.«

»Der Hund? Ach ja. Ich wunderte mich schon, wieso er nicht bellte. Was hatte er denn?«

Entweder ist er unschuldig wie ein Neugeborenes, oder er glaubt, daß er damit durchkommt, überlegte ich. Unterdes beobachtete ich, wie er sich mit Marmeladentoast vollstopfte. Wir hatten uns darauf verständigt, unseren Verdacht nicht anklingen zu lassen, damit er sich sicher fühlte und vielleicht einen Fehler beginge. Sethos hatte mir berechtigterweise Leichtgläubigkeit vorgeworfen – allerdings würden wir bald wissen, ob Lidmann tatsächlich in Amarna gearbeitet hatte.

Emerson wies Ramses an, zu Hause zu bleiben und sich seinen Übersetzungen zu widmen. Zweifellos war mein Sohn, der sich ebenfalls brennend für KV 55 interessierte, ein wenig frustriert über meine diesbezügliche Arbeitseinteilung. Aber manche Menschen wissen eben nicht, was gut für sie ist.

## Aus Manuskript H

Ramses versuchte sich mental zu überzeugen, daß seine Enttäuschung purer Egoismus sei. Er hatte sich auf die Arbeit an den Papyri gefreut, aber jetzt war ihm schlagartig die Lust vergangen. Nach einem hastigen Rundgang durch das Haus und einer kurzen Überprüfung, ob besagte Schreibtischschublade seines Vaters auch weiterhin verschlossen war, lief er zum Stall und sattelte Risha. Eigentlich handelte er doch gar nicht gegen die Anweisungen, redete er sich ein. Sein Vater hatte ihm angeboten, Michail Katschenowsky einzustellen, und den vermochte er nur mit Hilfe der Met-Mannschaft zu lokalisieren.

Der Anblick des Tempels der Hatschepsut und die Vorstellung, wie prachtvoll es dort zu Lebzeiten der Pharao-Königin ausgesehen haben mochte, hob seine Stimmung. Man hatte die Überreste ihrer Monumentalstatuen entdeckt – leider kurz und klein gehauen. Der benachbarte Tempel von König Nebhepetre aus der Elften Dynastie war nicht einmal in seiner Glanzzeit so eindrucksvoll gewesen, aber inzwischen ebenfalls eine Ruine.

Leicht schuldbewußt wegen seiner Pflichtverletzung lehnte er Bartons Einladung abzusitzen ab.

»Ich suche Katschenowsky. Ist er hier?«

»Noch nicht.« Barton schlug sich auf die Wange, um eine Stechmücke zu erlegen. »Für gewöhnlich kommt er erst nachmittags. Wenn es dringend ist, suchen Sie ihn doch in seinem Hotel am Westufer auf – das mit der Badewanne im Hof.«

»Ah, Hussein Alis Luxuskaschemme. Nein, so eilig ist es auch wieder nicht. Vielleicht richten Sie ihm liebenswürdigerweise aus, daß er nach der Arbeit kurz zu uns kommen möchte. Ich habe ihm einen Vorschlag zu machen.«

Lansing, der zu ihnen trat, hörte letzteres. Er hob fragend die Brauen, und Ramses erklärte ihm hastig, daß er nicht die Absicht habe, ihnen den Russen auszuspannen. »Ich brauche ihn nur für ein paar Stunden am Tag.«

»Das paßt gut.« Lansing nickte. »Im Grunde genommen haben wir auch nicht viel zu tun für ihn. Tat mir leid, der Bursche, sah aus, als bräuchte er dringend einen Job. Dann arbeiten Sie also noch an den Übersetzungen des Textmaterials aus Deir el-Medina?«

Ramses nickte. »Zumindest habe ich das fest vor. Falls nichts dazwischenkommt.«

»Was bei Ihrer Familie durchaus im Rahmen des Möglichen liegt«, grinste Lansing. »Wollen Sie nicht noch ein bißchen bleiben und uns auf den neuesten Stand bringen?«

»Es gibt nichts Neues, außer daß wir David erwarten. Wir werden in den nächsten Tagen eine kleine Begrüßungsparty für ihn ausrichten. Mutter wird es Ihnen zeitig genug mitteilen.«

»Ich bin eher gespannt auf die Einladung zu dem Exorzismus«, gestand Barton mit entwaffnender Offenheit.

»Wo haben Sie denn das her?« forschte Ramses.

»Sämtliche Arbeiter reden davon.« Barton senkte die Stimme zu einem tiefen Baßbariton. »›Der schwarze Dämon geht in den Straßen von Luxor um.‹«

»Daoud«, seufzte Ramses. »Also gut, Vater spielt tatsächlich mit dem Gedanken, ist sich aber noch nicht ganz schlüssig. Aber das erfahren Sie noch rechtzeitig.«

Auf dem Rückweg stoppte er kurz am Wächterhaus und erklärte Wasim, daß er am Nachmittag einen Besucher erwarte. »Laß ihn durch. Ohne Bakschisch!« fügte er streng hinzu.

Wasim fuchtelte mit der uralten Flinte herum. »Wenn du es sagst, Bruder der Dämonen. Aber ich bin ein armer Mann, und es kommen immer weniger Besucher.«

Katschenowsky tauchte ein paar Stunden später auf. Er wirkte noch ausgezehrter als sonst, strahlte jedoch übers ganze Gesicht, nachdem Ramses ihm die Position anbot.

»Das hatte ich so gehofft!« rief er. »Aber ich hätte nie gewagt, Sie darauf anzusprechen.«

Ramses führte den Russen in sein Arbeitszimmer und legte ihm die Prioritäten dar. »Als erstes muß das Material, das wir in Deir el-Medina gefunden haben, entsprechend archiviert und präpariert werden. Sie wissen ja selbst, wie schnell ein Papyrus an der Luft zerfällt.«

Ramses demonstrierte die von ihm angewendeten Methoden, die der Russe in Null Komma nichts beherrschte. Sie arbeiteten schweigend und effizient, bis Fatima den Kopf ins Zimmer steckte und ankündigte, daß sie in Kürze den Tee servieren werde.

»Sie bleiben doch hoffentlich?« erkundigte sich Ramses.

»Sind die reizenden Kinder auch dabei? Ich liebe Kinder.«

»Oh ja, die Teezeit verpassen sie nie.«

Carla und David John, die eben noch heftig gestritten hatten, blickten auf und lächelten wie zwei Unschuldslämmer, als die beiden Männer die Veranda betraten.

»Guten Tag, Mr. Katschenowsky.« Carla umarmte ihren Vater. »Dürfen wir jetzt unseren Tee haben, Papa?« fuhr sie fort, ihre kleine Stirn immer noch zornesumwölkt.

»Erst wenn alle hier sind.«

»Sind sie doch. Großmama sagte, sie müßten sich nur noch vorher waschen.«

Sie lehnte sich an Katschenowskys Stuhl und berichtete ihm von Amira, lief aber sogleich zu Emerson, als der aus dem Haus trat.

»Dürfen wir jetzt unseren Tee haben, Großpapa?«

»Ja, ja, von mir aus.« Emerson strich sich die noch feuchten Haare aus der Stirn. »Ah – hallo – ähm – Krawatsky. Kommt ihr gut voran, mein Junge?«

Da sein Vater wie üblich nur aus Höflichkeit gefragt hatte, antwortete Ramses knapp: »Michail ist mir eine große Hilfe. Und wie war dein Tag, Vater?«

»Ganz hervorragend. Wir haben den Eingang und die Stufen vom Schutt befreit.« Er zündete seine Pfeife an. »Ab jetzt müssen wir umsichtig vorgehen; im Korridor scheinen einige Bruchstücke von dem vergoldeten Schrein herumzuliegen. Du weißt doch noch, daß Davis ihn zurückließ, als er das Grab 1907 schloß. Trotz meiner heftigen Proteste!« setzte er stirnrunzelnd hinzu.

»Ich dachte, Weigall hätte den Schrein im Jahr darauf geborgen«, sagte Ramses.

»Hinter meinem Rücken«, knurrte Emerson.

Und geschickt eingefädelt, überlegte Ramses. Sie selbst waren zu dem Zeitpunkt weit draußen in der westlichen Wüste gewesen. Emersons Schimpftirade – »keine Ahnung, was der mit dem verdammten Ding gemacht hat, im Museum steht es jedenfalls nicht, vermutlich zerbrach es in tausend Stücke, als er es herausholte« – wurde von Nefret und seiner Mutter unterbrochen. Sethos stieß als letzter zu ihnen.

»Ich mußte mir noch die Haare trocknen«, sagte er überflüssigerweise.

Während Fatima den Tee servierte, redeten alle durcheinander, untermalt von den schrillen Stimmchen der Kinder. Ramses lächelte entschuldigend zu dem Russen. »Tut mir leid, aber bei uns ist es immer so chaotisch.«

Katschenowsky riß sich aus seinen brütenden Gedanken. »Ich finde es schön. So eine große, reizende Familie.«

Emerson fuhr mit seiner Schmährede auf andere Archäologen fort, allen voran Theodore Davis und dessen exkavatorische Brachialmethoden. Unvermittelt wandte er sich an Katschenowsky, seinen neuen Zuhörer.

»Sind Sie über die Exkavation von KV 55 im Bilde?«

»Nein, Sir«, erwiderte der Russe zögernd.

»Eine Blamage von Anfang bis Ende«, erklärte Emerson. »Das fragliche Grab enthielt die Fragmente eines vergoldeten Schreins, den Echnaton für seine Mutter, Königin Teje, anfertigen ließ, und einen zerstörten Sarg, in dem die schlecht erhaltene Mumie eines Individuums lag. Davis behauptete natürlich prompt, das sei die Königin. Es stellte sich jedoch heraus, daß es das Skelett eines jungen Mannes war – zu jung, wenn Sie mich fragen, als daß es Echnaton sein könnte. Der Schrein wurde zerlegt, vermutlich für eine spätere Bergung, die königlichen Kartuschen und anderes Dekor herausgeschnitten. Trotzdem waren die Einzelteile zu sperrig für einen Transport durch den teilweise blockierten Gang. Also ließen sie die Teile einfach auf dem Geröll liegen oder lehnten sie an die Wand der Grabkammer. Aber ich möchte Sie nicht mit Details langweilen.«

Gott sei Dank, dachte Ramses bei sich. Katschenowsky tat jedenfalls so, als interessierte er sich dafür, und als Emerson innehielt, um seine Pfeife erneut anzuzünden, bemerkte der Russe ganz nebenbei: »Ich hab etwas darüber gelesen, Professor. Soweit ich mich entsinne, ist das Grab leer. Darf ich fragen, wieso Sie es reexkavieren?«

Emerson erklärte es ihm ziemlich ausführlich. »Falls Pethericks Statue 1907 in dem fraglichen Grab war, gibt es dort möglicherweise noch Anhaltspunkte. Wir müssen unbedingt eruieren, wo und wann sie gefunden wurde.«

»Warum das, Sir?« wollte Katschenowsky wissen.

»Ja also«, hob Emerson an, verblüfft über soviel Dummheit, aber gern bereit, für geistige Erhellung zu sorgen. »Wenn sie nicht aus KV 55 stammt, müssen wir uns anderweitig umsehen. Die Diebe, die die Statuette mitgehen ließen, haben vielleicht noch andere wertvolle Objekte aufgespürt.«

Seine Frau spitzte kopfschüttelnd die Lippen. »Emerson, diesmal geht deine Fantasie aber wirklich mit dir durch. Wir reexkavieren das Grab, Mr. Katschenowsky, weil selbiges beim ersten Mal nicht fachmännisch gemacht wurde. Das ist der Hauptgrund. Ach übrigens, Ramses, hast du Neuigkeiten von den Pethericks?« wechselte sie geschickt das Thema.

»Nein, Mutter. Allerdings weißt du auch noch nicht, daß Daoud überall am Westufer herumerzählt hat, daß Vater eine Geisterbeschwörung plant. Barton und die Met-Mannschaft möchten daran teilnehmen.«

»Ach du meine Güte«, seufzte seine Mutter. »Emerson, du mußt alles abstreiten und Daoud gehörig den Kopf waschen.«

»Was denn, kein Exorzismus?« murmelte Nefret. »Und ich hatte mich schon so darauf gefreut.«

»Hmmm«, meinte Emerson gedehnt.

***

Am nächsten Morgen beim Frühstück verkündete der Professor, daß sie für ein paar Stunden ins Westtal reiten würden, um Cyrus zu »helfen«. Er ging davon aus, daß Ramses ihn begleitete. Seine Gattin wollte protestieren, doch Ramses sagte rasch: »Das geht schon in Ordnung. Ich habe mit Michail vereinbart, daß wir in den Nachmittagsstunden an den Papyri arbeiten, damit ich Vater morgens zur Hand gehen kann.«

»Oh«, sagte Emerson. »Na prima. Danke, mein Junge.«

Als sie im Ausgrabungsgebiet eintrafen, trugen Cyrus' Leute bereits körbeweise das Geröll aus dem Grabinnern.

»Waren Sie schon drin?« Neugierig spähte Emerson in Richtung Eingang.

»Gestern, aber nur ganz kurz«, erwiderte Cyrus. »Es sieht besser aus als vermutet; keine eingestürzten Wände oder Decken, weiter unten ist auch weniger Schutt. Die Wandmalereien in der Grabkammer sind allerdings in einem bedauerlichen Zustand. Sie müßten kopiert und fotografiert werden. Wann können Sie David entbehren?«

»Wenn ich mit ihm fertig bin«, meinte Emerson unheilvoll. Er hielt einen der Arbeiter an und inspizierte den Inhalt seines Korbs. »Ausgewaschenes Geröll. Vom Regen unterspült. Das müssen Sie besonders sorgfältig durchsieben.«

»Selbstverständlich«, beteuerte Cyrus. »Wollen wir mal reinschauen?«

Ramses war noch nie in dem fraglichen Grab gewesen, obwohl es seit Beginn des neunzehnten Jahrhunderts geöffnet war. Er half seiner Mutter über die uneben in den Felsen gehauenen, abbröckelnden Stufen. Ein gewundener Gang mündete in einer zweiten, längeren Treppe, dahinter schloß sich ein weiterer, ebenfalls gewundener Korridor an. Staub wirbelte unter ihren Schritten auf und schwächte die Lichtkegel der mitgebrachten Taschenlampen. Die Luft war heiß und stickig.

Ein kahler, schmuckloser Vorraum führte direkt in die vermeintliche Grabkammer. Hier waren die Wände mit gemalten, beinahe lebensecht anmutenden Figuren dekoriert: mit Reihen heiliger Affen, die dem Westtal seinen arabischen Namen »Tal der Affen« gegeben hatten; Opfer- und Gebetsszenen; einer langen Hieroglypheninschrift aus dem Buch der Toten und einem übel zugerichteten Fresko, das den Grabeigner bei der Jagd darstellen sollte.

»Für ein Königsgrab ist dieses Thema ungewöhnlich.« Ramses deutete auf die Jagdszene.

Die beiläufige Bemerkung hatte prompt zur Folge, daß

Emerson ihnen einen Vortrag über die Ausgestaltung und Dekoration von Pharaonengräbern hielt. Das Problem mit seinem Vater, seufzte Ramses im stillen, war, daß er sich hervorragend in diesem Metier auskannte und nie ein Ende fand. Wären sie doch wenigstens draußen gewesen statt in diesem staubig-dunklen Mief! Nach ungefähr zwanzig Minuten wischte seine Mutter sich zum wiederholten Mal die Stirn und sagte: »Das war sehr aufschlußreich, Emerson, aber jetzt laß uns gehen.«

»Die Schuttschicht ist hier unten dicker«, überlegte Emerson laut. »Ist das da etwa ein Beckenknochen?«

»Cyrus wird diesen Raum zu gegebener Zeit mit der gebotenen Sorgfalt exkavieren«, sagte seine Frau entschieden. »Hinaus mit dir, Emerson!«

Sie traten den Rückweg an, »verließen die Unterwelt« wie die wiedergeborenen Ägypter in mythischer Vorzeit.

»Wie wär's mit einem Drink?« grinste Cyrus, oben angelangt.

Den kalten Tee, den der Amerikaner ihnen darauf anbot, stürzte sogar Emerson durstig hinunter. Nach einem prüfenden Blick in Richtung Arbeitscrew fragte er unvermittelt: »Wo ist eigentlich dieser Bursche, dieser Lidmann?«

»Ist nicht aufgetaucht heute morgen.«

»Wie bitte?« Emersons Miene verfinsterte sich schlagartig.

»Er sollte um halb sechs zum Schloß kommen. Wir haben bis sechs Uhr auf ihn gewartet.«

»Vielleicht ist er wieder krank«, räumte Ramses ein.

»Dann hätte er sich wenigstens entschuldigen können«, grummelte Emerson. »Sie hätten ihn besser nicht eingestellt, Vandergelt.«

»Sie haben ihn mir empfohlen«, erwiderte Cyrus mild. »Wenn wir nichts von ihm hören, schicke ich im Laufe des Tages jemanden in sein Hotel.«

»Hmph«, brummte Emerson. »Sie informieren mich, sofern Sie irgend etwas erfahren. Ramses, wir müssen zurück.«

Cyrus informierte sie am Spätnachmittag. Lidmann war etwa einen Kilometer nördlich von Luxor ans Ufer gespült worden.

***

»Es grenzt an ein Wunder, daß er nicht ertrunken ist«, erregte sich Nefret.

»Es hat nicht viel gefehlt«, erwiderte ich. »Die Polizei spricht von einer Verkettung unglücklicher Umstände. Laut Aussage des Barmanns vom Winter Palace hatte er viel zu viel getrunken.«

Nachdem uns Cyrus' Mitteilung erreichte, war ich kurzerhand nach Luxor aufgebrochen. Ich suchte die Fellachen auf, die Lidmann gefunden und das Wasser aus ihm herausgepumpt hatten – und ihm damit das Leben gerettet hatten, wie sie wiederholt betonten –, und gab ihnen ein entsprechendes Bakschisch. Sie hatten ihn in die Praxis von Dr. Westin gebracht, dem ich daraufhin einen Besuch abstattete.

Westin hatte gewisse Ressentiments gegen uns, vermutlich weil Nefret inzwischen den größeren Patientenstamm hatte. (Eine sehr unkollegiale Sichtweise, wie ich ihm des öfteren vorwarf.) Der große, stattliche Mediziner, der einen gewaltigen Bart trug, der wahrscheinlich die ausgeprägte Stirnglatze kompensieren sollte, war zunächst dagegen, daß ich mir seinen Patienten anschaute. Natürlich setzte ich mich durch.

»Der arme Kerl schien mich anfangs gar nicht zu erkennen«, erklärte ich meinen Zuhörern. »Er hat Kopf- und Körperverletzungen davongetragen. Wie ernst es um ihn steht, weiß ich nicht einzuschätzen, da Westin ihn wie eine Mumie bandagiert hat.«

»Vielleicht errechnet sich sein Honorar pro verbrauchtem Meter Verbandmull«, lachte Nefret.

Cyrus, der meinem Bericht lauschte, prustete los und wurde gleich wieder ernst. »Ich fühle mich verantwortlich für den

Burschen, da er theoretisch mein Angestellter war. Westin kann die Rechnung an mich schicken. Ein paar Rollen Verbandmull bringen mich schon nicht um. Was hat er denn zu Lidmanns Zustand gesagt?«

»Schwere Prellungen und Zerrungen«, erwiderte ich. »Und möglicherweise eine Gehirnerschütterung, deshalb auch die Gedächtnislücken.«

»Dann weiß er überhaupt nicht, wie es passiert ist?« forschte Cyrus.

Ich spähte über die Schulter zum Teetisch, wo beide Kinder sich über den Pflaumenkuchen hermachten, und erhaschte David Johns fragenden Blick. Ramses kann laut Daoud »die Wasserflöhe im Nil husten hören«, und da ich befürchtete, daß der Kleine ganz nach seinem Vater kam, senkte ich die Stimme.

»Er war auf einem Spaziergang, einem ausgedehnten Spaziergang am Fluß in Richtung Karnak. Er erinnert sich an eine dunkle Silhouette, die auf ihn zukam.«

»Eine dunkle Silhouette?« wiederholte Sethos. »Oh nein, sag jetzt nicht –«

»Ich fürchte doch, zumal er sich exakt so ausgedrückt hat. Er benutzte sogar den Begriff ... Na ja, ihr wißt schon welchen.«

»›Der schwarze Dämon‹?« entfuhr es Cyrus.

»Seien Sie doch leise«, zischte ich. »David John, ich will doch nicht hoffen, daß du gelauscht hast?«

»Nein, Großmama«, sagte der kleine Bengel mit Unschuldsmiene.

»Die Zeitungen werden sich vermutlich wie die Geier darauf stürzen«, gab Sethos zu bedenken.

»Ich habe Mr. Lidmann deutlich klargemacht, daß er besagte – äh – Phrase nicht wiederholt, auch nicht vor Dr. Westin. Cyrus, pardon, aber ich habe mir erlaubt, ihn damit einzuschüchtern, daß er im Falle der Indiskretion seinen Job bei Ihnen verlieren könnte.«

»Das war richtig, Amelia«, bekräftigte Cyrus. »Was halten Sie denn von seiner Geschichte?«

Ich nahm mir eine zweite Tasse Tee und nippte abwesend daran. Bestimmt hingen alle an meinen Lippen. »Der Vorfall nötigt mich dazu, meine vorläufige Theorie zu revidieren. Es gibt nur drei mögliche Erklärungen für seinen vermeintlichen Unfall: Nummer eins, es war tatsächlich ein Unfall. Er ging betrunken spazieren, rutschte auf der Uferböschung aus, schlug unglücklich mit dem Kopf auf und verlor das Bewußtsein. Allerdings gibt es nur wenige Stellen am Fluß, wo das Wasser tief *und* das Ufer felsig ist. Nummer zwei, er hat den Unfall vorgetäuscht, um einen möglichen Verdacht von sich zu lenken. Dabei den eigenen Tod einzukalkulieren, finde ich jedoch äußerst riskant.«

»Vielleicht ist in seiner Planung etwas schiefgelaufen«, meinte Sethos. »Er sprang in den Fluß und zog sich dummerweise diese Kopfverletzung zu.«

»Eine derartige Risikobereitschaft war völlig unnötig«, konterte ich. »Er hätte sich doch nur einen Hieb auf den Schädel geben und sich in malerischer Pose ans Ufer legen müssen. Nein, ich fürchte, wir müssen die dritte Möglichkeit einkalkulieren. Er hat die Wahrheit gesagt. Er ist diesem – ähm – ihr wißt schon wem spätabends begegnet, und ebendieses Individuum hat ihn in den Fluß gestoßen. Und das bedeutet –«

»Wir wissen, was das bedeutet«, schnaubte Emerson. »Besser gesagt, was es deiner Meinung nach zu bedeuten hat. Verflucht, Peabody. Ich habe diese skurrilen Spekulationen satt. Fährt jemand nach Luxor zum Bahnhof, um David abzuholen?«

»Nefret und ich«, erbot sich Ramses.

»Sehr schön«, bekräftigte ich. »Der liebe Junge wird sich über ein kleines Begrüßungskomitee sicher freuen. Vielleicht sollte ich auch mitkommen.«

Die Reaktion darauf war überraschend negativ, die Argumente unterschiedlicher Natur. Emerson tönte, er weigere sich strikt, mich unbeaufsichtigt auf Lidmann oder die Pethericks loszulassen. Die anderen Bemerkungen waren etwas taktvoller, so daß ich mich letztendlich in mein Schicksal ergab und mich mit den häuslichen Vorbereitungen begnügte.

Kurz nach Mitternacht traf das Begrüßungskomitee, dem auch Emerson angehörte, mit unserem sehnsüchtig erwarteten Gast ein. David wirkte zwar ein bißchen abgespannt, mochte sich aber nicht eher zurückziehen, bis er über unsere sämtlichen Aktivitäten informiert war.

»Ich hab dir doch schon alles berichtet«, erklärte Emerson. Er machte es sich mit Pfeife und Whiskyglas auf dem Sofa gemütlich.

»Über eure archäologischen Aktivitäten«, korrigierte David. »Auch auf die Gefahr hin, daß ich mir deinen Unmut zuziehe, Sir, aber ich interessiere mich brennend für die Sache mit dem schwarzen Dämon und der Statue und das merkwürdige Verschwinden von Mrs. Petherick.«

David saß neben mir auf der Ottomane und hielt meine Hand. Ich drückte diese kurz, sein liebenswürdiges Lächeln erwidernd.

»Ich habe die Kairoer Zeitungen gelesen«, fuhr er fort. »Die Geschichte ist vermutlich stark aufgebauscht worden. Aber was ist daran wahr, Tante Amelia? Und was habt ihr vor?«

Gegen zwei Uhr morgens hatten wir ihn auf den neuesten Stand gebracht und ihm die Statuette gezeigt. Das bezaubernde Figürchen weckte auch bei ihm die Neugierde nach ihrem mysteriösen Ursprung.

»In diesem Punkt haben die Journalisten zumindest nicht übertrieben«, erklärte er, während seine schlanken Finger über die goldene Oberfläche glitten. »Ihr geht also davon aus, daß sie aus KV 55 gestohlen wurde?«

Sethos hatte sehr wenig zu dem Thema beigesteuert. Hingegossen in einen Sessel, die Beine lang ausgestreckt und die Lider halb geschlossen, döste er vor sich hin. Jetzt war er hellwach.

»Ich war es jedenfalls nicht«, versicherte er.

***

Am nächsten Morgen – es war fast Mittag – machten wir uns auf den Weg ins Tal. Die Kinder hatten noch keine Gelegenheit gehabt, David zu begrüßen, den sie heiß und innig liebten. Zudem war er durch seinen Großvater Abdullah mit halb Kurna verwandt. Sein Onkel Selim und sein Cousin Daoud umarmten ihn stürmisch, und dann wurde er dem Hund vorgestellt.

»Eine prima Idee«, sagte David. Er kraulte den riesigen Hundekopf. »Aber als Wachhund wirkt er – sie – nicht unbedingt abschreckend auf mich.«

»Tja, diese Fähigkeit muß sie erst noch beweisen«, meinte Ramses nüchtern.

»Die Bösewichte wissen jedenfalls, daß sie da ist«, warf Daoud ein. »Sie machen einen Riesenbogen um Amira.«

»Mag sein, daß du recht hast, Daoud«, sagte ich eher skeptisch. Jeder, der fünf Sekunden mit Amira zugebracht hatte, wußte, daß die Hündin lammfromm war, gleichwohl war Daoud stolz auf seine glorreiche Empfehlung. »In letzter Zeit ist es um einiges ruhiger geworden.«

»Außer daß dieser Mr. Lidmann fast ertrunken wäre«, warf David ein.

»Das war ein Unfall«, betonte ich, denn auf diese offizielle Version hatten wir uns geeinigt.

»Das weiß allein Allah«, erklärte Daoud. »Der Atem wurde seinem Körper abgepreßt, nicht wahr?«

»Erzählen sie das so in Luxor?« erkundigte sich Sethos.

»Einige. Sie möchten, daß der Vater der Flüche einen Exorzismus vornimmt.«

»Eine ausgezeichnete Idee«, sagte Sethos allen Ernstes. »Wie stehst du dazu, Bruderherz?«

»Wahrscheinlich bleibt mir gar nichts anderes übrig.« Emerson seufzte inbrünstig, so als wäre ihm die Vorstellung ein Greuel. »Wenn unsere Burschen sich in den Kopf gesetzt haben, daß da ein schwarzer Dämon frei rumläuft.«

Selim, der bösen Geistern, Flüchen und sonstigem übersinnlichen Ungemach nichts abgewinnen konnte, strich sich grinsend über den beachtlichen Bart. »Schaden kann es ja nicht, Vater der Flüche. Es heißt, daß der schwarze Dämon gestern nacht in Luxor gesichtet wurde. Er spazierte unten am Fluß.«

»Wer sagt das?« bohrte Ramses.

»Die üblichen ›sie‹«, gab Emerson zurück. »Irgendwer hat es von seinem Cousin aufgeschnappt, der es wiederum von einem Freund wußte, der betrunken oder im Haschischrausch war. Also gut, ich werde darüber nachdenken. Vielleicht lokken wir Mrs. Petherick damit sogar aus ihrem Versteck.«

### Aus Manuskript H

Auf seine Weise war Daoud einmalig und unersetzbar. Gleich am nächsten Morgen kam er mit der Neuigkeit, daß Lidmann außer Lebensgefahr sei und daß Cyrus ihn zur Rekonvaleszenz ins Schloß eingeladen habe.

»Das war aber nett von Cyrus«, meinte Nefret.

Eher eine Vorsichtsmaßnahme, schloß Ramses. Cyrus war von Lidmanns Unschuld beileibe nicht überzeugt und sein hochherrschaftliches Anwesen unweit vom Tal der Könige so sicher wie eine Festung. Hohe Mauern umgaben das Grundstück, und die stets verschlossenen Tore waren gut bewacht. Somit konnte Lidmann nicht ungesehen verschwinden und hätte bei einem möglichen »Vorfall« in puncto schwarzer Dämon ein bombensicheres Alibi gehabt.

»Nett, daß ich nicht lache«, raunzte Emerson. »Vandergelt will ein Auge auf den Burschen haben. Genialer Schachzug. Peabody, ich hab Winlock und seine Mannschaft heute zum Abendessen eingeladen. Ich hab Fatima informiert.«

»Aber mich nicht, Emerson.«

»Ist hiermit geschehen. Und jetzt an die Arbeit, meine Lieben.«

Sethos begleitete sie an jenem Morgen – nachdem der schmutzigste Teil der Freilegungsarbeiten erledigt war und die Aussicht auf neue Funde lockte. Er war passend für die Rolle des begnadeten Amateurarchäologen gekleidet, mit abgewetztem Tweedsakko und verkratztem Tropenhelm. Ramses war ebenfalls mit von der Partie. Katschenowsky kam ohnehin erst am Nachmittag und blieb gern zum Tee.

Wie von Emerson prophezeit, fanden sie unter dem Schutt im Grabgang Splitter von dem vergoldeten Schrein. Das Blattgold hatte sich leider unwiederbringlich gelöst, überdies bestand wenig Hoffnung, daß sich Teile der Wandszenen würden restaurieren lassen. Es war deprimierend, aber nicht verwunderlich, denn Davis war mit seiner Crew sowie Scharen von Besuchern in die versiegelte Grabkammer eingedrungen und hatte aufgrund seiner Unachtsamkeit eine Menge zerstört. Das wäre dem Professor niemals passiert. Er hätte kopiert, fotografiert, stabilisiert und katalogisiert und jeden vertrieben, der sich unautorisiert in die Nähe der Gruft wagte. Davis hingegen hatte mit aller Macht wissen wollen, was dort unten lagerte.

Ihre Mission gestaltete sich letztlich frustrierender als von Ramses erwartet – vieles war unrettbar verloren! –, und er war darum nicht traurig, daß er gegen Mittag zum Haus zurückkehren konnte. In Höhe der Eselkoppel holte sein Vater ihn ein.

»Eine Sache noch, Ramses«, flüsterte er geheimnistuerisch.

»Weiß Mutter davon?« fragte Ramses, nachdem Emerson geendet hatte.

»Es soll eine Überraschung werden«, grinste der Professor. »Ich kann mich doch auf dich verlassen, mein Junge?«

»Sir, ich weiß nicht –«

»Wenn du nicht mitmachen willst, kann ich auch David bitten.«

Er wirkte so niedergeschlagen, daß Ramses nachgab. Im übrigen mochte er David nicht in eine Rolle drängen, die er selbst scheute.

»Also gut, Vater. Wenn du meinst.«

»Und kein Wort zu deiner Mutter!«

***

Dank weiblicher Intuition und etlicher Ehejahre wußte ich unweigerlich, was Emerson plante. Da er nicht zur Vernunft zu bringen war, hörte ich eher mit der Arbeit auf und bereitete mich auf die Gäste – und auf das Schlimmste – vor.

Eine weise Entscheidung, denn als die ersten Gäste anrückten, war ich kaum mit dem Duschen und Ankleiden fertig. Ich hatte Mr. Katschenowsky ebenfalls zum Abendessen gebeten und mich für ein schlichtes blaues Musselinkleid (mit weißem Spitzenkragen, halblangen Ärmeln und gerüschtem Oberteil) statt formeller Abendkleidung entschieden. Ich kam rechtzeitig hinunter, um die Vandergelts zu begrüßen, die Emerson zwar nicht erwähnt hatte, deren Kommen mich jedoch keineswegs überraschte. Katherine, in grüne Seide gehüllt, die ihren Augen einen smaragdfarbenen Schimmer verlieh, umarmte mich und bedankte sich sehr herzlich für die Einladung.

Trotz meiner Pflichten als Gastgeberin bemerkte ich, daß Jumana, deren blaßgelbes Kleid ihr Haar und ihren Teint betonte, Bertie wieder einmal die kalte Schulter zeigte und sich auf einen Schemel neben Sethos setzte. Er sah einfach blendend aus. Wie sein Bruder wirkte er um Jahre jünger, als er tatsächlich war, und das schwarze Haar und der Bart unterstrichen seine jugendliche Ausstrahlung. Er lächelte hinreißend. Genau wie Jumana, ihre langen Wimpern flatterten kokett wie winzige Fächer. Das konnte ja heiter werden!, dachte ich im stillen. Um sämtlichen Eventualitäten vorzugreifen, nahm ich Jumana beiseite und machte sie mit der Gruppe um den jungen Mr. Barton bekannt.

Mit Daoud und Selim brachten wir es auf zwanzig Personen. Mr. Winlock war in Kairo, aber der Rest der Metropolitan-Mannschaft hatte Emersons Einladung begeistert angenommen. Fatima war in ihrem Element; sie liebte große Gesellschaften. Gemeinsam mit Kareem servierte sie uns ein hervorragendes Menü, angefangen von der Tomatenlauchsuppe bis hin zu dem bombastischen Safrankuchen, auf dem mit roter Zuckerglasur Davids Name und *Willkommen in Luxor!* prangten. Alle aßen mit großem Appetit, gleichwohl wuchs allmählich die Spannung, und als Emerson und Ramses sich beim Kaffee entschuldigten, verzog keiner eine Miene.

Ich wandte mich an Selim, der den Ehrenplatz zu meiner Rechten beanspruchte. »Und? Was geschieht jetzt?«

Selim blickte stolz auf seine neue Armbanduhr, ein Geschenk von uns. »In zehn Minuten, Sitt Hakim, wirst du alle auf die Veranda bitten.«

»Aha, dann findet es also vor dem Haus statt?«

»Wir wollten es eigentlich im Hof machen, aber dafür haben wir zu viele Zuschauer.«

Unser Innenhof hätte die Menschenmassen gewiß nicht aufnehmen können. Das halbe Westufer schien zu uns gepilgert zu sein – Männer, Frauen und Kinder jeden Alters verharrten ungefähr sechs Meter vor unserer Veranda. Vor ihnen stand eine kleinere Gruppe »Privilegierter«: Touristen, ausländische Bewohner von Luxor und ein paar unvermeidliche Journalisten mit gezückten Stiften. Ich erkannte einige Gesichter, allerdings nicht das von mir erwartete.

Auf der Veranda brannte kein Licht. Als ich den Ehrenplatz einnahm (die Ottomane mit Blick zur Menge), hatte schnöde Neugier meine Verärgerung besiegt. Ich hatte schon einige von Emersons Teufelsaustreibungen miterlebt und hoffte nur, daß er es nicht allzu toll treiben würde.

Eine Flamme züngelte aus dem neben der Tür aufgeschichteten Holzstoß hoch und entfachte im Nu ein hell loderndes Feuer, das die Augen blendete – und das Publikum logischerweise von dem Lichtkegel ablenkte. Eine Stimme neben mir murmelte prosaisch: »Rutsch mal ein Stück zur Seite, Peabody.«

Für die Zuschauer erweckte es den Eindruck, als entstiege er dem brennenden Scheiterhaufen. Die am Saum seines wallenden Gewandes leckenden Flammen verstärkten die Illusion und ließen vermuten, daß er ein bißchen zu nah an das Feuer herangegangen war. Leise fluchend trat Emerson die Flammen aus. Seine Kostümierung – eine lange weiße Robe mit weiten Ärmeln, dazu ein Leopardenfellimitat über eine Schulter drapiert – sollte wohl das Ornat eines altägyptischen Priesters darstellen. Er stand reglos, mit erhobenen Armen. In der ehrfürchtigen Stille, die entstand, vernahm ich ein Kichern von Mr. Lansing.

Nachdem er sich der ungeteilten Aufmerksamkeit der Umstehenden sicher war, begann Emerson zu reden. Aufgrund seines lauten Organs hört man ihn problemlos bis in den letzten Winkel.

Der schwarze Dämon habe die Frechheit besessen, ihn, den Vater der Flüche, herauszufordern. Jetzt sei die Zeit reif, dem jämmerlichen Wesen ein Ende zu bereiten. »Niemand besiegt den Vater der Flüche!« wetterte der Hobby-Exorzist, worauf die Menge mit zustimmendem Gebrüll reagierte. Emersons Stimme erhob sich zu einem schrillen Stakkato. »Komm heraus, böser Geist, und offenbare dich deinem Meister!«

»Entschuldige, Mutter«, sagte Ramses. In seiner langen schwarzen Robe war er nahezu unsichtbar in der Dunkelheit. Während Emerson hektisch gestikulierend die allgemeine Aufmerksamkeit auf den Bereich hinter ihnen lenkte, glitt Ramses durch die Tür und stieß einen spitzen Schrei aus. Die Menge kreischte auf. Emerson wirbelte herum. Er warf sich auf Ramses, worauf der stürzte und um sich trat. Sie rollten über den Boden und kamen dabei den Flammen gefährlich nahe. Da ich zu der Minderheit gehörte, die alles hautnah mitbekam, sah ich gelegentlich ein Stück eines schwarzen Hosenbeins (Ramses' beste Anzughose, überlegte ich, da er keine andere in der Farbe hatte) und ein schwarzes Gesicht mit grotesk abgeflachten Zügen (war da etwa einer von Nefrets schwarzen Seidenstrümpfen mit im Spiel?).

Unter Aufbietung seiner legendären Körperkräfte stieß Emerson den Gegner in die Dunkelheit und stakste dann zurück ins Licht, das wallende schwarze Gewand über den Armen. So flink, daß niemand das Objekt genauer in Augenschein nehmen konnte, warf er es in das Flammenmeer.

Ein Sturm der Begeisterung ging durch die Menge. Ich sah, wie eine schlanke schwarze Silhouette in der Dunkelheit verschwand. Die Zuschauer allerdings fixierten einzig und allein ihren Helden Emerson. (Unseligerweise qualmte sein Saum schon wieder!)

»Und zum Abschluß«, brüllte Emerson, »übergebe ich das verfluchte Objekt den Feuern der Hölle!« Er zog ein Gebilde aus seinem Umhang, das im Feuerschein rotgolden aufblitzte, und warf es in die Flammen.

Sethos lachte unkontrolliert. »Zum Abschluß!« wieherte er. Mit einem entsetzten Aufschrei sprang Cyrus auf und wäre vermutlich hinausgelaufen, doch ich versperrte ihm den Weg.

»Nein, Cyrus. Denken Sie doch erst mal nach.«

Die Vorstellung endete ziemlich abrupt, als Emerson das Feuer mit einem geschickt plazierten Eimer Wasser löschte. Eine Rauchwolke stieg auf. Hustend flüchtete die Menge, und Emerson kam an die Tür.

»Nicht schlecht, was?« grinste er. »Verdammt noch mal,

ich kann die Hand nicht vor Augen sehen. Jemand soll Licht machen.«

Er betrat die Veranda und riß sich die Robe vom Leib (eines von meinen feinen Leinenlaken).

»Wie viele Kleidungsstücke hast du unwiederbringlich zerstört?« erkundigte ich mich, nachdem sich das Leopardenfell als zerschnittener Wollpullover entpuppte.

»War das zufällig mein Abendcape?« fragte Nefret mit mühsam kontrollierter Stimme.

»Ich kauf dir ein neues«, beschwichtigte Emerson. »Gute Güte, ist das alles, was euch dazu einfällt? Ich hatte mit mehr Begeisterung, wenn nicht mit brausendem Applaus gerechnet.«

Wir taten ihm den Gefallen und klatschten. Als Emerson darauf die Whiskygläser füllte, trat Ramses aus dem Haus. Es *war* seine beste Hose – gewesen.

»Da bist du ja.« Emerson reichte ihm ein Glas. »Prima gemacht, mein Junge. Ich hoffe, ich hab dich nicht zu hart angefaßt.«

»Nein, Sir. Es geht schon wieder.« Ramses strich sich über die zerzausten Haare. »Wie war es denn?«

»Nicht schlecht.« Sethos nickte. »Nein, wirklich. Wenn ich allerdings hätte mitmachen dürfen –«

Ich verpaßte ihm einen leichten Tritt vors Schienbein, um ihn daran zu erinnern, daß Anthony Bissinghurst ein harmloser Amateurarchäologe war und nicht der Meister der Verstellung.

»Wir haben es praktisch aus nächster Nähe beobachten können«, schmunzelte Lansing. »Auf die Zuschauer muß es ungemein überzeugend gewirkt haben. Winlock wird sich krank ärgern, daß er dieses Spektakel verpaßt hat.«

»Das Publikum war nicht unkritisch«, betonte ich. »Wie viele wirklich überzeugt waren, wird sich noch herausstellen.«

»Hauptsache, es hat Spaß gemacht«, meinte Selim.

»Sagen Sie jetzt nicht«, hob Cyrus gequält an, »daß Sie die Statue ins Feuer geworfen haben.«

»Seien Sie kein Narr«, entgegnete Emerson brutal. »Um massives Gold zu schmelzen, bedarf es einer wesentlich heißeren Flamme. Das hier war eine Gipsattrappe, die ich vorher golden angepinselt hatte.«

Nachdem wir die Gäste verabschiedet hatten, verschwand mein Ehemann im Bad – offen gestanden war er ziemlich verrußt. Ich bürstete gerade mein Haar, als er zurückkehrte, ein bißchen angekokelt um die Schienbeine, aber ungeheuer zufrieden mit sich.

»Das sollte den schwarzen Dämon ein für alle Mal gebannt haben«, erklärte er und umarmte mich. »Und was bekommt der Hexenmeister dafür?«

Ich legte die Bürste auf den Frisiertisch und gab ihm die entsprechende Belohnung. »Es war hervorragend gemacht«, sagte ich zwischen Küssen. »Eigentlich hatte ich ja gehofft, daß Mrs. Petherick es sich nicht verkneifen könnte zu kommen. Aber im Publikum habe ich sie nirgends entdeckt.«

»Ich auch nicht. Ach, die taucht irgendwann schon wieder auf.«

Das tat sie, gleich am nächsten Morgen. Allerdings hatte sie weniger Glück als Heinrich Lidmann.

***

Offiziell wurden wir von Inspektor Ayyid über den fatalen Fund in Kenntnis gesetzt. Wir waren gerade mit dem Frühstück fertig, als man ihn ankündigte. Ein Blick in unsere ernsten Gesichter, und der Polizeichef folgerte: »Wie ich sehe, wissen Sie Bescheid. Daoud hat es Ihnen vermutlich schon erzählt. Vielleicht arbeitet er besser gleich für mich, immerhin scheint er wichtige Informationen noch vor der Polizei zu kennen.«

»Unsere Informanten sind gewissenhaft, aber nicht immer

detailgenau.« Ich bedeutete ihm, Platz zu nehmen. »Wir sind gespannt auf die näheren Umstände. Kann ich Ihnen irgend etwas anbieten?«

»Einen Kaffee, wenn es Ihnen keine Umstände macht.« Ayyid fixierte Sethos. »Ich glaube nicht, daß wir uns schon kennen.«

Die Serviette in der Hand, erhob sich Sethos und verbeugte sich höflich. »Anthony Bissinghurst, zu Ihren Diensten. Angenehm, Sie kennenzulernen. Ich habe schon viel von Ihnen gehört.«

Die betonte Höflichkeit machte auf Ayyid keinen Eindruck. »Sind Sie kürzlich erst in Luxor eingetroffen?«

Das Aufblitzen in Sethos' Augen verriet mir, daß er dem guten Inspektor am liebsten einen Riesenbären aufgebunden hätte. Statt dessen sagte er: »Ich bin vorgestern mit Professor Emerson angereist. Das dürfte als Alibi doch reichen, oder?«

»Damit macht man keine Witze.« Ich sah meinen Schwager scharf an.

»Standen Sie in irgendeiner Beziehung zu der Toten?« forschte Ayyid.

»In absolut keiner«, gab ich zurück. »Wo hat man sie denn gefunden, und wie ist sie zu Tode gekommen?«

Die Leiche war am frühen Morgen von einem der Gärtner entdeckt worden, die die Blumenbeete im Park des Winter Palace pflegten. Sie hatte wie eine friedlich Schlummernde, mit züchtig gefalteten Händen, unter einem blühenden Busch gelegen. Das wußten wir bereits von Daoud, dessen Informantennetzwerk in Luxor wie immer lückenlos funktionierte. Er hatte dem Ganzen einen poetischen Anstrich verliehen: Die Blütenblätter hätten den Leichnam der bedauernswerten Dame wie Schneeflocken bedeckt.

Inspektor Ayyid erwähnte nichts von irgendwelchen Blütenblättern. »Die Todesursache kennen wir noch nicht. An der Leiche sind keinerlei Spuren von Gewalteinwirkung festzustellen. Eine Obduktion ist deshalb unumgänglich.«

Er erhob sich, offensichtlich nicht bereit, mögliche Verdachtsmomente anklingen zu lassen. »Solange die Todesursache nicht eindeutig belegt ist, besteht für uns kein weiterer Handlungsbedarf. Vielleicht ist sie ja eines natürlichen Todes gestorben.«

»Unsinn«, platzte ich heraus. »Nachdem sie eine Woche lang spurlos verschwunden war, taucht sie im Hotel wieder auf, diesmal als Leiche unter einer Bougainvillea, mit gefalteten Händen?«

Darauf wußte Ayyid keine Antwort. Nachdem er kurz mit Nefret über ihre Mitwirkung bei der Autopsie diskutiert hatte, verbeugte er sich und verließ das Haus.

Emerson fixierte mich mit mordlustigem Blick. »Wenn du jetzt behauptest ›Das hab ich dir ja gleich gesagt‹, Peabody –«

»Emerson, wie du weißt, verabscheue ich diese Phrase, vor allem zwischen Ehepartnern.«

»Haha«, tönte Emerson. »Ich hab aufgehört zu zählen, wie oft du –«

»Das ist eine ungerechte und ungerechtfertigte Unterstellung, Emerson. Ich habe deinen ... deinen unkorrekten Mutmaßungen auch nie großartig widersprochen. Ich habe nur –«

»So ausgesehen, als wolltest du mir Kontra geben«, brüllte Emerson.

»Aber, aber«, sagte Sethos, das leichte Zucken um seine Mundwinkel mühsam kontrollierend. »Bitte keinen Ehekrach. Ihr möchtet mir doch nicht etwa ein abschreckendes Beispiel geben, oder?«

»Dann wollt ihr, du und Margaret, jetzt endlich heiraten?« fragte ich ohne Umschweife. Anfangs hatte ich Margaret Minton, eine engagierte Journalistin, nicht ausstehen können, mit der Zeit aber ihre scharfe Beobachtungsgabe und Charakterstärke zu schätzen gelernt. Sie und Sethos waren seit einigen Jahren *sehr* gute Bekannte, doch hatte sie seinen Heiratsantrag abgelehnt – sicherlich aus gutem Grund. Die bedingungslose Liebe zu einem Mann sollte eine Frau nicht blind werden lassen für dessen Schwächen, und davon hatte Sethos eine ganze Menge, allen voran seine riskante Tätigkeit als Geheimagent sowie seine zweifelhafte Vergangenheit.

»Wir sind uns immer noch nicht einig«, seufzte Sethos. »Aber wir kommen uns allmählich näher. Vielleicht kannst du mir helfen, Amelia. Du hast doch ein Händchen für romantische Angelegenheiten. Schätze, Margaret wird ohnehin bald hier auftauchen, dafür ist die Story viel zu reizvoll.«

»Das fehlte gerade noch«, schnaubte Emerson. »Margaret Minton und womöglich ihr alter Rivale Kevin O'Connell fragen uns Löcher in den Bauch. Nein danke, ohne mich. Ramses, Peabody, Nefret, David, packt eure Sachen zusammen.«

»Wohin reiten wir?« erkundigte sich Nefret.

»Zuerst nach Deir el-Medina. Selim will mir da etwas zeigen. Und dann weiter ins Tal der Könige.«

Nefret und Ramses erhoben sich widerspruchslos. Ich nahm mir demonstrativ noch eine Scheibe Toast, die schon ziemlich ledrig war.

Emerson grummelte dumpf vor sich hin. Das hatte er schon lange nicht mehr gemacht. »War zu erwarten ... hoffnungsloser Fall ... unsägliche Frauensperson ...«

»Ich gehe davon aus«, unterbrach ich ihn scharf, »daß letzteres nicht mir, sondern der bedauernswerten Mrs. Petherick galt. Deine diesbezügliche Haltung gefällt mir gar nicht, Emerson. Wir können einen kaltblütigen Mord doch nicht einfach ignorieren. Das muß Vorrang vor allen anderen Aktivitäten haben. Wenn du allerdings fest entschlossen bist –«

»Wer sagt denn, daß es Mord war?« gab Emerson zurück. »Und wenn schon ... Verflixt und zugenäht! Was hast du jetzt wieder vor?«

»Den Schauplatz des Verbrechens inspizieren. Zeugen befragen. Miss und Mr. Petherick mein Beileid aussprechen.«

Ich nahm einen Bissen Toast, kaute gründlich und schluckte. »Danach werden wir weitersehen.«

Emerson ruderte hilflos mit den Armen in der Luft herum. »Wie steht's mit dir, Sethos?«

»Selbstverständlich teile ich Amelias humanitäre Sicht«, lautete die aalglatte Antwort. »Außerdem ist es mit ihr bestimmt wesentlich unterhaltsamer als in deinem miefigen Grabschacht.«

***

Als Sethos und ich die Straße zum Fluß hinuntergingen, fielen uns amüsanterweise etliche Ägypter auf, die eifrig in der Asche herumwühlten, auf der Suche nach den Resten der Statue. Es war ein schöner, klarer Morgen, wie so viele in Luxor. Das Sonnenlicht glitzerte auf der Wasseroberfläche, die weißen Segel der Feluken blähten sich in der sanften Brise. Ich hatte Daouds Sohn Sabir informiert; er brachte uns mit seinem Fährboot über den Fluß. Salopp gekleidet – ich trug schon seit langem Hosen statt der obligatorischen, aber lästigen Röcke – und mit meinem klirrenden Utensiliengürtel ausgestattet, nahm ich in dem schmalen Boot Platz.

»Trägst du eigentlich ständig mehr mit dir herum?« wollte mein Schwager wissen. »Feldflasche, Messer, einen Flachmann mit Brandy, ein Stück Seil, Kerzen und Streichhölzer – und was ist in dieser Schachtel?«

»Verbandszeug und so.«

»Möchte nicht wissen, was dieses ›und so‹ sein könnte.«

Er zog mich auf, und deshalb versagte ich mir eine Antwort. In der Tat hatte ich weniger als sonst an meinem Gürtel hängen, da Emerson sich ständig über das Geklimper beklagte. Zugegeben, es erschwerte das lautlose Anschleichen an ein verdächtiges Subjekt.

Am Ostufer baten wir Sabir, auf uns zu warten, dann steuerten wir in Richtung Hotel.

Der Park hinter dem Winter Palace ist normalhin eine

Oase der Ruhe und Schönheit. Wege schlängeln sich durch das üppige Grün exotischer Pflanzen und entlang prächtiger Blumenrabatten. Mit der Ruhe war es an jenem Morgen nicht weit her. Zwei von Ayyids Polizeibeamten hielten Wache, allerdings waren sie wohl bestochen oder bedroht worden, da sie die Scharen sensationslüsterner Gaffer geflissentlich ignorierten. Kameras klickten, und eine Dame schnippelte mit einer Nagelschere an einem blühenden Busch herum.

Mein lauter, aber immerhin höflicher Protest verjagte die meisten. Die übrigen wichen zurück und begannen statt dessen, meine Wenigkeit abzulichten. Ich nahm meine eigene kleine Kodak aus der Jackentasche und wünschte mir, Nefret hätte mich begleitet. Mit Fotoapparaten habe ich so meine Probleme.

Mrs. Pethericks Leiche hatte nicht unter Rosen oder Bougainvillea gelegen, beides sproß jedoch in der näheren Umgebung. Unter einer stattlichen Palme türmte sich ein Berg abgeschnittener Ranken, die am Stamm hochgewachsen waren und überall wucherten. Das für Ägypten untypische Klettergewächs setzte auch hier kleine, duftende Blüten an. Jetzt sah die Pflanze ziemlich gerupft aus, die abgebrochenen Zweige welkten bereits. Am Boden war allerdings kein Hinweis auf die Positionierung der Toten zu finden. Das einzig Augenfällige waren die Fußabdrücke der neugierigen Meute, die überall herumtrampelte. Ich kniete mich hin und machte Fotos von der Stelle, in der stillen Hoffnung, daß die Linse mehr einfing als das menschliche Auge. Als ich damit begann, die weitere Umgebung abzulichten, vernahm ich das Rufen eines Polizisten. Inspektor Ayyid kam geradewegs auf mich zu.

»Sie brauchen keine Fotos zu machen, Mrs. Emerson«, sagte er. »Das habe ich bereits heute morgen erledigt, bevor und nachdem der Leichnam entfernt war.«

»Gab es Anzeichen für einen Kampf?« erkundigte ich mich

leicht verärgert. »Die Fundstelle ist so verwüstet, daß selbst ich nicht zu sagen weiß, wer wann welchen Schaden angerichtet hat.«

»Wir mußten die Ranken abschneiden, bevor wir die Leiche inspizieren konnten.«

»Verstehe«, erwiderte ich. Mir fiel auf, daß er meine Frage nicht beantwortet hatte. »Kennen Sie dieses hübsche, rosa blühende Gewächs?«

Ayyid musterte mich entgeistert. »Nein, Mrs. Emerson.«

»Macht nichts. Wollten Sie zu mir oder treffen wir uns ganz zufällig?«

»Einer meiner Männer hat mir gesagt, daß Sie hier sind. Davon war ich offen gestanden auch ausgegangen.«

Der Anflug eines Lächelns glitt über sein Gesicht. Ich erwiderte es artig. »Wie kommen Sie mit den Ermittlungen voran?«

»Wegen der ungewöhnlichen Umstände haben die Behörden einer Obduktion zugestimmt. Wir warten nur noch auf das Einverständnis von Mrs. Pethericks Erben. Sie sind ... nicht eben begeistert von dem Procedere.«

»Für viele Menschen ist die Vorstellung abstoßend«, gab ich zu bedenken. Allerdings hätte ich die jungen Pethericks nicht unbedingt als zart besaitet gegenüber ihrer Stiefmutter eingestuft. »Ich werde mich ganz zwanglos mit ihnen unterhalten. Das hatte ich so oder so vor. Dem Gärtner, der die Leiche gefunden hat, würde ich ebenfalls gern ein paar Fragen stellen.«

»Das kann ich arrangieren.«

Ehrlich gesagt hätte er es gar nicht verhindern können, zumal mir ein Mann in erdverkrusteter Galabija aufgefallen war, der nicht weit von uns am Boden hockte.

Ich bedankte mich trotzdem und fuhr fort: »Seien Sie doch bitte so nett und richten Miss und Mr. Petherick aus, daß ich sie in Kürze aufsuchen werde, ja?«

Ayyid begriff, daß ich ihn auf die höfliche Tour loswerden

wollte. Er nickte und schlenderte davon. Darauf wandte ich mich zu Sethos, der – oh Wunder – keinen Ton gesagt hatte.

»Hast du irgendwas Auffälliges bemerkt?« fragte ich.

»Schätze, genausowenig wie du.«

»Hmmm.« Ich winkte dem Gärtner, der in der Erwartung von Bakschisch zu mir gehumpelt kam. Ein drahtiger kleiner Kerl, vermutlich Ende dreißig, obwohl er älter aussah. Ich schloß auf Gelenkrheuma, weil er häufig in kniender Haltung arbeiten mußte.

»Du hast die Tote gefunden?« fragte ich auf arabisch.

»Ja, Sitt!« Seine aufgehaltene rechte Hand zitterte. »Es war entsetzlich. Ich weiß nicht, ob ich je wieder an diesem verfluchten Ort arbeiten kann.«

»Der Fluch wird gebannt. Mein Ehrenwort. Und jetzt erzähl mir mal, wie du sie entdeckt hast.«

Bereitwillig tischte er mir seine Geschichte auf. (Ich verzichte im folgenden auf seine eingestreuten Seufzer und Klagelaute.)

Er war der Obergärtner und verantwortlich für seine Gehilfen, deshalb war er auch schon bei Sonnenaufgang in den Park gekommen. Als er rauchend über die Wege spazierte, die Einsamkeit genoß sowie die morgendlichen Düfte (und so weiter, und so fort) und die Stellen inspizierte, die der Pflege bedurften, hatte er ein häßliches Loch in den rosafarbenen Ranken bemerkt. Er hatte zunächst auf ein totes Tier oder einen Vogel getippt. Bei näherer Betrachtung war es jedoch ein beschuhter Fuß gewesen.

»Ich hab die Ranken beiseite geschoben, Sitt, und dann sah ich sie. Meine Beine gaben unter mir nach, und ich schrie vor Schreck. Dann bin ich weggelaufen – um Hilfe zu holen. Die Polizei hat meine prachtvollen Ranken weggerissen«, setzte er hinzu. Er schien ehrlich betroffen.

»Dann war die Pflanze also bis zum Eintreffen der Polizei intakt? Du hast nicht nachgesehen, ob sie tot war?«

Ein leises Zucken um die Mundwinkel strafte seine Antwort Lügen. »Ich durfte die Dame doch nicht anrühren, Sitt.«

»Nein.« Ich nickte. »Beschreib mir genau, was du gesehen hast – ihr Gesicht, die Kleidung, einfach alles, woran du dich erinnerst.«

»Ihr Gesicht konnte ich nicht sehen. Es war zu dunkel unter den Büschen. Sie trug ein Kleid von der Farbe« – er deutete auf den leuchtendroten Schal um meinen Hals – »und Schuhe wie die feinen englischen Damen, mit hohen Absätzen und glitzernden Schnallen.«

»Abendgarderobe«, sagte ich zu Sethos. »Und nicht ihr obligatorisches Schwarz. Interessant.«

»Er hat lediglich einen Fuß bemerkt«, meinte Sethos gedehnt. (Sein Arabisch ist im übrigen genauso hervorragend wie meins.) »Dann muß sie gekrochen sein –«

»Oder sie wurde gestoßen.«

»Oder sie wurde unter dieses wuchernde Rankengewächs geschoben, ganz vorsichtig, um die Pflanze nicht unnötig zu ramponieren. Womöglich um die Entdeckung der Leiche hinauszuzögern?«

»Es hätte sich sowieso nicht lange vertuschen lassen«, erwiderte ich und wurde mir jählings einer unangenehmen, aber definitiven Tatsache gewärtig. »Und ihr Begräbnis läßt sich auch nicht lange hinausschieben, nicht in diesem Klima. Ich muß unbedingt mit den Pethericks sprechen. Aber zuerst ...«

Ich fragte den Gärtner, ob er verdächtige Spuren im Park bemerkt habe. Er schüttelte den Kopf.

»Ich war so entsetzt, Sitt, und ich hatte Angst vor dem Dämon.«

»Sie wurde nicht von einem Dämon getötet«, antwortete ich. »Komm mal mit.«

Wir schlenderten über die lauschigen Spazierwege und sahen uns dabei aufmerksam um. Einige Polizeibeamte machten sich halbherzig an die Spurensicherung, was meiner

Meinung nach nicht besonders professionell wirkte. Sethos war es schließlich, der im gleißenden Sonnenlicht einige verstreute Kristallperlen aufblitzen sah. Ich war mir fast sicher, daß sie von Mrs. Pethericks Abendkleid stammten.

»Hier wurde sie umgebracht«, bemerkte ich, während ich die Perlen einsammelte. »Diese Stelle ist eine der einsamsten im Park, so weit entfernt vom Hotel, daß man ihre Schreie gar nicht gehört hätte.«

Sethos blickte skeptisch drein. »Du bist vielleicht naiv, Amelia. Jede Frau kann ohne weiteres die eine oder andere Applikation von ihrem Kleid einbüßen, wenn sie – wie soll ich es umschreiben –, wenn sie sich an einem verschwiegenen Ort zu einer stürmischen und keineswegs tödlichen Umarmung hinreißen läßt.«

»Danke, daß du es so taktvoll umschreibst. Das ist durchaus eine Möglichkeit und kommt sicher häufiger vor.«

»Worauf du dich verlassen kannst.« Aus Sethos' Stimme sprach persönliche Erfahrung.

»Trotzdem halte ich meine Theorie für wahrscheinlicher«, fuhr ich fort. »Und sie läßt sich spielend leicht belegen, sobald ich die Perlen mit denen an ihrem Kleid vergleiche.«

Der Gärtner wußte nicht, ob die Perlen von Mrs. Pethericks Kleid stammten. Als ich ihm hartnäckig zusetzte, räumte er immerhin ein, daß der Boden wohl notdürftig geglättet worden sei, und zwar nicht mit einem Gärtnerrechen, sondern von Hand. Ich wickelte die Perlen in ein Taschentuch und stopfte sie in meine Jackentasche.

Dem Gärtner gab ich ein großzügig bemessenes Bakschisch. »Ich kann dir eine Salbe für dein Knie besorgen«, sagte ich freundlich. »Hast du diese Beschwerden schon länger?«

»Nein, Sitt Hakim, erst seit gestern. Ein Esel hat mich getreten.«

Im Hotel benachrichtigte man mich, daß Miss Petherick

mich erwartete. Sie und ihr Bruder hatten Zimmer im zweiten Stock, gegenüber der Suite ihrer Stiefmutter. Auf mein Klopfen wurde mir sofort geöffnet.

Ich ging nicht davon aus, daß Miss Petherick viel Trauer zeigen würde. Etwas blasser als sonst, aber tadellos frisiert und gekleidet, blickte sie besorgt zu ihrem Bruder, der zusammengesunken in einem Armlehnstuhl kauerte und mit den Händen sein Gesicht bedeckte. Ich stellte Sethos mit seinem aktuellen Pseudonym vor und erklärte ihn zu einem engen Freund und Vertrauten.

»Stets zu Ihren Diensten, Ma'am«, sagte mein Schwager und verbeugte sich.

Miss Petherick erwiderte seine Höflichkeit mit einem angedeuteten Kopfnicken und bedeutete uns einzutreten.

»Was denn, Mrs. Emerson, keine Blumen?« Miss Petherick deutete auf etliche gefüllte Vasen auf Kaminsims und Tisch. »Beileidsbekundungen von der Hoteldirektion und von lieben Freunden«, setzte sie hinzu.

»Dafür unterstütze ich Sie mit praktischer Hilfestellung«, erwiderte ich. Ich setzte mich auf den angebotenen Stuhl. »Sie müssen sich darüber klar sein, daß das Begräbnis bald stattfinden sollte. Aber zuvor müssen wir die Todesursache eruieren.«

Adrian Petherick, der sich bis dato nicht gerührt hatte, ließ die Hände sinken und musterte mich mit wirrem Blick. »Ich dulde nicht, daß sie wie Schlachtvieh zerlegt wird«, stammelte er. »Sie waren alle in Stücke zerrissen, blutig, ohne Kopf und Gliedmaßen ...«

Vor Entsetzen war ich sprachlos. Sethos dagegen legte dem jungen Mann eine Hand auf die Schulter und sagte mit getragener Stimme: »Jetzt sind sie erlöst und im Paradies. Genau wie sie.«

»Im Paradies«, echote Adrian. »Sind Sie ... sind Sie Geistlicher, Sir?«

»Nein, nur ein einfacher Gläubiger«, erwiderte Sethos.

Das schien tröstliche Wirkung auf Adrian zu haben, denn er lächelte matt. Ich nutzte den günstigen Augenblick und sagte: »Wären Sie denn damit einverstanden, wenn meine Schwiegertochter die Obduktion durchführen würde? Sie kennen sich bereits. Sie würde es mit dem entsprechenden Respekt und Anstand tun.«

»Gute Güte«, erwiderte Miss Petherick. »Diese zierliche junge Frau?«

»Sie ist ausgebildete Chirurgin«, versetzte ich. »Und hat der Polizei schon mehrfach assistiert.«

»Sie hat kleine, schöne Hände«, murmelte Adrian. »Harriet, was meinst du?«

»Adrian, du weißt genau, daß wir mit den Behörden kooperieren müssen.« Sie sah zu mir. »Mein Bruder war gegen eine Obduktion. Da er jetzt mit sich im reinen ist, stimmen wir Ihrem Vorschlag natürlich zu.«

Aus Manuskript H

Wider Erwarten stand Ramses voll hinter seiner Mutter. Sie hatten sich fatalerweise auf diese Geschichte mit den Pethericks eingelassen, und je eher der Fall geklärt war, desto besser. Daß Mrs. Petherick unter derart bizarren Umständen eines natürlichen Todes gestorben sein könnte, zog ohnehin kaum jemand in Betracht. Entweder hatte sie Selbstmord begangen – oder sie war ermordet worden. Und sie befanden sich noch immer im Besitz der unsäglichen Statuette.

Statt des anstrengenden Fußmarsches von Deir el-Medina ins Tal der Könige ritten sie an jenem Tag ins Ausgrabungsgebiet. Selim wartete schon auf sie.

»Alles in Ordnung hier bei euch?« rief der Professor.

»Ja, Emerson. Ich habe deine Anweisungen exakt befolgt. Daoud hat das ganze Geröll gesiebt.«

»Du sagtest doch, ihr habt was gefunden.«

»Da hinten.« Selim führte sie zu einer Stelle westlich des Ptolemäischen Tempels. Teile der Anlage hatten sie bereits einige Jahre zuvor freigelegt, doch war das Areal riesig, und ein Laie hätte lediglich Steinhaufen, Gruben und Felsquader wahrgenommen.

»Hier hat jemand gegraben«, sagte Selim und zeigte mit dem Finger.

»Hölle und Verdammnis.« Emerson beugte sich über das Loch. »Wann?«

»Heute nacht. Gestern war es noch nicht hier.«

»Diese Bastarde«, zischte Emerson.

»Meinst du damit die einheimischen Grabdiebe? Die drükken sich doch schon jahrelang in diesem Gebiet herum«, gab Ramses zu bedenken.

»Und wieso ausgerechnet jetzt wieder?« wollte Emerson wissen.

»Das hab ich mich auch gefragt«, seufzte Selim mit verschränkten Armen. »Vermutlich denken diese Idioten, daß die Statue irgend etwas mit unserer Arbeit hier zu tun hat.«

»So ein Blödsinn«, knurrte Emerson. »Kennen diese Trottel die Wahrheit nicht?«

»Das schon, aber manche glauben nur, was sie glauben wollen.«

»Ist doch verständlich«, warf David ein. »Ging es in den Gerüchten nicht um einen riesigen Gold- und Juwelenschatz? Die armen Teufel meinen eben, du hättest ein Geheimversteck oder sogar ein intaktes Grab entdeckt. Da kannst du dir den Mund fusselig reden, die glauben dir einfach nicht.«

»Versucht, sie zu überzeugen«, meinte Emerson an Selim gewandt. »Du und Daoud. Sonst wühlen die hier noch das Unterste zuoberst.«

»Soll einer unserer Leute nachts hier wachen?«

»Mmmh.« Emerson rieb sich nachdenklich das Kinn. »Ja. Und laß dieses Loch auffüllen.«

Eine Weile später brachen sie ins Tal auf. Ramses fand, daß

sein Vater ein wenig niedergeschlagen wirkte – er hatte nicht einmal unflätig auf die Vandalen geschimpft. »Bedrückt dich irgendwas, Vater?« fragte er schließlich.

»Nun, ich dachte, du wolltest zurückreiten und dich um deine Übersetzung kümmern.«

»Michail kommt erst gegen Mittag. Und da Mutter dich heute nicht begleitet ...«

»Ach so. Nett von dir, mein Junge. Ich hab mich auch noch gar nicht für deine glänzende Vorstellung bei dem Exorzismus bedankt.«

»Hat mir mächtig Spaß gemacht«, gestand Ramses. »Und dir?«

»Ja. Äh ... tja ... ach verflucht!« platzte Emerson heraus. »Es war doch nur ein Scherz und nicht ernst gemeint! Und jetzt ist die arme Frau tot und ich ... na ja, ich komme mir vor, als hätte ich mich über sie und ihre Ängste lustig gemacht.«

»Keiner denkt das, Vater.«

»Die anderen interessieren mich nicht.« Diese Antwort war charakteristisch für seinen Vater. »Ich krieg den Banditen schon noch, der sie umgebracht hat«, knirschte er dann. »Und kein Wort zu deiner Mutter, sonst hält sie mich für einen sentimentalen Spinner.«

Ramses klopfte ihm zaghaft auf die Schulter. »Nein, Sir, sie hält dich für einen großartigen Menschen. Ich übrigens auch.«

Emerson räusperte sich geräuschvoll. »Ich möchte, daß heute sämtliches Geröll aus der Grabkammer geschafft wird. Du kümmerst dich darum, ja, mein Junge?«

Im Laufe des Vormittags trafen Scharen von Touristen ein, die ihnen bei der Arbeit zuschauten und dabei im Weg herumstanden. Die Nachricht von Mrs. Pethericks Tod hatte sich wie ein Lauffeuer verbreitet; einige Journalisten mischten sich unter die Zuschauer. Sie brüllten Fragen, beugten sich über die Eingangsbrüstung und fotografierten, sobald jemand aus dem Grab nach oben kam. Schließlich passierte das Unvermeidliche: Einer lehnte sich zu weit vornüber und stürzte von der Mauer.

Emerson stürmte unversehens dorthin, warf einen Blick auf den Pechvogel und fing an zu fluchen. »Nefret!« brüllte er.

Ramses erkannte in dem Mann den Fotografen, der vor kurzem mit Carla geplaudert hatte. Er lag rücklings auf dem Boden – seine Kamera schien gottlob unversehrt – und ließ sich von Nefret abtasten.

»Hat sich anscheinend nichts gebrochen«, murmelte sie. »Bitte versuchen Sie, sich aufzusetzen, Mr. ...?«

»Anderson. Vom *Daily Yell*. Professor, würden Sie mir vielleicht kurz Ihre Theorie –«

Emerson unterbrach ihn wutschnaubend. »Einer von Kevin O'Connells Kumpanen, was? Ist doch klar wie Kloßbrühe! Sie scheuen wohl vor gar nichts zurück, um an ein Interview zu kommen?!«

»Bekomme ich denn jetzt eins?« versetzte Anderson schlagfertig. Er grinste genauso selbstgefällig wie O'Connell, überlegte Ramses. »Das mit Ihrem Exorzismus funktioniert wohl nicht so richtig, hm? Der schwarze Dämon hat sich ein weiteres Opfer geholt.«

Für Augenblicke fürchtete Ramses, daß sein Vater den Journalisten mit den Fäusten traktieren könnte. Emerson ging jedoch betont lässig über die Provokation hinweg und erwiderte: »Kein Kommentar. Da steht die Leiter – machen Sie sich vom Acker.«

Nachdem sie ihm die Leiter hinaufgeholfen hatten, wagte Anderson noch einen letzten Vorstoß, der O'Connells journalistische Hartnäckigkeit fast noch übertraf. »Ich möchte ja nicht aufdringlich wirken, Professor, aber zehn Minuten Ihrer kostbaren Zeit könnten Sie mir ruhig ... autsch!«

»Was zuviel ist, ist zuviel«, erregte sich Emerson. »Ab jetzt arbeiten wir morgens von sechs bis neun und dann erst wieder am Spätnachmittag. Hassan, ich möchte, daß der Grabeingang überdacht wird. Und zwar unverzüglich.«

»Reiten wir jetzt nach Hause?« erkundigte sich Nefret.

»Das halte ich für das beste«, grummelte Emerson. »Wenn wir eine andere Route einschlagen, kommt diese Reporterbande nur auf die blöde Idee, uns zu folgen. Ahmet, spring mal kurz rüber ins Westtal und sag Effendi Vandergelt, daß ich ihn umgehend sprechen möchte.«

»Sag ihm, daß er und seine Leute herzlich eingeladen sind, mit uns zu Mittag zu essen«, korrigierte Nefret.

»Ja, genau«, bekräftigte Emerson leicht betreten. »David, nimm die Objekte mit, die wir heute morgen gefunden haben. Du kannst sie zu Hause fotografieren und zeichnen.«

Bislang hatten sie in dem Schutt der Grabkammer nichts Weltbewegendes gefunden: ein paar Perlen, morsche Holzsplitter und ein zerbrochenes Siegel. Einige hartnäckige Zuschauer folgten ihnen bis zur Eselkoppel, stellten die Jagd aber ein, als Emersons Crew aufsaß und davongaloppierte.

Cyrus und sein Stab tauchten wenig später bei ihnen auf. Die Hände hinter dem Rücken verschränkt, war Emerson nervös auf der Veranda auf- und abgeschlendert und hatte ständig Ausschau gehalten. Er erwähnte es zwar mit keinem Wort, dennoch war sich Ramses sicher, daß er auf Mutter wartete. Die Petherick-Affäre appellierte an Emersons Gewissen und weckte seine detektivischen Instinkte. Er hatte geschworen, Mrs. Pethericks Mörder zu stellen, und das würde er auch tun, basta.

»Wir haben Ahmet am Eingang zum Tal getroffen«, erklärte Cyrus. »Ich wollte Ihnen schon einen Boten mit einer Nachricht rüberschicken. Müssen wir unsere Pläne ändern?«

»Iwo, überhaupt nicht.« Emerson winkte ab und hielt Fatima seine Kaffeetasse hin. »Ähm … doch, tendenziell. Im Westtal treiben sich verdammt viele Leute rum. Einer von diesen ekelhaften Journalisten ist heute morgen von der Schutzmauer gefallen.«

»Hat er sich verletzt?« wollte Bertie wissen.

»Der Sturz war vorgetäuscht«, schnaubte Emerson verächtlich. »Wenn der richtig gefallen wäre, wäre er auf dem Kopf gelandet und nicht auf dem Hintern. Unter diesen Umständen kann ich mich nicht anständig auf die Arbeit konzentrieren.«

»Ist sowieso nicht einfach bei der brodelnden Gerüchteküche«, räumte Cyrus ein. »Stimmt es, daß die arme Frau tot ist?«

»Zumindest das entspricht der Wahrheit«, gestand Emerson. »Die Todesursache ist allerdings noch nicht bekannt. Peabody ist in Luxor und schikaniert die Polizei.«

»Das war mir doch klar.« Cyrus unterdrückte ein pietätloses Grinsen. »Dann wird bestimmt eine Obduktion vorgenommen, oder?«

»Ich hab mich dafür angeboten, falls die Behörden zustimmen«, erklärte Nefret.

Bertie stieß einen gedämpften Protestschrei aus.

»Das gehört auch zu meinem Beruf«, sagte Nefret. »Außerdem macht es mir nichts aus.«

»Nein.« Jumana nickte. »Du machst deinen Job so effizient wie ein Mann. Genau wie ich.«

»Tu, was du nicht lassen kannst«, grummelte Emerson. Er stand auf und ging wieder ziellos auf und ab.

Cyrus lehnte sich im Sessel zurück. »Ich bin gespannt, was Amelia zu berichten hat. Sie doch bestimmt auch, hm?«

»Pah«, schnaufte der Professor. Er starrte auf die Straße. »Wo zum Henker bleibt sie bloß so lange?«

Wie Ramses seine Mutter kannte, würde die »Polizeischikane« eine Weile dauern. Die Sonne hatte den Zenit überschritten, und Fatima stellte bereits kalte Platten auf den Tisch, als sie und Sethos zurückkehrten.

»Kommen Sie schon, Amelia«, drängte Cyrus. »Was gibt's Neues?«

»Lassen Sie mich kurz überlegen, womit ich anfangen soll.«

»Vielleicht mit dem allerwichtigsten?« schlug Nefret vor. »Der Autopsie.«

Ihre Schwiegermutter tätschelte ihr die Hand. »Ach ja richtig, Liebes. Die Pethericks sind damit einverstanden. Später war ich noch bei Inspektor Ayyid, um ihn darüber in Kenntnis zu setzen. Er hat die Obduktion für heute nachmittag angesetzt, damit die Bedauernswerte morgen beerdigt werden kann.«

Nefret nickte und nahm sich ein Käsesandwich. Ramses schluckte und senkte den Blick. Der Anblick von Leichen – ob nun verwest oder frisch – machte ihm nichts aus. Gleichwohl würde er sich nie an die Vorstellung gewöhnen, daß seine aparte zierliche Ehefrau bis zu den Ellbogen in Blut und weitaus ekelerregenderen Flüssigkeiten steckte.

Seine Mutter fuhr fort, ihnen die Modalitäten für das Begräbnis darzulegen, das auf dem Ausländerfriedhof stattfinden sollte.

»Wollte sie denn nicht lieber in England, neben ihrem Gatten, beerdigt werden?« fragte Ramses.

»Miss Petherick hielt das für unnötig und unpraktisch«, erklärte seine Mutter. Was ja auch stimmte; aber Ramses wußte, daß sich seine Mutter in einer vergleichbaren Situation um praktische Erwägungen nicht geschert hätte. Allein die Vorstellung bereitete ihm Kopfschmerzen. Aber gut, er würde es auf sich zukommen lassen und versuchen, nicht mehr daran zu denken.

»Ayyid ist genau wie ich der Meinung, daß die Umstände mysteriös sind«, redete seine Mutter weiter. Sie wiederholte den Bericht des Gärtners. Ihr Publikum lauschte fasziniert.

»Ich hab ein paar Fotos gemacht«, meinte sie abschließend, »die aber vermutlich wenig aussagekräftig sind. Der Boden war hoffnungslos niedergetrampelt. Nefret, wenn du Zeit hast, kannst du sie mit David entwickeln.«

Nefret sprang auf und wischte sich die Krümel vom Rock. »Aber nicht heute. Ich muß noch die entsprechenden chirurgischen Instrumente vorbereiten.«

Ramses war fest entschlossen, seine Frau nach Luxor zu begleiten. Er konnte ihr zwar nicht viel helfen, aber immerhin wäre er bei ihr. Er erklärte Katschenowsky, der auf die Minute pünktlich eintraf, die Sachlage und entschuldigte sich, daß er ihn alleinlassen mußte.

»Aber nicht doch. Eine so tragische Geschichte«, murmelte der Russe. »Möchten Sie, daß ich die verbliebenen Fragmente katalogisiere?«

»Die meisten hab ich mir bereits angesehen. Mir wäre lieber, wenn Sie das Stück kopieren und übersetzen würden, das ich für Sie bereitgelegt habe. Es scheint sich dabei um eine Vorratsliste zu handeln.«

Ramses war klar, daß seine Mutter die Obduktion um nichts in der Welt versäumen wollte. Und zwangsläufig würde Emerson sie begleiten. Sie lehnte Cyrus' Einladung zum Abendessen ab.

»Ich weiß nicht, wie lange wir fort sein werden«, erklärte sie. »Aber morgen gerne, wenn's recht ist.«

David und Sethos schlossen sich der Gruppe an, die auf direktem Wege ins Leichenschauhaus strebte, wo sie von Ayyid und zwei Polizisten erwartet wurden. Einer war der ägyptische Bezirkskommandant von Sohag, der andere der britische Bezirksberater, ein rotgesichtiger, ernstblikkender Mann mit Namen Rayburn. Ayyids zusammengepreßte Lippen ließen erahnen, was er von deren Einmischung hielt, allerdings war dergleichen gängige Praxis und mithin nicht anfechtbar. Nefret legte ihnen dar, daß sie an der Obduktion nicht teilzunehmen brauchten, vermochte ihre Schwiegermutter und Ayyid aber letztlich nicht zu überzeugen.

Ramses' Mutter kam nach weniger als zehn Minuten zurück. »Was denn?« erkundigte sich Emerson. »Ist dir schlecht geworden, oder läßt Nefret dich etwa nicht an der wehrlosen Leiche herumsägen?«

»Sei nicht so pietätlos, Emerson. Ich wollte mir nur rasch ihre Kleidung ansehen, bevor sie ihr ausgezogen wurde.«

»War sie denn noch angekleidet?« fragte Ramses.

»Darum hatte ich Ayyid ausdrücklich gebeten. Unter den gegebenen heiklen Umständen hielt er es auch für besser, daß sich eine Frau der Sache annimmt.«

»Korrekt«, murmelte Rayburn.

Emerson nickte bejahend. »Und, Peabody?«

Seine bessere Hälfte bedachte ihn mit einem mitleidigen Blick. »Ich möchte dir die Details ersparen, mein Lieber, zumal dir Mode nichts bedeutet. Wie gesagt, sie trug ein Abendkleid – ein ziemlich teures Modell, nach dem eingenähten Etikett zu urteilen – aus purpurroter Seide, das plissierte Oberteil wurde an den Schultern von Diamantklipsen gehalten … unechten Diamanten …«

»Ich dachte, du wolltest nicht ins Detail gehen«, bemerkte Emerson spitz.

»Das Kleid war zwar sicher teuer, aber ein Modell aus der letzten Saison«, fuhr seine Frau unbeirrt fort. »Wie ich bereits vermutet hatte, waren die gefundenen Perlen aus dem Park identisch mit denen an ihrem Ausschnitt. Ihr Schmuck fehlte.«

»Woher weißt du überhaupt, daß sie Schmuck trug, wenn der doch weg war?« wollte Emerson wissen.

»Ein so ausgefallenes Kleid trägt man nicht ohne die entsprechenden Preziosen.«

»Dann war das Motiv also Diebstahl!« entfuhr es Rayburn sichtlich erleichtert. »Verdammt, Ayyid, Sie hätten die Hotelbediensteten und ihre Zimmer durchsuchen lassen müssen.«

»Das habe ich«, erwiderte Ayyid fest.

»Sie … er … hatte bestimmt genug Zeit, um den Schmuck anderweitig zu verstecken«, beteuerte Rayburn. »Ist es nicht so, Mrs. Emerson?«

»Diebstahl war nicht das Motiv, Captain Rayburn.«

»Aber Mrs. Emerson –«

»Ein Dieb hätte sich niemals die Mühe gemacht, den Leichnam mit soviel Respekt zu arrangieren. Ihre Augen waren geschlossen, die Hände auf der Brust gefaltet. Bitte, lassen Sie mich ausreden. Unter ihrem Kleid trug sie –«

»Das kannst du weglassen«, meinte Emerson leicht betreten. »Komm auf den Punkt.«

»Ich fürchte, du übersiehst das Wesentliche, Emerson. Laut Aussagen der Hotelgäste trug Mrs. Petherick ausschließlich schwarz, um ihrer Rolle als trauernde Witwe gerecht zu werden. Wieso trug sie dann an dem fraglichen Abend knallrot? Und wo kam sie her? Sie war nahezu eine ganze Woche unauffindbar gewesen. Wollte sie ein dramatisches Wiederauftauchen inszenieren und wurde von ihrem Mörder daran gehindert?«

Aufgrund der skeptischen Mienen ihrer Zuhörer fuhr sie ungehalten fort: »Irgend jemand war bei ihr, als sie starb, soviel ist sicher. Dieser Jemand besaß den Anstand, die Tote in der entsprechenden Form zu arrangieren. Sämtliche Kleidungsstücke waren makellos: weder Risse noch Tränen- oder Blutspuren.«

»Und wie ist sie gestorben?« wollte Emerson wissen.

»An Herzversagen«, lautete die Antwort.

»Dann war es ... gar kein Mord«, meinte Emerson mit einem vielsagenden Blick zu seiner Frau.

»Oh doch, es war Mord«, bestätigte Nefret, die sich inzwischen zu ihnen gesellt hatte. »Sie hatte ein schwaches Herz, aber der Herzstillstand wurde durch Ersticken ausgelöst. Wahrscheinlich war sie bewußtlos, als ihr das Tuch aufs Gesicht gepreßt wurde, da keine Anzeichen eines Kampfes feststellbar sind.«

»Sind Sie sicher?« fragte Rayburn.

»Ja. In ihrem Gebiß fanden sich Faserspuren. Wenn Sie einen zweiten medizinischen Gutachter hinzuziehen möchten –«

»Das wird nicht nötig sein.« Rayburn seufzte inbrünstig. Es gab wirklich Erhebenderes als die Aufklärung eines Morddelikts, bei dem das Opfer zu allem Überfluß englische Staatsbürgerin war.

»Dann wurde ihr sozusagen der Atem abgepreßt«, meinte Sethos süffisant. »Mal abwarten, bis die Zeitungen davon erfahren.«

# 6

Ich hielt es für meine moralische Verpflichtung, den jungen Pethericks das Ergebnis der Obduktion mitzuteilen. Emerson hatte nichts dagegen; er bestand sogar darauf, mich zu begleiten. Ich wußte natürlich warum. Sein detektivischer Spürsinn war gefordert, und da ich ihn in einigen wesentlichen Punkten widerlegt hatte, war er bestrebt, seine eigenen Schlüsse zu ziehen.

Miss und Mr. Petherick waren gerade beim Essen. Sobald wir ihr Hotelzimmer betraten, ließ Miss Petherick die Teller abräumen. Ich bemerkte, daß einer der beiden es sich hatte schmecken lassen, während der andere lediglich in den Speisen herumgestochert hatte. Bei letzterem tippte ich auf Adrian Petherick. Er schien in den wenigen letzten Stunden merklich in sich zusammengesunken, die Kleidung schlabberte um seinen Körper, sein Gesicht war teigig blaß. Spiegelte sich darin Schuldbewußtsein oder Trauer?

Ich überbrachte die Nachricht mit der gebotenen, mitfühlenden Direktheit. Adrian schrie auf und warf die Hände vors Gesicht. Seine Schwester zeigte keine Gefühlsregung. »Damit hatten wir gerechnet. Gehe ich recht in der Annahme, daß Sie uns jetzt die üblichen Fragen stellen wollen?«

»Heute abend nicht mehr«, beschwichtigte Sethos. Er war zum Tisch gegangen und inspizierte die Blumengebinde. Es waren einige hinzugekommen, unter anderem eine Vase mit herrlichen weißen Rosen. »Schlafen Sie erst einmal darüber.

Und denken Sie an die werte Verblichene, die in den Armen des Erlösers ihren Frieden gefunden hat.«

»Ja«, seufzte Adrian. »Ja. Danke.«

Emerson hustete. Er hatte scheinbar irgend etwas in den falschen Hals bekommen.

»Ich habe noch eine Frage«, meldete sich Harriet Petherick zu Wort. »Was ist mit der Statue?«

»Was soll mit ihr sein?« fragte Emerson dumpf.

»Inzwischen müßte ja wohl außer Zweifel stehen, wer der rechtmäßige Besitzer ist. Ich vermag mir gut vorzustellen, daß Sie die Verantwortung für besagtes Artefakt gern loswerden möchten.«

»Ich kann mir aber durchaus nicht vorstellen, daß *Sie* diese gern übernehmen würden«, konterte Emerson. »Nein, nein, Miss Petherick, ich weiß es mit meinem Gewissen nicht zu vereinbaren, dieses heikle Objekt arglosen Außenstehenden wie Ihnen und Ihrem Bruder zu überlassen.«

»Dann ziehen Sie es also vor, den Fluch über Ihre eigene Familie zu bringen?« gab sie bewußt boshaft zurück. »Man hat uns von Ihrer eindrucksvollen Darbietung neulich berichtet. Sie war leider nicht besonders effizient, stimmt's?«

Emerson ließ sich nicht provozieren. »Sie wissen genausogut wie ich, daß solche ... Darbietungen, sagten Sie? ... ausschließlich abergläubische Gemüter ansprechen. Der Fluch, der auf derartigen Objekten lastet, ist doch letztlich die Gewaltbereitschaft, die in prinzipienlosen Personen ausgelöst wird. Ich kenne Mittel und Wege, um meine Familie zu schützen, und genau das beabsichtige ich auch, für Sie und Ihren Bruder zu tun.«

Seine Argumentation nahm ihr den Wind aus den Segeln. Ich besprach mit ihr die Bestattungsmodalitäten, und sie war immerhin so höflich, mir zu danken. Adrian sagte nichts. Er hatte eine der weißen Rosen aus der Vase gezogen, zupfte die Blütenblätter nacheinander ab und schob diese auf dem Tisch zu einem Häufchen zusammen.

Neugierige Blicke und leises Getuschel verfolgten uns auf dem Weg durch die Eingangshalle, aber mein kampfbewährter Schirm und Emersons unduldsame Miene hielten selbst hartgesottene Journalisten auf Abstand.

»Meine Güte«, sagte Emerson zu seinem Bruder. »So eine scheinheilige Salbaderei ist mir mein Lebtag noch nicht untergekommen – nicht mal von dir. In den Armen des Erlösers, tsts!«

»Ich hab den Jungen damit mental aufgebaut«, verteidigte sich Sethos.

»Ich hatte auch nichts anderes erwartet«, brummelte Emerson. »Wenn wir auf diese Weise sein Vertrauen gewinnen, um so besser.«

Sethos grinste, und ich beeilte mich, kritisch anzumerken: »Sag mal, du hast Harriet und ihrem Bruder so edelmütig Personenschutz zugesagt, wie willst du das überhaupt bewerkstelligen?«

Emerson blieb mitten auf der Straße stehen. Ich schubste ihn beherzt aus der Gefahrenzone einer herannahenden Pferdekutsche, worauf er mich anfuhr: »Peabody, ich weiß, was ich tue. Wir müssen diese Angelegenheit klären, damit ich mich wieder meiner Arbeit als Exkavator widmen kann.«

»Und damit wir einen Mörder vor Gericht bringen können.«

»Das auch.«

Sabir erwartete uns am Fluß, nachdem er Ramses und Nefret bereits übergesetzt hatte. Emerson half mir über den glitschigen Landungssteg und fuhr stirnrunzelnd fort: »Allerdings hab ich derzeit keinen blassen Schimmer, wer das sein könnte. Du doch bestimmt auch nicht, oder?«

»Die Geschwister Petherick sind sicherlich die Hauptverdächtigen«, erwiderte ich und ließ mich auf der Bootsbank nieder.

»Sie sind die *einzigen* Verdächtigen«, konterte Emerson.

»Was stark auf ihre Unschuld hindeutet, mein Lieber.

Sicher, sie hatten ein Motiv. Wir wissen, daß Petherick seiner Gattin die Sammlung vermachte. Wußten sie das auch? Gingen sie womöglich davon aus, daß sie die Preziosen nach dem Tod ihrer Stiefmutter erben würden?«

»Das ist kein Motiv, das sind unhaltbare Mutmaßungen«, erregte sich Emerson. »Himmeldonnerwetter, Peabody, streng deine kleinen grauen Zellen an. Erst sagst du, daß die beiden vermutlich schuldlos sind – obwohl deine Beweisführung verdammt schwach ist –, und dann erfindest du Gründe, die für ihre Täterschaft sprechen.«

Er hatte die Logik einmal mehr für sich gepachtet, so daß ich automatisch in die Offensive ging. »Das zeigt mal wieder, daß es unüberlegt von dir war, Gargery mit dieser heiklen Testamentsgeschichte zu betrauen. Wir müssen den exakten Wortlaut wissen – ob er seine Frau vorbehaltlos als Alleinerbin eingesetzt hatte oder ob seine Kinder die erklärten Nacherben sind.«

»›Alleinbegünstigte ist die Ehefrau‹ impliziert für mich ersteres«, meinte Sethos. »Ihr Mann ist vor ihr gestorben. Hatte sie eigentlich ein eigenes Testament gemacht? Und wenn nicht, wer erbt dann? Werden Stiefkinder als nächste Verwandte betrachtet?«

»Vermutungen über Vermutungen«, echauffierte sich Emerson. »Du weißt es nicht, und ich weiß es nicht, und Peabody weiß es erst recht nicht, obwohl sie mal wieder so tut als ob.«

»Überhaupt nicht, mein lieber Emerson. Die Ermittlungen stecken noch im Frühstadium. Wir wissen lediglich, daß sich eine Handvoll Leute Mrs. Pethericks Tod wünschte. Sie muß den Mörder gekannt und ihm vertraut haben, sonst wäre sie nicht allein in den Park gegangen, um ihn dort zu treffen. Vermutlich war sie auch völlig arglos gegenüber ihren Stiefkindern. Die beiden müssen jedoch Anspruch auf das Erbe haben – durch welches Testament auch immer –, sonst hätten sie keinen Grund gehabt, sich ihrer zu entledigen.«

»Verdammt noch mal, Peabody, bei deiner Argumentation beißt sich doch der Hund in den Schwanz«, wetterte Emerson.

»Wie wär's mit einem unserer kleinen Wettbewerbe?« erkundigte ich mich daraufhin milde verstimmt.

»Was für ein Wettbewerb?« fragte Sethos.

»Wir notieren den Namen der Person, die wir für den Täter halten, und verwahren den Zettel in einem zugeklebten Umschlag, bis der Fall gelöst ist«, erklärte ich.

»Eine fantastische Idee«, ereiferte sich Sethos. »Bekommt der Sieger einen Preis? Darf ich auch mitmachen?«

»Ich vermag mich noch nicht festzulegen.« Emerson ging über den Einwurf seines Bruders schnöde hinweg.

»Ich auch nicht«, sagte ich. »Wie du bereits betontest, Emerson, haben wir noch nicht genug Verdächtige.«

***

Auf mein Betreiben hin ging die ganze Familie (mit Ausnahme der Kinder natürlich) am nächsten Morgen zu Mrs. Pethericks Begräbnis. Da sie in Luxor kaum Bekannte hatte, rechnete ich mit nur wenigen Trauergästen, allerdings hatte ich die morbide Sensationslust der Bevölkerung und die Hartnäckigkeit der Presse unterschätzt. Ein Aufgebot an Polizisten, eindrucksvoll in weißer Uniformjacke mit rotem Fez, hielt die Menge in Schach, während wir zu dem frisch ausgehobenen Grab schritten.

Emerson hatte sich zunächst geweigert mitzukommen. Während er neben mir herstampfte, tönte er für alle vernehmbar: »Wer sind denn all diese affig ausstaffierten Leute? Hast du nicht behauptet, es käme keiner?«

»Ich hatte Mrs. Pethericks literarischen Bekanntheitsgrad unterschätzt«, räumte ich ein. »Einige der anwesenden Damen sind sicher begeisterte Leserinnen.«

Emerson funkelte einen jüngeren Mann mit einer Kamera

an. »Da ist ja schon wieder dieser rüpelhafte Reporter. Wenn Sie den Fotoapparat nicht augenblicklich runternehmen, passiert was.«

Wir gehörten zu dem ausgesuchten Kreis, der gemeinsam mit den jungen Pethericks und Pater Benedikt an die Grabstätte trat. Harriet Petherick bedankte sich eher flüchtig für unser Kommen und wandte sich dann an den Geistlichen. »Ich glaube, wir können anfangen, Pater.«

Während der Andacht ließ ich Adrian nicht aus den Augen. In eine Art Dämmerzustand verfallen, verharrte er dicht neben seiner Schwester und blickte verträumt in den wolkenlos blauen Himmel. Ich wünschte mir, einige der Anwesenden hätten sich genauso ruhig verhalten. Etliche Damen schluchzten hemmungslos, und als Pater Benedikt endete, sank die füllige, in ein enges Korsett gezwängte Frau, die Mrs. Petherick seinerzeit um ein Autogramm gebeten hatte, ohnmächtig auf einen der Polizisten und warf diesen glatt um. Der zuvor genannte Fotograf sicherte sich ein exzellentes Bild von den beiden in inniger Umarmung.

»Widerwärtig«, sagte Emerson laut. »Los, weg hier.«

Ich konnte mich jedoch nicht losreißen, zumal der Veranstaltung eine makabre Faszination innewohnte. Ich hätte nie geglaubt, daß begeisterte Leserinnen sich derartig benehmen. Die Blumen, die sie in das offene Grab warfen, trafen des öfteren den Geistlichen sowie die Trauergemeinde. Jemand stimmte eine völlig unpassende Hymne an, und die anderen fielen mehr schlecht als recht in die Melodie ein. Ich schnappte ein paar Wörter auf – irgend etwas mit ›tief in Sünde verstrickt‹. Harriet Pethericks kontrollierte Haltung verflüchtigte sich zunehmend. Schmallippig und sehr blaß, schien sie sich nach stützendem Beistand umzusehen. Ramses bemerkte dies ebenfalls und bot ihr seinen Arm. Sie klammerte sich krampfhaft an ihn, als er sie an dem Polizeiaufgebot vorbeiführte.

Nefret und David kümmerten sich um Adrian, der sich ihnen bereitwillig anschloß. Ich sah mich genötigt, die impertinenteren Leserinnen mit meinem Schirm zu traktieren, und Emerson schlug zwei Journalisten nieder. Nachdem wir die Pethericks in ihre wartende Kutsche verfrachtet hatten, erfreute sich mein Gemahl wieder besserer Stimmung. Er nahm sogar den Hut ab, als er sich von Harriet Petherick verabschiedete.

»Diese verdammten Gaffer! Verzeihung, Miss Petherick ... ähm ... tut mir wirklich leid, daß Sie diese Unannehmlichkeiten auf sich nehmen mußten.«

»Danke. Ich bin Ihnen allen sehr dankbar. Was halten Sie von einer kleinen Erfrischung im Hotel? Das ist, glaube ich, so üblich nach einer Beerdigung.«

Ich nahm die Einladung dankend an, obwohl sie dabei Emerson und Ramses angeschaut hatte. »Wir kommen in Kürze nach«, erklärte ich selbstbewußt.

In der Droschke lehnte Emerson sich zurück und kramte nach seiner Pfeife. »Peabody, ich will doch stark hoffen, daß das kein Beerdigungskaffee, sondern eine Befragung wird.«

»Das ist aber nicht nett formuliert, Emerson.«

»Aber durchaus korrekt«, pflichtete Sethos ihm bei. »Sonst käme ich nämlich nicht mit.«

»Ich dachte, du machst dir Sorgen wegen Adrian«, meinte ich halb fragend.

»Da kennst du mich aber schlecht, werte Amelia.« Eine kurze Pause schloß sich an. »Der Junge hat sich heute gut gehalten.«

»Er steht unter Schock.« Nefrets hohe Stirn legte sich in Falten. »Wenn ich ihm doch bloß helfen könnte.«

»Du bist Chirurgin und keine Psychologin«, wandte ich ein. »So etwas darf dich nicht belasten, mein Kind.«

Als ich uns an der Rezeption ankündigte, erklärte der Portier: »Die Dame ist in die Räume umgezogen, die Madam Petherick vorher bewohnte.«

Adrian empfing uns an der Tür. Seine wankelmütige Sympathie galt inzwischen Nefret; Sethos kaum eines Blickes würdigend, faßte er ihre Hände und redete wie zwanghaft auf sie ein.

»Ich freue mich! Wie schön, daß Sie gekommen sind! Bitte, nehmen Sie doch Platz. Harriet! Die Emersons sind da.«

Wir waren nicht die einzigen Gäste. Der arrogante Sir Malcolm war mir schon auf dem Friedhof aufgefallen. Vermutlich hatte er die Trauerzeremonie vorzeitig verlassen, um vor uns im Hotel einzutreffen.

»Ich wußte ja gar nicht, daß Sie Mrs. Petherick gekannt haben, Sir Malcolm«, sagte ich, als er sich vor mir verbeugte.

»Ich war ein guter Bekannter ihres Gatten, Mrs. Emerson. Und betrachte es mithin als Ehrensache, ihr diesen letzten Dienst zu erweisen.«

Harriet trat eben mit einer Hutschachtel aus einem der beiden Schlafzimmer. Sie warf sie zu Boden und giftete: »Sir Malcolm, tun Sie doch nicht so scheinheilig. Wir wissen doch alle, weshalb Sie hier sind.«

»Wieviel haben Sie geboten?« fragte Emerson ohne Umschweife.

»Professor, ich glaube nicht, daß Sie das etwas angeht.«

»Fünftausend Pfund«, warf Harriet Petherick ein. »Nehmen Sie Tee oder lieber Kaffee, Mrs. Emerson?«

Sie deutete auf mehrere Tabletts mit Erfrischungen.

David entwich ein gedämpfter Aufschrei, welcher der Dame nicht entging. »Zu wenig, meinen Sie? Woher wollen Sie das wissen?« bemerkte sie mit einem forschenden Blick zu ihm.

»Verzeihen Sie«, schaltete ich mich ein. »Ich glaube, Sie haben unseren angeheirateten Neffen Mr. David Todros noch nicht kennengelernt. Er ist ein anerkannter Bildhauer und Maler und eine Autorität auf dem Gebiet ägyptischer Kunstschätze.«

Harriets skeptisches Gesicht nahm einen interessierten

Ausdruck an. »Ich kenne Ihre Arbeit, Mr. Todros. Wie hoch schätzen Sie den Wert der Statue?«

»Der Wert solcher Objekte hängt von den Marktgegebenheiten ab«, äußerte sich David vorsichtig. »Aber der genannte Preis erscheint mir extrem niedrig.«

»Es tut sowieso nichts zur Sache«, sagte Emerson. »Miss Petherick ist nicht befugt, die Statuette zu veräußern.«

»Wer denn dann?« wollte Sir Malcolm wissen. »Mrs. Petherick ist tot. Sie hatte keine eigenen Kinder. Ihr Besitz geht an die Kinder ihres Gatten über. Ich biete –«

»Sie, Sir, sind kein Gentleman«, unterbrach ich.

Sir Malcolms Gesicht nahm einen ungesunden Rotton an. »Ich darf doch sehr bitten, Madam!«

»Die bedauernswerte Dame liegt kaum unter der Erde«, fuhr ich ärgerlich fort. »Ist Ihre Besitzgier so ausgeprägt, daß Sie nicht einmal eine angemessene Trauerzeit verstreichen lassen können?«

»Und die Pethericks dann auch noch übers Ohr hauen zu wollen«, knurrte Emerson. »Die Statue ist mindestens vier- bis fünfmal soviel wert. Sie versuchen doch nur, Vandergelt und Carnarvon zuvorzukommen, hab ich recht?«

Sir Malcolm nahm seine angekratzte Würde zusammen und erhob sich. »Ich sehe keinen Grund, warum ich mir Ihre Beleidigungen noch länger anhören soll, Professor. Wenn Sie Ihre Meinung ändern, Miss Petherick, ich logiere hier im Winter Palace.«

»Machen Sie sich nicht allzuviel Hoffnung, Sir Malcolm«, rief Emerson ihm nach. »Der rechtmäßige Besitzer der Statuette muß noch eruiert werden – aber das wissen Sie längst.«

Die Tür knallte ins Schloß. Emerson schmunzelte stillvergnügt, wurde in Anbetracht der Sachlage aber gleich wieder ernst.

»Verzeihen Sie, Miss Petherick.«

»Keine Ursache. Sir Malcolm hat sich wirklich unmöglich benommen.«

»Wir möchten Sie nicht länger stören«, hob ich an. »Wir wollten uns lediglich anbieten, falls Sie Hilfe brauchen.«

Miss Petherick spähte zu der Hutschachtel. »Ich war eben dabei, die Kleidung und den Schmuck meiner Stiefmutter zusammenzupacken. Vielleicht kennen Sie hier in Luxor eine karitative Einrichtung, die froh über eine solche Spende wäre.«

Selbstverständlich packte ich die Gelegenheit beim Schopf. »Das kann ich so nicht sagen. Ich müßte die Sachen erst kurz durchsehen. Vielleicht darf ich Ihnen bei der sicherlich nicht leichten Aufgabe zur Hand gehen?«

Emerson verdrehte die Augen. »Typisch Peabody, kann es kaum abwarten, in anderer Leute Schränken herumzuwühlen.«

»Ich bin Mrs. Emerson dankbar für ihre Unterstützung«, versetzte Miss Petherick. »Aber bitte, Mrs. Emerson, trinken Sie erst in Ruhe Ihren Kaffee und nehmen Sie ein Gurkensandwich.«

»Dann werden Sie Luxor in Kürze verlassen?« fragte Nefret, während ich in das Sandwich biß.

Miss Pethericks Lippen verzogen sich zu einem sauersüßen Lächeln. »Captain Rayburn hat uns informiert, daß wir Ägypten erst verlassen dürfen, wenn der Mord an unserer Stiefmutter aufgeklärt ist.«

Adrian beugte sich vor. Er hatte die Finger so fest ineinander verschränkt, daß die Knöchel weiß hervortraten. »Wir schulden es Magda und unserem Vater, Harriet. Er hat sie geliebt«, räumte er mit glasigen Augen ein.

»Er liebte es, mit einer Berühmtheit verheiratet zu sein«, gab Miss Petherick zurück.

»Sie hat ihn glücklich gemacht«, echauffierte sich Adrian. »Wir müssen auf alle Fälle bleiben, bis der Mörder seiner gerechten Strafe zugeführt wird.«

»Ganz meine Meinung.« Sethos nickte bekräftigend. »Hatte sie Feinde?«

»In Schriftstellerkreisen, meinen Sie?« Miss Pethericks Lächeln enthüllte ihre Zähne. »Oder einen treuen Leser, dem ihr letztes Buch nicht gefallen hat? Wir haben der Polizei bereits mitgeteilt, daß wir niemanden kennen, der ein Motiv hätte haben können.«

»Geld, Rache, Angst«, streute Emerson ein. »Das sind die üblichen Mordmotive. Sie kannten sie noch nicht sehr lange. Womöglich hat sie den Ruf irgendeines Kollegen angekratzt oder in der Vergangenheit irgend jemanden tödlich beleidigt?«

»Uns ist nichts dergleichen bekannt«, betonte Miss Petherick.

Sie war eine würdige Gegnerin, und Emersons Miene spiegelte eine gewisse Bewunderung. Er schätzte charakterstarke Frauen, die nicht »gleich heulend zusammenbrechen«, wie er es irgendwann einmal formuliert hatte. Sie wirkte nicht unattraktiv in ihrem eleganten schwarzen Kostüm, das dichte schwarze Haar zu einem schweren Knoten frisiert, ihre Wangen rosig überhaucht. Die Hand, mit der sie die Teetasse hielt, verriet nicht das kleinste Zittern.

»Im übrigen, Professor Emerson«, fuhr sie fort, »bringt es uns nichts, Hypothesen aufzustellen. Das Motiv ist doch eindeutig. Mein Vater hat unsere Stiefmutter als Alleinerbin eingesetzt. Und seine Sammlung ist ein Vermögen wert.«

»Wer sind ihre Erben?« erkundigte sich Emerson.

»Das ist mir ebenfalls nicht bekannt. Falls sie ein Testament gemacht hat, ist es wahrscheinlich bei ihren Notaren hinterlegt. Ich weiß nur eins, Professor. Sie hat ihren Besitz weder Adrian noch mir hinterlassen.«

»Bei unserem ersten Zusammentreffen erklärten Sie mir einhellig, daß Sie sie sehr mochten«, konterte Emerson.

»Ich habe aber nie behauptet, daß sie uns mochte«, erwiderte Miss Petherick ungerührt. »Wir beide kamen miteinander zurecht. Jedenfalls gab es keine Animositäten, und Adrians Zuneigung zu ihr war echt. Noch weitere Fragen, Professor?«

»Im Moment nicht«, räumte Emerson ein.

»Mrs. Emerson?«

»Nach meinem Dafürhalten, Miss Petherick, sollten wir die vor Ihnen liegende Aufgabe rasch hinter uns bringen.«

Miss Pethericks skeptischer Gesichtsausdruck zeigte deutlich, daß sie ihr Angebot am liebsten zurückgezogen hätte, aber ich ließ mich natürlich nicht abwimmeln. Die anderen gingen, ich krempelte mental die Ärmel hoch und ging ins Schlafzimmer. Miss Petherick folgte mir.

Der Raum war ein einziges Chaos. Statt methodisch vorzugehen, hatte sie sämtliche Kleidungsstücke aus dem Schrank gezerrt und wahllos über Stühle und Tische geworfen. Schubladen lagen umgestülpt auf dem Bett. Was mochte dieses hastige, unüberlegte Vorgehen bedeuten? Hatte sie mehr für ihre Stiefmutter empfunden, als sie zugab, und empfand sie den Anblick ihrer Habe demnach als zu schmerzvoll? Oder hatte sie sie dermaßen gehaßt, daß sie jede Erinnerung an die Verstorbene schleunigst auszumerzen gedachte? Nach einem gehauchten »Ach du meine Güte, wie sieht es denn hier aus«, begann ich, Kleider und Unterwäsche zu falten und zu ordentlichen Stapeln aufzuschichten. Strümpfe, Schuhe, Taschentücher und Schals verschwanden in einem Schubfach. Alles verströmte den Duft eines schweren Parfüms. Miss Petherick sah mir untätig, mit hängenden Armen zu.

»Ich kenne einige Damen, die sich über die Kleider freuen werden«, sagte ich schließlich. »Die Unterwäsche ist allerdings abgetragen und ein bißchen … hmmm … zu jugendlich.«

»Gewagt, meinen Sie?« Miss Petherick verschränkte die Arme.

»Mag sein. Ach ja, ich schlage vor, wir sortieren alles zu Bündeln zusammen – Hüte, Handschuhe und dergleichen. Ich lasse das dann abholen und schicke es an den entsprechenden Personenkreis. Möchten Sie denn gar nichts davon behalten?«

»Nein!«

»Ihren Schmuck auch nicht?« Der Inhalt der Schmuckschatulle lag als glitzernd verschlungenes Knäuel auf dem Bett.

»Die Schmuckstücke sind unecht.«

Nach kurzer Überprüfung mußte ich ihr recht geben. Es erstaunte mich, daß eine erfolgreiche Autorin, die Gattin eines wohlhabenden Mannes, nicht wenigstens ein paar kostbare Stücke haben sollte. Vielleicht hatte Miss Petherick diese aber auch bereits beiseite geschafft.

Es ging mich zwar nichts an, dennoch fühlte sie sich wohl aufgrund meiner kritischen Miene zu einer Erklärung genötigt. »Ich habe ein paar Stücke weggenommen, die früher einmal meiner Mutter gehörten. Nichts Wertvolles, lediglich Erinnerungsstücke, wenn Sie sie sehen möchten –«

»Aber nein.«

»Ich bestehe darauf. Ich möchte nicht, daß Sie an meiner Ehrlichkeit zweifeln.«

Sie zog die Schublade vom Nachttisch heraus.

Ich warf einen kurzen Blick auf den Inhalt. Anders als das Glitzerknäuel auf dem Bett lagen diese Schmuckstücke fein säuberlich in dem Schubfach ausgebreitet: mehrere kleine Broschen mit Süßwasserperlen und winzigen Türkisen, zwei schmale Ringe und ein Granatschmuck – Armband, Haarkämme, Halskette –, wie er fünfzig Jahre zuvor modern gewesen war. Einem der Kämme fehlten zwei Zinken.

»Sie hat sie nie getragen«, bemerkte Miss Petherick. Ihre Betonung ließ keinen Zweifel daran, welche »sie« die junge Frau meinte. »Sie waren ihr zu altmodisch und schlicht.«

Ich konnte es Miss Petherick wirklich nicht verübeln, daß sie den Schmuck ihrer leiblichen Mutter an sich genommen hatte. Und das sagte ich ihr auch.

»Meine Mutter war eine höfliche, zurückhaltende Frau, Mrs. Emerson. Die Bescheidenheit hat ihr leider niemand gedankt.«

***

Das eigentliche Motiv, warum ich Mrs. Pethericks Kleidung an mich nahm, war natürlich ein anderes. Ihre Stieftochter dankte mir für meine Gefälligkeit, der scharfsichtige Leser wird jedoch zweifellos nachvollziehen, daß ich nicht nur aus reiner Menschenfreundlichkeit handelte. Ich hatte mir die Sachen nicht näher ansehen, Taschen und Manschetten umdrehen, auf Flecken und Risse prüfen können. In Liebe, Krieg und Verbrechensbekämpfung ist alles erlaubt, zumal man nie wissen kann, wo der entscheidende Hinweis lauert.

In der Tat hatten sich diverse neue Anhaltspunkte ergeben. Am aufschlußreichsten war das Verhältnis der jungen Dame zu ihrer Stiefmutter. Sie mochten miteinander zurechtgekommen sein, doch hegte sie offensichtlich einen tiefsitzenden Groll gegen die Frau, die den Platz ihrer Mutter für sich beansprucht hatte. Harriet mochte zwar nicht finanziell von Mrs. Pethericks Tod profitieren, aber – wie Emerson überzeugend eingeflochten hatte – Rache ist ein ebenso starkes Motiv.

Kaum weniger interessant war die Tatsache, daß Mrs. Pethericks Kleiderschrank eher dürftig bestückt gewesen war. Modebewußte Damen reisen mit einem riesigen Aufgebot an Koffern und Hutschachteln. Ich hatte nur ein paar Kleider und ein bißchen fadenscheinige Unterwäsche gefunden. Andererseits hatte sie zumindest eine extravagante Robe eingepackt – das rote Abendkleid, in dem sie beerdigt worden war. Und sie besaß bestimmt mehr Schmuck als das, was in dem Rosenholzkästchen gewesen war.

Nachdenklich schlenderte ich durch den Korridor. Unterwegs grüßte ich abwesend nickend die Sufragis und Kellner. An der Rezeption erklärte ich dem diensthabenden Angestellten, was mit Mrs. Pethericks Sachen geschehen sollte. Dabei erkundigte ich mich beiläufig: »Wer ist denn die Dame in Zimmer 254?«

Wenn der Bursche gesagt hätte »Welche Dame?« wäre meine Theorie sofort hinfällig gewesen. Statt dessen erwiderte er höflich: »Eine Mrs. Johnson, Madam. Sie ist vor einer Woche eingetroffen.«

»Ah«, erwiderte ich. »Mag sein, daß ich sie kenne. Ist die Dame mittleren Alters und von mittlerer Größe? Mit schwarzen Haaren und dunklen Augen?«

Der junge Mann mußte mich leider enttäuschen. »Alter und Größe kommen hin, Mrs. Emerson, aber Mrs. Johnson hat helles Haar. Sehr hell. Strahlendblond.«

Es juckte mich in den Fingern, den letzten Beweis für meine Theorie umgehend zu erbringen, allerdings wollte ich fair bleiben und Emerson zunächst ins Vertrauen ziehen. Also bedankte ich mich bei dem jungen Mann und wandte mich zum Gehen. Mein elanvoller Gang (und mein drohend erhobener Schirm) brachten mich ohne weitere Behelligungen durch die Halle und aus dem Hotel, obwohl der unsägliche Journalist mit seiner Kamera einen vergeblichen Versuch startete, mich aufzuhalten. »Mrs. Emerson!« rief er. »Mein Freund Kevin O'Connell –«

Er irrte, falls er meinte, sich mit diesem Namen einschmeicheln zu können. Kevin mochte ein Freund sein, aber er war auch Journalist, und das ließ sich nicht immer – so wie jetzt – in Einklang bringen. Ich schob den Burschen beiseite und ging weiter.

Sie erwarteten mich bereits auf der Veranda, auch die Vandergelts und Jumana.

»Sie haben nichts verpaßt«, sagte ich zu Katherine, die dem Begräbnis ferngeblieben war. »Es war ein abgeschmacktes Spektakel.«

»Das hab ich bereits gehört«, lautete ihre Antwort. »Zudem dürfen die jungen Pethericks Ägypten nicht verlassen. Aber das verstehe ich nicht, Amelia. Es liegt doch nichts gegen die beiden vor, oder?«

»Bis jetzt nicht«, schnaufte Emerson. »Es sei denn, Peabody hat in den Sachen der Verstorbenen irgendwas Verfängliches entdeckt.«

Alle sahen zu mir. Emersons saphirblaue Augen wurden schmal.

»Mein Lieber, wie kannst du meine hehren Motive anzweifeln?« versetzte ich mit einem spitzen kleinen Lachen.

Lässig in einen Sessel gelehnt, die Beine übereinandergeschlagen, schüttelte Sethos den Kopf. »Ärger ihn nicht, Amelia. Seine Laune ist ohnehin nicht die beste.«

Emerson öffnete den Mund, schloß ihn wieder, atmete tief ein und sagte mit gefährlich sanfter, kontrollierter Stimme: »Ich habe Cyrus und Bertie – und Jumana – hergebeten, um unsere weiteren Exkavationspläne zu besprechen und nicht, um über Dinge zu tratschen, die uns nichts angehen.«

»Dann interessiert es dich wohl nicht, was ich in der Zwischenzeit herausgefunden habe?«

Emerson starb fast vor Neugier, gleichwohl meinte er wegwerfend: »Je eher du es ausspuckst, desto schneller ist das Thema vom Tisch.«

Daraufhin legte ich ihnen meine Thesen über Mrs. Pethericks Garderobe und Schmuck dar, ignorierte Emersons unflätige Einwürfe (»typisch Frau – Kleider – Firlefanz –«) und berichtete von meinem Gespräch mit dem Rezeptionisten.

»Hölle und Verdammnis!« erregte sich Emerson an diesem Punkt. »Wieso hab ich daran nicht gedacht!«

»Ramses war ganz nah an der Wahrheit«, erwiderte ich mit einem verschmitzten Lächeln zu meinem Sohn. »Er tippte darauf, daß sie aus dem Schlafraum entwischte, während er im Salon mit Abdul diskutierte. Theoretisch hätte sie dann aber den langen Gang überwinden müssen, ehe sie außer Sicht war. Die simple Erklärung ist, daß sie schlicht ins Nachbarzimmer schlüpfte. Sie hatte es unter anderem Namen gebucht und sich mit einer Perücke und extravaganterer Kleidung getarnt.«

»Dann war sie die ganze Zeit im Hotel«, murmelte Ramses. »Das würde etliche Fragen klären.«

»Es läßt sich jedenfalls leicht beweisen«, räumte ich ein.

»Was wir brauchen, ist die Einwilligung von Mr. Salt, daß wir uns in dem fraglichen Zimmer einmal umschauen dürfen. Das überlasse ich am besten dir.« Ich nickte zu Emerson.

»Ach, und noch eine kleine Sache, Emerson. Ich hatte angeboten, mich um die Sachen der Verstorbenen zu kümmern. Einer der Hotelbediensteten wird sie hier abliefern. Ich hatte noch nicht die Gelegenheit, sie unter die Lupe zu nehmen, verstehst du? Das hätte vielleicht Mißtrauen geweckt.«

»Teufel noch, erwarte jetzt bloß nicht meine Hilfe«, wetterte Emerson.

»Das ist Frauensache, mein Schatz. Vielleicht mag Katherine mir dabei zur Hand gehen.«

Sie nickte begeistert. Da Katherine sich bei unseren Aktivitäten häufig ausgeschlossen fühlte, war dies eine Möglichkeit für sie, sich nützlich zu machen – was sie auch bereitwillig tat.

Wenig später traf der Hotelbote mit Mrs. Pethericks Besitztümern ein. Katherine, Nefret und ich zogen uns zwecks näherer Inspektion in mein Arbeitszimmer zurück.

Nefret, die sehr geruchsempfindlich ist, rümpfte wegen des intensiven Parfümdufts die Nase. »Je eher wir die Sachen wieder aus dem Haus schaffen, um so besser.«

Nun ja, Düfte sind eben besonders aussagekräftig.

Katherine knöpfte sich eben die Kleider vor. Die eingenähten Taschen enthüllten ein klassisches Sammelsurium: mehrere Taschentücher, eine vertrocknete Blume, zwei Haarnadeln und eine beträchtliche Anzahl Flusen. Eine ordentliche Zofe hätte die Sachen nach dem Tragen ausgebürstet. Jetzt war mir klar, warum Mrs. Petherick kein Mädchen mitgebracht hatte. Sie hatte ihr dramatisches Verschwinden schon vor ihrer Abreise aus England geplant, und dabei sollte ihr niemand auf die Finger schauen.

Ich erspare Ihnen, werte Leser, die Details unserer Suchaktion. Überflüssig zu erwähnen, daß wir keine verräterischen Spuren entdeckten, keine eingenähten Objekte, also, kurz gesagt, überhaupt nichts Verdächtiges. Anders als die Unterwäsche waren die Kleider verhältnismäßig neu und relativ billig. Trauerkleidung trägt man für gewöhnlich nicht lange, es sei denn, schwarz steht der betreffenden Person so wie Gräfin Magda, die ihren Verlustschmerz durchaus nicht ungern inszenierte.

Fatima, die uns zur Hand ging, packte die Sachen wieder zusammen. Sie hatte unseren Schlüssen nichts hinzuzufügen. Man sah ihr und Katherine die Enttäuschung regelrecht an, zumal beide auf einen spektakulären Anhaltspunkt gehofft hatten. Mitfühlend meinte ich zu Fatima: »Sei doch bitte so nett und bring Miss Buchanan die Pakete in die Schule. Ich leg eine kleine Notiz dazu. Sie kennt bestimmt jemanden, der sich darüber freut.«

Auf der Veranda verfolgte Emerson schweigend (welch Wunder!) die Unterhaltung zwischen Ramses und Mr. Katschenowsky. Die beiden fachsimpelten über altägyptische Verbformen. Er sprang auf, als wir kamen, und bot Katherine an, sie nach Hause zu begleiten, da die anderen schon vorausgeritten waren.

»Das ist nicht nötig«, versicherte sie ihm.

»Ich bestehe aber darauf.« In dieser Hinsicht war Emerson ein echter Gentleman. »Fangt ruhig schon an mit dem Tee, Peabody, ich bleibe nicht lange weg.«

»Ach, Katherine«, warf ich hastig ein, »erzählen Sie mir noch eben, wie es Mr. Lidmann geht. Ich hab mich gar nicht mehr nach ihm erkundigt.«

»Er kam heute morgen, als Sie auf dem Begräbnis waren.« Katherine runzelte die Stirn. »Nefret, ich wäre Ihnen dankbar, wenn Sie ihn sich noch einmal anschauen könnten. Er konnte kaum laufen – zwei Sufragis aus dem Hotel mußten ihn stützen –, und er wollte partout nichts essen.«

»Das ist ein schlechtes Zeichen. Wir kommen heute abend vorbei«, versprach ich.

Nefret widmete sich ihren Kindern. Ich wandte mich Mr.

Katschenowsky zu, den ich ermunterte, mit der Unterhaltung fortzufahren.

»Ich möchte Sie nicht langweilen«, sagte der Russe höflich. »Ich fürchte, unsere Diskussion ist doch sehr fachspezifisch.«

»Bei altägyptischen Verbformen kann ich natürlich nicht mitreden«, lachte ich. »Aber vielleicht können wir über ein paar interessante Textstellen plaudern.«

»Was wäre denn interessant für dich?« erkundigte sich Ramses schmunzelnd.

»Moraltheoretisches Schriftgut«, sagte ich ohne Umschweife. »Gebete wie die, die du neulich erwähntest.«

Ramses hob verblüfft die Brauen. »Das weißt du noch?«

»Aber selbstverständlich. Im Gegensatz zu diversen anderen Personen vergesse ich so schnell nichts, mein Lieber.«

Ramses grinste. »Da sind wir leider noch nicht viel weitergekommen. Die kürzlich entdeckten Papyrusfragmente müssen erst entsprechend präpariert werden, bis sie ganz trocken sind. Dann werden sie sortiert und wie ein Puzzle zusammengesetzt. Dabei ist Michail mir eine unverzichtbare Hilfe«, setzte er mit einem höflichen Nicken zu dem zurückhaltenden Russen hinzu. »Ach übrigens, Mutter, in den alten Kleidern hast du wohl nichts Aufschlußreiches finden können, was?«

»Wie kommst du denn darauf?«

»Sonst hättest du es bestimmt nicht so lange für dich behalten können.«

***

Nach dem Abendessen brachen Nefret und ich zum Schloß auf. Emerson erbot sich, uns mit dem Wagen hinzubringen, hatte dabei aber nicht bedacht, daß das verflixte Vehikel (gottlob) nicht fahrtüchtig war. Statt dessen schickte Cyrus uns freundlicherweise seine Kutsche.

Die riesigen Tore schwangen mit metallischem Klirren hinter uns zu. Fackeln erhellten den großzügig angelegten Innenhof.

Katherines vorrangige Sorge galt ihrem Patienten. Sie führte uns direkt in das elegante Gästezimmer, wo Lidmann logierte.

»Das ist ja keine erfreuliche Nachricht, daß Sie sich nicht gut fühlen, Mr. Lidmann«, sagte ich ohne Umschweife und trat an das Bett, während Nefret ihr Stethoskop auspackte. »Nichts gegen Dr. Westins Behandlungsmethoden, trotzdem möchte ich mir Ihre Verletzungen kurz anschauen. Ihr Unterschenkel, nicht wahr?«

Ich schlug die Bettdecke zurück. Das Bein war vom Knöchel bis zum Knie dick verbunden, ebenso sein linker Arm, Kopf und Brustkorb.

»Tja«, seufzte ich, nachdem ich meterweise Verbandmull abgewickelt hatte. »Nach meiner Erfahrung heilen bestimmte Wunden wesentlich schneller, wenn sie mit Luft in Berührung kommen. Diese Abschürfung an Ihrem linken Bein beispielsweise. Was meinst du, Nefret?«

Sie hatte seine Herztöne abgehört und Temperatur gemessen.

»Knochenbrüche kann ich jedenfalls keine feststellen«, diagnostizierte sie, nachdem sie ihn fachmännisch abgetastet hatte. »Sie hatten wirklich Glück, Mr. Lidmann, nur ein paar Schrammen und Prellungen.«

Lidmann faßte sich mit fahriger Hand an den Kopfverband. »Mein Gedächtnis ...«, murmelte er. »Ich kann mich nicht erinnern ...«

»Nach einer Gehirnerschütterung tritt häufig ein kurzzeitiger Erinnerungsverlust auf«, erklärte sie ihm. »Erzwingen Sie nichts, das wird schon wieder. Ich empfehle Bettruhe und eine stärkende Diät. Sie sind hier in den besten Händen, Mr. Lidmann.«

»Ein Bediensteter wird sich vor Ihrer Tür aufhalten, falls Sie in der Nacht etwas brauchen«, setzte Katherine hinzu.

»Das ist sehr freundlich von Ihnen. So liebenswürdig.«

»Katherine, ich lasse Ihnen etwas gegen die Schmerzen und ein Schlafmittel da«, meinte Nefret, nachdem wir ihm eine angenehme Nachtruhe gewünscht hatten. »Für den Fall, daß er dergleichen braucht. Ihm selbst möchte ich die Medikamente nicht anvertrauen, dafür ist er mir momentan zu verwirrt.«

»Korrekt«, bekräftigte ich. »Wie ist deine Einschätzung, Nefret?«

»Die Verletzungen sind echt«, meinte sie. »Und sie stammen von einem schweren Sturz und den Auswirkungen der starken Strömung im Fluß.«

»Könnte er Mrs. Petherick nicht erstickt haben?« gab ich zu bedenken.

Katherine schrak zusammen. »Aber Amelia, wo denken Sie hin! Warum sollte er so etwas tun?«

»Ich weiß kein Motiv, Katherine, aber das ist kriminaltheoretisch auch zweitrangig. Mir drängt sich hier einzig die Frage auf, ob er physisch zu dieser Tat fähig gewesen wäre.«

»Das kann ich dir wirklich nicht beantworten, Mutter«, sagte Nefret leicht ärgerlich. »Grundsätzlich würde ich die Frage verneinen, andererseits gibt es Menschen, die zu allem fähig sind. Wieso verdächtigst du ausgerechnet Lidmann?«

»Ich verdächtige alles und jeden«, versetzte ich.

***

Ich lag bereits gemütlich lesend im Bett, als Emerson ins Zimmer trabte.

»Schon so früh in den Federn, hm?« grinste er. »Schön, schön, meine Liebe. Warst in letzter Zeit ja auch bienenfleißig.«

»Mmmm.« Ich blätterte die Seite um.

»Was liest du denn da Spannendes?« wollte er wissen. Dabei entkleidete er sich und verstreute seine Sachen dekorativ im Zimmer.

»Häng deine Hose über den Stuhl, Emerson. Ich lese einen von Gräfin Magdas Romanen, *Die Tochter des Vampirs*. Marjorie Fisher hat ihn mir ausgeliehen.«

»Wieso verplemperst du deine Zeit mit solchem Dreck?« bohrte er weiter. Ich konnte mich dem Eindruck nicht verschließen, daß ihm eine andere zeitintensive Aktivität vorschwebte.

»Ich war neugierig. Das Buch ist wirklich ein Haufen Schund, aber das hier ist interessant.« Ich wedelte mit einem Stück Papier in der Luft. »Das ist Magdas Biografie. Marjorie hat sie wohl aus einer Zeitung ausgeschnitten.«

»Oh?«

*»Unsere beliebte Autorin wurde auf dem Familiensitz Schloß Ormondstein als einziges Kind überglücklicher Eltern geboren, die ihre außerordentliche Begabung schon im Krabbelalter erkannten und weder Zeit noch Kosten scheuten, Lehrer für die verschiedenen Fächer zu engagieren und die Förderung –«*

»Hört der Satz denn nie auf?« erkundigte sich mein Göttergatte.

»Eine typisch journalistische Lobhudelei, mein Lieber.« Ich räusperte mich und las weiter. *»Ihr idyllisches Dasein fand mit Ausbruch des Krieges ein tragisches Ende und* – In Ordnung, Emerson, ich mache es kurz. Ihr Vater, Graf von Ormond, ist der österreichischen Armee beigetreten –«

»Ich dachte, sie wäre Ungarin.« Emerson schlug die Laken zurück und warf sich temperamentvoll aufs Bett.

»Austro-ungarisch. Er war ein Offizier des Kaisers, selbstverständlich in der Kavallerie. Als er heldenmutig in der Schlacht von Petrograd fiel ...«

»Das kann nicht stimmen«, monierte Emerson.

»Die Zeitungen bringen ständig die Fakten durcheinander. Und wenn du mich dauernd unterbrichst, komme ich nie zum Ende, Emerson.«

»Dann mach schnell.«

»Ihre Mutter starb an Kummer«, fuhr ich fort. »Völlig allein, konfrontiert mit den metzelnden Horden der vordringenden Deutschen ... Ich weiß, Emerson, das kann auch nicht stimmen. Wie auch immer, das mutige junge Mädchen, deren großartige Romane bereits weltweit Beachtung fanden, flüchtete in dem unbeschreiblichen Desaster mit zwei loyalen Dienern nach England, mit nichts als den Kleidern, die sie am Leib trug.

»Keine Papiere, keine Entourage, kein geliebtes Kreuz, das ihrer Mutter, inzwischen ein himmlischer Engel, gehört hatte?« fragte Emerson, der entspannt auf dem Rücken lag, die Hände hinter dem Kopf verschränkt.

»Sehr gut kombiniert, Emerson.« Ich lachte. »Sie hatte alles verloren, einschließlich der Diener, von denen einer den Tod fand, als er sie aus den Fängen eines Frauenschänders rettete.«

»Nicht beide?«

»Die Dienerin starb an einem Fieber, nachdem sie ihrer geliebten Herrin Magda ihre sämtlichen Wasser- und Essensrationen überlassen hatte.«

»Heiliger Strohsack.«

»Viel mehr steht hier nicht«, schloß ich. »Ihre Verleger und ihr Lesepublikum nahmen sie mit offenen Armen auf, und sie begeisterte weiterhin Kritik und Leser.«

»Mach das Licht aus, Peabody.«

»Gern, mein Schatz.«

* * *

Emerson willigte ein, mich tags darauf ins Hotel zu begleiten. Er grummelte zwar ein bißchen, daß ihm die Zeit für seine Arbeit fehle, allerdings war er genauso gespannt wie ich – und er hoffte vermutlich im stillen, daß sich meine These mit der fragwürdigen Mrs. Johnson als falsch erweisen würde. Sethos begleitete uns, obwohl Emerson sich hartnäckig bemühte, ihn davon abzubringen.

Ich ging fest davon aus, daß sich Mr. Salt von Emerson problemlos überzeugen ließe, in die Privatsphäre eines Gastes einzudringen. Und richtig, der Hoteldirektor zeigte sich durchaus kooperativ. Das Zimmermädchen hatte ihm bereits berichtet, daß das Bett und auch die Handtücher im Bad nicht angerührt worden seien. Darum war Mr. Salt ohnehin etwas angespannt. Ein zweites mysteriöses Verschwinden hätte dem guten Ruf des Winter Palace geschadet, nicht auszudenken, wenn es, wie das erste Mal, von einem Mord gekrönt worden wäre.

»Ich hoffe doch sehr«, meinte der Direktor betreten, »daß nichts Ernstes passiert ist. Vielleicht ist Mrs. Johnson nur für ein paar Tage weg.«

»Ohne Sie oder den Mitarbeiter am Empfang in Kenntnis zu setzen?« gab ich zu bedenken.

Mr. Salt stöhnte gequält auf.

In besagtem Hotelzimmer roch es so muffig, als wäre es einige Zeit nicht bewohnt gewesen. Ein schweres Parfüm hing in der Luft. Ein Nachthemd lag sorgfältig über die zurückgeschlagene Bettdecke drapiert. Ich strebte sogleich zum Schrank, wo sich meine Ahnung bestätigte – dort hingen mehrere elegante Kleider in Mrs. Pethericks Größe. Als ich das oberste Schubfach des Toilettentischs herauszog, strömte mir ein ungleich stärkerer Duft entgegen.

»Es ist ihr Parfüm«, erläuterte ich naserümpfend.

»Hmph«, knurrte Emerson. »Das beweist gar nichts, Peabody.«

»Und das hier?« Ich hielt ein Leinenunterhemd hoch und deutete auf den Namen, der in das Wäscheetikett eingestickt war.

»Hmph«, meinte Emerson in einer veränderten Tonlage.

»Na komm schon, Emerson, sei kein Spielverderber«, sagte Sethos. »Sie hat richtig getippt. Das mußt du neidlos anerkennen.«

»Tu ich ja«, grummelte sein Bruder.

Nachdem wir den bedauernswerten Mr. Salt aufgeklärt hatten, schüttelte er immer wieder fassungslos den Kopf und murmelte irgend etwas von der Presse. »Die Zeitungen müssen darüber informiert werden, nicht wahr?«

»Aber nicht von uns«, erwiderte ich schroff. »Allerdings muß die Polizei benachrichtigt werden, und dann dringt das Ganze zweifellos an die Öffentlichkeit.«

Wir durchsuchten den Raum mit aller Gründlichkeit. Ich nahm mir ihre Kleider vor und Sethos die Unterwäsche. Emerson, dem die natürlichen Reize einer Frau bedeutend mehr zusagen als ihre frivolen Dessous, beäugte seinen Bruder mißfällig. Wir entdeckten nichts von Bedeutung, mit Ausnahme einer weiteren Schmuckschatulle, deren Inhalt ungleich wertvoller war als der billige Tand, den ich zuvor gefunden hatte. Ganz ohne Zweifel liebte die Gräfin Magda funkelnde Juwelen, je glitzernder, desto besser. Zwei Paar Diamantohrringe, ein Armband mit Smaragden und Diamanten, ein geschmackloser Klunker von Diamantbrosche und eine Perlenkette befanden sich in dem Kästchen, das ich Mr. Salt mit der Bitte übergab, es im Hotelsafe einzuschließen.

»Bitte informieren Sie Ihre Angestellten, daß niemand den Raum betreten darf, bis die Polizei hiergewesen ist«, wies ich ihn an.

»Was nützt das, wenn die schon nach Gutdünken hier ein- und ausgegangen sind? Wer hat denn alles Schlüssel zu diesem Zimmer?« erkundigte sich Sethos mit hochgezogenen Brauen.

»Grundgütiger«, murmelte Mr. Salt betroffen. »Schlüssel? Oh. Lassen Sie mich nachdenken. Das Zimmermädchen, der Wäschemann, der diensthabende Sufragi, mein Assistent ...«

»Mag sein, daß die Tür auch gar nicht verschlossen war«, gab Emerson zu bedenken. »Tja, aber das ist jetzt auch nicht mehr zu ändern. Sollen wir die Pethericks nicht über den Stand der Dinge aufklären?«

»Die beiden sind heute morgen schon sehr früh aufgebrochen«, meinte Mr. Salt.

»Wohin?« wollte Emerson wissen.

»Sie baten mich, ihnen einen verläßlichen Dragomanen zu empfehlen, also nehme ich an, daß sie sich die Gegend anschauen wollen. Ich spioniere meinen Gästen nicht nach, Professor.«

»Das ist auch Aufgabe der Polizei«, stimmte Emerson ihm zu. Er klopfte dem Direktor aufmunternd auf die Schulter, der daraufhin etwas ins Schwanken geriet. »Kopf hoch, Salt. In ein paar Tagen ist alles vergessen.«

## Aus Manuskript H

Emerson nahm seine alten Gepflogenheiten wieder auf. Er schickte alle ins Tal der Könige, wo sie an der weiteren Grabfreilegung arbeiten, umfassende Aufzeichnungen und Fotos machen sollten. Er selbst fuhr nach Luxor, begleitet von seiner Gattin, die dagegen nichts einzuwenden hatte. Einmal übermannt von ihrer detektivischen Intuition, mochte sie sich ohnehin auf nichts anderes konzentrieren.

In der engen, staubigen Grabkammer konnten sowieso nur wenige Leute arbeiten. Der Boden war mit einer Schicht hartgebackenem Lehm bedeckt, die behutsam mit Zahnstochern abgetragen wurde – mit bislang dürftigem Ergebnis: Scherben von Tongefäßen und Steinkrügen, Spuren von Blattgold und einige Siegel. Ramses, der eines inspizierte, seufzte: »Unleserlich. Man kann kaum etwas erkennen.«

»Hast du eine Ahnung, wo das Siegel herkommen könnte?« erkundigte sich David.

»Schwer zu sagen. Der Eingang wurde verschlossen und die Nekropolensiegel außen an den Steinen angebracht, allerdings ist das Grab nach der Bestattung noch wenigstens einmal betreten worden. Davis' Mannschaft hat die eingesetzten Verschlußquader zertrümmert und dabei offenbar auch die Siegel zerstört.«

»Ob der Professor wohl ein Foto will?« David betrachtete das nichtssagende Fragment.

»Will er doch immer. Hier, nimm alles mit nach oben.« Behutsam legte Ramses das Siegel mit anderen Objekten auf ein Tablett.

Kurze Zeit später kam Hassan nach unten. »Draußen sind viele, viele Touristen«, verkündete er. »Zwei von ihnen möchten dich sprechen.«

»Schick sie in die Wüste«, grinste Ramses und erhob sich steif.

»Sie behaupten, der Sohn und die Tochter von der verstorbenen Dame zu sein.«

»Die jungen Pethericks?«

Nefret, die sorgfältig den brettharten Lehm abkratzte, hob den Kopf.

»Besser, du redest mit ihnen, Ramses.«

»Na schön. Im übrigen können wir erst mal mit der Arbeit aufhören, Hassan. Irgendwas gefunden, Nefret?«

Sie hielt ihm ihre schmutzverkrustete, verschrammte Handfläche hin, auf der einige winzige Goldperlen lagen. »Nicht viel, aber immerhin.«

Lachend half Ramses ihr nach oben. Die Kameras der Touristen klickten, sobald sie ans Tageslicht gelangten. »Einer der frustrierendsten Aspekte dieser Tätigkeit ist, daß ich als schmutzige ramponierte Vogelscheuche weltweit irgendwelche Fotoalben zieren werde«, meinte Nefret resigniert.

»Und trotzdem ist deins das schönste Foto im ganzen Album«, erwiderte ihr Gatte galant. »Mensch, Hassan, scheuch diese Spinner schleunigst vom Rand weg.«

Nachdem er gemeinsam mit Hassan die Leiter entfernt hatte, gesellte sich Ramses zu Nefret, die bereits mit Adrian und Harriet plauderte. »Tut mir leid, daß wir bei Besuchern so konsequent bleiben müssen«, sagte sie gerade. »Aber es kommen eben nicht nur Touristen; manche Dorfbewohner sind fest davon überzeugt, daß wir hier nach Gold suchen.«

»Haben Sie denn irgend etwas entdeckt?« erkundigte sich Adrian interessiert. Man hätte fast meinen können, daß ihm gesundheitlich nichts fehlte, dachte Ramses; er lächelte gelöst und hielt höflich den Hut in der Hand, während er mit Nefret sprach.

Sie erwiderte sein Lächeln und zeigte ihm eine der mit Fragmenten gefüllten Kisten. »Wie Sie sehen.«

Harriet Petherick bot Ramses die Hand. Kopfschüttelnd hielt Ramses seine schmutzverkrusteten Finger hoch. »Das ist schmutzige Arbeit, Miss Petherick.«

»Und unproduktiv«, versetzte sie. »Was hoffen Sie zu finden?«

Er sah keinen Grund, ihr die Antwort vorzuenthalten. »Es deutet einiges darauf hin, daß die Statue ursprünglich aus diesem Grab stammt. Vater hält das für sehr wahrscheinlich, und deshalb sehen wir uns zunächst hier um.«

»Ein ziemlich aussichtsloser Ansatz, nicht? Und selbst wenn es sich nicht belegen läßt, könnte die Statue theoretisch von hier stammen, oder?«

»Korrekt«, bekräftigte Ramses. Sie hatte eine schnelle Auffassungsgabe, und sie wirkte heute anziehend feminin, das kräftige Haar ringelte sich unter dem breitkrempigen Hut hervor, der mit einer eleganten Kinnschleife gebunden war. Er fuhr fort: »Leider ist es momentan unser einziger Ansatz. Wir kennen zwar den Namen des Händlers, der Ihrem Vater die Statue verkauft hat –«

»Woher?« fragte sie scharf.

»Von Montague. Er war zuerst bei uns und hat versucht, uns die Statue abzukaufen.«

»Aber ... aber Ihr Vater steht doch zu seinem Versprechen, nicht?«

»Seien Sie versichert, Miss Petherick, daß er genau das tut.«

»Verzeihung, ich wollte Ihnen nicht zu nahe treten.« Sie legte beschwichtigend eine Hand auf seinen Arm – eine zupackende Hand mit kräftiger Handfläche und sehnigen Fingern. »Professor Emerson genießt einen ausgezeichneten Ruf. Ich verstehe durchaus, daß meine Stiefmutter ihn aufgesucht hat.«

»Danke.« Die Sonne brannte heiß, und er sehnte sich in die Kühle seines Hauses zurück. Er wollte sich eben verabschieden, als Nefret zu ihnen trat.

»Adrian möchte sich das Grab anschauen.«

Ramses musterte sie mit zusammengezogenen Brauen. »Ich glaube nicht –«

»Nur für ein paar Minuten«, fiel Nefret ihm ins Wort. »Können wir?«

»Ich würde es so gern einmal sehen«, warf Adrian ein. »Ich bin zum erstenmal in Ägypten, verstehen Sie, und ich versuche nachzuvollziehen, wieso mein Vater so begeistert von dem Land und seinen Kunstschätzen war.« Er senkte den Blick. »Ich wünschte, ich hätte mich zu seinen Lebzeiten mehr dafür interessiert. Es wäre bestimmt sein größter Wunsch gewesen.«

Ramses sah hilfesuchend zu Harriet Petherick, die nur spöttisch lächelnd mit den Achseln zuckte.

»Also gut«, entschied er. »Aber nur kurz. Hassan, laß bitte die Leiter herunter. Ich geh als erster.«

Adrian hatte kein Problem mit dem Abstieg, Harriet folgte ihm leichtfüßig.

»Adrian, passen Sie auf, wo Sie hintreten«, rief Ramses. »Miss Petherick, halten Sie sich bitte an meiner Hand fest.«

Winzige Staubpartikel flirrten in der Lichtreflexion der zur Ausleuchtung des Grabschachts benutzten Spiegel. Da die Sonne weitergewandert war, hätten sie eigentlich neu ausgerichtet werden müssen. Ramses leuchtete seinen Besuchern vorsichtshalber mit der Taschenlampe.

»Mit solchen Spiegeln irgend etwas anzustrahlen, ist doch

ein ziemlich altmodisches Verfahren, oder?« erkundigte sich Harriet Petherick.

Das von den Emersons angewendete Prinzip war ihr auf Anhieb aufgefallen. Wollte sie damit ihre rasche Auffassungsgabe unter Beweis stellen?, sinnierte Ramses. Oder zugeben, daß sie mehr Ahnung von der Ägyptologie hatte als ihr betontes Desinteresse vermuten ließ? Wenn es ein Eingeständnis war, dann war es beabsichtigt. Diese Frau machte keine leichtsinnigen Fehler.

Adrian mußten sie die Methode erst erklären. »Ganz schön clever«, entfuhr es ihm. »Aber warum benutzen Sie keine Taschenlampen oder elektrisches Licht?«

»Taschenlampen brauchen ständig neue Batterien und geben zuwenig Licht«, erklärte Ramses. »Und um ein Stromkabel zu verlegen, bedarf es erst einmal der entsprechenden Genehmigung. Nein, diese Methode hier funktioniert ganz passabel.«

Vor der etwa einen Meter hohen Stufe, die in die Grabkammer führte, hielt er sie an. »Weiter gehen wir nicht. Es gibt ohnehin nicht viel zu sehen.«

»In den Gräbern, die wir uns heute morgen angeschaut haben, war das aber anders.« Adrian klang enttäuscht. »Wieso arbeiten Sie dann überhaupt hier?«

Ramses erklärte es ihm noch einmal geduldig. Adrian verlor das Interesse; er trottete hinter ihnen den gewundenen Gang entlang.

»Miss Petherick«, hob Ramses sanft, aber bestimmt an. »Sollten Sie noch etwas Aufschlußreiches über die Statue wissen, dann rate ich Ihnen, uns das mitzuteilen. Falls Sie Informationen zurückhalten, schadet das letztlich Ihnen und Ihrem Bruder.«

Ein Kiesel löste sich unter ihrem Schritt, sie faßte Ramses' Hand fester. »Kann ich Ihnen vertrauen?«

»Ja, denn ich werde fair gegenüber Ihnen und Adrian sein. Ich glaube nämlich an seine Unschuld.«

»Lügen würden Sie aber nicht für uns?« meinte sie scherzhaft.

»Nein. Und ich hoffe auch sehr, daß das nicht nötig sein wird. Man kann ihm seine Handlungen nur schwer zur Last legen. Obwohl er mir heute viel ausgeglichener vorkommt.«

»Er leidet unter starken Stimmungsschwankungen.« Sie blieb stehen und fixierte Ramses. »Ich gebe zu, ich war nicht ganz offen zu Ihnen und Ihren Eltern. Kann ich Sie vielleicht unter vier Augen sprechen, ohne daß Dritte davon erfahren? Dann überlasse ich es Ihnen, was Sie den anderen erzählen.«

»Ja, selbstverständlich. Wann?«

»Heute geht es nicht. Adrian ist geradezu versessen darauf, jedes Grab im Tal der Könige zu besuchen. Ich gebe Ihnen Nachricht.«

***

Kurz nachdem Nefret und er heimkamen, kehrten seine Eltern aus Luxor zurück. Emerson verlangte sogleich einen Bericht über die morgendlichen Aktivitäten. Ramses faßte es in zwei Sätzen zusammen: »Bis auf die hintere Ecke und die Nische sind wir mit der Grabkammer fertig. Nichts.«

»Hmmm«, meinte Emerson. »Morgen fangen wir –«

Auf die Lehne seines Sessels gestützt, lachte Nefret und legte dem Professor scherzhaft einen Finger auf die Lippen. »Spar dir das mit morgen, erzählt mir lieber, was ihr *heute* Neues erfahren habt. Nach deiner Miene zu urteilen, Mutter, war deine geheimnisvolle Mrs. Johnson ein Volltreffer.«

»Darauf zu kommen, war nicht besonders schwierig«, gab seine Mutter zurück. Das klang bescheiden, doch war ihr Gesichtsausdruck dabei ungeheuer selbstgefällig. »Mrs. Petericks Name war in verschiedene Wäschestücke eingestickt, und die Kleider – keins war schwarz – gehörten ganz offensichtlich ihr. Zudem besaß sie ein Schmuckkästchen mit einigen kostbaren Stücken.«

»Habt ihr eine Perücke gefunden?« wollte Ramses wissen.

Das Lächeln seiner Mutter wurde breiter. »Gut kombiniert, Ramses. Nein, die muß sie in der Mordnacht getragen haben. Vermutlich hat der Mörder sie mitgenommen. Keine Ahnung wieso, aber –«

»Hör auf zu spekulieren«, warf Emerson ein.

»Ja, mein Lieber. Wir wollten die Pethericks darüber informieren und sie bitten, sich die Sachen anzusehen, aber sie waren nicht im Hotel.«

»Sie waren im Tal der Könige«, sagte Nefret. »Wie ganz normale Touristen.«

»Außer daß sie sich unbedingt KV 55 ansehen wollten«, setzte Ramses hinzu.

»Hast du sie hineingelassen?« erkundigte sich sein Vater.

»Nicht in die Grabkammer, Vater.«

»In Ordnung. Also, wo war ich stehengeblieben …«

Ramses hatte sich daran gewöhnt, daß sein Vater Pläne spontan über den Haufen warf, aber diesmal war die ganze Familie verblüfft – sogar seine Mutter.

»Wir sollen zu Cyrus ins Westtal reiten?« erregte sie sich. »Um Himmels willen, wieso denn das? Ich dachte, du wolltest mit KV 55 fertig werden?«

»Das will ich und das werde ich auch.« Emerson fuchtelte mit seiner Pfeife herum. »Ich verschiebe die Arbeit ja nur, wegen der verflucht vielen Touristen.«

Gleich nach dem Mittagessen schickte Emerson David nach Deir el-Medina, wo er sich mit Selim traf und fotografierte. Die anderen machten sich ins Westtal auf und überließen Ramses und Michail Katschenowsky ihren Papyri-Übersetzungen.

Der kinderliebe Katschenowsky erzählte den Zwillingen eben eine Geschichte, als Wasim die Post ins Haus brachte, die Ramses rasch durchging.

»Und das kam per Boten.« Wasim reichte ihm ein mehrfach gefaltetes Blatt Papier.

Ein Blick und Ramses wußte, daß es nicht die erhoffte

Nachricht von Harriet Petherick war. Das schmutzigbraune Papier war in ungelenker arabischer Schrift an den *Bruder der Dämonen* adressiert. Er steckte es hastig ein.

»Woher hast du das?« wollte er wissen.

»Keine Ahnung, Bruder der Dämonen. Es war bei der anderen Post. Heute waren viele Leute hier.«

Ramses überlegte krampfhaft, was er tun sollte. Nach dem Abendessen wandte er sich ratsuchend an David.

»Oh nein«, stöhnte letzterer, nachdem er den Inhalt überflogen hatte. »Nicht schon wieder ein anonymer Brief, der dich zu einem heimlichen mitternächtlichen Rendezvous einlädt. Du willst doch nicht etwa hingehen, oder?«

»Er schreibt ...« Ramses nahm den Brief wieder an sich. *»Wie ist die Dame gestorben? Ich weiß es. Komm allein. Ich werde es dir sagen.* Sein Arabisch ist nicht besonders gut, nicht?«

»Klingt jedenfalls so, als wäre es nicht seine Muttersprache.«

»Oder er ist nicht sonderlich gebildet. Vielleicht einer der Sufragis im Hotel. Die haben verständlicherweise Angst vor der Polizei.«

»Du wirst hingehen«, seufzte David resigniert.

»Vielleicht weiß der Bursche tatsächlich was«, argumentierte Ramses. »Immerhin ist es den Versuch wert.«

»Gut, dann komme ich mit.«

»Ich wußte doch, daß ich mich auf dich verlassen kann. Allein wäre ich nicht hingegangen, und du bist der einzige, der mir Deckung geben kann. Nefret würde sich höllisch aufregen, Vater würde mir das Fell über die Ohren ziehen und Mutter –«

»Würde dir mit dem Schirm eins überbraten. Hab schon verstanden. Was ist mit Sethos?«

Ramses schwieg. »Du traust ihm nicht?« meinte David.

»Nein. Doch. Verdammt noch mal, ich weiß es nicht. Er tauchte wieder einmal so plötzlich und unverhofft auf, nachdem wir eines der wertvollsten Artefakte in die Finger bekommen hatten, das er je gesehen hat.«

»Wenn du ehrlich bist, magst du ihn nicht«, grinste David.

»Nein. Doch.«

»Mir geht es ähnlich.« David lehnte sich zurück und verschränkte die Arme über der Brust. »Klar begleite ich dich. Wie in alten Zeiten.«

Eine Stunde vor der festgesetzten Zeit trafen sie sich hinter den Stallungen. Als Treffpunkt waren die Klippen südlich von Deir el-Bahari genannt, ein kurzer Spaziergang, aber immerhin mußten sie für David ein Versteck finden, bevor der Informant eintraf – falls er überhaupt kam. Sie trugen beide dunkle Umhänge und Turbane, und Ramses fand seinen Freund ziemlich übermütig.

»Mach bloß keine Dummheiten«, redete er ihm ins Gewissen.

»Soll heißen, wenn jemand mit dem Messer auf dich losgeht, kann ich tatenlos zusehen?«

»Unwahrscheinlich, daß so etwas passiert.«

Er hoffte es jedenfalls inständig. Nefret hatte er erklärt, daß er länger arbeiten müßte. Sie würde ihn lynchen, falls sie ihm wider Erwarten auf die Schliche kam.

»Hast du eine Waffe dabei?« fragte er.

»Zwei.« David schlenkerte ausgelassen mit den Armen, als hätte er einen kleinen Schwips. Vermutlich lag es an der Aufregung.

Zügig marschierten sie über den felsigen Pfad, der ihnen so vertraut war wie die Flure in ihrem Haus. Hell schimmerte das Mondlicht auf die beiden einsamen Wanderer herab. Die Dorfbewohner gingen früh zu Bett, zumal Lampenöl teuer war, und potentielle Grabräuber schienen entweder zu pausieren oder anderswo aktiv zu sein.

Als sie die geröllbedeckte, steil abfallende Böschung am Fuß des Gebels erreichten, sagte Ramses leise: »Hier muß es irgendwo sein.«

Der Informant hatte den Treffpunkt nur vage umschrieben, vielleicht, weil sein arabisches Vokabular begrenzt war. Ramses beabsichtigte, in sicherem Abstand zu den steil abfallenden Klippen auf den Mann zu warten, der ihn in der mondhellen Nacht bestimmt erkennen würde. David war das Scherzen vergangen, mit ernster Miene, nickte er schweigend und glitt geräuschlos ins Dunkel.

Weit und breit war niemand zu sehen. Kein Geräusch, keine Bewegung. Ramses ging ein Stück des Weges zurück, wartete eine Zeitlang und schlenderte dann langsam auf und ab. Noch zehn Minuten bis zum festgesetzten Zeitpunkt. In der Nähe von Davids Versteck blieb er stehen und nahm den Turban ab.

Die zehn Minuten verstrichen, genau wie weitere zehn. Er trat etwas näher an den steilen Felsvorsprung, ins volle Mondlicht. Als er schon überzeugt war, daß sein Informant nicht mehr käme, hörte er Schritte, behutsam, schleppend. Durch die Totenstille drang es jedoch wie eine anrollende Lawine.

Die Schritte verharrten. Er mußte jetzt ganz nah sein und ihn beobachten.

Ramses rührte sich nicht. Die Minuten zogen sich quälend langsam dahin; schließlich löste sich eine dunkle Silhouette aus der Finsternis und trat auf ihn zu.

Es war eine Frau, von Kopf bis Fuß in Schwarz gehüllt und verschleiert wie die Ägypterinnen. Sie schien vom Alter gezeichnet, ging sie doch gebeugt und behäbig.

Die Gestalt blieb außer Reichweite von ihm stehen und neigte kaum merklich das verschleierte Haupt.

»Hab keine Angst«, flüsterte Ramses auf arabisch. »Du kennst mich. Du weißt, daß ich dir nichts tue.«

Er trat einen Schritt vor, streckte die Hand aus. Die schattengleiche Silhouette stolperte zurück.

»Also gut«, versetzte Ramses hastig. »Ich komme nicht näher. Was hast du mir zu sagen?«

Abrupt streckte sie den schwarz verhüllten Arm aus, deutete auf irgend etwas und stieß dabei ein schrilles Kreischen aus, wie das einer Krähe. Ramses wirbelte herum und spähte in die von ihr gezeigte Richtung.

Das war das letzte, woran er sich erinnerte.

# 7

## Aus Manuskript H (Fortsetzung)

»Wach auf, verdammt! Sag doch irgendwas!«

Er kannte die Stimme. Doch der Name war ihm entfallen, wie so vieles andere verdrängt von höllischen Schmerzen. Trotzdem sollte er sich irgendwie bemerkbar machen.

»Was ist passiert?« krächzte er. »Wer bist du?«

»Ramses, tu mir das nicht an. Mach die Augen auf, ja?«

»Lieber nicht.« Da fiel es ihm endlich ein. »David.«

»Trink das hier.« Ein Gegenstand wurde ihm an die Lippen gepreßt. Ein Schluck von der Flüssigkeit, und er schnellte hustend und spuckend hoch.

»So gefällst du mir schon besser«, seufzte David erleichtert. »Ich hab einen Tip aus Tante Amelias *Handbuch der unerläßlichen Hilfsmittel* aufgegriffen. Brandy hilft immer, schreibt sie.«

Nachdem er endlich die Augen aufgeschlagen hatte, sah Ramses sich vorsichtig um. Der Schauplatz hatte sich nicht verändert, nur daß er nicht mehr stand, sondern saß. Wo er eben noch mit dem Kopf gelegen hatte, beschien sanftes Mondlicht einen dunklen Fleck.

»Blut«, sagte er, irgendwie froh, daß sein Hirn allmählich wieder funktionierte. »Meins?«

»Du hast ordentlich eins auf den Schädel bekommen.« David ließ sich auf die Fersen zurücksinken. »Sie hatte irgendeinen Knüppel unter dem weiten Gewand verborgen und war verdammt schnell. Sie zielte, bevor ich mich rühren konnte.«

»Ist sie entkommen?«

»Klar doch. Ich habe auf sie geschossen, als sie ihren handlichen Schläger ein zweites Mal schwang. Leider verfehlt.«

Ramses wollte heftig protestieren, als David fortfuhr: »Wegen deiner Abneigung gegen Feuerwaffen hab ich dir nicht gesagt, daß ich eine Pistole eingesteckt hatte. Jedenfalls bin ich froh, daß ich sie dabeihatte. Ich wollte sie nicht verletzen, sondern lediglich ihren nächsten Hieb vereiteln. Sie ist weggerannt. Ich bin ihr nicht hinterher, weil ich Angst hatte, daß du ...«

Ihm versagte die Stimme. Ramses entdeckte, daß er wieder mehr als drei Worte aneinanderzureihen vermochte. »Trink was von dem Brandy.«

»Gute Idee.«

»Und gib mir auch noch einen Schluck. Mensch, mein Kopf fühlt sich an, als fiele er gleich ab.«

»Daran sollte er sich inzwischen gewöhnt haben. Dein harter Schädel muß ein Erbe vom Professor sein.«

David reichte ihm die Flasche. Der Alkohol brannte wie Feuer in seiner Kehle, um ihn dann mit wohliger Wärme zu erfüllen. Vorsichtig stand er auf.

»Bleib bitte stehen.« David nahm ihn am Arm. »Vielleicht versuchst du besser nicht zu laufen. Ich gehe Hilfe holen.«

»Nein, mit mir ist alles in Ordnung«, murmelte Ramses, sobald sie den Rückweg antraten. »Völlig aussichtslos, das vor Nefret zu verbergen.«

»Wieso?«

»Verflucht noch mal. Was meinst du, wie wütend sie sein wird?«

Bei ihrer Rückkehr fanden sie das Haus hell erleuchtet. Nefret erwartete sie, und sie war ungemein wütend. Als Ramses nicht ins Bett gekommen war, hatte sie ihn in sämtlichen Räumen gesucht und dabei festgestellt, daß David ebenfalls verschwunden war. Während sie Ramses' Verletzung behandelte, beschimpfte sie seinen Freund, der sich kleinlaut zu verteidigen suchte.

»Wir waren vorsichtig«, protestierte er. »Dann hab ich diese vermeintliche Frau gesehen und eine entscheidende Sekunde lang nicht aufgepaßt.«

»Ich auch«, bekräftigte Ramses.

»Halt den Mund«, fauchte Nefret.

»War es denn nun eine Frau oder nicht?« erkundigte sich Emerson ungehalten.

»Wenn es eine war, dann konnte sie rennen wie eine Gazelle und zuschlagen wie ein Preiskämpfer«, räumte David ein. »Aber dieser verdammte – Verzeihung – dieser vermummende Schleier und wie sie – er – sich bewegte, wie eine gebrechliche Alte, das hat uns eben stutzig gemacht.«

»Alles in Ordnung mit dir, mein Junge?«, erkundigte sich Emerson fürsorglich.

»Er wird's überleben.« Nefret befestigte gerade seinen Kopfverband. »Wenn ich ihn nicht umbringe. Und David gleich mit.«

»Er hat mir das Leben gerettet«, murmelte Ramses. »Mal wieder.«

»Meinst du wirklich, sie wollte dich umbringen?« erkundigte sich seine Mutter. Hellwach und aufmerksam, kein Härchen in Unordnung, thronte sie auf einem Hocker, umwogt von den Falten ihres wallenden Morgenrocks. »Weshalb denn?«

»Gute Frage«, meinte David. »Darüber haben wir den gesamten Rückweg diskutiert. Ramses beteuert, er hat keine Ahnung, weshalb.«

»Mörder töten in den seltensten Fällen ohne ein Motiv«, bemerkte Sethos. Er lehnte an der Wand, die Arme vor der Brust gekreuzt. »Logik hin oder her, Ramses, hast du irgendwelche Gerüchte in die Welt gesetzt oder sonstwie geblufft?«

»Nein«, versetzte Ramses schroff. »Na ja.«

»Na ja?« wiederholte Sethos.

»Es ist bestimmt nicht relevant«, beteuerte Ramses. »Ich habe herumerzählt, daß nur Vater und ich das Versteck der Statue kennen. Mutter hatte ein ähnliches Gerücht gestreut, und da hielt ich es für angeraten ... ähm ...«

»Die Gefahr auf dich zu projizieren?« warf seine Mutter prompt ein. »Das war sehr aufmerksam von dir, mein Lieber. Aber es ist wirklich nicht relevant. Wenn man ein Geheimnis erfahren möchte, bringt man den Geheimnisträger doch nicht zum Schweigen.«

»Du sagst es«, brummelte Emerson. »Vielleicht beabsichtigte sie – er – ja gar keinen Mord, sondern eine Entführung, um ihm das Versteck abzupressen.«

»Ob Mann oder Frau, dazu hätte es mehr als einer Person bedurft«, gab seine bessere Hälfte zu bedenken.

»Ich fühle mich geehrt«, murmelte Ramses. »Kann ich jetzt ins Bett gehen?«

»Du mußt«, versetzte Nefret. »Und kein Wort von wegen Frühstück um sechs, Vater.«

»Nein, das würde mir nicht im Traum einfallen. Schlaf dich ruhig aus, mein Junge. Ähm ... also dann acht Uhr?«

In ihrem Haus war alles ruhig und dunkel, bis auf das eingeschaltete Nachtlicht im Kinderzimmer. Die Hündin lag lang ausgestreckt im Eingangsbereich. Ramses wäre fast über sie gestolpert. Amira kläffte protestierend, worauf Ramses fluchte und Nefret beide zur Ruhe gemahnte.

»Ein Glück, daß die Kinder nicht aufgewacht sind«, sagte Ramses betont beiläufig.

»Glück für dich.« Sie schloß die Schlafzimmertür und umarmte ihn. »Ich hasse es, wenn du solche Sachen machst.«

»Ich weiß. Es tut mir leid.«

»Mir auch. Ich wollte nicht so grob mit dir sein. Aber –«

»Dann zeig mir, daß es dir leid tut.«

***

Der Angriff auf Ramses war beunruhigend. Die Verletzungen waren zwar nicht dramatisch, hätten aber ernste Folgen haben können, wäre David nicht bei ihm gewesen. Als wir uns (um acht Uhr) zum Frühstück einfanden, sah er abgesehen von dem Kopfverband wieder ganz normal aus. Fatima servierte ihm eine Extraportion Porridge und vier Eier.

»Ich habe nachgedacht«, begann ich.

»Grrrr«, knurrte Emerson. »Sie hat heute nacht mit mir zwei Stunden lang laut nachgedacht. Nur Blödsinn. Keine einzige plausible Theorie.«

»Ich kann lediglich den Schluß ziehen«, fuhr ich unbeirrt fort, »daß Ramses mehr weiß als wir anderen. Irgendeine Tatsache, die ihm selbst vielleicht gar nicht bewußt ist, die ihn aber für unseren unbekannten Widersacher gefährlich macht. Irgend etwas, das mit Mrs. Petherick zu tun hat.«

»Oder der Statuette«, meinte Emerson. Er vergaß dabei, daß er meine Schlüsse soeben als Blödsinn abgetan hatte.

»Keine Ahnung, was das sein könnte.« Ramses zuckte mit den Achseln. »Ich hab mich mit der Frau nie allein unterhalten, immer nur in eurem Beisein. Und über die Statue weiß ich nicht mehr als ihr.«

»Wir sollten sie uns noch einmal ansehen«, schlug Sethos mit leuchtenden Augen vor.

»Später«, erwiderte Emerson und sah seinen Bruder dabei scharf an.

»Habt ihr heute morgen schon Zeitung gelesen?« wollte David wissen.

»Diesen verdammten Mist tu ich mir nicht an«, wiegelte Emerson ab.

Ich normalerweise auch nicht. Die Neuigkeiten waren immer mindestens einen Tag alt und meistens uninteressant. Seit dem »Geheimnis des schwarzen Dämons« hatte ich natürlich regelmäßig die Kairoer Zeitung gelesen, aber noch nicht an jenem Morgen.

»Was schreiben sie denn über Mrs. Petherick?« fragte ich.

»Nichts Neues, Tante Amelia. Nur über ihre Karriere als Schriftstellerin und so. Howard Carter ist vorgestern in Kairo eingetroffen«, erwiderte David, der die Zeitungen regelmäßig las.

»Wie bitte?« Emerson sprang auf. »Woher weißt du das?«

»Das stand in der Gesellschaftskolumne.« David grinste, zumal Emerson dieser Teil zuwider war. »Er beabsichtigt, in einer Woche nach Luxor zu kommen.«

Emerson setzte sich wieder. »Ah. Schätze, er klappert sämtliche Antiquitätenhändler ab. Hmph. Eine Woche, sagst du? Dann laßt uns aufbrechen. Das heißt ... Ramses, bist du schon wieder fit?«

»Für seine Übersetzungen?« gab ich zurück. »Bestimmt. Keine Widerrede, Emerson, bitte. Das war so abgesprochen.« Ich tätschelte Ramses die Hand. »Mach dir einen ruhigen Tag, mein Lieber. Zum Tee sind wir wieder zurück.«

Ich bin keine erfahrene Reiterin, aber auf unseren geschmeidigen Arabern war es ein Kinderspiel – und wesentlich angenehmer als die Kletterpartie über die steilen Felsen, der einzige andere Weg, um ins Tal zu gelangen.

Der geneigte Leser wird sicher verstehen, daß meine Gedanken von der Ägyptologie abschweiften, denn das Wohlergehen meiner Lieben hat immer Vorrang.

Mr. Lidmanns Unfall war ein Rückschlag – für ihn selbst wie für mich, da ich den starken Verdacht hegte, daß er derjenige war, der bei uns einzubrechen versucht hatte. Für den Angriff auf Ramses hatte er allerdings das perfekte Alibi, da er zu dem Zeitpunkt handlungsunfähig und bewacht gewesen war. Gab es etwa zwei Schurken? Drei, vier? Eine Verbrecherbande?

Ich war ratlos. Aber nur vorübergehend. Irgend etwas zeichnete sich in meinen verschlungenen Gehirnwindungen ab.

Emerson scheuchte die anderen in die Grabkammer und mich zum Schuttsieben. Es war keine aufwendige Arbeit, da unsere Leute die größeren Scherben bereits herausgepickt hatten, folglich blieb mir reichlich Gelegenheit, mich umzusehen. Nach etwa einer Stunde zwängte Emerson sich aus dem Grabschacht und sah nach mir.

»Wie geht's dir, mein Schatz?«

»Mir ist heiß und langweilig. Wo willst du hin?«

»Ach, nur ein kleiner Spaziergang«, meinte Emerson verschmitzt.

»Kann ich mitkommen, Emerson?«

»Aber selbstverständlich!«

Emerson geht eigentlich nie spazieren. Aber diesmal schlenderte er tatsächlich. Die Hände in die Taschen geschoben und unmelodisch pfeifend sah er sich neugierig um – wie ein stinknormaler Tourist. Von Zeit zu Zeit blieb er stehen und starrte in eine ungewisse Ferne. Wie Sie bestimmt wissen, werte Leser, hat das Osttal die Form eines Ahorn- oder Eichenblatts, mit zahllosen Ausbuchtungen, und wird von ausgezackten Klippen eingefriedet. Überall sind Grabeingänge, einige mit Stahltoren verriegelt, manche für Besucher zugänglich. Wir passierten etliche: Ramses IX., Ramses VI., Ahmose und andere. Statt jedoch hineinzugehen, konzentrierte Emerson sich endlos lange auf die nähere Umgebung. Irgendwann teilten sich seine wohlgeformten Lippen, und ich wartete mit angehaltenem Atem auf seine diesbezügliche Erklärung.

»Arbeiterhütten«, sagte er nur.

»So?« bohrte ich, als er dem nichts hinzufügte.

»Interessant«, meinte Emerson.

»Find ich nicht.«

»Meine liebe Peabody, für den erfahrenen Exkavator ist alles von Interesse.«

Als letztes besuchten wir das Seitenwadi mit dem Grab von Thutmosis III.

»Wäre sicher aufschlußreich, das zu erforschen«, brummelte er mit einem nachdenklichen Blick auf den Geröllhaufen, den er seinerzeit durchwühlt hatte.

»Du erforschst hier gar nichts«, versetzte ich leicht gereizt, da mir seine geheimniskrämerischen Kommentare auf die Nerven gingen. Zudem war mir ungeheuer heiß. »Lord Carnarvon hat die Konzession.«

»Das brauchst du mir nicht ständig aufs Butterbrot zu schmieren, Peabody. Was hältst du davon, wenn wir umkehren?«

Wie nicht anders zu erwarten, war KV 55 von Besuchermassen umlagert. Unter ihnen auch Sir Malcolm, behütet von einem modischen Tropenhelm. Er stand etwas abseits von der lärmenden Menge, die er abschätzig beäugte. Sobald er Emerson bemerkte, kam er zu uns und wünschte einen guten Morgen.

»Sie schon wieder?« blaffte Emerson in seiner umwerfend direkten Art.

»Soweit ich weiß, steht das Tal der Könige allen Besuchern offen, Professor.« Der Adlige schnippte lässig mit den Fingern, worauf ein Dragomane angelaufen kam und ein Sonnensegel über Sir Malcolms Haupt aufspannte. »Wann hat man schon mal die Gelegenheit, einer laufenden Exkavation beizuwohnen?«

»Waren Sie nicht dabei, als Howard Carter hier arbeitete?« erkundigte ich mich.

»Doch. Der Mann ist recht kompetent«, gestand Sir Malcolm. »Leider hat er seinerzeit nur ein paar schäbige Arbeiterhütten entdeckt. Professor Emerson ist da schon eine Klasse für sich. Es wäre mir eine große Ehre, seine Methodik zu verfolgen.«

Das Kompliment besänftigte Emerson etwas, andererseits zweifelte er genau wie ich an Sir Malcolms Motiven. »Meine Methodik, Sir, ist einem Kunstliebhaber wie Ihnen bestimmt geläufig. Dieses Grab enthält nichts Interessantes.«

Hassans turbangekrönter Schopf tauchte über dem Rand des Grabschachts auf. »Emerson«, rief er. »Kannst du mal kommen? Wir haben etwas gefunden.«

»Ein Holzstück mit einer kaum leserlichen Kartusche«, stöhnte Emerson frustriert. Er legte das Objekt auf Ramses' Arbeitstisch. »Teufel noch, Hassans Ankündigung hat die ganze Meute in helle Aufregung versetzt, und es gab ein Mordsgeschiebe und Gedränge. Und dieser Bastard Montague –«

»Aber Emerson«, beschwichtigte ihn seine Gattin. »Sein Interesse war verständlich. Und er war sehr höflich.«

»Er hat seine Taktik geändert«, erklärte Emerson. »Aber er ist immer noch hinter der Statue her. Kannst du irgendwas erkennen, mein Junge?«

Ramses hielt den Holzsplitter ins Licht. »Die Farbe ist nahezu abgeblättert. Trotzdem könnte das Zeichen auf der Kartusche ein Sonnensymbol sein und diese Rundung da ein Teil von einem Skarabäus.«

»Semenchkare«, sagte Emerson triumphierend. »Er lag dort bestattet, ich wußte es!«

»Nicht unbedingt«, wandte Ramses ein. »Eine ganze Reihe von Königen hatte diese Symbolik, darunter auch Amenophis II. und Tutenchamun. »Was meinen Sie dazu, Michail?«

Er reichte das Fragment dem Russen, der es behutsam auf seine Handfläche bettete. »Wie Sie schon sagten, Ramses, lediglich diese beiden Symbole sind eindeutig erkennbar. Sie wurden für gewöhnlich tiefer eingeschnitzt als andere.«

Ramses legte das Objekt in ein mit Stoff ausgeschlagenes Kästchen zurück, bevor die naseweise Carla es zu fassen bekam.

Katschenowsky lenkte das enttäuschte Mädchen mit einer Art Fadenspiel ab – er hatte wirklich ein Händchen für Kinder.

Dummerweise inspizierte seine Mutter als erste den Postkorb. Aber zum Glück benutzte Harriet Petherick kein parfümiertes Briefpapier. Seine Mutter reichte ihm kommentarlos den nichtssagenden weißen Umschlag. Die Handschrift war groß und ausgeprägt wie die eines Mannes. Mehrere andere Briefe waren ebenfalls an ihn adressiert; er las diese zuerst und öffnete dann Harriets Depesche.

Nach der Lektüre befand er sich – wie seine Mutter es so schön nannte – in einem moralischen Dilemma. Harriet hatte ihn erneut um strikte Vertraulichkeit gebeten. In diesem Fall, sagte er sich, konnte er die Sache bestimmt gefahrlos im Alleingang regeln. Als Treffpunkt schlug sie ihr Hotelzimmer vor. Allerdings vermochte er sich lebhaft vorzustellen, was seine Mutter dahinter witterte: Gift im Tee, eine leidenschaftliche Umarmung, die mit einem Messer in seinem Rücken endete, ein versteckter Schlägertrupp in ihrem Bad ... Eingebungen, an denen Gräfin Magda ihre helle Freude gehabt hätte.

Als er spontan auflachte, blickte seine Mutter von ihrer Post auf.

»Ist deine Korrespondenz so lustig, mein Lieber?«

»Nein, nicht besonders. Ich muß noch mal kurz nach Luxor. Zum Abendessen bin ich zurück.«

Die längere Diskussion, die sich daran anschloß, hatte er einkalkuliert. Irgendwann verlor er die Geduld. »Herrschaftszeiten, ich brauche doch nicht jedesmal Geleitschutz, wenn ich das Haus verlasse! Ich will nur eben ins Winter Palace, um mich kurz mit Abdul und den anderen Sufragis zu unterhalten.«

»Ist dir noch etwas eingefallen?« bohrte seine Mutter.

»Nur eine vage Idee. Wenn ich allein bin, sind sie vielleicht mitteilsamer. Also bitte, Mama, gibst du mir jetzt deine Erlaubnis?«

»Darf ich mich Ihnen anschließen?« fragte Katschenowsky. »Ich habe in Luxor noch etwas zu erledigen.«

Die Kinder brachen in lautes Protestgeheul aus. Der Russe lächelte und hob beschwichtigend die Hände. »Meine lieben Kleinen, ich möchte die Gastfreundschaft eurer Eltern nicht überstrapazieren. Wir sehen uns ja morgen wieder.«

***

Feluken und buntbemalte Boote säumten den Fluß, derweil die letzten Gäste in ihre Hotels zurückkehrten. Die Sonne sank bereits, als die beiden Männer das Ostufer erreichten. Katschenowsky, der unterwegs sehr einsilbig gewesen war, verabschiedete sich vor dem Winter Palace von Ramses.

Der junge Emerson war ebenfalls nicht besonders gesprächig gewesen, zumal er ein kleines Problem übersehen hatte. Mehrere Sufragis begrüßten ihn mit wissendem Grinsen, als er durch den Gang zu Harriet Pethericks Zimmer strebte. Die Burschen waren bestimmt nicht verschwiegen, demnach würde Nefret zwangsläufig von seinem Hotelbesuch und dem neuerlichen Vertrauensbruch erfahren.

Harriet reagierte erst nach mehrmaligem Klopfen. Als sie die Tür öffnete, war er für Augenblicke wie versteinert.

Er hätte nie geglaubt, daß sie ein solches Kleidungsstück überhaupt besaß. Weich fließend, gerüscht, gerafft und rosarot hätte es eher zu ihrer Stiefmutter gepaßt.

Unwillkürlich blickte er über seine Schulter. Einen knappen Meter hinter ihm stand Abdul, grinsend und feixend.

»Danke, daß Sie gekommen sind.« Darauf riß sie die Tür weit auf, und Abdul genoß eine Gesamtansicht der bonbonfarbenen Femme fatale.

Nach einer scharfen Zurechtweisung des armen Abdul straffte Ramses sich und betrat den Raum. Abschätzig musterte er sie von Kopf bis Fuß, worauf sie errötete. Wohl nicht vor Verlegenheit, sondern eher vor Verärgerung.

»Gibt es eigentlich etwas, das Sie nicht für ihn tun würden?« fragte er schroff.

Sie verstand ihn auf Anhieb. »Wie kommen Sie darauf, daß ich es nicht für mich selbst tue?«

Sie legte die Hände auf seine Schultern, bog kokett den Kopf zurück und sah ihm tief in die Augen. Ihr Hals war makellos glatt wie auch das Dekolleté mit dem hellen Brustansatz. Die weiten Ärmel waren hochgerutscht und enthüllten wohlgerundete Arme. Am besten, er drehte sich auf dem Absatz um und ging, überlegte Ramses. Doch das Kind war bereits in den Brunnen gefallen, und vielleicht hatte sie ja wirklich eine brauchbare Information für ihn. Entschlossen faßte er ihre Hände und führte Harriet zu einem Stuhl. »Kommen wir zum Thema. Sie wollten mich sprechen. Weshalb?«

»Ich sagte Ihnen ja schon –«

»Vergessen Sie's. Wieso fühlen Sie sich eigentlich verpflichtet, ihn ständig zu decken?«

Sie schloß die Augen. Ihre Hände umklammerten die Armlehnen. Dann entspannte sie sich und sah ihn an.

»Sie wurden heute nacht angegriffen?«

»Von Adrian?«

»Nein! Ich deutete an, daß ich mit Ihnen reden möchte, und das werde ich auch. Also bitte, bedrängen Sie mich nicht so. Wollen Sie einen Drink?«

»Nein, danke.«

»Dann seien Sie doch so nett und holen mir einen. Brandy.«

Kein Gift in den Getränken, sinnierte Ramses, als er zum Barschrank schlenderte. Er verzichtete trotzdem, weil er nicht mit alkoholisiertem Atem heimkehren mochte. Nachdem er ihr das Glas gereicht hatte, öffnete er, von einem plötzlichen Impuls übermannt, die Badezimmertür und spähte hinein.

Als er zu ihr zurückkehrte, hatte sie die Rüschen sittsamer über der Brust drapiert. Sie prostete ihm zu.

»Was haben Sie im Bad vermutet? Etwa einen Journalisten mit einer Kamera?«

Darüber hatte er gar nicht nachgedacht. Schweißperlen traten ihm auf die Stirn.

»Haben Sie mir irgend etwas Wichtiges zu sagen oder kann ich jetzt wieder gehen?«

»Ich habe eine Menge zu sagen. Zum einen kann es nicht Adrian gewesen sein heute nacht. Oh ja, ich bin bestens informiert. Die Hotelbediensteten sind sehr mitteilsam, vor allem nach einem kleinen Bakschisch. Sie haben gesehen, daß mein Bruder vor Mitternacht auf sein Zimmer gegangen ist, und sie werden beschwören, daß er das Hotel nicht mehr verlassen hat.«

»Leider hat die Aussage des Personals wenig Gewicht.«

»Von wegen Bakschisch und so?«

»Unter anderem. Dennoch gibt es Punkte zu Adrians Entlastung. Ich kann mir nicht vorstellen, daß er auf arabisch eine Nachricht verfaßt und eine derart geschickte Falle legt. Der Bursche mußte das Gebiet kennen. Anders als Ihr Bruder.«

»Werden Sie das auch der Polizei erzählen?«

»Wenn es dazu kommt, ja.« Ramses setzte sich und fixierte sie. »Aber das kann ich mir nicht vorstellen. Gegen Adrian liegt nichts vor.«

»Da denkt dieser Polizeibeamte aber anders.«

»Ayyid? Wie kommen Sie darauf?«

»Er war wieder hier und stellte Fragen. Adrian ...« Sie zögerte. »Adrian wurde fürchterlich wütend. Das machte einen schlechten Eindruck.«

»Man kann niemanden inhaftieren, nur weil er wütend wurde«, bemerkte Ramses.

»Bevor wir herkamen, ging es ihm viel besser! Ich hatte einen neuen Arzt für ihn gefunden; mein Bruder machte gesundheitliche Fortschritte. Diese Geschichte hier wirft ihn weit zurück. Ich möchte mit ihm nach Hause, aber die Polizei läßt uns nicht ausreisen.«

»Die Behörden können Adrian nicht auf unbegrenzte Zeit hier festhalten, wenn nichts gegen ihn vorliegt. Aber weshalb wollten Sie mich jetzt eigentlich sprechen?«

»Um Ihnen ein bißchen Einblick in unseren familiären Hintergrund zu vermitteln. Ich weiß nicht, ob es Adrian von einem Verdacht freisprechen kann, aber vielleicht ist es trotzdem ganz aufschlußreich. Mein Vater …« Sie stockte und trank einen Schluck Brandy. »Pringle Petherick war ein kalter, herzloser Vater und ein maßloser Egoist. Für ihn drehte sich alles um seine Kunstsammlung. Er heiratete meine Mutter nur wegen ihres Geldes, das gab er dann für Antiquitäten aus. Sie hatte nichts für sich. Ich habe immer geglaubt, daß sie vor Kummer gestorben ist, weil sie ihm gleichgültig war.«

Trotz ihrer brutalen Offenheit gefiel Ramses diese Harriet weitaus besser als der verführerische Vamp. »Klingt mir so gar nicht nach dem Typ Mann, der sich in eine Frau wie Gräfin Magda verliebt.«

»Verlieben?« Sie überlegte kurz, ihre Augen kalt wie Eiskristalle. »Ich weiß wirklich nicht, ob der Begriff in diesem Fall zutrifft. Er war überwältigt, fasziniert und wurde, vielleicht erstmals in seinem Leben, manipuliert. Die Frage lautet doch, warum *sie* ihn geheiratet hat. Sicher, er sah nicht übel aus und galt als wohlhabender Mann. Aber sein Geld kann es nicht gewesen sein; sie war immerhin eine ungemein erfolgreiche Autorin, die mit Diamanten und sündhaft teuren Kleidern protzte.

Adrian war ebenfalls fasziniert von ihr. Anfangs machte sie eine Mordsschau und heuchelte mütterliche Zuneigung. Ihr fürsorgliches Getue war richtig ekelhaft, aber er war noch sehr jung und unkritisch. Er erinnerte sich kaum noch an unsere Mutter und sehnte sich nach Zuwendung. Seine Empfindungen für sie waren echt.«

Sie schwieg und leerte ihr Glas.

»Ist das alles?« fragte Ramses.

»Hilft es Ihnen denn wenigstens weiter?« Sie beugte sich vor, ihre Finger krampfhaft ineinander verschränkt. »Was ist mit weiteren Verdächtigen? Ihre Mutter soll doch eine ausgezeichnete Detektivin sein …«

»Meine Mutter. Stimmt.«

»Früher oder später wird der Mörder überführt. Adrian hat sie nicht getötet. Er hat sie geliebt.«

Ein Zitat fiel ihm ein. »Wir töten, was wir lieben.« Das sagte er natürlich nicht laut.

»Ich danke Ihnen für Ihr Vertrauen.« Ramses erhob sich. »Aber jetzt muß ich gehen.«

Sie begleitete ihn zur Tür. »Werden Sie es Ihrer Frau erzählen, daß Sie bei mir waren?«

»Sie erfährt es sowieso, ich kann nur hoffen, daß ich den anderen zuvorkomme.«

»Jetzt hab ich Sie in Schwierigkeiten gebracht, nicht wahr?«

»Schon möglich.«

Sie lehnte an der Tür; sobald er den Knauf betätigte, würde er sie berühren. »Wenn es Sie tröstet«, meinte sie, »Sie hatten immerhin Ihre Revanche.«

»Was wollen Sie damit sagen?«

»Sie haben mich eiskalt abgewiesen. Haben Sie eine Ahnung, was für ein vernichtender Schlag das ist, wenn eine Frau sich zum ultimativen Opfer bereit erklärt?«

»Schätze, Sie werden den Schlag überleben.«

»Es wäre kein Opfer gewesen.«

»Nett, daß Sie das sagen.« Er griff an ihr vorbei nach dem Türknauf und verließ die Suite.

Blitzartig verschwand er aus dem Hotel. Vor dem Eingang wischte er sich den Schweiß von der Stirn. Die Terrasse war voller Gäste, die einen letzten Drink unter dem sternenfunkelnden Firmament zu sich nahmen. Jemand erhob sich und strebte zu ihm.

»Wie ist es gelaufen?« erkundigte sich Anthony Bissinghurst.

Ramses war froh, daß er seinen Ärger an ihm auslassen konnte. »Du bist mir gefolgt!«

Völlig unbeeindruckt lehnte sich Sethos an die Wand und verschränkte lässig die Arme. »Ich fand, daß ich mich endlich einschalten sollte. Nach meiner Ansicht bist du nicht in der Lage, auf dich selbst aufzupassen.«

»Es bestand nicht die geringste Gefahr!«

»Eines weiteren Angriffs vielleicht nicht, aber morgen früh wird ganz Luxor wissen, daß du ein romantisches Schäferstündchen mit der jungen Petherick hattest. Ein gemeinsames Foto von dir und der Dame und du wärst bei Nefret erledigt. Deine Glaubwürdigkeit als neutraler Zeuge im übrigen auch.«

»Es war aber kein Fotograf da.« Erbost stürmte er die Eingangstreppe hinunter. »Sie ist nicht so berechnend wie du.«

»Du verteidigst die Dame? Wie ritterlich von dir. Sie war immerhin so berechnend, daß sie sich in irgendeinem aufreizenden Fummel vor Abdul und den anderen Sufragis gezeigt hat.« Sethos beeilte sich, mit ihm Schritt zu halten. »Hat sie versucht, dich zu verführen?«

»Das geht dich nichts an.«

»Man beachte das Wörtchen ›versucht‹. Wenn ich mit einer Frau wie Nefret verheiratet wäre, bliebe ich auch standhaft.«

Ramses wirbelte herum und packte seinen Onkel am Revers. »Mußt du mich eigentlich dauernd provozieren?«

»Alte Gewohnheiten stellt man nicht so leicht ab.« Sethos zuckte mit den Schultern. »Also gut, Ramses, Waffenstillstand, in Ordnung? Jemand hat dir heute abend hier aufgelauert. Als er mich bemerkte, ist er verschwunden.«

»Hast du gesehen, wer es war?«

»Ich meine, es war unser Freund Katschenowsky.«

»Um Himmels willen! Michail ist völlig harmlos. Wenn er es wirklich war, dann wollte er vermutlich nur mit mir reden. Du hast ihn verscheucht. Er ist sehr zurückhaltend.«

»Vorsicht ist besser als Nachsicht.«

»Du klingst wie Mutter.«

»Schätze, das war nicht als Kompliment gedacht.«

Ramses schwieg.

»Das hätte er sein können«, zischte Sethos unvermittelt und zeigte mit dem Finger auf jemanden.

Es war Adrian Petherick. Er schien eben von einem kleinen Abendspaziergang zurückzukehren und wirkte weder betroffen noch ertappt.

»Guten Abend«, sagte er strahlend. »Eine herrliche Nacht, nicht?«

»Ja«, bekräftigte Ramses. »Weiß Ihre Schwester, daß Sie hier draußen sind?«

Adrian schmunzelte. »Die gute Harriet. Sie kann mich schließlich nicht ständig begleiten. Zudem hatte sie heute abend eine Verabredung. Mit Ihnen?«

»Ja.«

»Was hat sie Ihnen erzählt?«

Sein strahlendes Gesicht war ohne Arg, sein Ton ließ bei Ramses jedoch sämtliche Alarmglocken schrillen.

»Sie ist besorgt um Sie«, sagte er ohne Umschweife. »Sie sollten nicht ausgehen, ohne sie zu informieren. Immerhin läuft hier ein unbekannter Mörder frei herum.«

»Es sei denn, der bin ich«, meinte Adrian launig. »Irgendwelche neuen Erkenntnisse?«

»Nein.«

Adrian schüttelte den Kopf. »Die Polizei ist nicht besonders helle, was? Dieser Bursche beispielsweise ...« Er schnellte herum. »Er verfolgt mich seit zwei Tagen. Völlig unauffällige Tarnung, daß ich nicht lache – er trägt ägyptische Tracht mit Turban. Mir ist er damit auf Anhieb aufgefallen.«

»Scharf beobachtet«, meinte Ramses. Ayyids Tarnung in Zivil ließ wahrlich zu wünschen übrig. Das turbanbedeckte Haupt, das soeben hinter einem Baum hervorlugte, war so unübersehbar wie ein Kamel.

»Ich gehe jetzt rein«, verkündete Adrian. »Grüßen Sie Ihre bezaubernde Frau und die ganze Familie von mir.«

»Er sieht ganz anders aus als Michail.« Ramses beobachtete, wie Adrian in langen Sätzen die Treppe nahm.

»Sie sind in etwa gleich groß und schlank. Das Gesicht konnte ich leider nicht erkennen. Gängige Kleidung, Hut, dunkle Hose und Mantel.«

Am Kai erwartete Sabir sie bereits. »Ihr habt euch von einem anderen Fährmann rüberbringen lassen«, rief er vorwurfsvoll.

»Und das hast du gemerkt«, grinste Ramses.

»Natürlich. Deshalb hab ich auf euch gewartet, um euch zurückzubringen.«

»Nahezu unbegreiflich, wie ein Krimineller hier lange unentdeckt bleiben soll«, sinnierte Sethos, als sie ihre Plätze einnahmen. »Du magst nicht darüber reden, oder?«

»Worüber?«

»Über den jungen Petherick. Du hast Mitleid mit ihm wegen seiner Kriegserfahrungen, aber er ist entweder total verrückt oder extrem gerissen. In beiden Fällen ist er ein Spitzenkandidat für die Mörderrolle.«

»Wieso eigentlich?« meinte Ramses gedehnt. »Welches Motiv könnte er haben? Laut Aussage seiner Schwester vergötterte er seine Stiefmutter.«

»Das Motiv ist nicht unbedingt entscheidend, das sagt dir jeder Kriminologe. Menschen bringen sich aus den abwegigsten Gründen gegenseitig um. Manche Mörder hören Stimmen. Andere haben ein so übersteigertes Ego, daß sie sich zum Richter und Vollstrecker über andere erklären. Und dann gibt es diese simplen Gemüter, die alles in sich hineinfressen, bis sie irgendwann durchdrehen. Ganz zu schweigen von –«

»Ich hab schon verstanden«, unterbrach Ramses ihn.

»Nein, das hast du nicht. Ich wollte den Umstand hervorheben, daß wir so gut wie nichts über diese Leute wissen. Wir brauchen mehr Fakten. Kann gut sein, daß ich für ein paar Tage nach Kairo reise.«

Das Boot stieß sanft gegen die Kaimauer. Ramses sprang ans Ufer und überließ seinen Onkel sich selbst. Er hatte es plötzlich eilig.

***

Ramses kam spät heim. Das hatte ich zwar vermutet, aber nicht, daß Sethos ihn begleiten würde. Letztgenannter gab sich betont reserviert.

»Wir mußten das Essen warmstellen«, schimpfte Nefret. »Inzwischen ist es bestimmt kalt geworden.«

»Tut mir leid«, murmelte Ramses.

Sethos ging zum Tisch und goß zwei Whisky ein. Ein Glas reichte er Ramses, mit dem anderen machte er es sich in einem Sessel gemütlich.

»Hmmm«, hob ich an. »War es so schlimm?«

Ramses nahm einen langen Schluck und atmete tief ein. »Nein, eigentlich nicht. Wenn ihr es genau wissen wollt: Ich hatte eben ein Gespräch mit Harriet Petherick.«

»Das hab ich mir gedacht«, sagte ich.

»Ich nicht«, versetzte Nefret. »Ich hatte dir vertraut.«

Unter ihrem vorwurfsvollen Blick senkte Ramses betreten die Lider. »Ich mußte ihr versprechen, vorher niemanden zu informieren.«

»Mir hast du versprochen, daß du nicht mehr auf eigene Faust losziehst, ohne mich vorher zu informieren.«

»Ich hab doch ... ach verflucht!« Ramses knallte das leere Glas auf den Tisch. »Möchtest du jetzt wissen, was ich erfahren habe, oder nicht?«

»Oh ja, das möchte ich«, gab Nefret schnippisch zurück.

Ohne Umschweife begann Ramses mit seiner Schilderung. Seine Beschreibung von Harriets Kleid, die er so vage wie eben möglich hielt, sorgte für allgemeines Stirnrunzeln. Nachdem er diesen für ihn heikelsten Teil hinter sich gebracht hatte, atmete er sichtlich auf und holte sich ein weiteres Glas Whisky.

»Rosa«, überlegte ich laut. »Seeehr interessant. Ich möchte wetten, daß sie das Kleid aus dem Fundus ihrer Stiefmutter hat. Das läßt auf vorausschauende Planung schließen. Was war, nachdem du auf ihre Avancen nicht reagiertest? Hatte sie dich nur deswegen zu sich bestellt?«

»Sie wollte mir wohl irgendwelche Hintergrundinformationen geben. Sie äußerte sich extrem kritisch über ihren Vater, der nach ihrer eigenen Aussage egoistisch und herzlos gegenüber seiner ersten Frau und den Kindern war. Die zweite Mrs. Petherick war ein völlig anderer Typ als die erste, weltgewandt und wohlhabend, weithin berühmt und ähm – weiblich. Harriet konnte sich nicht erklären, was Magda an Petherick fand. Jedenfalls wollte sie ihn unbedingt heiraten, und das ist ihr geglückt.«

»Mag sein, daß eine Tochter dergleichen nicht immer versteht«, räumte ich ein. »Und Petherick war reich, oder?«

»Magda aber auch«, erwiderte mein Sohn. »Hat laut Harriet mit ihren Juwelen und sündhaft teuren Kleidern geprotzt.«

»Das ist noch lange kein Indiz für Reichtum«, bemerkte ich. »In manchen Fällen sogar eher das Gegenteil. Ich weiß zwar nicht, was sie mit ihren Büchern verdiente, aber sie gab das Geld mit vollen Händen aus. Und daß sie sich Mr. Petherick schnappte ... tja, Männer in einem gewissen Alter sind besonders empfänglich für solche Avancen. Sie erwischte ihn in einem schwachen Moment.«

Emerson räusperte sich geräuschvoll, und ich korrigierte meine Analyse hastig. »Manche Männer.«

»Komisch«, meinte Sethos. »Ich bin noch jedesmal schwach geworden.«

»War das alles?« bohrte Nefret.

»Zu Beginn muß die neue Mrs. Petherick wohl versucht haben, Adrian für sich zu gewinnen. Angeblich hing er sehr an ihr. Im nachhinein«, meinte Ramses gedehnt, »glaube ich, daß Miss Petherick in erster Linie daran interessiert ist, daß wir ihrem Bruder helfen. Sie beteuert, daß die Polizei ihn für den Mörder hält. Und sie möchte mit ihm nach Hause fahren, damit er seine Therapie fortsetzen kann.«

»Die hat er bitter nötig«, bekräftigte Nefret.

Sethos schlug die Beine übereinander. »Da bin ich mir

nicht so sicher, Nefret. Wir sind dem jungen Mann auf dem Rückweg zum Kai begegnet, und da wirkte er völlig normal. Er machte sogar Witzchen darüber, daß man ihn verdächtigt. Ein intelligenter Mensch kann Demenz vortäuschen – vor Gericht übrigens eine beliebte Taktik.«

»Das glaube ich nicht«, erwiderte Nefret dickköpfig. »Es mag ja durchaus vorkommen, aber Adrian halte ich zu dergleichen nicht fähig.«

Fatima kam herein. »Das Essen ist jetzt serviert. Maaman konnte es nicht länger warmhalten.«

Beim Abendessen drängte ich Ramses und Sethos zu detaillierteren Ausführungen.

»Dann hat Ayyid Adrian also bespitzelt«, schloß ich. »Das ist ja äußerst –«

»Interessant«, knurrte Emerson. »Was denn, Peabody, ärgerst du dich etwa, weil Ayyid dich nicht vorher um Erlaubnis gefragt hat?«

»Nein, es überrascht mich eher, daß Miss Petherick nicht *mich* um Hilfe gebeten hat.« Nefret bedachte Ramses mit einem eigentümlichen Blick, worauf ich hastig fortfuhr. »Oder einen Anwalt. Britisches Gesetz ist britisches Gesetz, folglich kann man Adrian nicht auf unbestimmte Zeit hier festhalten.«

»Das habe ich ihr dargelegt«, erwiderte Ramses.

»Ayyid ist lediglich an einem interessiert«, meinte sein Onkel. »Um Ruhm zu ernten, möchte er derjenige sein, der den Missetäter stellt. Zudem will er sicherstellen, daß kein Einheimischer zum Sündenbock abgestempelt wird.«

»Unsinn«, gab David zurück. »Kein Ägypter würde es wagen, einen Ausländer zu töten. Das Strafmaß ist abschrekkend hoch.«

»Wir wissen das, und Ayyid ebenfalls«, versetzte Sethos. »Er weiß aber auch, daß es für die Briten am einfachsten wäre, einen Ägypter zu beschuldigen. Wir haben des öfteren über dieses Thema geplaudert.«

»Wer?« entfuhr es mir. »Du und der Polizeichef? Wann?«

»Bei mehreren Gelegenheiten«, lachte Sethos. »Er hält mich immerhin für einen britischen Geheimagenten.«

»Das bist du doch auch«, meinte David leicht begriffsstutzig. Er sprang unvermittelt auf. Jemand mußte ihn vors Schienbein getreten haben.

»Aber nicht der, für den er mich hält«, sagte Sethos geheimnistuerisch.

»Wer«, drängte ich, »ist Anthony Bissinghurst?«

»Er ist ich«, erwiderte Sethos. »Oder besser, ich bin er.«

»Eine deiner zahlreichen Identitäten?«

»Die ich benutze, wenn ich Unterstützung durch die Behörden brauche«, erklärte mein Schwager. »›Tony‹ genießt im Innenministerium die besten Referenzen.«

»Ich faß es nicht«, murmelte Emerson. »Und was hat Ayyid dir erzählt?«

»Er hat Adrian im Visier, verständlicherweise. Es gibt keinen weiteren Verdächtigen.«

»Was ist mit Harriet?« fragte ich dazwischen.

»Aber Peabody!« entfuhr es Emerson. »Sie kann es nicht gewesen sein!«

»Wieso nicht? Weil sie eine Frau ist? Für mich kommt Harriet als Verdächtige viel eher in Frage. Anders als ihr Bruder hat sie ihre Stiefmutter abgelehnt, und sie ist groß und kräftig wie ein Mann.«

»Ich habe mich schon gefragt, wann du endlich darauf kommst«, murmelte Sethos.

»Du hast das natürlich berücksichtigt, was?«

»Selbstverständlich. Aber sag jetzt nicht, ich hätte Vorurteile gegen das weibliche Geschlecht, liebste Amelia.«

Bevor ich mich an jenem Abend zurückzog, machte ich mir eine meiner kleinen Listen.

***

Am nächsten Morgen wartete ich, bis Emerson seinen Kaffee getrunken hatte, dann zauberte ich meine Aufstellung hervor. »Nach meinem Dafürhalten«, begann ich, »haben wir das eine oder andere Verdachtsmoment unter den Tisch gekehrt und gezieltere Ermittlungen mithin vernachlässigt.«

Emerson riß mir das Papier aus der Hand. »Himmel noch, Peabody, diesmal hast du dich selbst übertroffen. Unter ›Verdächtige‹ hast du Sir Malcolm, Lidmann, Karnowsky, Harriet, Adrian und Mr. Salt vom Winter Palace aufgelistet! Wieso nicht auch gleich Cyrus und Winlock?«

»Weil es gute Bekannte von uns sind. Die anderen sind neu in Luxor. Mr. Salt hat die Hotelleitung erst vor ein paar Monaten übernommen. Wer sagt uns, daß er kein fanatischer Affekttäter ist, der sich von Mr. oder Mrs. Petherick provoziert fühlte?«

»Jeder kann zum Affekttäter werden«, zischte Emerson. »Gelegentlich tendiere ich selbst in diese Richtung. Also wirklich, Peabody!«

»Wenn du dir die zweite Spalte meiner Auflistung ansiehst, wirst du mehrere praktikable Ermittlungsraster erkennen.«

»Hmph.« Emerson überflog das Blatt erneut. »Wir können doch nicht von sämtlichen Leuten die persönlichen Hintergründe erfragen; theoretisch könnte jeder Hotelgast irgendwelche Ressentiments gegen Mrs. Petherick gehabt haben.« Er schien die Liste zerknüllen zu wollen, fing aber meinen Blick auf und gab sie mir schleunigst zurück. »Ich hab keine Zeit für diesen Mumpitz. Laß uns gehen.«

»Wohin?« fragte ich spitz. »KV 55, Deir el-Medina oder ins Westtal? Du weißt doch selbst nicht, was du willst.«

»Ich weiß genau, was ich tue«, konterte Emerson. »Los, Leute, wenn ihr mitkommen wollt.«

Er trabte hinaus, Nefret, David und Ramses schlossen sich ihm an.

»Ich gehe besser mit«, sagte ich zu Sethos. »Was ist mit dir?«

Fatima wollte ihm eben Kaffee nachschenken. »Nein danke, Fatima.« Sethos strahlte sie an. »Die Pflicht ruft. Der Professor zweifelt an meinen Talenten.«

»Was heißt das jetzt wieder?« seufzte ich. Fatima, die noch weniger Ahnung hatte als ich, nickte und lächelte unverbindlich.

»Er spekuliert darauf, daß ich irgendwas übersehen hab, als ich seinerzeit das Grab ausräu... auskundschaftete«, erklärte mein Schwager. »Ich möchte sein Gesicht sehen, wenn er letztlich doch nichts findet.«

Wie Sethos vermutet hatte, ritt Emerson mit uns ins Osttal und zu Grab 55. Ich war einige Tage nicht mehr dort gewesen und beeindruckt von den sichtbaren Fortschritten. Die Grabkammer war großflächig freigelegt, bis auf eine Ecke und die Nische, in der die zauberhaften Kanopengefäße gestanden hatten.

Unsere morgendliche Arbeit war nicht produktiver als die an anderen Tagen. In besagter Ecke türmte sich der übliche Schutt: Geröll, Tonscherben, eine sogar mit rotschwarzem Blumenmuster, ein unförmiger gelber Quarzitklumpen und ein paar Fayenceperlen. Sobald die Funde schriftlich aufgezeichnet und entfernt waren, inspizierte Emerson, die Hände in die Hüften gestemmt, die inzwischen freigeräumte Kammer.

»Keine verborgenen Gänge oder Kammern«, stellte Sethos betont sachlich fest.

»Hatte ich auch nicht erwartet«, gab Emerson zurück.

»Nicht mal ein Loch in der Wand.«

Emerson durchbohrte ihn mit einem vernichtenden Blick. »Bleibt immer noch die Kanopennische.«

»Sollen wir damit weitermachen?« wollte Ramses wissen.

»Äh ... heute nicht.« Emerson warf einen Blick auf seine Taschenuhr. »Holla, es ist ja später, als ich dachte. Zieht es dich nicht zurück zu deinen Papyri, mein Junge?«

»Wie du meinst, Vater.«

»Ich fahr nach Luxor«, kündigte Sethos an.

Emerson murmelte etwas, das wie »Gute Reise« klang, und stapfte zurück zum Eingang, während David und Nefret die Fotoausrüstung zusammenpackten. Mein Schwager bot mir galant den Arm.

»Merkwürdig, findest du nicht?« hob er an.

»Was?«

»Emersons Verhalten. Er gräbt wie ein Besessener in diesem Loch, weil er den Beweis erbringen will, daß die Statue ursprünglich von hier stammte, und regt sich nicht mal auf, daß er keinen Erfolg hat. Da hätte ich wenigstens den einen oder anderen Tobsuchtsanfall erwartet, du etwa nicht?«

»Noch sind wir nicht fertig.«

»Mmmh«, seufzte Sethos.

»Weshalb willst du nach Luxor?« erkundigte ich mich.

»Ich beabsichtige, einige deiner scharfsichtigen Ideen aufzugreifen. Kannst du die fabelhafte kleine Liste vorübergehend entbehren? Ich glaube, du bewahrst sie in deiner Jakkentasche auf.«

Ich gab sie ihm. »Du erzählst mir aber von deinen Nachforschungen, ist das klar?«

»Hast du etwas anderes von mir erwartet, liebste Amelia?«

Als wir uns in Richtung Eselpark durch die Touristen zwängten, entdeckte ich Sir Malcolm unter einem riesigen Schirm, den sein Dragomane schützend über ihm aufhielt.

»Und, erfolgreich?« brüllte er Emerson zu.

»Nicht die Spur«, knirschte Emerson und ging weiter.

»Reiten wir noch ins Westtal?« fragte ich erwartungsvoll, zumal es kurz vor Mittag war. Cyrus brachte immer großzügig bemessene Proviantrationen mit ins Tal. Mir hatte Emerson nicht mal Zeit gelassen, einen Picknickkorb zu packen!

»Können wir machen«, knurrte mein Ehemann.

»Dein Verhalten ist höchst merkwürdig«, gab ich zu bedenken.

»Ist es nicht«, sagte er nur.

Cyrus begrüßte uns hocherfreut. »Hatte gehofft, daß Sie kommen würden. Ich brauche dringend einen Fotografen.«

»Kein Problem«, grinste Emerson. »David.«

»Lassen Sie den Jungen doch erst mal was trinken«, meinte Vandergelt. »Sie sehen alle ziemlich erhitzt und erschöpft aus.«

»Der Ritt durch die Hitze war anstrengend«, räumte ich ein. »Ist das da hinten Mr. Lidmann?«

Cyrus blickte sich um. Genau wie ich spannte er immer ein schattenspendendes Schutzdach auf, wenn kein kühles leeres Grab in der Nähe war. Meine Frage erübrigte sich; unter dem Segeltuchbaldachin, neben einem riesigen Korb, saß eindeutig der übergewichtige Mr. Lidmann.

»Er wollte heute unbedingt mitkommen«, erklärte Cyrus. »Er ist zwar noch nicht ganz auf dem Damm, faselte aber irgendwas von Pflichterfüllung.«

Sobald wir näher kamen, erhob sich Lidmann und zog den Hut. Nach meiner Einschätzung gehörte er ins Bett. Sein sonst bleiches, rundliches Gesicht war von einem Sonnenbrand gerötet, sein Lächeln ziemlich gequält.

»Wie Sie sehen, bin ich hier der Hausmann«, sagte er. »Leider kann ich momentan nicht mehr tun.«

Nefret betrachtete ihn mit mitfühlender Besorgnis. »Sie dürfen sich auf gar keinen Fall überanstrengen, Mr. Lidmann. Gehen Sie es langsam an.«

Emerson hatte wenig Verständnis für körperliche Gebrechen und noch weniger für Mr. Lidmann. »Genau«, brummelte er und stürzte sein Glas hinunter. »Also dann, Vandergelt, kommen wir zur Sache. David und Nefret, ihr packt die Fotoausrüstung aus. Peabody, da liegt ein richtig schöner, hoher Haufen Geröll, der gesiebt werden muß. Du kannst Jumana helfen.«

»Und was ist mit Hassan und den anderen Burschen?« erkundigte sich Cyrus grinsend.

»Die kommen später nach«, informierte ihn Emerson. »Ich hab sie zurückgelassen, damit sie KV 55 schließen.«

»Was denn? Sind Sie damit schon fertig?« fragte der Amerikaner.

»Noch nicht ganz. Aber hier ist mehr zu tun. Unter Freunden muß man sich doch helfen, was Vandergelt?«

* * *

Obwohl Cyrus Emerson in den meisten Fällen nachgab, hielt er hartnäckig daran fest, die Arbeit am Spätnachmittag einzustellen. »Ich bin seit sechs Uhr heute morgen hier«, bemerkte er, »und ich bin müde und sehne mich nach einem langen, erfrischenden Bad. Lidmann habe ich bereits heimgeschickt, weil er so schlecht aussah.«

»Der Mann ist völlig unbrauchbar«, grummelte Emerson.

»Ich kann den Burschen doch nicht feuern, weil er krank geworden ist«, verteidigte sich Cyrus. »Das wäre nicht fair. Bis später dann, Leute.«

Als wir endlich zurückkehrten, war ich ebenfalls reif für ein langes, erfrischendes Bad. Ramses und Katschenowsky arbeiteten, und Sethos war noch nicht wieder aus Luxor zurück, folglich ließ ich mir viel Zeit. Während ich hingebungsvoll in unserer Zinkbadewanne planschte, leistete Emerson mir angenehme (!) Gesellschaft. Allerdings mochte er unter gar keinen Umständen einräumen, daß seine Mission zum Scheitern verurteilt war.

Seine gute Laune verlor sich, als er Katschenowsky auf der Terrasse entdeckte. Der Russe animierte die Kinder zu einem Spiel, bei dem sie sich gegenseitig mit Plätzchen fütterten. »Ich hab's satt, daß dieser Kerl ständig hier herumlungert«, beschwerte er sich. »Wieso ist der eigentlich jeden Tag bei uns?«

»Nicht so laut«, protestierte ich. »Sonst hört er dich noch. Du weißt genau, daß Ramses ihn immer zum Tee einlädt.

Guten Tag, Mr. Katschenowsky. Und, haben Sie heute viel geschafft?«

Katschenowsky konnte sich nicht artikulieren, da Carla ihm eben einen ganzen Keks in den Mund schob. Ramses antwortete für ihn. »Sehr viel, Mutter. Wir haben einen Großteil der Fragmente präpariert und mit dem Zusammenfügen begonnen. Manche Stellen scheinen mir recht aufschlußreich.«

»Ramses hat ein phänomenales Gedächtnis«, schwärmte Katschenowsky, nachdem er kräftig geschluckt hatte. »Ich glaube, er hat sämtliche Fragmente im Kopf.«

»Reine Übungssache«, sagte Ramses bescheiden.

»Eher eine Marotte von ihm«, kicherte Nefret. »Carla, stopf dem armen Mr. Katschenowsky nicht dauernd Gebäck in den Mund, nachher erstickt er noch.«

»Er gewinnte«, erklärte Carla. »Wir machen das Schere-Stein-Papier-Spiel, und wer gewinnt, bekommt einen Keks.«

»Gewann«, sagte ich abwesend. »Nicht ›gewinnte‹.«

»Gieß uns doch bitte Tee ein, ja, Peabody?« forderte Emerson mich auf. »Worauf wartest du noch?«

»Fatima hat die Kanne noch nicht gebracht. Schätze, sie wartet auf deinen ... auf Seth... Anthony.«

»Der ist längst wieder hier«, bemerkte Ramses. »Hat vermutlich ausgiebig gebadet und sich in Schale geworfen.«

Fatima erschien mit der Teekanne. »Er kommt«, verkündete sie dramatisch.

Sie hatte Kareem sogar beigebracht, Sethos die Tür aufzuhalten, so daß er seine elanvollen Schritte nicht zu stoppen brauchte.

»Gieß den Tee ein«, sagte Emerson zu mir.

»Und, was gibt's Neues?« sagte ich zu Sethos.

Mein Schwager deutete auf die Kinder, die ihm gerade das neue Spiel erklärten. »Aha.« Er nickte. »Aber jetzt spielt ihr vorerst noch ein bißchen mit Mr. Katschenowsky, ja?«

»Stimmt was nicht?« flüsterte ich.

»Es hat eine neue Entwicklung gegeben«, zischelte Sethos mir zu. »Die Pethericks haben Luxor verlassen. Mit dem Nachtzug nach Kairo.«

»Hach«, entfuhr es Emerson.

»Das erstaunt mich nicht.«

»Natürlich nicht«, knurrte mein Gemahl. »Peabody, bind mir jetzt bloß nicht auf die Nase, du hättest es geahnt.«

»Das hab ich ja gar nicht behauptet. Nachdem Ramses uns sein Gespräch mit Harriet geschildert hatte, kommt es für mich eben nicht überraschend.«

»Ich hab das Thema nicht aufgebracht«, protestierte Ramses. »Im Gegenteil, ich habe mein Mögliches versucht, Miss Petherick zu überzeugen, daß die Polizei ihnen nichts anhaben kann.«

»Gegen logische Argumente war sie sicher immun«, erwiderte ich. »Wie konnte sie nur so etwas machen! Die Polizei wird die Flucht als hochgradig verdächtig einstufen. Wie sind Adrian und Harriet überhaupt entwischt? Mr. Salt hatte doch bestimmt Anweisung, Ayyid zu informieren, sobald die jungen Leute ihre Zimmer räumen.«

»Das haben sie nicht. Sie verließen kurzerhand das Hotel und gingen direkt zum Bahnhof, jeder mit einem kleinen Koffer in der Hand. Ich hab den ganzen Tag gebraucht, um das herauszufinden«, setzte Sethos verdrossen hinzu. »Und daß Ayyid befugt ist, die Kairoer Polizei zu instruieren. Der Zug wird erst heute abend dort eintreffen.«

»Sie werden nicht drinsein«, sagte Ramses.

»Wie kommst du darauf?« fragte Nefret.

»Harriet Petherick weiß genau, daß die Polizei sie verfolgt und höchstwahrscheinlich nicht ausreisen läßt. Was immer sie geplant hat, diese Entwicklung gefällt mir gar nicht. Adrian ist nicht ... zurechnungsfähig.«

»Du glaubst doch nicht, daß er ihr etwas antun könnte?« entrüstete ich mich.

»Ich fürchte ja«, sagte Nefret leise. Sie blickte auf ihre gefalteten Hände. »Ich hab mir noch einmal durch den Kopf gehen lassen, was Ramses gestern abend erzählte. Adrians Verhalten bezeichnet man als manisch-depressiv, eine Geisteskrankheit, die von hyperaktiven und lethargischen Phasen bestimmt ist. Emotionale Traumata können derartige Anfälle auslösen. In seinem manischen Zustand ist er nicht ungefährlich. Wir haben es ja erlebt, als er hier eindrang und Ramses ihm gewaltsam die Pistole abnehmen mußte.«

»Das ist nicht das einzige«, gestand Ramses. »Ich habe es nicht erwähnt, weil ... na ja, weil es mir zu sehr nach einem Eingriff in ihre Privatsphäre aussah. Als ihre Ärmel hochrutschten, bemerkte ich Blutergüsse auf Harriets Armen. Frische Blutergüsse.«

# 8

Am nächsten Morgen sahen wir unsere schlimmsten Befürchtungen bestätigt. Nachdem der Zug in Kairo eingelaufen war, hatte man sämtliche Passagiere vernommen. Die Pethericks aber blieben unauffindbar. Einer von Sethos' observierenden Kollegen bestätigte uns, daß Adrian und Harriet unmöglich mit Tricks oder Tarnungen gearbeitet haben konnten. Mein Schwager nahm die Sache genauso ernst wie Ramses.

»Ich muß sie finden«, seufzte unser Sohn.

»Wieso du?« Nefrets blaue Augen wurden starr. »Es ist doch nicht deine Sache.«

Das war sicherlich korrekt, und trotzdem fühlte Ramses sich verantwortlich, zumal Harriet Petherick ihn explizit um Unterstützung gebeten hatte.

»Nefret hat recht, mein Junge«, gab Emerson zu bedenken. »Überlaß das der Polizei. Das Mädchen hat den Kopf verloren.«

»Wie so üblich bei Frauen«, versetzte ich patzig.

»Ach sei still, Peabody! Das passiert Frauen und Männern. Sie weiß eben keinen Ausweg, und über kurz oder lang schnappt die Polizei die beiden sowieso.«

»Das ganz bestimmt.« Ramses nickte. Er hatte seinen Teller beiseite geschoben und lief nervös im Zimmer auf und ab. »Ich mache mir bloß Sorgen, was vorher noch alles passieren kann.«

»Denn wir töten, was wir lieben«, deklamierte Sethos.

Ramses' Blick schoß zu seinem Onkel, worauf Emerson abfällig schnaubte: »Lyrik!«

»Die Dichtkunst offenbart häufig universelle Wahrheiten«, schaltete ich mich ein. »Um es psychologisch zu deuten: Menschen verhalten sich ambivalent gegenüber denjenigen, die sie lieben, vor allem wenn sie übererregbar sind.«

»Psychologie!« wetterte Emerson. »Das wird ja immer schlimmer mit dir, Peabody!«

»Vater, sie hat nicht unrecht«, räumte Nefret widerwillig ein. »Harriet behütet ihren Bruder zu sehr – zugegeben berechtigt, aber es wäre nicht verwunderlich, wenn er sie dafür unterbewußt haßt.«

Emerson schlug sich mit der flachen Hand vor die Stirn. »Bitte Nefret. Laß das Unterbewußtsein aus dem Spiel. An diesen Schwachsinn glaub ich einfach nicht.«

Ramses setzte sich wieder. »Die Behörden sind ganz sicher deiner Meinung, Vater. Sie suchen zwei Flüchtige und nicht etwa eine Frau, die von ihrem Begleiter, einem Verwandten, bedroht wird. Sie sind irgendwo zwischen Luxor und Kairo ausgestiegen. Ich werde versuchen, die beiden zu lokalisieren.«

Die Entschlossenheit in seinem Ton nahm selbst Emerson den Wind aus den Segeln.

»Der nächste Zug geht um elf«, fuhr sein Sohn fort. »Den nehme ich.«

»Ich fahre mit«, entschied David spontan.

»Hölle und Verdammnis«, knurrte Emerson.

»Nefret und Selim können genausogut fotografieren wie ich«, sagte David.

»Hmph.« Emerson kratzte sich sein Kinngrübchen. Er sah Harriet Petherick nicht zwangsläufig in Gefahr, sorgte sich aber um seinen Sohn, dessen riskante Manöver ihm nicht neu waren. Wenigstens übte David einen mäßigenden Einfluß aus, und er hätte Ramses nie im Stich gelassen.

»Was ist mit unserem Freund Karnowsky?« wollte der Professor wissen.

»Katschenowsky«, korrigierte Ramses. »Er ist kompetent und vertrauenswürdig, trotzdem möchte ich lieber dabeisein, wenn er an den Papyri arbeitet.«

»Mir wäre es auch lieber, wenn er nicht allein hier arbeitet«, setzte ich schnell hinzu. »Zu seinem eigenen Besten, meine ich; dann verdächtigt ihn auch niemand, falls wieder etwas Unvorhergesehenes passiert.«

»Etwas Unvorhergesehenes wie ein Mordversuch oder ein Diebstahl?« Sethos hatte längere Zeit geschwiegen. Anders als Ramses frühstückte er ausgiebig.

»Etwas in der Richtung«, bekräftigte ich. »Was hast du für Pläne?«

Sethos betupfte sich mit der Serviette behutsam die Mundwinkel. »Vermutlich kann ich mich hier nützlicher machen. Wenn David ihn begleitet, hat er ausreichenden Schutz.«

»Ich pack eben ein paar Sachen zusammen.« Ramses schob seinen Stuhl zurück. »Nefret, hilfst du mir kurz?«

Schweigend und schmollend ging sie mit ihm. Sethos schmunzelte. »Er nimmt sich meine kleinen Scherze viel zu sehr zu Herzen. Wirklich schade, daß er mich nicht leiden kann.«

»Du mußt ihn ja auch ständig ärgern«, krittelte ich.

»Ambivalenz«, erklärte Sethos. »Unterbewußt mag ich den Jungen wirklich sehr.«

Das war zuviel für Emerson. Er sprang auf und warf seine Serviette auf den Tisch. »Dann kannst du ja heute für ihn Steine schippen.«

»Und welche Exkavation?« wollte ich wissen. »KV 55 oder das Westtal oder Deir el-Medina?«

»Das Westtal natürlich.«

Das »natürlich« hätte er sich sparen können. Mir schwante dunkel, was Emerson vorhatte. Wenn er wenigstens die Güte gehabt hätte, mich einzuweihen oder um meine Unterstützung zu bitten, aber nichts dergleichen. Also schnaubte ich vielmeinend.

»Ich kann dir da nicht helfen.« Sethos schüttelte bedauernd den Kopf. »Ich bin schließlich kein Exkavator.«

»Aber die besten Objekte aus KV 55 herausschmuggeln, das konntest du«, konterte Emerson. »Dann hilfst du Peabody eben beim Schuttsieben.«

## Aus Manuskript H

»Findest du, daß ich mich falsch verhalten habe?« erkundigte sich Ramses vorsichtig.

»Ich hab dieses ganze Gerede über Ambivalenz und irgendwelche Psychosen offen gestanden sowieso nicht kapiert«, räumte David ein.

»Doch, doch du verstehst das sehr gut, du willst es nur nicht wahrhaben. Genau wie Vater. Man braucht kein Psychologe zu sein, um ein völlig normales menschliches Verhaltensmuster nachzuvollziehen. Kinder lieben ihre Eltern, verweigern sich aber ihrer Autorität. In gewisser Weise ist Adrian Harriets Kind. Er ist quasi alles, was ihr noch geblieben ist. Also kämpft sie für ihn wie eine Löwin um ihr Junges.«

Sie trafen zu früh am Bahnhof ein. Das hatte Ramses so eingeplant, weil er noch ein Schwätzchen mit Kofferträgern und Schaffnern halten wollte. Mit ihrem zwanglosen Plauderton brachten die beiden jungen Männer mehr aus den Leuten heraus als die Polizisten mit ihren Verhören. Die Ägypter hatten verständlicherweise eine tief verwurzelte Abneigung gegen die Polizei.

Einer der Kofferträger erinnerte sich an die Pethericks. Das hatte er der Polizei auch wahrheitsgemäß berichtet, allerdings teilte er Ramses weitere Informationen mit, die er den Behörden geflissentlich vorenthalten hatte. »Sie hatten nur zwei kleine Gepäckstücke bei sich. Der Gentleman sagte keinen Ton. Sie übernahm das Reden und hielt ihn die ganze Zeit am Arm fest, bis sie ihm schließlich ins Abteil half. Was ist das für ein Benehmen von einer Frau? Sie hatte das Geld. Eine Frau, die das Geld verwaltet, ist wie ein Kamel ohne Treiber.«

»Vielleicht ist er ein Invalide«, gab einer der Zuhörer zu bedenken. »Allah sei gnädig mit ihm.«

Nach einem zusätzlichen Bakschisch bekamen sie ein Abteil für sich allein, trotzdem war es eine lange, eintönige Reise. »Pittoreske« Dörfer aus Nilschlammziegeln und schlichte Minarette, Palmenhaine und Wasserbüffel, die in irgendwelchen Tümpeln herumplatschten, hatten den Reiz des Neuen längst verloren. Um sich die Langeweile zu vertreiben, befragten sie die Schaffner an den verschiedenen Bahnhöfen. In Kena, Achmim und Assiut hatte niemand das fragliche Geschwisterpaar bemerkt. In Minia erklärte ein Obstverkäufer, er habe einer Dame mit dunklen Haaren und einer tiefen Männerstimme Orangen verkauft. »Aiwa, da war ein Gentleman bei ihr, aber er kam nicht ans Abteilfenster. Er überließ ihr das Feilschen und das Bezahlen der Früchte.«

»Sie haben den Zug also nicht verlassen?« erkundigte sich David.

»Nein. Ah, gesegnet seiest du für deine Großzügigkeit, Effendi!«

Der Zug fuhr erneut an. »Das war der letzte offizielle Halt vor Kairo«, meinte David und schloß das Fenster vor dem hereinwirbelnden Staub, der durch sämtliche Ritzen drang. »Der Zug hält natürlich bei Bedarf auch an anderen Bahnhöfen. Von daher können sie überall ausgestiegen sein.«

»Aber nicht mitten in der Nacht.« Ramses zündete sich eine weitere Zigarette an. Er war nervös und rauchte mehr als sonst. »Zudem gibt es in den kleineren Orten keine passablen Hotels. Vermutlich wußte sie das.«

»Wenn du mich fragst – die ganze Geschichte kommt mir

ziemlich aussichtslos vor. Irgendwie müssen sie der Polizei in Kairo entwischt sein.«

»Es gibt noch einen weiteren Zwischenstopp«, wandte Ramses ein.

»Verflucht, du hast recht. Badraschein. Das liegt so nah bei Kairo, daß man es gern vergißt. Meinst du, dort haben wir mehr Glück?«

»Sie könnten gegen Mittag angekommen sein. Von dort reisen die Touristen nach Sakkara und Memphis weiter.«

»Womöglich haben sie sich unter eine dieser Gruppen gemischt«, seufzte David frustriert.

»Es gäbe da noch andere Alternativen. Vielleicht haben sie eine Droschke gemietet, um nach Kairo oder zum Mena House zu kommen, von wo aus man bequem mit der Straßenbahn weiterfahren kann.«

»Weck mich, wenn wir da sind«, murmelte David, den Kopf gegen das Sitzpolster gelehnt.

Ramses hatte ein Buch mitgenommen, konnte sich aber nicht konzentrieren. Ständig hatte er Harriet Pethericks Gesicht vor Augen. Nicht das des verführerischen Pseudo-Vamps, sondern das einer jungen Frau, die seinen Blick offen erwiderte und deren Züge weich wurden, wenn sie lächelte.

Und er sah wieder die Blutergüsse – auf ihren Armen, wo Hände sie vermutlich grob gepackt hatten. Allein aus Taktgefühl war er darüber hinweggegangen, bis ihm schwante, daß sie vermutlich eher von ihrem Bruder stammten als von einem leidenschaftlichen Liebhaber. Harriet war nicht der Typ Frau, der sich mit irgendwelchen Männern in Hotelzimmern vergnügte.

Es war bereits nach Mitternacht, als der Zug in Badraschein einlief. Er und David und ein paar wenige Reisende stiegen um diese nachtschlafende Uhrzeit aus. Eine Droschke zu finden war überhaupt kein Problem. Die vagen Auskünfte der Kutscher halfen ihnen leider auch nicht weiter. Viele Menschen seien am Vortag mit dem Mittagszug angekommen. Zudem sähen die Fremden alle gleich aus.

»Wohin jetzt?« wollte David wissen, als sie in die Droschke stiegen.

»Zum Mena House, schlage ich vor. Dort können wir auch übernachten – wenn wir ein Zimmer bekommen. Momentan ist Hochsaison.«

Das berühmte Hotel am Fuße des Pyramidenplateaus war ausgebucht. Da Ramses und seine Familie dort aber keine Unbekannten waren, gab man ihnen eine noble Suite, die für besondere Gäste reserviert war. Als sie sich nach ihren »Freunden« erkundigten, die am Vortag eingetroffen seien, versicherte ihnen der Mitarbeiter am Empfang, daß niemand mit Namen Petherick eingecheckt habe. Er könne sich an keine Dame erinnern, auf die ihre Personenbeschreibung passe. Und die Adrians treffe auf etliche männliche Gäste zu.

»Dann haben sie von Badraschein eine Kutsche nach Kairo genommen.« Herzhaft gähnend fischte David einen Schlafanzug aus seiner Reisetasche. »Wird keine einfache Sache werden, die zwei zu finden. Schließlich gibt es Dutzende von Hotels.«

»Sollen wir es lieber lassen?«

»Im Gegenteil. Ich schwelge gern mal in einem solchen Luxus wie hier.«

Am nächsten Morgen nahmen sie die Straßenbahn nach Kairo. Keinem der Schaffner waren die Pethericks aufgefallen.

***

Emerson hatte tatsächlich vor, seinen Bruder mit in die Grabungsarbeiten einzuspannen – oder, besser gesagt, ihn dazu zu verdonnern.

»Ich könnte doch auch hierbleiben und ein Auge auf Katschenowsky haben«, bot Sethos in einem letzten verzweifelten Versuch an. »Und den Kleinen Geschichten erzählen.«

»Deine Geschichten kenn ich«, gab Emerson zurück. »Neulich hat David John mir allen Ernstes einen Vortrag gehalten, wie man Uschebtis optimal fälschen kann. Was Karnowsky angeht, weißt du genausogut wie ich, daß der Bursche heute nicht kommt. Ramses hat ihm eine Nachricht ins Hotel geschickt, daß wir unsere Pläne geändert haben. Und jetzt schwing die Hufe.«

»Ich helfe Fatima eben noch mit dem Picknickkorb«, erklärte Sethos und machte sich aus dem Staub, bevor Emerson etwas erwidern konnte.

Cyrus begrüßte Anthony Bissinghurst mit einem breiten Grinsen. »Sie kann ich gut gebrauchen«, rief er. »Lidmann hat mich nämlich im Stich gelassen.«

»Gute Güte«, entfuhr es mir. »Wie ist er Ihnen denn entwischt?«

»Tja, gleich nach dem Frühstück heute morgen, während wir unsere Ausrüstung zusammenpackten. Der Torposten sah keine Veranlassung, ihn aufzuhalten. Immerhin war heller Tag, und Lidmann tat ja nichts Gesetzwidriges.«

»Aber ... aber ohne Sie davon in Kenntnis zu setzen«, entrüstete ich mich.

»Oh, er hat mir einen Brief dagelassen. Entschuldigungen, Ausflüchte und so weiter. Er schrieb, daß er der Tätigkeit nicht gewachsen sei, daß er meine Großzügigkeit nicht ausnutzen wolle und daß er sich erst einmal erholen müsse.«

»Erwähnte er, wohin er will?« hakte ich nach.

»Nein. Geht mich auch nichts an, oder?«

»Hmmm.« Emerson rieb sich gedankenvoll das Kinn.

»Ich finde, es geht uns sehr wohl etwas an«, schaltete sich Sethos ein. »Wir können doch nicht tatenlos zusehen, wie sich unsere Verdächtigen in sämtliche Winde zerstreuen, nicht wahr? Ich häng mich an ihn dran.«

Mag sein, daß es nur ein Vorwand war, um sich vor dem Schuttsieben zu drücken, der langweiligsten und eintönigsten Archäologentätigkeit überhaupt – aber das glaubte ich eigentlich nicht. Emerson auch nicht. Er nickte. »Frag als erstes die Fährleute. Wenn Lidmann nichts zu verbergen hat, ist er bestimmt in sein Hotel zurückgekehrt.«

»Danke für den hervorragenden Tip«, meinte Sethos süffisant. »Darauf wäre ich nie gekommen.«

Emerson machte eine Faust in der Tasche. Sethos winkte uns fröhlich zu und ritt davon.

Nach dem obligatorischen Rundgang durch das Grab, wo die Männer weiterhin den Korridor freiräumten, sagte Emerson: »Können Sie Bertie heute morgen entbehren?«

»Schätze ja«, erwiderte Cyrus. »Wozu das?«

»Ich möchte mir Grab 25 einmal ansehen.«

»Wozu das?« wiederholte Cyrus.

»Reine Routine«, erwiderte Emerson wenig aufschlußreich.

Bertie stellte die gleiche Frage und bekam eine etwas detailliertere Antwort. »Eines der Gräber – Nummer 25 – datiert vermutlich aus der späten Achtzehnten Dynastie. Man ist vielfach der Meinung, daß es für Echnaton angelegt wurde, allerdings kam es nie zur Vollendung, da der Herrscher nach Amarna ging und dort sein offizielles Grabmal bauen ließ.«

»Ist Grab 25 nicht das, das Belzoni 1817 entdeckt hat?« erkundigte sich Bertie.

Emerson musterte ihn verblüfft und klopfte ihm dann anerkennend auf den Rücken. »Prima, mein Junge. Sie sind sehr belesen.«

Nach einem langen, sehnsüchtigen Blick zu Jumana, die fleißig Geröll siebte, ergab Bertie sich in sein Schicksal. »Um ehrlich zu sein, hab ich das von Lidmann erfahren. Er warf mit Zahlen und Fakten nur so um sich, ob man ihm zuhörte oder nicht. Was kann ich für Sie tun, Sir?«

»Ich möchte eine exakte Planskizze. Der Eingang wurde von dickem Mauerwerk versperrt, als Belzoni das Grab lokalisierte«, erklärte Emerson, während sie weitergingen. »Und dieser Dilettant wußte nichts Besseres zu tun, als die Felsquader mit einem Rammbock zu zerstören. Dann hat er das Grab offengelassen – der reinste Selbstbedienungsladen. Immerhin standen im Innern vier Sarkophage –«

»Die vermutlich später geplündert wurden«, unterbrach ich ihn.

»Danke, Peabody«, versetzte Emerson betont höflich. »Wie ich sehe, bist du mit der entsprechenden Literatur vertraut.«

»Belzoni war ein hervorragender wissenschaftlicher Publizist, wenn seine Methoden auch fragwürdig waren«, seufzte ich. »Er unterzog sich nicht der Mühe, die Särge zu bergen. Ganz ohne Zweifel ist davon heute nicht mehr viel übrig.«

»Aber vermutlich genug, um zu beweisen, daß die Mumien nicht aus der Achtzehnten Dynastie stammen«, gab Emerson zurück. »Und daß das Grab nie vollendet oder in der fraglichen Periode genutzt wurde.«

»Was es als möglichen Fundort der Statue ausschließt«, schloß ich.

»Verstehe«, meinte Bertie wenig überzeugt.

Das unvollendete Grab war nur ein kleines Stück Fußweg entfernt. Der Eingang war in das Gestein am Fuß der Klippen geschnitten worden – eine dunkel gähnende Öffnung, die in undurchdringliche Finsternis führte. Bertie hatte als einziger eine Taschenlampe mitgenommen. Ihr Lichtkegel erhellte die obersten Stufen einer langen Treppe, allerdings so festgebacken mit Geröll und Sandmassen, daß sie eher einer steil abfallenden Rampe ähnelte.

»Lassen Sie mich besser vorgehen«, erbot sich Bertie mit einem skeptischen Blick zu mir.

»Nein, nein, mein Junge.« Emerson nahm ihm die Taschenlampe ab und machte sich an den Abstieg. »Ich will doch nicht, daß Sie stürzen. Folgen Sie mir.«

»Da wären wir«, sagte mein Ehemann, nachdem wir heil hinuntergekommen waren. Er leuchtete eine breite Türöffnung aus, charakteristisch für Gräber aus besagter Periode. Sie führte in einen kleinen Raum, der halbhoch mit Geröll gefüllt war.

»Das war wohl der Gang, der in die Grabkammer mündete. Aber so weit sind sie nie vorgedrungen.«

Belzoni hatte acht Särge erwähnt, ordentlich in zwei Reihen angeordnet. Umtriebige, neuzeitliche Diebe waren nach ihm dagewesen, auf der Suche nach kostbaren Grabbeigaben; von den Sarkophagen und den Mumien existierten inzwischen nur noch kümmerliche Reste.

»Zweiundzwanzigste Dynastie«, murmelte Emerson, die Taschenlampe auf eines dieser Fragmente haltend. Es war höchstens handtellergroß, die Farbe abgeblättert, trotzdem zweifelten wir nicht an seiner Analyse.

»Sei mir bitte nicht böse«, wandte ich ein, »aber diese kleine Expedition war reine Zeitverschwendung. Dieses Grab freizulegen, würde Tage in Anspruch nehmen, und wozu? Es ist völlig unwahrscheinlich, daß wir hier etwas finden ... mmmh.«

»Mmmh was?« bohrte Emerson.

»Ach nichts.« Mir war eben Abdullahs kryptische Bemerkung eingefallen: »Sie stammt von einem Ort, wo du sie nie vermuten würdest.«

Wir kraxelten zum Eingang zurück. »Tut mir leid, Sir«, sagte Bertie zögernd, »aber eine genaue Skizze kann ich erst anfertigen, wenn das Grab geräumt ist. Es sei denn, Sie bestehen darauf.«

»Aber nein.« Emerson zwinkerte ihm zu. »Ich wollte Ihnen doch nur Gelegenheit geben, von dem verdammten Schuttsieben wegzukommen. Stinklangweilige Tätigkeit.«

»Danke, Sir.«

Emerson stapfte mit selbstbewußt gestrafften Schultern davon, als hätte er ein gutes Werk vollbracht. Ich hakte mich bei Bertie unter. »Wie klappt es denn mit Ihnen und Jumana?« erkundigte ich mich.

»Ach, immer dasselbe. Inzwischen hab ich ihr schon sechsmal einen Heiratsantrag gemacht.«

»Dann hören Sie auf damit.«

»Ramses hat mir im wesentlichen das gleiche empfohlen«, räumte Bertie mit einem schiefen Grinsen ein. »Er meinte, ich soll mir eine andere suchen. Als wenn das so leicht ginge! Ich kann mich doch nicht einfach nach einem anderen Mädchen umschauen.«

»Doch, tun Sie genau das. Seien Sie offen für alles. Üben Sie nicht soviel Druck auf Jumana aus. Und helfen Sie ihr nicht immer so bereitwillig. Ignorieren Sie sie beim Geröllsieben.«

Bertie befolgte meinen Rat, worauf ich Jumana half. Ihr war langweilig, und daraus machte sie auch kein Geheimnis. »Ich durfte noch nie an der eigentlichen Exkavation teilnehmen«, beschwerte sie sich bei mir. »Oder mir andere Gräber im Westtal ansehen. Wieso hat der Professor Bertie mitgenommen und nicht mich?«

Ich versicherte ihr, daß sie nicht viel versäumt habe, stimmte ihr jedoch zu, daß sie mehr gefordert werden müsse. Nicht zuletzt war sie, wie viele junge Kurnawis, in ihrer Kindheit in den Bergen herumgeklettert, um verborgene Gräber aufzuspüren.

Den ganzen Tag hielt ich Ausschau nach Sethos – vergeblich. Wo mochte er nur so lange stecken? Unser Verdacht gegen Lidmann hatte sich bislang nicht erhärtet. Er war auch nicht geflüchtet, er hatte das Schloß aus freien Stücken verlassen, und das konnte ihm niemand verbieten.

Als wir nach Hause kamen, hatte ich mehr Glück. Draußen vor der Eingangstür tollten die Zwillinge, Amira – und mein Schwager über den staubigen Boden.

»Sofort reinkommen«, schimpfte ich. »Nein, du nicht, Amira. David John und Carla, wascht euch ordentlich die Hände. Fatima hilft euch dabei.«

»Ist doch bloß Sand«, meuterte Sethos, während er sich abklopfte. »Kein Krümel Dreck.«

»Und was ist mit dem Hund, hm?«

»Ach so, ja.«

»Wieso hast du so lange gebraucht?« forschte ich. »Und was hast du in Erfahrung gebracht?«

»Nicht viel. Von den Bootsleuten konnte sich keiner an Lidmann erinnern. Ich hab mich aber trotzdem nach Luxor übersetzen lassen. Er war weder in seinem Hotel noch in einem der anderen, und am Bahnhof wohl auch nicht. Die Schiffsagenturen waren ebenfalls Fehlanzeige. Das Problem ist«, fuhr Sethos fort, während er Fatima mitsamt Teegeschirr höflich die Tür aufhielt, »daß Lidmann nicht besonders auffällt. Mittelgroß, Allerweltsgesicht, leicht übergewichtig wie viele andere Touristen auch. Falls er noch am Westufer ist, dann lautet die große Preisfrage: Wo?«

Fatima musterte ihn mit schiefgelegtem Kopf. »Geht es um Mr. Lidmann, diesen Herrn, der krank war? Er war heute morgen hier.«

»Hier?« brüllte Emerson. »Wann?«

»Na ja, heute morgen.« Fatima knetete nervös die Hände. »Er hat euch gesucht. Er wartete eine Zeitlang und ging dann wieder weg.«

»Hölle und Verdammnis!« Emerson sprang auf.

»Hab ich was falsch gemacht?« fragte Fatima bestürzt. »Er war doch schon mal hier, er arbeitet doch für Mr. Vandergelt.«

»Ist schon in Ordnung, Fatima«, beschwichtigte Sethos.

Emerson war im Haus verschwunden. Wir stürzten ihm hinterher, gefolgt von den Kindern, die rosig frisch geschrubbt zurückgekehrt waren. Ein Blick genügte, um die häßliche Wahrheit zu begreifen. Die unterste Schublade von Emersons Schreibtisch war aufgebrochen worden, die bemalte Schachtel mit der Statuette weg.

»Paß auf, was du sagst, Emerson«, bekniete ich ihn. »Denk an die Kinder!«

David John schüttelte immer wieder den Kopf. »Verzeih mir, Großpapa, wenn ich das anmerke, aber ich hab dir ja gleich gesagt, daß das kein sicheres Versteck ist.«

Ramses liebte das vergleichsweise ruhige und beschauliche Luxor, trotzdem übte Kairo einen unerklärlichen Zauber auf ihn aus. Da war das moderne Großstadtleben mit seinen Touristen, ausländischen Behörden und dem motorisierten Straßenverkehr, auf der anderen Seite aber auch das wahre, das lärmende Kairo: wogende Menschenmassen, Männer mit Turbanen und Galabijen, verschleierte Frauen, brüllende Kamele, scheuende Esel, blaffende Hunde.

»Wärst du lieber hier als in Luxor?« wollte Ramses von seinem Freund wissen.

»Am liebsten wär ich bei Lia und den Kindern. Aber Kairo hat was ...«

Im Semiramis Hotel hatte niemand mit Namen Petherick eingecheckt. Auch nicht im Savoy, im Hotel d'Angleterre, im Continental oder im Eden Palace. Weit nach Mittag schlug David schließlich behutsam vor, ob sie nicht eine kleine Pause machen und etwas essen sollten.

»Du kannst doch nicht den ganzen Tag so weitermachen, Ramses. Bis jetzt haben wir erst ein paar von den großen Hotels abgeklappert. Was schwebt dir eigentlich vor? Willst du etwa in Kairo übernachten?«

Ramses duckte sich geistesgegenwärtig unter ein Brottablett, das ein Bäcker auf den Schultern transportierte. »Ich habe vor, so lange zu suchen, bis wir sie finden, aber wenn du etwas essen willst.«

»Ich komme um vor Hunger. Du doch bestimmt auch, oder?«

»Gut, gehen wir als nächstes ins Shepheard's.«

Auch dort war ihnen immer ein Tisch sicher. Da er das Management noch jedesmal in Panik versetzte, hatte Emerson in ebendiesem Hotel einen bleibenden Eindruck hinterlassen. Und davon profitierte letztlich die gesamte Familie.

Sie bekamen nicht nur einen Tisch auf der begehrten Terrasse, sondern auch ein Zimmer für die Nacht. Nach Aussage des Empfangschefs lag keine Reservierung auf den Namen Petherick vor. »Im übrigen sind wir schon seit Monaten ausgebucht«, erklärte er. »Sie bekommen das Zimmer nur, weil wir Ihre Familie so lange kennen. Äh-hm – Sie werden diese Bevorzugung doch gegenüber Professor Emerson erwähnen, nicht wahr?«

Von ihrem strategisch günstigen Tisch am Rande der Balustrade hatten sie eine hervorragende Aussicht auf den Park und die belebte Straße unter ihnen. Nachdem sie bestellt und kurz mit den Kellnern geplaudert hatten, richtete Ramses sein Augenmerk auf die anderen Gäste.

»Das Übliche«, meinte David. »Touristen und die Hautevolee. Du glaubst doch nicht etwa, daß du hier zufällig auf die Pethericks stößt, oder?«

»Kann man nie wissen. Verdammt, da hinten sitzt Sylvia Bennett. Die größte Plaudertasche von Kairo. Puh, ich hab keine Lust, mich von ihr aushorchen zu lassen.«

»Dann tu so, als hättest du sie nicht bemerkt.«

»Da kennst du Sylvia aber schlecht.«

Er ignorierte, daß sie ihm scherzhaft mit dem Finger drohte, aber es nutzte nichts. Sylvia steuerte zu ihnen. Sie frisierte und kleidete sich stets nach der neuesten Mode: Bubikopf, die Lippen knallrot angemalt, ihr Rock kurz. Ganz schön mutig bei den Beinen, dachte Ramses gnadenlos, als er sich erhob, um sie zu begrüßen.

Nach den üblichen Höflichkeitsfloskeln stürzte sich Sylvia auf das Thema, das sie am meisten beschäftigte. Sie bestürmte Ramses mit Fragen nach den Pethericks, Gräfin Magda, dem schwarzen Dämon und der Statuette. Der junge Emerson wich ihr geschickt aus. Er würde einen Teufel tun und die Neugier dieser Klatschtante befriedigen.

»Wir sind beruflich hier«, erklärte er. »Es hat nichts mit dem Tod von Mrs. Petherick zu tun. Das ist Sache der Polizei. Tut mir leid, daß ich dir nicht mehr sagen kann, Sylvia. Grüß deinen Mann von mir.«

Schmollend zog Sylvia ab. David bedachte sie mit einem leidlich knappen Nicken.

»Eine gräßliche Frau«, stöhnte David, nachdem er sich wieder gesetzt hatte. »Zumindest scheint ihr entgangen zu sein, daß die Pethericks Luxor verlassen haben. Ich wußte gar nicht, daß sie sich kennengelernt haben.«

»Sylvia kennt jeden.«

»›Eingeborene‹ wie ich ausgenommen«, grinste David. »Aber damit kann ich leben.«

»Komm, laß uns gehen, bevor weitere gute alte Bekannte uns mit Fragen bombardieren«, schlug Ramses vor.

»Das wird sich nicht immer vermeiden lassen«, prophezeite David. »Spätestens heute abend weiß ganz Kairo, daß wir hier sind.«

Das Bristol, das National, das Metropol ... sie klapperten sämtliche Hotels ab ... erfolglos. »Ist mir unbegreiflich«, stöhnte Ramses. »Wir haben fast alle renommierten Hotels durch. Ich kann mir einfach nicht vorstellen, daß Harriet in irgendeiner billigen Absteige übernachten würde. Wir haben irgendwas übersehen, aber was?«

»Und wenn sie ihr Aussehen verändert haben?« gab David zu bedenken.

»Dann haben wir ganz schlechte Karten, zumal wir nicht wissen, *wie* sie sich getarnt haben. Demzufolge bleibt uns nichts anderes übrig, als weiterhin vom Status quo auszugehen.«

»Also übernachten wir hier?«

»Ja, verflucht. Komm, wir erfrischen uns kurz und dann essen wir bei Bassam's im Khan zu Abend. Bassam ist immer auf dem laufenden, was in Kairo passiert.«

Sie blieben an der Ecke Shari Kasr el-Aini und Shari el-Munira stehen, um letztere zu überqueren. Der Verkehr war chaotisch; niemand scherte sich um irgendwelche Regeln.

Die Passanten schoben und schubsten sich gegenseitig vom Gehweg auf die Straße. Es grenzte wirklich an ein Wunder, daß nicht mehr Unfälle passierten, dachte Ramses bei sich. Im selben Augenblick trottete ein Kamel vorbei und drängte ein Pferdegespann ab, worauf dessen Kutscher Wüstenschiff und Reiter aufs heftigste beschimpfte. Ein Automobil brauste in einem atemberaubenden Zickzack an den langsameren Verkehrsteilnehmern vorbei.

Der Wagen war ungefähr auf gleicher Höhe mit ihnen, als ein brutaler Stoß Ramses nach vorn taumeln ließ. Der Fahrer hätte beim besten Willen nicht mehr bremsen können.

***

Fatima war untröstlich. »Es ist alles meine Schuld. Warum hab ich ihn bloß allein gelassen?! Ich hätte ihn die ganze Zeit beobachten müssen.«

Sethos reichte ihr sein blütenweißes Taschentuch. »Wenn jemand Schuld hat, dann ich, Fatima. Ich hab vergessen, dich zu warnen.«

»Daran hat keiner von uns gedacht«, versuchte ich Fatima zu trösten. »Um ehrlich zu sein, gab es dazu auch keinerlei Veranlassung.«

»Hinterher ist man immer schlauer«, knurrte Emerson. »Und jetzt hör auf zu weinen, Fatima. Du steckst die Zwillinge ja noch an.«

»Du bist mir auch wirklich nicht böse, Vater der Flüche?« Sie wischte sich das tränenüberströmte Gesicht und blinzelte ihn flehentlich an.

»Gute Güte, nein. David John – Carla – ich bin Fatima nicht böse! Habt ihr mich verstanden?«

Die Kleinen hingen an Fatimas Schürze und schluchzten solidarisch mit. Der Geräuschpegel war entsprechend hoch.

»Genug jetzt, ihr zwei«, sagte ich streng. »Hier, nehmt euch einen Keks.«

Als unsere Hausangestellte die betrübten Kindergesichter bemerkte, faßte sie sich wieder. Sie wischte sich noch einmal über die Wangen und putzte sich energisch die Nase. »Es ist alles wieder gut, seht ihr? Der Vater der Flüche ist nicht böse mit mir. Kommt, nehmt euch noch einen Keks. Oder gleich zwei!«

»Ihm blieben mehr als fünf Stunden für seine Flucht«, konstatierte ich. »Wann hast du mit den Fährleuten gesprochen?«

Sethos war klar, worauf ich hinauswollte. »Ich hab ihnen ein hohes Bakschisch versprochen, damit sie uns umgehend benachrichtigen, falls er auftaucht.«

»Wir können doch nicht tatenlos hier herumsitzen und diesen Banditen mit der Statue entkommen lassen«, stöhnte Emerson. »Immerhin hat sie mir das Mistding anvertraut. Ich werde noch mal zum Fluß runtergehen.«

»Deine Ausdrucksweise, Emerson, deine Ausdrucksweise«, mahnte ich sanft und gerührt von seiner Zerknirschung.

»Reine Zeitverschwendung«, meinte Sethos. Er hielt Fatima die Tasse hin. »Ich schlage vor, wir konsultieren Selim. Und informieren die Polizei.«

»Die Polizei?« Emersons Augen weiteten sich verblüfft. »Daran hab ich gar nicht gedacht.«

»Wie üblich«, grinste sein Bruder. »Sollte Lidmann in Luxor sein, egal ob Ost- oder Westufer, kriegen wir ihn noch. Falls es ihm jedoch gelingt, die Stadt zu verlassen, wird die Sache heikel für uns. Fazit: Der Bahnhof muß überwacht werden. Und zwar von zuverlässigen Leuten.«

»Ayyids Beamte sind dafür ungeeignet«, gab ich zu bedenken. »Nicht daß ich an ihrer Loyalität zweifle, aber sie wissen gar nicht, wie Lidmann aussieht.«

»Soll heißen, ich bin der richtige Mann für den Job«, meinte Sethos mit einem martialischen Seufzen.

»Wozu brauchen wir dann noch die Polizei?« wollte Emerson wissen.

»Wozu?« wiederholte Sethos gedehnt. »Na, ich darf Lidmann schließlich nicht brutal überwältigen. Ich kann ihn zwar identifizieren, aber die Polizei muß ihn für ein Verhör in Gewahrsam nehmen.«

»Hmph«, knurrte Emerson. Er rutschte unbehaglich auf seinem Stuhl herum. »Ähm ... müssen wir bei den Beamten erwähnen, daß er eine Statuette gestohlen hat, die um die hunderttausend Pfund wert ist? Herrschaftszeiten, wenn das publik wird, hängt sich eine Meute Rächer an seine Fersen, die Blut sehen will.«

»Emerson, komm auf den Boden der Tatsachen zurück«, krittelte ich. »Sie wollen kein Blut sehen, sie wollen die Statue, und bestimmt nicht, um sie ihrem rechtmäßigen Eigentümer zurückzugeben. Ich möchte damit nicht ausschließen, daß Blut fließt. Angenommen, er ist unschuldig? Dann könnte er ernsthaft verletzt werden.«

»Er ist schuldig wie Kain«, dröhnte mein Ehemann. »Ist mir auch piepegal, ob sie ihm sämtliche Knochen einzeln brechen. Am liebsten würde ich das nämlich selbst übernehmen.«

Er meinte es gewiß nicht so, denn für gewöhnlich ist Emerson lammfromm, solange man ihn nicht provoziert. Ich muß jedoch zugeben, daß dazu nicht viel gehört. Seine Ehre und sein Berufsethos waren schwer angekratzt, und er fühlte sich persönlich haftbar für den Verlust – hunderttausend Pfund sind schließlich kein Pappenstiel.

»Ich hab's«, ereiferte ich mich. »Wir sagen einfach, daß Mr. Lidmann unberechtigt einige Papyrusfragmente von Ramses mitgehen ließ. Die Polizei weiß, daß mit uns in solchen Dingen nicht zu spaßen ist.«

»Grandios, Peabody«, bekräftigte Emerson. »Aber meinst du wirklich, daß Ayyid darauf anspringt?«

»Mein Lieber«, ich erwiderte sein Lächeln, »wenn nicht, dann werde ich ihn zu seinem Glück zwingen.«

»Also dann, brechen wir auf«, meinte Emerson. »Du und ich, mmh, Peabody?«

»Und ich«, versetzte Sethos.

Nefret, die sich uns anschließen wollte, überzeugte ich, bei den Kindern zu bleiben. Die lieben Kleinen schluchzten bereits wieder bei der Vorstellung, womöglich auf immer beide Großeltern und einen recht kurzweiligen Verwandten zu verlieren. »Ein schwacher Trost bleibt uns«, erklärte ich meiner Schwiegertochter, »sollte Lidmann sich als unser Schurke entpuppen, was zunehmend wahrscheinlich ist, dann ist Adrian Petherick unschuldig. Und Ramses und David sind nicht in Gefahr.«

### Aus Manuskript H

»Schon wieder eine Hose ruiniert«, seufzte Ramses, während er die verdreckte, zerrissene Kniepartie ebendieses Kleidungsstücks inspizierte.

»Die kann man flicken.« David war aschfahl im Gesicht, seine Stimme zitterte. »Ich sag Tante Amelia, daß du das mir zu verdanken hast.«

»Dir hab ich zu verdanken, daß ich jetzt nicht platt wie eine Flunder auf der Straße liege.«

Ramses stand auf. »Irgend jemand hat mich geschubst.«

»Das hab ich mir schon gedacht. Du hast aber nicht zufällig mitbekommen, wer?«

»Es ging alles so schnell. Vielleicht war es auch unbeabsichtigt, bei dem Geschiebe und Gedränge.« Ramses wischte sich Schmutz und Unrat von den Händen.

»Ein Unfall?« David hob skeptisch die Brauen. »Sieht mir ganz so aus, als hättest du recht mit Adrian Petherick, und ich liege völlig falsch. Wir wissen, daß er in Kairo ist –«

»Nicht mit letzter Gewißheit.«

Nach ihrer Rückkehr ins Hotel händigte der Rezeptionist ihnen mehrere Mitteilungen aus. Ramses ging diese durch, während sie mit dem Aufzug in die zweite Etage fuhren.

»Eigenartig«, murmelte er. »Die hier stammt von Monsieur Lacau. Er bestellt uns für morgen vormittag in sein Büro. Hoffentlich hat er es sich nicht anders überlegt mit Vater und der Reexkavation im Tal.«

»Der Professor würde sich sowieso nicht darum scheren.« David grinste breit. »Und von wem ist die da?«

»Von Sylvia. Diese Frau wird es nie begreifen. Und diese ist von Annabelle, Sylvias schärfster Konkurrentin, wenn es darum geht, in der Gerüchteküche nichts anbrennen zu lassen.«

Er zerknüllte beide Briefe und schob sie in seine Jackentasche. »Eine deiner früheren Freundinnen, hm?« erkundigte sich David scheinheilig.

»Wo denkst du hin! Sobald ich sie nur sah, hab ich mich fluchtartig aus dem Staub gemacht.«

Ramses überflog eine weitere Depesche. »Von Carter«, meinte er schließlich. »Du hattest recht. Hat sich herumgesprochen, daß wir in Kairo sind.«

Ein kurzes Bad und eine schnelle Rasur wirkten Wunder. Nachdem Ramses die mitgebrachte Ersatzgarderobe angezogen hatte, wirkte er wieder ganz passabel. Seine schmutzigen Sachen übergab er dem diensthabenden Sufragi zur Reinigung.

»Und was will Carter von dir?« erkundigte sich David auf dem Weg nach unten.

»Er will uns sehen. Egal wann. Weshalb schreibt er nicht.«

»Es muß ihm aber sehr am Herzen liegen«, konstatierte David. Eine Zigarette im Mund, in ein Buch vertieft, saß Howard Carter in der Hotelhalle.

»Man sagte mir, daß Sie vor kurzem eingetroffen sind«, erklärte der Archäologe, nachdem er die beiden jungen Männer mit Handschlag begrüßt hatte. »Ich wollte nicht unhöflich sein und Sie bedrängen.«

Ramses kannte Carter seit dessen Anfängen als Künstler und Handwerker. Später war er zum Inspektor der Antikenverwaltung von Oberägypten ernannt worden, hatte den Posten aber wieder verloren und sich leidlich durchgeschlagen, indem er Antiquitäten und seine selbstgemalten Bilder an Touristen verhökerte. Seit Lord Carnarvon sein Mäzen war, sah er wieder besser aus. Sein Gesicht war voller, der Bart gepflegter. Allerdings hatten sich tiefe Linien um seine Mundpartie eingegraben. Es hieß zwar, daß Carnarvon ein großzügiger Arbeitgeber und liebenswürdiger Mensch sei, trotzdem war es dem Selbstwertgefühl bestimmt abträglich, von einem solchen Dilettanten abhängig zu sein. Carter hatte keine eigenen finanziellen Mittel und keine besondere Ausbildung. Etliche seiner Kollegen hielten ihn für unverschämt und respektlos. Emerson kreidete es ihm an, daß er weiterhin mit Artefakten handelte. Ramses hingegen sah das etwas anders – immerhin war Carter auf eine gesicherte Einnahmequelle angewiesen.

»Wir wollten in den Khan und zu Bassam's«, erklärte er. »Haben Sie nicht Lust mitzukommen?«

»Kann heute abend leider nicht. Ich bin bei Lord und Lady Dinwhistle eingeladen. Aber ich hätte noch Zeit für ein, zwei Drinks im Hotel, wenn es Ihnen recht ist.«

Gemeinsam schlenderten sie in die Hotelbar. Sämtliche Tische waren besetzt, deshalb stellten sie sich in eine ruhige Ecke, um zu plaudern. Ramses wartete gespannt, was Carter ihnen zu sagen hätte. Eigentlich ahnte er bereits, worauf das Gespräch hinauslaufen würde.

»Ihre Familie steht mal wieder in den Schlagzeilen«, begann Carter. »Mord, Raub, Erpressung …«

»Es ist immer das gleiche«, warf David ein.

Carter lachte schallend. »Exakt. Irgendwas gefunden in KV 55?«

»Bislang noch nicht. Offen gestanden rechnen wir auch nicht großartig damit. War übrigens nett von Ihnen, daß Sie uns das Grab überlassen haben.«

Carter steckte eine Zigarette in eine kunstvoll verzierte

Spitze. »Diesen kleinen Gefallen konnte ich Professor Emerson nicht abschlagen. Er hat so viel für mich getan. Hat mich wirklich rührend unterstützt – Ihre ganze Familie – in den letzten Jahren. Es war nämlich nicht so, daß ich mir ernsthaft Sorgen gemacht hätte wegen illegaler Exkavationen im Tal«, setzte er hinzu.

Mit anderen Worten, überlegte Ramses, Vater hat Narrenfreiheit, solange er nicht zu weit geht. Schau einer an, Carter, der die gesellschaftliche Stellung der Emersons bewundert und sich unendlich dankbar für Rat und Hilfe gezeigt hatte, strotzte mittlerweile vor Selbstbewußtsein.

Und er wollte vermutlich darauf hinaus, daß sie seine Gefälligkeit erwiderten, schloß der junge Emerson blitzschnell.

»Was ist denn mit der legendären Statue?« erkundigte sich Howard Carter unvermittelt. »Der Professor telegrafierte mir, ob ich ihm irgendwelche Informationen über das Artefakt geben könnte. Da mußte ich leider passen.«

»Aber Sie hätten davon erfahren, wenn es im vorletzten Jahr auf dem Markt angeboten worden wäre?« fragte Ramses betont sachlich. Es war keine Kritik, ihm ging es lediglich um konkrete Hinweise.

»Offensichtlich nicht«, gab Carter leicht pikiert zurück. »Ich – ähm – berate viele der großen Museen, wissen Sie, und natürlich private Sammler wie Lord Carnarvon. Wenn mir etwas derartiges zu Ohren gekommen wäre, hätte ich – äh – mich in die Verhandlungen eingeklinkt.«

»Solche Verhandlungen werden aber doch häufig geheimgehalten«, erklärte Ramses.

»Das ist ja die Crux«, seufzte Carter. Er leerte seinen Whisky und winkte dem Kellner. »Man sagt mir nach, daß ich ein sehr diskreter Mensch bin, aber das sind einige meiner Konkurrenten auch. Beschreiben Sie sie mir, ja? Die Zeitungsberichte sind da wenig aufschlußreich.«

Ramses spähte zu David, der kaum merklich mit den Schultern zuckte. Es gab keinen Grund, Carter etwas zu verheimlichen, nachdem bereits unzählige Leute das Objekt gesehen hatten. Ramses beschrieb die Statuette bis ins kleinste Detail und bemerkte, wie Carters Augen einen stählernen Glanz annahmen.

»Sie ist absolut einzigartig«, schloß Ramses. »Und hervorragend erhalten.«

»Bestimmt liegen Ihnen bereits Angebote dafür vor«, sagte Carter so beiläufig wie irgend möglich. »Cyrus Vandergelt ist immerhin ein guter Bekannter von Ihnen.«

»Wir sind nicht autorisiert, sie zu veräußern«, klärte Ramses sein Gegenüber auf.

»Ich dachte, Mrs. Petherick hätte –«

»Sie Vater geschenkt? Ein so wertvolles Geschenk würde er niemals annehmen. Wir wissen nicht einmal, wer der rechtmäßige Besitzer ist, jetzt, nachdem Mrs. Petherick verstorben ist.«

»Verstehe. Und Sie sind sich ganz sicher, daß sie echt ist? Können Sie das auch belegen?«

»Vater ist zweifellos in der Lage, ein fachmännisches Urteil dazu abzugeben.«

»Verstehe«, wiederholte Carter. »Ich muß jetzt los. Möchte seine Lordschaft nicht warten lassen. Wir sehen uns ja demnächst wieder – dann kann ich die Statue begutachten.«

»Wann kommen Sie nach Luxor?« wollte David wissen.

»Oh ...« Carter gestikulierte mit der Zigarettenspitze. »In Kürze. In einer Woche oder so, schätze ich. Grüßen Sie Ihre Familie von mir.«

»Er wird die nächste Woche in ›Verhandlungen‹ mit irgendwelchen Händlern stehen«, meinte David nach Carters Aufbruch. »Wetten, daß dieser Lord Dinwhistle auch so ein Sammler ist, der sich für erlesene Stücke interessiert?«

»Gut möglich. Ich kann es Carter jedenfalls nicht verdenken.«

»Du nimmst ihn auch noch in Schutz! Ich frage mich, wann der Professor endlich kapiert, daß er die Grabungsgenehmigung im Tal nur bekommen hat, weil Carter ihn weichkochen will. Der Bursche möchte die Statuette für Carnarvon erwerben.«

Ramses winkte dem Ober und bezahlte ihre Getränke. »Vater ist doch viel gewiefter als Carter. Er wird seine Gefälligkeit ausnutzen, aber keinerlei Zugeständnisse machen. Los komm.«

Draußen versank die Sonne in einem milchigen Dunstschleier. Das Laternenlicht in den Ezbekieh-Gärten funkelte durch die Dämmerung.

Als David ein Taxi anhalten wollte, winkte sein Freund ab. »Nein, wir gehen zu Fuß.«

»Durch die dunklen Straßen und die engen Gassen«, murmelte David. »Du hoffst darauf, daß er es wieder probiert, nicht?«

»Und diesmal passen wir besser auf. Ich will endlich eine brauchbare Spur.«

Es war nicht das erste Mal, daß sie durch die verschlungenen Gassen der Altstadt schlenderten, die Augen offen für eine mögliche Gefahr. Die Gegend war unheimlich, nur wenig beleuchtet, die vorspringenden Balkone der hohen, aneinandergeschmiegten Häuser warfen ihre Schatten auf die verwinkelten Straßen.

»Ach ja, die schönen Erinnerungen«, meinte David, als sie einen kleinen Platz mit einem Springbrunnen überquerten. »Bist du nicht hier gelandet, nachdem du der Dame entwischt warst, die sich als Hathor verkleidet hatte?«

»Nein, das war noch ein Stück weiter. Hier auf diesem Platz hat Mutter Selim eins über den Schädel gebraten, weil sie ihn irrtümlich für einen Spion hielt.«

Nachdem sie bei Bassam's gegessen hatten und das hell erleuchtete Restaurant wieder verließen, war es draußen stockdunkel. Die ihnen vertraute Straße, kaum breiter als ein Pfad, lag einsam und verlassen. David blieb ein Stück hinter Ramses.

Der Angriff kam aber nicht von hinten. Ramses nahm das Geräusch als erster wahr – nicht das Tappen nackter Füße, sondern ein leises Klicken. Instinktiv warf er sich gegen das Mauerwerk. Der Schuß pfiff an ihm vorbei, und David schrie auf. Fluchend wirbelte Ramses herum, stürzte zu seinem Freund und fing den Taumelnden auf.

»Wo bist du verletzt?«

»Ich bin nicht verletzt. Mein verdammtes Bein hat mir einen Strich durch die Rechnung gemacht, als ich lossprechen wollte. Mach dir keine Gedanken um mich, renn ihm nach. Aber sei vorsichtig!«

Ramses nahm die Verfolgung auf, war allerdings ziemlich chancenlos. Nach dem Schuß hatte er noch kurz einen dunklen Schatten wahrgenommen, der um die Straßenecke verschwand. Hatte wohl Fracksausen bekommen, der Kerl, weil er nicht damit rechnete, daß Ramses sich ihm spontan an die Fersen heften würde.

Wäre der Angreifer nicht getürmt, hätte er sie allerdings beide leicht töten können.

Er hörte, wie David ihm nachhumpelte, und rannte schneller. Hinter der Kurve lag der beleuchtete Platz Bab el-Louk. Bis auf zwei Droschken, die auf Kunden warteten, war weit und breit niemand zu sehen. Kein flüchtender Angreifer, keine lauernden Schatten.

Er verharrte, bis David ihn eingeholt hatte, während er den Platz wachsam im Auge behielt.

»Keine Spur von ihm«, seufzte er. Er erkundigte sich nicht weiter nach Davids Bein. Die gräßliche Kriegsverletzung war ein dauerndes Handicap, gleichwohl nahm David darauf keine Rücksicht, und er wollte auch kein Mitleid.

»Besonders helle ist er nicht«, meinte David. »Wenn er noch mal geschossen hätte, hätte er bestimmt einen von uns beiden erwischt.«

»Andererseits war ich schon ziemlich dicht an ihm dran«, gab Ramses zu bedenken. »Wenn er erneut abgefeuert und wieder nicht getroffen hätte, hätte ich ihn vermutlich überwältigt.«

»Konntest du ihn erkennen?«

»Dreimal darfst du raten, was ich gesehen habe.«

»Eine schwarzgekleidete, schemenhafte Gestalt«, antwortete David mit feierlich getragener Stimme. »Das Übliche eben.«

»Die ideale Verkleidung – verhüllt wirklich alles und ist von der einheimischen Tracht nicht zu unterscheiden.«

Einer der Droschkenkutscher blickte erwartungsvoll in ihre Richtung. Ramses winkte ihm, und sie stiegen ein. Seufzend ließ er sich auf das Sitzpolster fallen.

»Mist, wieder einmal verpatzt.«

»Wenigstens wissen wir jetzt eins«, raunte David ihm zu. »Er hat eine Waffe.«

»Adrian hatte auch eine. Ich hab sie ihm weggenommen.«

»Und wenn er sich inzwischen eine neue besorgt hat? Einen Engländer mit dem entsprechenden Kleingeld fragen die einschlägigen Händler nicht nach dem Paß.«

»Paß ... das ist es ... Grundgütiger!« Ramses schlug sich mit der flachen Hand vor die Stirn. »Wieso bin ich Idiot bloß nicht eher darauf gekommen?!«

»Worauf?« fragte David irritiert.

»Sie haben unter anderem Namen eingecheckt!« klärte Ramses ihn auf. »Als hochwohlgeborene Engländer mußten sie sich an der Hotelrezeption nicht mal mit ihrem Paß legitimieren.«

Schweigend ließ David das Gesagte auf sich wirken. »Herrje, heißt das, daß wir noch mal von vorn anfangen müssen? Du weißt doch gar nicht, wie sie sich jetzt nennen.«

»Ich glaube doch.« Vor dem Shepheard's warf Ramses dem Kutscher ein paar Münzen zu und sprang aus der Droschke. »Alles Weitere morgen. Ich bin hundemüde.«

***

Sethos ließ sich mit uns nach Luxor übersetzen und machte sich dann auf den Weg in Richtung Bahnhof.

»Seit Mittag ist nur noch ein Bummelzug gefahren, ohne Erster-Klasse-Abteile«, erklärte er. »Den hat er bestimmt nicht genommen. Ich warte den Abendzug ab.«

»Und was ist mit dem Abendessen?« erkundigte ich mich.

Sethos zog eine Grimasse. »Ich esse einen Happen im Bahnhofshotel. Die von mir sehr geschätzte Fatima hebt mir bestimmt etwas auf. Viel Glück.«

Inspektor Ayyid war nicht in seinem Büro. Sein Assistent informierte uns, daß er zum Essen nach Hause gegangen sei. Das war sein gutes Recht, trotzdem duldete die Sache keinen Aufschub. Also erkundigte sich Emerson nach seiner Adresse.

Hin- und hergerissen zwischen den Anordnungen seines Vorgesetzten und Emersons drohender Präsenz fackelte der Assistent nicht lange. »Die darf ich zwar eigentlich nicht herausgeben, Vater der Flüche, aber in diesem Fall hat er bestimmt nichts dagegen.«

Der Polizeichef hatte eine Mietwohnung in einem der neuen Gebäude hinter dem Luxor Tempel. Eine ältere, schwarz verhüllte Dame öffnete die Etagentür und verschwand fluchtartig, als sie Emerson erblickte.

»Was hab ich denn gemacht?« fragte Emerson mit gekränkter Stimme. »Ich wollte doch nur höflich mit ihr plaudern.«

»Deine bloße Präsenz genügt, um die Ärmste zu erschrekken, mein Lieber«, erwiderte ich. »Ah, Inspektor Ayyid. Sie müssen vielmals entschuldigen, daß wir Sie und die Dame – Ihre Mutter? – so ohne Vorankündigung überfallen. Aber es ist wirklich dringend. Bitte, essen Sie erst in Ruhe.«

»Ich war nicht beim Essen«, sagte Ayyid höflich. »Kommen Sie doch herein.«

Der kleine Wohnraum war so blitzsauber, daß er selbst Fatimas kritischem Auge standgehalten hätte, und geschmackvoll mit europäischen und ägyptischen Möbeln ausgestattet.

Auf Ayyids Drängen ließen wir uns in zwei dunkelroten Samtsesseln nieder und nahmen seine Einladung zum Tee an. Abzulehnen wäre unhöflich gewesen – noch weitaus unhöflicher als unser Überraschungsbesuch. Ayyids Mutter war über den ersten Schock hinweg und beobachtete heimlich Emerson.

»Wir halten Sie nicht lange auf«, versprach ich und schilderte ihm unverblümt den Grund für unser Kommen.

»Papyrus?« Ayyid zog skeptisch die Brauen hoch. »Sie wollen, daß ich einen Mann verhafte, der wertlose Papyrusfragmente gestohlen hat?«

»Es sind kostbare Artefakte«, hob Emerson an. »Ähm ... das heißt ... ach was soll's! Wir können auch gleich mit der Wahrheit rausrücken, was meinst du, Peabody?«

Es war ein cleverer Schachzug von Emerson, das muß ich neidlos zugeben. Ayyid fühlte sich geschmeichelt, daß wir ihn ins Vertrauen zogen. Zudem teilte er unsere Ansicht, daß der wahre Sachverhalt nicht unbedingt publik werden müsse.

»Die Versuchung wäre zu groß, selbst für meine eigenen Leute«, räumte er ein.

»Für die meisten Leute«, bekräftigte Emerson, der an jenem Tag zu Höchstform auflief. »Also, was ist? Erteilen Sie jetzt die erforderlichen Anweisungen?«

»Ja. Er soll für eine Vernehmung ins Kommissariat gebracht werden – auf Ihre Veranlassung, Professor.«

Emerson grinste. »Hervorragend formuliert, Inspektor.«

Unvermittelt fiel mir ein, daß wir Cyrus die neueren Entwicklungen noch nicht dargelegt hatten. Sobald wir nach Hause zurückkehrten, schickte ich Jamad mit einer Mitteilung zum Schloß. Darin lud ich die Vandergelts nach dem Abendessen zu uns ein. Wir waren noch nicht fertig, als sie allesamt eintrafen.

»Was ist passiert?« fragte Katherine als erstes. »In Ihrer Nachricht stand lediglich, daß es dringend sei. Ist jemand krank oder verletzt?«

»Nein, nein«, beruhigte ich sie. »Ich hielt es nur für besser, schriftlich nicht ins Detail zu gehen. Die Lage ist nämlich äußerst kritisch. Mr. Lidmann war heute morgen hier, hat uns aber nicht angetroffen. Und am Nachmittag stellten wir fest, daß die Statue verschwunden ist.«

»Und das sagen Sie uns erst jetzt?« rief Bertie. »Gütiger Himmel, das ist ja entsetzlich. Was kann man da machen?«

In der mir eigenen sachlich-knappen Form legte ich dar, welche Schritte wir bereits eingeleitet hatten.

»Das hat Sie aber ganz schön auf Trab gehalten, was?« Cyrus nickte gedankenvoll. »Tja, schlimme Geschichte, trotzdem, Leute, damit kommt der Bas ... Bursche nicht durch. Solange er die Stadt nicht verläßt – und das klingt mir ganz danach –, kriegen wir ihn früher oder später. Überlassen Sie die Suche ruhig Selim und Daoud. Mit ihren vielen Informanten stellen die Lidmann bestimmt. Sagen Sie uns einfach Bescheid, wenn wir Sie unterstützen können.«

Sethos kehrte erst gegen Mitternacht zurück. Ayyid war persönlich am Bahnhof gewesen. Lidmann hingegen war nicht dort aufgetaucht.

***

»Teufel noch, wo kann der Bursche bloß sein?« brummte Emerson zwischen zwei Bissen Ei und Speck. Daoud und Selim hatten uns über ihre Nachforschungen berichtet und leisteten uns beim Frühstück Gesellschaft.

»Das wüßte ich auch gern«, seufzte Daoud.

»Und du bist dir sicher, daß er nirgendwo am Westufer gesehen wurde?« wollte ich von Selim wissen.

»Bisher nicht, Sitt Hakim. Aber irgendwann wird er etwas essen müssen und Wasser und ein Dach über dem Kopf brauchen. Unsere Dörfer sind klein, anders als Luxor. Hier bleibt er nicht lange unbemerkt.«

Unvermittelt sprang Emerson vom Tisch auf. »Himmeldonnerwetter noch mal, ich mach mich jetzt auf die Sokken.«

»Bitte, Emerson, reite nicht planlos in der Gegend herum«, erregte ich mich. »Warte, bis –«

»Du eine deiner kleinen Listen angefertigt hast? Meine liebe Peabody, ich habe den allergrößten Respekt vor deinen Listen, aber –«

»Selim hat eine wichtige Feststellung gemacht, Emerson. Wo könnte ein Mann wie Lidmann am Westufer für längere Zeit untertauchen?«

»Hmph.« Emerson setzte sich wieder hin. »Jedenfalls nicht bei den Einheimischen. Die würden ihn umgehend an uns oder an die Polizei ausliefern.«

»Das Risiko geht er nicht ein«, sinnierte ich. »Nicht, wenn er die – autsch!«

»Tschuldigung, Peabody.« Mein Ehemann rollte vielmeinend mit den Augen. »Mir ist der Fuß ausgerutscht.«

»Du meintest wohl, wenn er die Statue bei sich hat«, erklärte Selim ungerührt. Fatima schenkte ihm Kaffee nach. Er dankte ihr, und ich stöhnte, während ich mir das schmerzende Schienbein rieb: »Fatima, hast du etwa –«

»Nein, Sitt«, rief Selim schnell. »Fatima hat nichts gesagt. Darauf bin ich selbst gekommen. Ein wertvolles Objekt und ein verschwundener Mann, den ihr unbedingt finden wollt – da hab ich zwei und zwei zusammengezählt.«

Er war so stolz auf sich, daß ich es nicht übers Herz brachte, die Fakten abzustreiten. »War naiv von uns anzunehmen, daß niemand die Querverbindung herstellt«, räumte ich ein. »Aber kommen wir auf das eigentliche Thema zurück: Können wir davon ausgehen, daß Lidmann bei keinem der Dorfbewohner Quartier findet? Ich würde sagen ja. Wenn er sich in einem der Hotels am Westufer ein Zimmer nimmt, fällt er ebenfalls auf. Also bleibt ihm nur ein Versteck in den Felsen des Hochplateaus. Dort gibt es zig leere Grabstollen und Höhlen.«

»Eine grob vereinfachende Sichtweise, Peabody«, krittelte Emerson. Er kratzte sich nachdenklich am Kinn. »Aber vom Prinzip her hast du recht.«

Erneut sprang er auf. »Es ist ein riesiges Gelände«, gab ich zu bedenken. »Überlaß die Suche lieber Selim und seinen Leuten.«

»Ich mag aber nicht dumm rumsitzen und Däumchen drehen«, maulte Emerson.

»Wartet«, sagte Selim überlegt und ganz Detektiv. Er hob einen mahnenden Zeigefinger à la Sherlock Holmes. »Mir ist da noch was eingefallen. Es wäre nicht schlecht, wenn wir ein Foto von dem Mann hätten.«

»Prima Idee, Selim«, lobte Nefret. »Irgendwo auf den Fotoplatten vom Westtal ist er sicher abgelichtet. Aber die haben wir leider noch nicht entwickelt.«

Während sie und Selim sich dieser Tätigkeit widmeten, starteten wir anderen mit der Suche. Nach meinem Dafürhalten war es ein sinnloses Unterfangen, aber mein geliebter Emerson hätte ohnehin nicht tatenlos herumsitzen können. Also begleitete ich ihn, bewaffnet mit Utensiliengürtel, Schirm und meiner kleinen Pistole.

Wir wollten gerade aufbrechen, als Cyrus, Jumana und Bertie heranritten. »Was haben Sie vor?« erkundigte sich Cyrus. »Sie wollen heute doch sicher nicht arbeiten, oder?«

»Nein«, erwiderte Emerson.

»Ich auch nicht. Wir haben gestern abend noch lange diskutiert, bis Jumana die wirklich grandiose Idee hatte, daß er sich womöglich irgendwo hier in den Felsen versteckt hält.«

»Aber wo?« versetzte ich lapidar.

»Hmmm, das Gebiet ist sehr weitläufig.« Cyrus nickte zustimmend. »Aber vielleicht übernehmen Sie einen Teil und wir einen anderen. Was ist mit Selim und Daoud? Und – ähem –«

»Anthony«, half ich ihm weiter. »Er ist zum Bahnhof geritten. Wir haben Daoud nach Kurna geschickt, damit er sich dort mit seinen Informanten austauscht. Selim hilft Nefret in der Dunkelkammer. Wir hoffen stark, daß ein Foto von Mr. Lidmann dabei ist.«

»Ein Bild von ihm wäre sicher hilfreich«, bekräftigte Cyrus. »Also, wie gehen wir jetzt vor?«

Wir einigten uns darauf, daß Emerson und ich mit Deir el-Bahari anfangen und uns südlich bis Deir el-Medina vorarbeiten sollten. Die drei anderen deckten die Asasif-Region und den langen Felsstreifen von Drah Abu'l Naga ab, der an der Straße zum Tal der Könige endete. Wir übernahmen die längere und schwierigere Route, weil wir die Gegend besser kannten.

Mir fiel auf, wie enttäuscht Jumana über unsere Planung war. Auf dem Weg nach Deir el-Bahari ritt ich deshalb neben sie und plauderte mit ihr. »Ich verlasse mich darauf, Jumana, daß du die anderen führst. Du kennst dich hier nämlich entschieden besser aus als deine Begleiter.«

»Selbstverständlich, Sitt Hakim!« Ihr Gesicht hellte sich auf. »Du kannst dich voll und ganz auf mich verlassen! Mir entgeht nichts!«

Mit Bertie hatte ich auch noch ein Wörtchen zu reden. »Lassen Sie sich von ihr unter gar keinen Umständen auf der Nase herumtanzen, Bertie. Widersprechen Sie ihr. Zetteln Sie meinetwegen einen Mordskrach mit ihr an.«

»Oh nein, Ma'am. Das kann ich nun wirklich nicht. Sie weiß viel, viel mehr als ich.«

Auch gut, dachte ich. Ich hab es wenigstens versucht. Manchen Menschen ist einfach nicht zu helfen.

Die Straße nach Deir el-Bahari war wie üblich stark befahren von Kutschen und Eseln mit Touristen, die dieses beliebte Besichtigungsziel ansteuerten. Wir ließen unsere Pferde in Jamads Obhut, der uns begleitet hatte und nach Deir el-Medina weiterritt, wo wir ihn letztlich treffen sollten. Zudem hielten uns einige Leute vom Metropolitan Museum auf, die an dem Tempel aus der Elften Dynastie südlich von Hatschepsuts Grabanlage arbeiteten und gespannt waren auf die neueren Entwicklungen. Von Lidmanns Flucht wußten sie bereits.

»Wir haben gehört, daß er einige Papyri von Deir el-Medina gestohlen hat«, bemerkte Mr. Winlock. »Aber offen gestanden nehmen die Männer Ihnen diese Geschichte nicht ab.«

Emerson nestelte nervös an seinem Kinngrübchen. Ich lachte gekünstelt. »Das kann ich mir denken. Aber Ihnen ist doch sicherlich klar, daß diese Papyrusfragmente ein wertvoller historischer Fund für die Wissenschaft sind.«

»Keine Frage«, bekräftigte Winlock. »Wir werden Sie selbstverständlich unterstützen und nach dem Burschen Ausschau halten.«

»Komisch, daß er ausgerechnet so etwas mitgehen läßt«, sinnierte George Barton. »Ich meine, dieser Lidmann ist doch kein Sprachwissenschaftler, oder?«

»Keine Ahnung, welche Anwandlung ihn dazu bewogen hat. Das menschliche Gehirn ist eben unerforschlich«, erklärte ich. »Meine Herren, wir müssen los. Ich hoffe, wir sehen uns bald wieder.«

»Denken Sie dran, Professor, einen weiteren Exorzismus möchte ich auf gar keinen Fall verpassen«, griente Winlock.

»Pfft«, zischte Emerson. »Komm jetzt, Peabody, wir haben lange genug herumgetrödelt.«

Die Strecke zwischen Deir el-Bahari und dem Arbeiterdorf beträgt ungefähr zwei Kilometer. Zu Fuß, über unwegsames Terrain, kam es einem wie zwanzig Kilometer vor. Wir folgten dem steinigen Pfad, kraxelten über Geröllberge und kundschafteten die kleinen Wadis aus, die in die Felsen geschnitten sind. Je weiter wir uns unter der brennenden Sonne voranpirschten, um so sinnloser erschien mir die Suche. Wir konnten schließlich nicht in jede Spalte und jedes Loch klettern, sondern nur hoffen, Anzeichen dafür zu finden, daß kürzlich jemand hier gewesen war. Überall lagen abgenagte

Knochen herum, bisweilen auch Stoffetzen, gleichwohl ließ sich nichts von alledem mit dem von uns gesuchten Deutschen in Verbindung bringen.

Als wir endlich in Deir el-Medina ankamen, schwitzte ich aus allen Poren, war schmutzig und durstig, Emerson dagegen weiterhin voller Tatendrang. Der Anblick von Jamad, der uns samt Pferden und Wasserflaschen erwartete, war so überwältigend wie eine Oase in der Wüste. Emerson wäre am liebsten weitergeritten, ich konnte ihn jedoch von einer kleinen Verschnaufpause überzeugen.

Nach einem Schluck Wasser sprang er gleich wieder auf und sah sich in den alten Tempelruinen um. »Der unbekannte Schatzgräber war nicht wieder hier«, berichtete er mir.

»Und kein einziger Hinweis auf Mr. Lidmann«, seufzte ich. »Bleib doch mal sitzen, Emerson. Ich bezweifle, ob er es überhaupt so weit geschafft hätte.«

Nach unserer Suchaktion wollten wir uns alle im Schloß treffen, deshalb ritten Emerson und ich direkt dorthin. Cyrus' Gruppe kehrte genauso ergebnislos zurück wie wir. Jumana war ungewöhnlich still; sie nahm es sich wohl sehr zu Herzen, daß sie mit ihrer Mannschaft keinen Erfolg gehabt hatte.

»Aber Jumana, was nicht da ist, kann man auch nicht finden«, versuchte ich sie aufzubauen. »Womöglich hat Mr. Lidmann es doch geschafft, unerkannt ans andere Ufer überzusetzen. In den Menschenmengen dort kann er leichter untertauchen als hier.«

»Wenigstens haben wir ein Foto von ihm«, sagte Katherine in dem Bemühen, es positiv zu sehen.

»Nur leider kein sehr gutes«, murmelte Nefret. »Es zeigt ihn im Profil, den Hut ins Gesicht gezogen. Aber ein anderes haben wir nicht.«

»Findet ihr es nicht auch verdächtig«, hob Selim an, »daß er sich nicht hat fotografieren lassen?«

»Du meinst, er hatte das Ganze schon geplant, als er die Anstellung bei mir annahm?« forschte Cyrus. »Das mag durchaus sein, Selim, aber andererseits fotografieren wir in der Hauptsache Gräber und keine Menschen. Also, was machen wir jetzt?«

Unwillkürlich entwich mir ein tiefer Seufzer. Emerson richtete den Blick auf mich, zum ersten Mal seit Stunden, und runzelte die Stirn. »Müde, mein Schatz? Tut mir leid, wenn ich dich heute morgen zu sehr herumgescheucht hab.«

»Ach, Unfug«, sagte ich schroff. »Aber ich gestehe, daß ich mit meinem Latein momentan am Ende bin. Vielleicht warten wir noch ab, was Daoud und Seth … Anthony zu berichten haben. Bis morgen fällt uns bestimmt etwas ein.«

Ich lehnte Katherines Einladung zum Abendessen höflich, aber entschieden ab, zumal ich, zugegeben, ein wenig erschöpft war.

»Keine Nachricht von ihnen«, berichtete ich, nachdem ich die Post sortiert hatte. »Ich hatte doch gedacht, daß wir inzwischen Neuigkeiten von Ramses und David erfahren müßten.«

»Ich gäbe viel darum, wenn ich auch nur irgendwas von irgendwem erfahren würde«, merkte mein Schwager darauf an. »Es ist wie verhext. Ich hab in Luxor die Runde durch sämtliche Hotels gemacht, und ich war erneut am Bahnhof. Nichts, nicht die winzigste Spur von ihm.«

»Irgendwas ergibt sich bestimmt«, erwiderte ich, ein Gähnen unterdrückend. »Versuch es morgen wieder, immerhin haben wir jetzt ein Foto von ihm.«

»Ein grandioser Vorschlag. Nachdem ich den Bahnsteig inzwischen wie meine Westentasche kenne und in Luxor sämtlichen Empfangschefs auf die Nerven gegangen bin.«

Wie heißt es doch so passend: Ein Unglück kommt selten allein. Am nächsten Morgen, noch vor dem Frühstück, traf Bertie im fliehenden Galopp bei uns ein: Jumana war verschwunden.

# 9

Aus Manuskript H

Der Empfangsmitarbeiter im Mena House erinnerte sich noch sehr gut an die Dame. »Magda von Ormond, aber ja. Sie ist eine äußerst – äh – energische Lady. Eigentlich hatten wir gar nichts mehr frei, aber sie blieb – äh – hartnäckig, bis ich zu einer Ausnahmeregelung fand.«

Ramses fragte sich im stillen, wieviel Bakschisch Harriet das gekostet hatte, wieviel Geld sie überhaupt besaß und woher. Nicht von ihrem Vater, wenn man ihren Worten Glauben schenkte.

»Sie und der Gentleman logieren seit mehreren Tagen hier«, fuhr der Angestellte fort. »Ihr – äh – Sekretär, wie sie meinte.«

Entweder las er keine Zeitung oder er brachte die ermordete Mrs. Petherick nicht mit ihrem Pseudonym in Verbindung. »Sind sie in ihren Zimmern?« erkundigte sich Ramses.

»Sie sind heute morgen sehr früh aufgebrochen, um zu den Pyramiden zu reiten. Eine sehr beliebte Ausflugstour, müssen Sie wissen, in die Wüste zu dem Aussichtspunkt, von wo aus man alle neun –«

»Ich weiß, ich weiß. Wer begleitete sie?«

Die Antwort des Hotelangestellten war beruhigend. Ahmed Ali war einer der zuverlässigsten und anhänglichsten Fremdenführer in Gizeh. Dem entwischten sie so leicht nicht.

»Wir könnten uns Pferde leihen und ihnen nachreiten«, schlug David vor, als sie das Hotel verließen.

Ramses überlegte kurz und schüttelte den Kopf. »Nefret hat ausdrücklich betont, daß wir nichts machen dürfen, was ihn aufregen könnte. Wenn er mitbekommt, daß wir schnurstracks auf sie zureiten, interpretiert er das womöglich noch als Bedrohung. Zum Mittagessen sind die beiden bestimmt wieder hier. Dann treffen wir sie wie zufällig im Speisesaal.«

Sich in Gizeh, einer ihrer früheren Exkavationsstätten, die Zeit zu vertreiben, war kein Problem. Sie schlenderten über die Privatfriedhöfe und schauten sich die sechs kleineren Pyramiden an. Die drei großen Pyramiden waren natürlich *die* touristische Hauptattraktion und für gewöhnlich völlig überlaufen.

»Reisners Mannschaft arbeitet nicht«, stellte David fest, als sie sich dem Gelände näherten, wo die Boston Museum-Harvard University Crew tätig war.

Ramses warf einen Blick auf seine Uhr. »Machen vermutlich Mittagspause. Komm, wir gehen zurück ins Hotel. Vielleicht sichert uns Vaters Bekanntheitsgrad einen Tisch.«

Berühmtheit wirft ihre Schatten voraus. Auf dem Weg in den Speisesaal winkte der Rezeptionist sie zu sich und verkündete stolz, er habe Madame von Ormond und ihrem – äh – Sekretär bereits mitgeteilt, daß ein Mitglied der renommierten Familie Emerson nach ihnen gefragt habe.

Ramses und David starrten einander betreten an. »Vermutlich sind sie daraufhin noch einmal ausgegangen«, vermutete ersterer, bemüht, nicht laut zu werden.

»Aber die beiden kommen bestimmt bald zurück. Sie haben weder zu Mittag gegessen noch ihre Garderobe gewechselt.« Eine tadellos manikürte braune Hand schob sich über den Empfangstresen. Ramses gab ihm das erwartete Bakschisch. Der Rezeptionist konnte schließlich nichts dafür. Sie hatten ihm nicht eingetrichtert, daß er ihre Anfrage vertraulich behandeln sollte.

»So ein verdammter Mist«, knirschte David, der eher selten fluchte.

»Die Sache ist total in die Hose gegangen«, räumte Ramses ein. »Komm, wir suchen Ahmed Ali. Das unverfängliche Zusammentreffen ist ohnehin gelaufen.«

Ahmed Ali, der von Kamelausflügen auf Pferde umgesattelt hatte, teilte sich mit anderen Dragomanen ein schattiges Plätzchen und vertilgte genüßlich seinen Mittagsimbiß: Brot, Käse und Zwiebeln. Nach den üblichen (und langatmigen) Höflichkeitsfloskeln erkundigte sich Ramses nach seinen Freunden.

»Sonderbare Leute.« Ahmed Ali schüttelte den Kopf. Als anerkannt erfolgreicher Geschäftsmann trug er einen besonders dicken und kunstvoll gewickelten Turban. »Äußerst sonderbar. Kaum waren sie im Hotel, wollten sie wieder los und verlangten frische Pferde. Am liebsten wären sie allein geritten, aber das durfte ich nicht erlauben. Deshalb hab ich Ibrahim Mohammed mitgeschickt.«

»Wohin sind sie geritten?« erkundigte sich David.

»Sie sprachen von Abu Roasch. Aber was wollen sie da? Dort gibt es nichts zu sehen außer El-Ka'ah, und diese Pyramide ist völlig verfallen. Auch wenn ich nicht besorgt gewesen wäre um meine schönen Pferde, hätte ich naive Touristen niemals ohne einen Führer dorthin reiten lassen.«

Sie liehen sich Pferde von ihm, zu einem Preis, den Ahmed Ali »ruinös« nannte. Immerhin ließ er sie ohne Begleitung ziehen.

»Die Pethericks hätte er besser um Vorkasse gebeten«, bemerkte Ramses, sobald sie ihre Pferde in Richtung Norden lenkten.

»Du glaubst doch nicht etwa, daß sie sich aus dem Staub machen wollen, oder?« gab David zurück. »Wo zum Henker könnten sie denn hin, zu Pferd und ohne Gepäck?«

Weit draußen in die Wüste, wo sich ein tödlicher Unfall arrangieren ließe. Oder zu der verfallenen Pyramide von

Abu Roasch, von deren Oberbau nicht mehr viel übrig war, die aber einen nicht zu verachtenden Berghang und einen gefährlich steil abknickenden Stollen in die unterirdische Grabkammer aufzuweisen hatte. Die wenigsten Touristen verirrten sich dorthin; wie Ahmed Ali bereits dargelegt hatte, war sie kaum sehenswert, verglichen mit den gigantischen Monumenten in Gizeh, und es gab nicht einmal ein Rasthaus. Ibrahim Mohammed würden sie als erstes loswerden müssen; das klappte vermutlich mit einem ordentlich bemessenen Bakschisch. Wenn nicht, gab es andere Methoden.

Ramses blieb David eine Antwort schuldig. Ihm war klar, daß seine Befürchtungen so ziemlich jeder Grundlage entbehrten, dennoch gab es ein mögliches Motiv. Falls Adrian seine Stiefmutter ermordet hatte, wußte seine Schwester davon. Sie war die einzige, die gegen ihn aussagen konnte. Ramses war davon überzeugt, daß sie das niemals tun würde. Allerdings geht ein Mörder lieber kein Risiko ein, und Adrian machte auch keinen Hehl daraus, daß er die dauernde Bevormundung durch seine Schwester satt hatte.

Sie ritten am Rande des Kulturlandes vorbei und dann nach Osten in das Dorf Kerdasa, wo sie erstmalig etwas über die Flüchtigen erfuhren. Ibrahim Mohammed hatte versucht, die Pethericks auf den hiesigen Markt zu locken, doch zum Verdruß der Händler und vermutlich auch ihres Begleiters, der von allen Verkaufstransaktionen Provision erhielt, hatten sie nur einen Korb Früchte gekauft und dann zum Weiterreiten gedrängt.

»Sie scheinen tatsächlich nach Abu Roasch zu wollen«, meinte David. »Und Ibrahim ist noch immer bei ihnen.«

»Klingt alles sehr plausibel«, überlegte Ramses laut. »Bis auf den Umstand, daß es schon reichlich spät ist für eine solche Tour. Und wieso sind sie überhaupt abgehauen, nachdem sie von unserer Ankunft erfuhren?«

»Reine Panik«, sagte David prompt. »Bis wir zu ihnen aufschließen, haben sie Zeit genug, um die Sache zu überdenken.«

Nach einer weiteren halben Stunde trafen sie in Abu Rosch auf die nächsten verstimmten Kaufleute. Ihre gefälschten Antiquitäten und das farbenfroh bemalte Kunsthandwerk hatten keinen Anklang gefunden. Die Reisenden waren schnurstracks weiter in die Wüste geritten.

Vor ihnen zeichneten sich die felsigen Erhebungen gegen den Himmel ab. Die Sonne wanderte bereits nach Westen. Das gleißende Licht blendete sie, und Ramses legte schützend eine Hand über die Augen.

»Da sind sie«, sagte er. »Am Fuß der Anhöhe. Sie haben angehalten. Vermutlich haben sie uns gesehen.«

»Ibrahim Mohammed sträubt sich mit Sicherheit dagegen, daß sie mit den kostbaren Pferden über den steilen Felspfad reiten«, mutmaßte David.

So einfach war das, überlegte Ramses. Die bewegungsfaulen Touristen konnten den Aufstieg verdammt gut zu Fuß bewältigen und der Dragomane währenddessen bei den Tieren ausruhen. Er trieb sein Pferd zum Galopp.

Die Pethericks waren nicht mehr da, als sie zu Ibrahim Mohammed stießen, der rauchend auf dem Boden hockte. »Sie sind zu Fuß weitergegangen«, antwortete er auf Ramses' Frage. »Über den Pfad zum Gipfel. Ich hab euch kommen sehen und sie gebeten, auf euch zu warten, aber das wollten sie nicht. Sind das Freunde von euch?«

»Ja«, sagte Ramses. Sein Herz hämmerte.

Es war ein steiler Aufstieg bis zur Hügelspitze, wo einst die Königspyramide gethront und das fruchtbare Tal überblickt hatte. Lediglich ein Haufen Steine und ein paar aufragende Ruinen erinnerten noch daran.

»Mach langsam«, keuchte David auf halber Höhe. Er packte Ramses am Arm. »Der Bursche ist bewaffnet. Warte doch, verflucht noch mal. Nefret hat ausdrücklich davor gewarnt, sich mit ihm anzulegen.«

»Korrekt.« Ramses blieb stehen und schnappte nach Luft. Durch die Stille drangen Satzfetzen. Sie kamen von der Nordseite der Pyramidenanlage, wo sich der Eingang befand. Harriets dunkle Altstimme erhob sich zu einem flehenden Falsett.

»Gib sie mir, Adrian. Bitte.«

Schlurfende Schritte und ein schriller Schrei von Harriet trieben Ramses weiter. Er wagte sich behutsam vor, denn eine falsche Bewegung konnte verheerende Konsequenzen haben.

Bruder und Schwester standen vor der ausgewaschenen Senke, die in einem steil abknickenden Korridor in die Grabkammer mündete. Hinter ihnen ging es etwa zwanzig Meter nahezu senkrecht in die Tiefe. Harriet lehnte vor einem gestürzten Steinquader und betastete ihre Wange. Ihre wunderschönen Haare waren inzwischen kurzgeschnitten und scheckig kupferrot gefärbt – vermutlich hastig und dilettantisch mit Henna. Sie sah völlig verändert aus. Adrian stand ein paar Meter von ihr entfernt. Er hatte sich breitbeinig vor dem Grabstollen aufgebaut und schwenkte sein Gewehr eben in Ramses' Richtung.

»Bleiben Sie, wo Sie sind«, sagte er kalt.

»Meinetwegen.« Ramses blieb stehen. »Nehmen Sie doch die Waffe runter, und wir reden vernünftig miteinander.«

»Da gibt es nichts mehr zu reden. Ende.«

»Wir wollen Ihnen doch nur helfen, Adrian«, sagte Ramses ruhig. Er spürte, wie David hinter ihn trat, sämtliche Muskelfasern gespannt, bereit zum Angriff. »Deshalb sind wir hier. Kommen Sie mit uns.«

»Und wohin, in die Irrenanstalt? Oder an den Galgen? Also gut, ich hab sie umgebracht. Ich verdiene die Todesstrafe, aber wie, das such ich mir selbst aus, vielen Dank. Harriet sollte mich auf diesem letzten Weg begleiten, aber sie will nicht. Da kam mir plötzlich der Gedanke ... Ist sie etwa in Sie verliebt?«

Sein kindlich naiver Ton jagte Ramses einen eisigen Schauer über den Rücken. Harriet weinte. Die Tränen rollten über die roten Fingermale, die Adrians Hand auf ihrer Wange hinterlassen hatte.

»Sie liebt Sie«, sagte Ramses, inständig hoffend, daß er die richtigen Worte fand. »Das dürfen Sie ihr nicht antun, Adrian. Nicht nach allem, was sie für Sie getan hat.«

»Sie meint es sicher gut«, räumte Adrian ein. »Aber sie läßt mich nie in Frieden. Das geht einem irgendwann auf die Nerven, verstehen Sie?«

Adrian schnellte zu Harriet herum und mit ihm der Gewehrlauf. Seine Schwester rang die Hände. »Verzeih mir, Adrian. Von jetzt an machen wir alles so, wie du es möchtest. Versprochen.«

»Wieso weinst du eigentlich?« erkundigte sich Adrian verstört. »Ich würde dir nie etwas tun, Harriet, das weißt du doch.«

Unvermittelt löste sich ein Schuß aus der Waffe. Harriet sank zu Boden, die Hände schützend über dem Kopf verschränkt. Er hatte sie nicht getroffen, die Kugel ging ins Leere. Darauf ließ Adrian die Waffe sinken, blickte verwirrt, und Ramses erkannte seine Chance. Er versetzte dem jungen Petherick einen gezielten Schlag, packte ihn am Revers und brachte ihn zu Boden. Harriet glitt neben ihren bewußtlosen Bruder und bettete seinen Kopf in ihren Schoß.

Ihre tränenfeuchten Augen suchten Ramses' Blick. »Er hat sie nicht umgebracht. Ich war's.«

***

»Nicht noch ein geheimnisvolles Verschwinden!« Emerson hob Augen, Fäuste und Stimme gen Himmel. »Nicht schon wieder eine Heimsuchung durch den verfluchten schwarzen Dämon!«

Bertie hatte sich offenbar in großer Hektik angezogen. Er

trug keinen Hut, sein Hemd war nur halb zugeknöpft, die Stiefel nicht geschnürt.

»Nein«, japste er atemlos vor Aufregung. »Sie wollte ins Westtal. Sie hat einen Brief dagelassen.«

Er zeigte dem Professor das zerknüllte Stück Papier mit Jumanas schön geschwungener Schrift. Nach Ansicht des jungen Mädchens hielt sich Lidmann im Westtal auf, zumal er sich dort bestens auskannte und vermutlich von Cyrus' großzügig gefüllten Picknickkörben vorher etwas abgezweigt hatte. Sie habe sich allein auf die Suche gemacht, weil sie flinker und geräuschloser sei als eine Horde behäbiger Männer.

»Cyrus meinte, ich soll Sie holen«, fuhr Bertie fort. »Er ist schon vorausgeritten.«

»Allein?« blökte Emerson. »Gute Güte, er ist genauso töricht wie Jumana. Wir müssen ihnen auf der Stelle hinterher.«

»Aber Emerson, nun beruhige dich doch«, beschwichtigte ich ihn. »Meiner Meinung nach –«

»Verzeihen Sie, Mrs. Emerson«, fiel Bertie mir ins Wort, »aber Ihre Meinung interessiert jetzt nicht. Höchstwahrscheinlich ist Lidmann nicht dort, trotzdem dürfen wir kein Risiko eingehen.«

Ich ließ seine Bemerkung unkommentiert im Raum stehen, obwohl man mir für gewöhnlich nicht widerspricht, und schloß mich den beiden an.

Emerson und Bertie legten ein Mordstempo vor und waren mir ein ganzes Stück voraus. Erst im Westtal stieß ich wieder zu ihnen. Nicht weit vom Grabmal Amenophis' III. debattierten sie mit Cyrus.

»Weit und breit keine Spur von ihr«, berichtete Cyrus. »Ich hab das ganze Tal abgesucht und laut nach ihr gerufen.«

»Was ist mit ihrem Pferd?« erkundigte ich mich, da ich nur vier Reittiere zählte.

»Sie ist zu Fuß gegangen.« Cyrus zupfte nervös an seinem Spitzbart. »Über einen der Klippenpfade. Hoffentlich ist sie nicht gestürzt. Wenn sie sich nun ernsthaft verletzt hat und mir gar nicht antworten konnte?«

»Sie klettert wie eine Bergziege und kennt hier jeden Stein«, sagte ich, um Cyrus zu beruhigen. »Lassen Sie uns logisch vorgehen. Wir wandern durch das Tal bis zum Grabmal von Aja, wo Sie gearbeitet haben.«

Die hoch am Himmel stehende Sonne tauchte das nackte Gestein in grelles Licht, Schatten fand man nur unter den östlichen Klippen. Nichts bewegte sich, niemand antwortete auf Emersons fortwährendes Rufen. Als wir das Grab von Aja erreichten, saßen wir ab und ließen unsere braven Pferde zurück.

»Entweder hört sie uns nicht, oder sie will nicht reagieren«, meinte Emerson. Er übernahm wie üblich das Kommando. Sein nächster Befehl offenbarte eine Möglichkeit, an die niemand von uns denken mochte. »Bertie, Sie und Cyrus gehen in diese Richtung, Peabody und ich arbeiten uns auf der Westseite vor. Bleiben Sie in Rufweite.«

Es war eine zähe, bedrückende Suche. Bedrückend in jeder Hinsicht, denn zu der Hitze und dem beschwerlichen Weg trat die wachsende Angst um Jumana. Wir spähten in jede Felsspalte, jeden Krater, jedes Erdloch, mit der ständigen Panik, dort unten einen zerschmetterten Körper zu erblicken. »Vielleicht hat sie die Suche aufgegeben und ist ins Schloß zurückgekehrt.«

Emerson schnaubte verächtlich.

Lautes Rufen von Bertie ließ uns innehalten, und wir liefen hastig in ihre Richtung. Sie waren gar nicht weit weg von uns, doch konnten wir sie wegen des felsigen Geländes zunächst nicht ausmachen. Sie standen vor dem unvollendeten Grab, das wir kürzlich inspiziert hatten – Nr. 25. Cyrus hatte die Arme um seinen Stiefsohn gelegt und hielt ihn krampfhaft fest. In der Graböffnung gewahrten wir zwei Gestalten. Lidmanns teigiges, unrasiertes Gesicht zeigte Spuren von Erschöpfung, aber er hatte immerhin noch die Kraft, Jumana gewaltsam an sich zu pressen. Ihre Hände und Füße waren gefesselt; über dem Knebel blitzten ihre Augen vor ohnmächtigem Zorn. Der Deutsche hielt ein Messer auf ihre Brust gerichtet.

»Stehenbleiben!« brüllte er. »Kommen Sie ja keinen Schritt näher.«

»Sie haben es gehört, Bertie«, rief Emerson. »Bleiben Sie still stehen und bewahren Sie Ruhe.«

Die tiefe, energische Stimme verfehlte ihre Wirkung auch diesmal nicht. Bertie wehrte sich nicht länger, und Cyrus lokkerte seine Umklammerung. »Entschuldigung«, murmelte der Junge. »Ich hab schlicht den Kopf verloren.«

»Verständlich«, meinte Emerson, sein Ton weiterhin ruhig und gefaßt. »Wenn auch im höchsten Maße unvernünftig. Überlassen Sie mir das Reden. Mr. Lidmann, ich nehme an, Sie wollen verhandeln.«

Lidmann nickte. Er atmete schwer, seine Rechte mit dem Messer zitterte.

»Lassen Sie sich ruhig Zeit, Mr. Lidmann«, sagte ich beschwichtigend. »Sie sehen gar nicht gut aus.«

Mein mitfühlender Ton beruhigte ihn vorübergehend. »Mir sind Lebensmittel und Wasser ausgegangen«, murmelte er. »Ich hab Hunger ... und Durst ...«

»Ach du meine Güte«, entfuhr es mir. »Möchten Sie einen Schluck?« Ich hielt einladend meine Wasserflasche hoch. Lidmann bekam große Augen. Dann schluckte er und meinte rauh: »Nein, Mrs. Emerson, so leicht kriegen Sie mich nicht.«

»Dann eben nicht«, zischte Emerson. »Peabody, laß mich mal mit ihm reden.«

»Aber selbstverständlich, mein Lieber. Ich wollte Mr. Lidmann doch nur demonstrieren, daß wir es gut mit ihm meinen.«

Berties mordlustige Miene strafte meine Äußerung Lügen, dennoch rührte er sich nicht vom Fleck.

»Ich möchte niemandem wehtun«, stammelte Lidmann.

»Na prima«, meinte Emerson. »Und was tun Sie da gerade? Aber Scherz beiseite, was möchten Sie denn?«

Nach einem tiefen Atemzug platzte der Deutsche heraus: »Die Statue. Sie gehört rechtmäßig mir. Ich hab sie an einem Ort versteckt, wo Sie sie niemals finden werden. Lassen Sie mich mitsamt dem Artefakt unbehelligt aus Luxor verschwinden, dann gebe ich das Mädchen frei.«

»Einverstanden«, gab Emerson zurück. »Und jetzt lassen Sie sie los.«

Lidmanns eingesunkene, von dunklen Schatten umflorte Augen wurden hart. »So weit sind wir noch nicht, Professor. Ich weiß, Sie stehen zu Ihrem Wort, aber um ein Menschenleben zu retten, würden Sie schamlos lügen. Zunächst haben wir noch die Details zu klären, nicht wahr? Einer von Ihnen muß mich nämlich zum Bahnhof und nach Kairo begleiten.«

»Hmmm.« Emerson rieb sich das Kinn. »Da sehe ich Schwierigkeiten auf Sie zukommen, Lidmann. Ich könnte Sie zwar zum Bahnhof und an der Polizei vorbei in einen Zug schmuggeln, aber Sie glauben doch wohl nicht, daß Sie mich während der gesamten Fahrt in Schach halten können – auch nicht mit einem Messer an den Rippen. Noch vor Kena hätte ich Sie gnadenlos überwältigt, mein Guter.«

»Gütiger Himmel, Professor«, erregte sich Bertie. »Wieso ausgerechnet Sie? Wissen Sie was, ich begleite ihn.«

Emerson warf dem Jungen einen Blick zu, der ihn unvermittelt zum Schweigen brachte. Mir war natürlich klar, wie mein Ehemann taktierte. Lidmanns Vorschlag war nicht ernst gemeint gewesen, zumal wir noch am Anfang der Verhandlungen standen. Aber lange durften sie sich nicht hinziehen, nicht bei zwei impulsiven jungen Leuten wie Jumana und Bertie. Die Augen geschlossen, lehnte sie an Lidmann. Ich ahnte, daß sie etwas Törichtes im Schilde führte. Und wenn nicht sie, dann Bertie.

»Mrs. Emerson wird mich begleiten«, sagte Lidmann.

»Nein, das wird sie nicht«, versetzte Emerson. »Sie würde

zwar«, fügte er mit einem Nicken zu mir hinzu, »genauso mit Ihnen fertig wie ich, aber Sie glauben doch wohl nicht, daß ich Ihnen meine Frau überlasse, häh? Also kommen Sie, Lidmann, haben Sie wirklich keine bessere Idee?«

»In Ordnung«, gab Lidmann zurück. »Wie Sie wollen. Die Statue. Sie gehört rechtmäßig mir, aber ich bin bereit, sie Ihnen zu überlassen – im Austausch für meine Freiheit. Sobald Mrs. Emerson und ich in Kairo eintreffen, werde ich ihr das Versteck nennen. Sonst würden Sie es niemals finden. Und selbst wenn Sie mich folterten, würde ich nichts verraten. Keine zehn Pferde bekommen das Versteck aus mir heraus!«

»So viele Pferde haben wir gar nicht dabei«, murmelte Emerson abwesend.

Cyrus hatte bisher geschwiegen und sich statt dessen nervös den Bart gezwirbelt. Jetzt sagte er: »Was halten Sie davon, Lidmann, wenn ich Sie begleite? Ich bin ein harmloser alter Bursche, nicht halb so agil wie Mrs. Emerson. Zudem bezahle ich Ihnen die Statue. Wir werden umgehend meine Bank in Kairo aufsuchen, und dann gebe ich Ihnen fünfzigtausend Pfund. Im Gegenzug verlasse ich mich darauf, daß Sie Ihren Teil der Vereinbarungen einhalten.«

»Ich muß nachdenken«, murmelte Lidmann. »Sie haben mich verunsichert.«

»Dann machen Sie schnell«, meinte Cyrus.

Ich fragte mich, welches As Lidmann noch im Ärmel haben könnte. Ihm schwante doch bestimmt, daß seine Planung mit all ihren Varianten zum Scheitern verurteilt war. Wir waren zu viele; er konnte uns weder alle in den Zug scheuchen noch die Aktivitäten derer kontrollieren, die zurückblieben. Hatte er etwa einen Komplizen? Unwillkürlich schweifte mein Blick über die ausgezackten Klippen, aber ich sah nur zwei Raubvögel am strahlendblauen Himmel. Und wieso hatte er wiederholt beteuert, daß die Statuette rechtmäßig ihm gehörte? Während ich diese Gedanken vertiefte, ließ ich die heikleren Kandidaten in unserer kleinen Runde

– Lidmann, Bertie und Jumana – nicht aus den Augen. Bertie wippte auf den Fußballen, seine Hände zu Fäusten verkrampft, sein Gesicht wutverzerrt. Jumana stand ganz ruhig – zu ruhig.

In diesem Augenblick handelte das Mädchen. Sie straffte sich, riß sich von Lidmann los und warf sich seitwärts gegen seinen rechten Arm. Darauf stürzte sich Bertie mit einem Riesensatz auf den Deutschen und drehte ihm die Hand mit dem Messer um. Während die beiden um die Waffe kämpften, fiel Jumana und kugelte, hilflos wie ein verschnürtes Bündel, die Grabtreppe hinunter. Cyrus setzte ihr nach; Emerson zerrte Bertie von seinem Gegner und umklammerte das Handgelenk des Jungen, aus dem fontänenartig Blut spritzte. Lidmann blickte sich hektisch um, ehe er die Felsen hinaufkletterte.

Emerson griff in seine Jackentasche und zauberte – welch Wunder! – ein sauberes Taschentuch daraus hervor. Er wikkelte es um die Hand des Jungen und schob ihn zu mir. Dann nahm er Lidmanns Verfolgung auf.

Der provisorische Verband hatte die Blutung vorübergehend gestillt. Zielstrebig stakste Bertie zu der Graböffnung. Ich erwog die Alternativen, entschied mich für die nächstliegende und zog die kleine Pistole aus meiner Jackentasche. Lidmann war gut zehn Meter über mir; er rutschte und stolperte, wobei er Gesteinsbrocken lostrat, die munter auf Emersons unbedeckten Kopf prasselten.

»In Deckung, Emerson«, brüllte ich. »Ich schieße jetzt.«

Emerson blickte zu mir nach unten. »Oh nein, Peabody, tu's nicht«, wetterte er lautstark. »Hölle und Verdammnis!«

Er duckte sich, bemüht, seinen athletischen Körper in eine klitzekleine Ritze zu zwängen. Ich betätigte den Abzug.

Ich hatte auf Lidmanns Bein gezielt. Zu meiner großen Verblüffung traf ich sogar. Lidmann schrie auf und verlor das Gleichgewicht. Er klatschte wie ein nasser Sack zu Boden, überschlug sich mindestens zweimal in dem schroffen

Felsgelände und verfehlte Emerson um Haaresbreite, bevor er mir genau vor die Füße rollte.

»Soviel zum Thema Statuette.« Emerson erhob sich. »Peabody, ich hab dir doch gesagt –«

»Er ist bestimmt nicht tot«, beruhigte ich ihn. »Aber wenn ich nicht geschossen hätte, wäre er womöglich entkommen, Emerson. Wie du siehst, hab ich immerhin getroffen!«

»Sehr schön, mein Schatz«, lobte mein Göttergatte grinsend. Er drehte den zusammengekrümmten Mann mit dem Fuß um. Lidmanns Gesicht war blutverschmiert, sein Hemd hing in blutigen Fetzen, aber er atmete noch. »Der Sturz war schlimmer als deine Kugel. Er hatte wirklich ein paar harte Tage, der Bursche, was?«

Nachdem wir ihn auf einer Krankentrage in unser Haus gebracht hatten, war er immer noch bewußtlos. Nefret, die ihn kurz untersuchte, verzog skeptisch das Gesicht. »Es sieht gar nicht gut aus, Mutter. Er hat innere Verletzungen. Unter diesen Umständen wage ich keine Operation. Außerdem ist sein Blutdruck erschreckend niedrig.«

»Wird er das Bewußtsein wiedererlangen?«

»Ich weiß es nicht. Es ist eher unwahrscheinlich.«

Im Gegensatz zu den anderen hatte Emerson auf medizinische Betreuung verzichtet. Und wie durch ein Wunder war sein Hemd sogar relativ heil geblieben. Fast rechnete ich damit, daß er uns noch – irgendwohin – zum Arbeiten abkommandieren würde, hatte aber falsch getippt. Statt dessen stand er Nefret im Weg herum und fragte alle paar Minuten nach Lidmann.

»Laß den Mann in Ruhe, Emerson«, schimpfte ich. »Wir finden die Statue auch so, schließlich ist sie nicht aus der Welt.«

»Darum geht es mir nicht.« Emerson kratzte sich am Kinn. »Er hat noch irgendwas anderes auf dem Kerbholz, aber was? Einmal angenommen, er ist der Mörder und der Dieb, wer hat ihn dann in den Fluß gestoßen?«

Ich konterte mit einer Gegenfrage. »Und hast du schon eine Ahnung, wer der große Unbekannte sein könnte?«

»Hmph«, knirschte Emerson und machte sich aus dem Staub.

Ich hatte einen Boten nach Luxor geschickt, der Sethos und Inspektor Ayyid informieren sollte, daß sie die Bahnhofsüberwachung einstellen könnten. Die beiden trafen kurze Zeit später bei uns ein, und ich brachte sie auf den neuesten Stand.

»Er ist nicht ansprechbar«, erklärte ich Ayyid, der auf eine Vernehmung Lidmanns drängte. »Vermutlich stirbt er, ohne das Bewußtsein wiederzuerlangen.«

»Kann Ihre Schwiegertochter ihn denn nicht irgendwie wach bekommen?« erkundigte sich Ayyid.

Ich sinnierte, was ihm diesbezüglich vorschwebte – Riechsalz oder Folter? »Seien Sie versichert, daß sie die Spielräume ausschöpft, die der Hippokratische Eid ihr läßt. Sie ist jetzt bei ihm, und ich übernehme die Nachtwache«, sagte ich scharf. »Sie dürfen mir vertrauen, daß ich ein angemessenes Verhör durchführe, sollte dies möglich sein.«

»Glauben Sie mir«, mischte sich Sethos ein, »auf Mrs. Emerson ist Verlaß. Und«, setzte er mit einem hintergründigen kleinen Lächeln hinzu, »auf Nefret.«

Ayyid mußte sich geschlagen geben. Ich versprach, ihn umgehend zu benachrichtigen, sollte sich Lidmanns Zustand verändern.

Als ich Nefret nach dem Abendessen ablöste, wußte ich nach einem Blick auf Lidmann, daß es schlecht um ihn stand. Sein Atem ging flach, sein Gesicht war leichenblaß. Nefret wirkte angeschlagen, ihre blauen Augen lagen tief in den Höhlen. Ich schickte sie umgehend ins Bett.

Ich wurde zweimal gestört, einmal von Emerson, der sich den schlafenden Lidmann ansah und leise meuternd wieder wegging, und einmal von Sethos. Letzterer entschied sich zu bleiben und nahm sich den bequemsten Lehnstuhl in dem Gästezimmer, wohin wir Lidmann umquartiert hatten.

»Ich hab heute nachmittag drei Telegramme ausgehändigt bekommen«, hob mein Schwager an. »Möchtest du, daß ich dir kurz den Inhalt wiedergebe?«

»Kommt drauf an, was drinsteht.«

»Eins bezieht sich auf meine Anfrage hinsichtlich der Person Heinrich Lidmanns. Er arbeitete für die Deutschen in Amarna. Bei Kriegsbeginn trat er der Armee bei. 1917, im Zuge einer Kampfhandlung, wurde er für vermißt erklärt.«

»Dann stimmte seine Geschichte also doch.«

»In dem anschließenden Wirrwarr um den Austausch von Kriegsgefangenen verloren sich die Spuren vieler Männer«, erklärte Sethos weiter. »Und manche Berichte wurden nie korrigiert.«

»Das ist jetzt nicht mehr von Belang.«

»Nein?« Bevor ich mich äußern konnte, fuhr er fort: »Das zweite Telegramm stammt von meinen Kollegen in London. Aslanian hat die Statue vor zwei Jahren in Kairo gekauft, von Zahi Gabra.«

»Ausgezeichnet«, entfuhr es mir. »Endlich eine brauchbare Spur.«

»Leider endet die Spur abrupt. Gabra ist tot. Falls er schriftliche Aufzeichnungen hatte, existieren diese bestimmt nicht mehr.«

»Und das dritte Telegramm?«

»Von Margaret. Sie ist heute morgen in Kairo eingetroffen und reist in Kürze nach Luxor weiter.«

»Wie schön!«

»Ja, nicht wahr?« Er stand geschmeidig auf. »Ich würde ja gern für dich weiterwachen, aber das läßt du sowieso nicht zu. Also dann gute Nacht.«

Die Nachtstunden zogen sich endlos hin. Ich saß neben dem Bett; Notizbuch und Stift gezückt, rekapitulierte ich Sethos' Informationen und fertigte eine meiner kleinen Listen an. Irgendwann schlug Lidmann die Augen auf. Er erkannte mich.

»Haben Sie Schmerzen?« Ich hielt es für meine Pflicht als Christin, mich vor allem anderen zunächst danach zu erkundigen.

»Nein.« Das kam so schwach, daß ich mich über ihn beugen mußte, um ihn zu verstehen.

»Wenn das so ist, vielleicht möchten Sie mir dann noch etwas anvertrauen.«

»Werde ich sterben?«

»Ja. Durch die Gnade der Vorsehung haben Sie jedoch noch Gelegenheit, Ihr Gewissen zu erleichtern, bevor Sie Ihrem Schöpfer gegenübertreten.«

»Ich wollte nie etwas Böses«, flüsterte Lidmann. »Ich wollte niemandem wehtun. Ich wollte doch nur, was mir zusteht.«

»Erzählen Sie«, drängte ich. »Reden Sie es sich von der Seele, danach werden Sie sich erleichtert fühlen. Wo haben Sie die Statue versteckt?«

Keine Ahnung, ob er mich hörte, jedenfalls antwortete er nicht. Statt dessen begann er zu reden, bedächtig und unter Schwierigkeiten, seine kaum verständlichen Sätze von langen Pausen unterbrochen, und mehr zu sich selbst. Seine Schilderung reichte weit zurück in die Vergangenheit.

Bei Tagesanbruch rasselte der letzte Atemzug aus Lidmanns gequälten Lungen. Ich sprach ein kurzes Gebet, faltete seine Hände über der Brust und schloß ihm die Lider.

***

»Ihr habt Mr. Lidmanns Beerdigung verpaßt«, verkündete ich. »Aber der Fall ist gelöst. Ich habe sein Geständnis.«

»Na prima, dann haben wir jetzt drei Geständnisse«, sagte David.

Er und Ramses waren kurz nach Mitternacht unverhofft

zurückgekehrt. Jamads Willkommensgejohle weckte das ganze Haus auf; wir stürzten alle aus den Betten und in unsere Kleider und stürmten auf die Veranda. Die beiden saßen dort, während Fatima hastig Tee aufbrühte. Ramses hatte dunkle Ringe unter den Augen. Nefret saß neben ihm auf dem Sofa und tätschelte seine Hand.

»Beide Pethericks haben gestanden?« rief ich. »So ein hanebüchener Unsinn. Aber gut, erzählt erst mal.«

Nach einem Blick zu Ramses lief Emerson wieder ins Haus. Er kehrte mit einem gefüllten Glas zurück.

»Hier«, sagte er dumpf. »Das hat vermutlich therapeutischere Wirkung als Tee.«

Schweigend nahm Ramses den Whisky in Empfang.

»Da gibt es nicht viel zu erzählen.« David tauschte einen Blick mit seinem Freund aus, ehe er uns kurz berichtete, wobei er den Vorfall in Abu Roasch besonders hervorhob.

»Und was habt ihr dann mit ihnen gemacht?« wollte ich wissen.

»Wir haben sie nach Kairo zurückbegleitet. Adrian wurde ins Krankenhaus eingewiesen. Er war mental völlig weggetreten und sträubte sich nicht dagegen. Harriet ist selbstverständlich bei ihm geblieben.«

»Selbstverständlich«, murmelte ich. »Und er hat den Mord an Mrs. Petherick zugegeben, nicht wahr?«

Inzwischen hatte Nefret Ramses einen Schluck Whisky eingeflößt. Er blickte auf und räusperte sich. »Sein Geständnis zählt genausowenig wie ihres. Sie hat wie üblich versucht, die Schuld auf sich zu nehmen.«

»Wie frustrierend«, seufzte ich. »Aber jetzt ab ins Bett mit euch, Jungs.«

Genaugenommen war ich nicht traurig darum, daß sich meine eigene Berichterstattung verzögerte. Auch ich habe – zugegeben – gelegentlich eine Schwäche für dramatische Auftritte. Ich hatte Emerson bewußt einige von Lidmanns Enthüllungen vorenthalten und meine Schlüsse daraus gezogen. Jetzt wartete ich mit Spannung darauf, sie einem größeren und geneigteren Publikum darzulegen.

***

Nach einem späten Frühstück half Fatima mir, Stühle und Tische im Wohnraum zu arrangieren. Sobald unsere Freunde eintrafen, wies ich ihnen ihre Plätze zu.

»Wird das ein längerer Vortrag?« erkundigte sich Emerson nach einem Blick über die Stuhlreihen und das Pult, hinter das ich meine Wenigkeit zu plazieren gedachte.

»Eine Diskussion, mein Lieber«, berichtigte ich ihn. »Bitte, setz dich doch neben mich. Danke. Katherine, Sie dort – und Jumana – Daoud und Selim …«

Es dauerte eine Weile, bis Ruhe einkehrte, da Ramses sich zuvor noch lautstark über Jumanas Blessuren aufregen und David Berties Arm inspizieren mußte. Nach mehrmaliger Ermahnung der Zuhörer nahm ich meinen Platz hinter dem Pult ein. Zunächst bat ich David und Ramses um ihre Schilderung, die einem Teil der Anwesenden noch nicht geläufig war. Ramses, der wieder besser aussah, gab eine detailliertere Version ihrer Mission ab. Das führte zu unterschiedlichen Reaktionen.

»Er ist verrückt«, meinte Daoud. »Und ein Verrückter kann für sein Handeln nicht zur Rechenschaft gezogen werden.«

»In diesem Punkt hast du recht, Daoud«, warf Bertie ein.

»Pah!« Selim runzelte die Stirn. Er war bei weitem nicht so weichherzig wie sein Cousin, aber genauso skeptisch wie Emerson, was die Psychologie betraf.

»Hat er dargelegt, wie er sie umgebracht hat und warum?« wollte ich wissen.

Ramses schüttelte den Kopf. »Nachdem er wieder bei Bewußtsein war, hat er kaum noch etwas gesagt. Es fehlt das stichhaltige Motiv, Mutter, Ambivalenz hin oder her.«

»Er war's nicht«, sagte Emerson feixend. »Wir wissen inzwischen, wer es getan hat. Peabody, warum rückst du nicht endlich mit Lidmanns Geständnis raus?«

»Als erstes«, begann ich.

»Und als zweites ... oder drittes? Mach's nicht so spannend!« unterbrach er mich ungehalten.

»Wenn ich dich langweile, mein Bester, kannst du ruhig gehen. Spiel ein bißchen mit den Kindern.«

Emerson griente verlegen. »Ich bitte vielmals um Entschuldigung, Peabody. Fahre fort.«

»Wenn du nichts dagegen hast, Mutter«, schaltete Ramses sich ein, »möchte ich als erstes erfahren, wie ihr Lidmann geschnappt habt. Das war ja wohl keine Kleinigkeit.«

»Genau das wollte ich eben ausführen, mein lieber Junge. Der Auslöser dafür war, daß Lidmann Emersons Schreibtisch aufgebrochen und die Statuette entwendet hatte.«

Indem ich mehrmals bedeutungsschwanger die Stimme hob, vermochte ich Kommentare und Fragen auf ein Minimum zu beschränken. »Und jetzt«, erklärte ich, »kommen wir zum Kern der Sache. Wer war Mrs. Pethericks Mörder? Als erstes« – ich torpedierte Emerson mit einem strengen Blick – »als erstes möchte ich die biografischen Angaben vorlesen, wie sie ihre Verleger offiziell herausgeben.«

Danach fuhr ich ohne Pause fort: »Und jetzt, meine Freunde, enthülle ich ihre wahre Lebensgeschichte.«

»Magda Ormond – kein ›von‹ – wurde in Leipzig in eine angesehene Kaufmannsfamilie hineingeboren. Schon als kleines Kind zeichnete sie sich durch eine rasche Auffassungsgabe aus, so daß ihr Vater Privatlehrer für sie einstellte. Einer von ihnen war ein junger Englischlehrer, Moritz X. Daffinger. Auch er erkannte die Talente des Mädchens. Sie hatte ein Faible für das Übersinnliche und schrieb Geschichten, die sie ihrem geduldigen Mentor dann vorlas.

Er verliebte sich in sie. Zu dem Zeitpunkt war sie ungefähr sechzehn Jahre alt, bildhübsch, und sie erwiderte seine Gefühle. Als ihre Eltern Wind davon bekamen, entließen sie den jungen Mr. Daffinger und arrangierten für Magda eine Heirat mit einem wohlhabenden Metzgersohn. Die unglücklich Verliebten brannten daraufhin zusammen nach Berlin durch und heirateten dort. Um sein bescheidenes Lehrersalär aufzubessern, kam Daffinger auf die Idee mit der Schriftstellerei. Zunächst arbeiteten sie zusammen; sie schrieb Geschichten von Werwölfen und Vampiren, die dann unter seinem Namen erschienen. Die Bücher waren auf Anhieb erfolgreich. Da die weibliche Leserschaft aber vermutlich eher auf eine *Autorin* anspringen würde, erfanden die beiden eine romantische Biografie für Magda und setzten ihren Namen auf den Titel. Die Verleger stellten keine Fragen, da die Verkaufszahlen tatsächlich in die Höhe schnellten.

Dann brach der Krieg aus. Daffinger wurde eingezogen. Magda hörte nichts mehr von ihm. Nach meinem Dafürhalten hat sie sich auch nicht besonders angestrengt, etwas über ihn in Erfahrung zu bringen. Statt dessen genoß sie das Leben in vollen Zügen. In den letzten Kriegsmonaten flüchtete sie nach England. Erfolg, Popularität und eine lukrative Heirat folgten.«

Ich drehte das Blatt um. »Daffinger hatte es im Krieg hart getroffen. Er war an der russischen Front und dann in Gefangenschaft geraten. Ausgezehrt und völlig mittellos kehrte er nach Berlin zurück. Monatelang suchte er nach seiner geliebten Frau. Keiner wußte, was aus ihr geworden war. Mit kleineren Diebstählen und Schiebereien hielt er sich über Wasser. Erst zwei Jahre später stieß er zufällig auf einen Artikel in einer englischen Zeitung, der sich auf ihr kürzlich erschienenes Buch bezog – und auf ihre bevorstehende Hochzeit mit Pringle Petherick.«

Nach den wissenden Mienen meiner Zuhörer zu urteilen, ahnten diese bereits, wie es ausgehen würde, folglich fuhr ich hastig fort.

»Man kann sich Magdas Verblüffung lebhaft vorstellen, als ihr Mann – ihr rechtmäßiger Ehemann – urplötzlich aus der Versenkung auftauchte und sie zur Rede stellte. Ich muß leider hinzufügen, daß er kein nachsichtiger, einlenkender Mensch war und seine Verbitterung gewiß begründet. Sie hatte es zu Wohlstand und Erfolg gebracht – nicht zuletzt durch seine Mitwirkung; und er war verarmt und unbekannt. Um es kurz zu machen: Er preßte ihr Schweigegeld ab. Sie verkaufte nach und nach ihren Schmuck, um ihn zufriedenzustellen. Als ihr allmählich die Mittel ausgingen, starb Petherick genau zum passenden Zeitpunkt.«

Emerson hatte bisher geschwiegen; jetzt konnte er sich nicht mehr beherrschen. »Sie hat Petherick umgebracht?«

»Das werden wir nie mit letzter Sicherheit erfahren«, erwiderte ich. »Fest steht, daß Daffinger seine Forderungen immer höher schraubte. Ein junger Archäologe namens Lidmann war mit ihm zusammen im Krieg gewesen. Sie wurden Freunde und tauschten sich über ihre unterschiedlichen Interessen aus. Lidmann wurde getötet – in Stücke zerfetzt, wie Daffinger es umschrieb.

Daffinger hatte viel von Lidmann erfahren und kannte sich mit Antiquitäten aus. Er forderte die Hälfte von Pethericks Vermögen. Magda flüchtete und nahm das wertvollste Artefakt aus der Sammlung mit. Wutentbrannt verfolgte er sie.«

Ich blätterte die Seite um. »Als er sie endlich aufspürte, versuchte Mrs. Petherick zu verhandeln. – Man darf dabei nicht vergessen, daß ihr das Erbe aberkannt worden wäre, wenn er geredet hätte. – Da sie Angst hatte, daß er die Statue stehlen könnte, brachte sie diese zu uns. Zu diesem Zeitpunkt hatte sie sich bereits die Geschichte mit dem Fluch zurechtgelegt und ein weiteres Hotelzimmer auf den Namen Johnson gebucht, um unterzutauchen.«

Emerson wurde sichtlich ärgerlicher. »Sie hat uns von Anfang bis Ende an der Nase herumgeführt«, dröhnte er. (Dergleichen kann er nun mal überhaupt nicht leiden.) »Mit ihrem ganzen Geschwätz über Flüche, Phantome und schwarze Dämonen!«

»Ich hab ihr das nicht abgenommen und du doch auch nicht«, gab ich zurück. »Aber ich gebe zu, wir hätten ihre Motive skeptischer durchleuchten müssen. Wie dem auch sei, Daffinger wurde fuchsteufelswild, als er von ihrem Winkelzug erfuhr. Er versuchte mehrmals, bei uns einzubrechen. Als das nicht klappte, nahm er die Identität seines verstorbenen Kriegskameraden an und ließ sich von Cyrus anwerben, in der Hoffnung, damit leichter Zugang zu unserem Haus zu finden. Er war ein intelligenter Mensch mit einem ausgezeichneten Gedächtnis, und er kannte sich mit Lidmanns Arbeit in Amarna bestens aus.«

»Dann hat er sie also umgebracht?« warf David ein. »Wieso eigentlich? Für gewöhnlich wird der Erpresser um die Ecke gebracht und nicht das Opfer.«

»Das hat sie ja wohl versucht«, erwiderte ich. »An dem Abend, als sie gemeinsam am Fluß entlangspazierten. Sie hatte sich dort mit ihm verabredet, um über seine Forderungen zu sprechen. Wie ihr selbst wißt, war sie eine große, stattliche Frau, und er rechnete nicht mit irgendwelchen üblen Tricks. Sie hatte einfach Pech, daß er überlebte. Naturgemäß steigerte das seinen Groll, und als sie sich das nächste Mal begegneten, im Park des Winter Palace Hotels, war mit ihm nicht zu spaßen. Teuer gekleidet, mit Perücke und Juwelen ausstaffiert und ohne eine Spur von schlechtem Gewissen, beging Magda den entscheidenden Fehler, ihm ein Paar wertlose Ohrringe mit Similisteinen anzubieten. Sie schwindelte ihm vor, sie hätte nichts mehr. Dann wies sie ihn auf sein Vorstrafenregister in Deutschland hin und darauf, daß er mehr zu verlieren habe als sie. Im Affekt stürzte er sich auf sie, und als sie um Hilfe rief, versuchte er ihr den Mund zuzuhalten. Das löste wohl den Herzstillstand aus. Er beteuerte jedenfalls steif und fest, daß er sie nicht umbringen wollte. Nach ihrem Tod blieb ihm jedoch nichts anderes übrig, als die Leiche zu verstecken. Er nahm die Ohrringe und den übrigen Schmuck mit, um einen Raubmord vorzutäuschen. Und dann tat er das Verrückteste überhaupt. Daouds Informant hatte recht; ihr Leichnam war mit weißen Blütenblättern bedeckt. Ayyid, den Flora und Fauna wenig kümmern, hat dem keine Bedeutung beigemessen; aber weiße Rosen waren definitiv ihre Lieblingsblumen.«

Nefret schauderte. »Das ist ja entsetzlich.«

»Ambivalenz«, sagte ich. »Wenn Liebe und Haß untrennbar miteinander verbunden sind. Für uns, die wir diesen Gefühlskonflikt nicht kennen, ist das in der Tat entsetzlich.«

»Und das hast du alles von Lidmanns – Daffingers – Geständnis abgeleitet?« wechselte Ramses an diesem Punkt das Thema.

»Das meiste jedenfalls.« Ich schob meine Unterlagen ordentlich zusammen. »Damit ist der Vor ... die Diskussion beendet. Und der Fall abgeschlossen.«

»Nicht ganz«, beeilte sich Ramses hinzuzufügen. Stirnrunzelnd fixierte er mich. »Wir haben die Statue noch nicht gefunden.«

### Aus Manuskript H

Es verstand sich von selbst, daß sie die Suche bereits eingeleitet hatten. Nur seine Mutter und Nefret waren zu der überstürzt angesetzten Lidmann-Daffinger-Beerdigung gegangen; die anderen hatten an jenem Tag das Grabmal inspiziert, wo er sich versteckt gehalten hatte.

»Teufel noch, die Statue scheint definitiv nicht in dem Grab zu sein«, hatte Emerson schließlich enttäuscht eingeräumt.

Am frühen Nachmittag machten sie sich unter einer gnadenlos heißen Sonne erneut auf den Weg ins Westtal. Genau wie sein Vater hatte Ramses ein starkes Interesse daran, das Artefakt endlich aufzuspüren. Nachdem Magda Ormonds Ehe mit Pringle Petherick ungültig war, würden seine Kinder alles erben. Und die beiden hatten das Geld bitter nötig.

Ramses wartete, bis seine Mutter und Nefret zu ihnen aufschlossen. »Alles in Ordnung mit dir, Mutter?«

»Danke der Nachfrage.« Sie wischte sich das verschwitzte Gesicht mit einem blütenweißen Taschentuch.

»Cyrus' Leute bringen Wasser mit«, bemerkte er. »Auch für die Pferde.«

»Kümmere dich nicht um mich. Du hast bestimmt anderes im Kopf, oder?«

»Deine Schilderung heute morgen war sehr eindrucksvoll«, betonte Ramses. »Bist du rundum zufrieden mit der Lösung des Falles?«

Ein kleines Lächeln umspielte ihre Mundwinkel. »Hast du etwa noch logische Ungereimtheiten festgestellt?«

»Wieso?«

Ihr Lächeln verlor sich. »Nun ja, immerhin kannte ich eure Darstellung noch nicht, als ich meine Notizen zusammentrug. Ganz offensichtlich kann es nicht Daffinger gewesen sein, der dich in Kairo angriff. Du glaubst doch auch nicht, daß es Adrian war, oder?«

»Ich kann mir nicht vorstellen, wie er das hätte machen sollen. Die Person, die vor Bassam's Restaurant auf uns geschossen hat, benutzte eine Pistole. Adrian hatte nur ein Gewehr. Ich hab seine Sachen durchsucht, bevor wir nach Kairo zurückfuhren.«

»Er könnte die Pistole versteckt oder weggeworfen haben.«

»Möglich.«

Emerson steuerte auf sie zu und trieb sie zur Eile. »Wir fangen noch mal von vorne an mit der Suche, aber diesmal gründlich und methodisch.«

Nach seinen Anweisungen schwärmten sie rings um Grab 25 aus und stocherten in jeder Felsspalte herum. Das konnte ewig dauern, seufzte Ramses insgeheim. Er spähte zu seinem Onkel, der gelassen umherspazierte, die Arme hinter dem Rücken verschränkt, und dabei eine Mozart-Ouvertüre vor sich hinpfiff. Sethos' lässige Arroganz provozierte ihn noch jedesmal.

»Wußte ja gar nicht, daß du dich für Klassik interessierst«, meinte Ramses gereizt.

»Es gibt vieles, was du über mich nicht weißt«, erwiderte Sethos ungerührt. »Ich bin ein Mann mit vielen Neigungen.«

»Eine Neigung zu harter körperlicher Arbeit ist definitiv nicht dabei.«

»Warum auch, solange sich immer jemand findet, der mir die Arbeit abnimmt? Ach übrigens«, meinte Sethos mit einer kaum merklichen Seitwärtsbewegung seines Kopfes, »der Bursche da oben – nein, dreh dich jetzt nicht um und starr dorthin! – beobachtet uns seit über einer Stunde. Kannst du nicht mal ganz unverfänglich in seine Richtung gehen?«

Sethos hatte auf einen Felsvorsprung über ihnen gedeutet. Ein schmaler Pfad schlängelte sich dort oben hinauf. Aus dem Augenwinkel fing Ramses eine Lichtreflexion auf (Brillengläser?), als würde jemand nach unten blicken.

»Ganz unverfänglich«, ätzte Ramses. »Er hat einen Panoramablick von da oben und entdeckt mich auf Anhieb.«

»Ich lenk ihn ab«, erbot sich Sethos. Er stand auf und klopfte sich den Staub von der Hose. Dann steuerte er zu Emerson, der seinem Suchtrupp Anweisungen zubrüllte. Was sein Onkel sagte, konnte Ramses nicht hören, allerdings verstand er die aufgebrachte Antwort seines Vaters.

»Du Einfaltspinsel wagst es, meine Ehe zu kritisieren?«

»Du hast sie nicht verdient.« Sethos deutete auf Ramses' Mutter, die couragiert über loses Geröll balancierte. Sie hielt inne und starrte nach unten. »Kein vernünftiger Mann würde einer Frau ein solches Risiko zumuten«, überschrie ihn Sethos.

Ramses nutzte die Gunst des Augenblicks dazu, sich geschmeidig auf den Felssims zu schwingen.

Die Lichtreflexion stammte von einem Objektiv. Der Fotograf hielt die Kamera vors Gesicht gepreßt und machte

Schnappschüsse von Emersons Mannschaft. Er war so vertieft in seine Arbeit, daß er Ramses erst wahrnahm, als dieser ihm den Fotoapparat herunterriß und ihn am Kragen packte.

»Lassen Sie um Himmels willen die Kamera nicht fallen!« winselte der Mann.

Ramses schob ihn über den Pfad nach unten zu den anderen. Sethos betupfte sich eben die blutende Nase mit einem Taschentuch.

»Sieh einer an, ein mieser kleiner Journalist!« brüllte Emerson und schüttelte den Mann.

»Machen Sie die Kamera nicht kaputt!« japste der Mann.

Emerson warf die Kamera zu Boden, worauf der Fotograf schmerzvoll aufjaulte.

»Das ist doch Mr. Anderson, nicht?« meinte Nefret bei näherem Hinsehen. »Sie sind doch neulich in den Grabschacht gefallen.«

»Und er hat versucht, unsere Tochter auszuhorchen«, setzte Ramses hinzu.

»Anderson, ich faß es nicht«, entfuhr es Cyrus. »Das ist der Künstler, dieser Maillet, von dem ich Ihnen erzählt hab. Der sich bei mir vorgestellt hat und nie wieder aufgetaucht ist.«

# 10

»Soso, Journalist sind Sie«, meinte ich gedehnt. »Vielleicht zufällig auch ein Dieb und ein Mörder?«

Die Frage lenkte Mr. Anderson von der Kamera ab, deren Einzelteile er leise stöhnend einsammelte. Er schnellte abrupt hoch.

»Aber Mrs. Emerson, wie können Sie mich so brutal verdächtigen! Ich wollte doch nur eine Exklusivgeschichte. Mr. O'Connell ist mein Mentor, mein großes Vorbild; er hat mir alles beigebracht, was ich wissen muß, und mich dazu motiviert, seine Erfolge nachzuahmen, indem – ähm –«

»Indem Sie sich, genau wie er, unser Vertrauen erschlichen«, versetzte ich ungehalten. »Sie haben sich als Archäologe und Künstler vorgestellt, um eine Anstellung bei Mr. Vandergelt zu bekommen. Der Plan ist so gerissen, daß er von Kevin stammen könnte.«

»Nein, nein«, wiegelte Anderson ab. »Ich kann zwar ein bißchen zeichnen, aber als Mr. Vandergelt meine Zeugnisse sehen wollte, hatte ich keine Chance mehr und mußte mir etwas Neues einfallen lassen.«

»Hah«, rief Emerson. »Hatte ich doch wieder mal recht. Diese Kerle schrecken vor nichts zurück, nicht mal davor, das Wächterhäuschen in die Luft zu pusten.«

Andersons Augen weiteten sich vor Panik. »Um Himmels willen, Sir. Das war ich nicht! Mein Ehrenwort!«

»Wie sind Sie überhaupt hergekommen?« bohrte ich.

Anderson zog eine gequälte Grimasse. »Zu Fuß. Den ganzen Weg vom Osttal. Und mit mir ein Haufen Ägypter. Meinten, Effendi Emerson wäre gestern hiergewesen und hätte etwas gesucht. Und deshalb müßten sie jetzt auch einen Blick riskieren.«

»Hölle und Verdammnis«, knurrte Emerson. »Und haben die Schlaumeier was gefunden?«

»Ich glaube nicht. Aber das sind gewiefte Burschen. Als Sie anrückten, haben die sich schleunigst verzogen.«

»Hölle und Verdammnis«, wiederholte der Professor. »Ich hab noch ein paar Fragen an Sie, Mr. Anderson. Aber nicht hier. Hassan, begleite diesen Herrn zu uns nach Hause und halt ihn fest, bis wir zurückkehren.«

Anderson zog ein langes Gesicht. »Aber Sir, ich hab gar kein Transportmittel.«

»Sie sind hergekommen, dann schaffen Sie es auch zurück.« Emerson griente breit. »Los, schwingen Sie die Hufe, Mann. Und versuchen Sie ja nicht, Hassan zu bestechen. Er ist nämlich absolut integer.«

Hassan spähte zu seinem Vater Daoud, der mit verschränkten Armen dastand. »Das ist er«, bekräftigte Daoud mit einem Nicken. »Was immer das heißen mag.«

Wir sahen den beiden hinterher. Anderson hinkte.

Sethos nahm das Taschentuch von seiner Nase. »Danke, Nefret. Das Bluten hat aufgehört.«

»Ich bin Expertin in Sachen Nasenbluten«, kicherte Nefret.

»Äh-hm ...«, hob Emerson an.

»Entschuldigung angenommen«, grinste Sethos. »War schließlich nicht so gemeint, was ich gesagt hab.«

»War aber ein erstklassiges Ablenkungsmanöver«, räumte Ramses ein. »Anderson war so fasziniert, daß er mich erst bemerkte, als ich mich auf ihn stürzte.«

Emerson, der genug hatte von Entschuldigungen und Erklärungen, raunzte: »Zurück an die Arbeit. Wir müssen die

Statue heute finden, sonst schnappt sie uns noch einer von diesen notorischen Langfingern vor der Nase weg.«

»Sie liegt da hinten im Schutt vergraben«, erläuterte Sethos salbungsvoll. »Ungefähr drei Meter links vom Grabeingang.«

Niemand zweifelte diese überhebliche Feststellung an. Statt dessen stolperten wir alle zu der von ihm genannten Stelle. Es dauerte eine Weile, bis wir den umwickelten Gegenstand bargen, zumal wir behutsam vorgehen mußten. Offenkundig hatte sich jemand an dem Geröll zu schaffen gemacht, und ich fragte mich, wieso wir nicht eher auf dieses Versteck gekommen waren. Vermutlich war es zu offenkundig! Wir hatten verständlicherweise angenommen, daß Daffinger sich mehr Mühe geben würde.

Emerson öffnete kurz die Verpackung und drückte das vielbegehrte Objekt dann an seine Brust. »Woher wußtest du das eigentlich?« wollte er von seinem Bruder wissen.

Mit Bedauern musterte Sethos sein fleckiges Taschentuch. »Ich hab mir schlicht überlegt, wo ich es versteckt hätte. Genau wie Daffinger lehne ich anstrengende körperliche Arbeit ab.«

Cyrus brach in Gelächter aus. »Nana, nun stellen Sie Ihr Licht mal nicht unter den Scheffel!«

* * *

Auf dem Rückweg ins Westtal stießen wir auf Mr. Anderson und Hassan. Anderson setzte prompt eine Leidensmiene auf; er humpelte und schwitzte aus allen Poren, worauf Nefret Emerson bat, ob er ihn nicht ein Stück reiten lassen wolle. Mein Ehemann, der die weite Strecke mühelos im Dauerlauf absolviert hätte, schüttelte nur den Kopf und bedachte den Unglückseligen mit einem verächtlichen Grinsen. Journalisten verabscheut er nämlich noch mehr als Touristen.

Erst als wir den Eselpark erreichten, schickte er gnädig einen unserer Männer mit einem Reittier zurück.

Ramses ritt neben mich. »Ein weiterer Verdächtiger«, bemerkte er.

»Ich glaube kaum«, erwiderte ich.

»Daffingers Geständnis läßt aber noch einiges offen, Mutter.«

Ich bedachte ihn mit einem anerkennenden Lächeln, zumal er sich prächtig gemacht hatte. Einmal abgesehen von seinem Vater war er der attraktivste Mann weit und breit. Er saß lässig elegant im Sattel, und seine Gesichtszüge waren so vollkommen wie die einer griechischen Statue (mit Ausnahme der Nase, die eine Idee zu lang war, aber das tat der Schönheit keinen Abbruch). Zweifellos waren Harriet Pethericks ungeschickte Avancen nicht allein der Sorge um ihren Bruder entsprungen.

»Was meinst du, Mutter?« forschte Ramses. Meine intensive Begutachtung hatte ihn verunsichert.

»Meine Güte, bist du hartnäckig. Wir diskutieren das später.«

»Vandergelt hat uns auf einen Mittagsimbiß ins Schloß eingeladen«, trompetete Emerson. »Schätze, das ist dir ganz recht, Peabody.«

»Ja. Katherine platzt bestimmt vor Neugier, ob wir die Statue endlich gefunden haben.«

Emerson grinste ungemein hinterhältig.

»Du willst doch nur, daß Mr. Anderson noch eine Weile in der Hitze schmort«, entrüstete ich mich.

»Wie kannst du so etwas von mir denken, Peabody? Wir müssen unsere künftigen Vorhaben besprechen. Unsere Arbeit ist in den letzten Tagen zum Stillstand gekommen.«

»Mord hat Priorität gegenüber der Exkavation«, gab ich zurück.

»Hmph«, meinte er dumpf und spornte sein Pferd an.

Als er die Statuette erneut auswickelte, stellten wir fest,

daß sich aus den Einlegearbeiten am Kragen weitere Steinchen gelöst hatten. Gottlob befanden sich diese noch in der Verpackung.

»Wirklich jammerschade, daß die Uräusschlange fehlt«, seufzte Cyrus.

Daoud nickte heftig. »Vielleicht finden wir sie noch irgendwo«, gab er zu bedenken.

»Das darfst du getrost vergessen, Daoud«, meinte Ramses. »Wir können schließlich nicht jedes Grab in Ägypten auf den Kopf stellen.«

Nach einem reichhaltigen Mahl ließ Cyrus auf unseren neuerlichen Erfolg die Champagnerkorken knallen.

»Ist mir immer wieder schleierhaft, wie Sie das schaffen, Amelia«, erklärte er launig.

»Sie hatte Daffinger Geständnis«, gab Emerson zu bedenken.

»Mutter«, hob Ramses an, während er mit seinem Glas herumspielte, »bist du auch sicher – mmh, ich weiß nicht recht, wie ich es sagen soll –«

»Daß ich einem Sterbenden nichts in den Mund gelegt habe?« beendete ich seinen Satz schmunzelnd.

»Natürlich nicht bewußt«, sagte Ramses schnell.

»Seine Schilderung war streckenweise zusammenhanglos, wenn du das meinst. Vor allem gegen Ende«, räumte ich ein. »Allerdings verdächtigte ich ihn schon eine ganze Weile.« Ich fischte ein zusammengefaltetes Blatt Papier aus meiner Jackentasche. Emerson stöhnte auf, Cyrus schmunzelte, Sethos grinste breit und Daoud legte die Gabel weg, ganz aufmerksamer Zuhörer.

»Eine von deinen kleinen Listen?« erkundigte sich Sethos.

»Mit den wesentlichen Hinweisen«, erwiderte ich. »Es gab drei. Die Sache mit den weißen Blütenblättern, dann die unverständliche Großzügigkeit und als drittes das explizite Fachwissen.«

»Das erste leuchtet ein«, sagte Cyrus schnell. »Die Blütenblätter dokumentierten, daß der Mörder sie gut kannte – und sogar mochte.«

Ich nickte zustimmend.

»Das mit der Großzügigkeit«, meinte Ramses überlegt, »bezieht sich vermutlich darauf, daß Mrs. Petherick uns die Statue überlassen hat.«

»Exakt«, antwortete ich. »Wir nahmen an, daß sie uns in den Rummel um ihre Person mit einspannen wollte, aber dafür hätte sie das Artefakt nicht aus der Hand geben müssen. Irgendwann kam ich darauf, daß ihr eigentliches Motiv Angst sein könnte. Denn so wie die Dinge lagen, würde ein potentieller Dieb seine Aktivitäten auf uns konzentrieren und sie in Ruhe lassen.«

»Holla«, entfuhr es Bertie. »Das klingt spannender als jeder Sherlock-Holmes-Krimi. Also gut, sie hatte Angst vor jemandem. Was ist mit dem dritten Hinweis?«

»Der deutete direkt auf Lidmann-Daffinger«, erklärte ich. »Einmal abgesehen von seinem plötzlichen Auftauchen waren mir seine Kenntnisse der Ägyptologie höchst suspekt. Er wußte zwar viel, aber das hätte er sich auch aus Büchern oder von Fachleuten aneignen können – zumal er sich jedesmal herausredete, sobald es um aktuelle Feldforschung ging.«

»Wenn man ihm eine Frage stellte, bekam man keine konkrete Antwort, sondern einen langatmigen Vortrag zu hören«, meinte Ramses sichtlich geknickt. »Das hätte ich Idiot doch auch merken müssen.«

»Es gab noch andere Verdachtsmomente«, fuhr ich seelenruhig fort. »Sein Unwohlsein war seinerzeit vorgetäuscht; Nefret konnte keine spezifische Diagnose stellen. Zum einen wollte er sich vor dem Job drücken, von dem er ohnehin keine Ahnung hatte, zum anderen ungestört im Haus herumschnüffeln. So konnte er dem Hund ein Schlafmittel verabreichen und weiter nach der Statue suchen.«

»Jetzt klingt es alles so plausibel«, platzte Bertie heraus.

Tja, hinterher ist man immer schlauer. Ich erhaschte Ramses' skeptischen Blick und schenkte ihm ein vielsagendes Lächeln. »Und jetzt gehen wir besser nach Hause. Der arme Mr. Anderson ist bestimmt schon halb gestorben.«

»Pah, der arme Mr. Anderson, soll er doch krepieren!« versetzte Emerson.

***

Hassan hatte die Anweisungen strikt befolgt und hielt Mr. Anderson auf einem äußerst unbequemen Stuhl in Schach, unterdes spielte er mit einem Messer herum.

»Bitte«, jaulte der Journalist, den Blick starr auf Hassan fixiert, »sagen Sie diesem Irren, er soll weggehen. Er hat mich bedroht!«

»Gut gemacht, Hassan«, lobte Emerson. »Du kannst jetzt gehen.«

Anderson entwich ein erleichterter Seufzer. Er nahm den Hut ab, weniger aus Höflichkeit, sondern eher, um sich die schweißfeuchten Haare aus der Stirn zu streichen. »Das war Freiheitsberaubung«, erklärte er. »Ich könnte Sie verklagen.«

»O'Connell wäre stolz auf Sie«, feixte Emerson und setzte sich auf einen bequemen Stuhl. »Sie sind genauso renitent wie er. Aber mit Drohungen kommen Sie bei uns nicht weiter. Sie können froh sein, wenn Sie hier ungeschoren wieder rauskommen.«

»Aber ich wollte doch nur –«

»Ich weiß, ich weiß. Eine Exklusivstory. Na, die haben Sie ja jetzt. Ich bin sicher, Ihre heutigen Erlebnisse lassen sich auch ohne Fotos blendend vermarkten.«

»Möchten Sie etwas trinken, Mr. Anderson?« erkundigte ich mich. »Sie wirken sehr erhitzt.«

Ich winkte Fatima mit einem Krug Limonade und Gläsern ins Zimmer. Wir tranken alle ein Glas, Mr. Anderson zwei.

»Und jetzt habe ich noch einige Fragen an Sie.« Ich nahm ein Blatt Papier aus der Jackentasche.

Diesmal trug meine kleine Aufstellung die Überschrift *Un-*

*geklärte Zwischenfälle.* »Mr. Anderson, haben Sie den ersten Einbruch in unserem Haus verübt?«

»Ja«, gestand Anderson. »Aber ich wollte doch nur –«

»Das Wächterhäuschen in die Luft jagen?«

»Um Himmels willen, nein! Das war ich nicht.«

»Ramses in die Berge locken, um ihn dort tätlich anzugreifen?«

»Wie bitte?« Seine Verblüffung schien echt zu sein. »Ich habe noch nie jemanden tätlich angegriffen, Mrs. Emerson. So wahr mir Gott helfe!«

»Dafür ist er viel zu feige«, bemerkte Emerson. »Genau wie sein Mentor.«

Ich ging meine Liste Punkt für Punkt durch. Im Anschluß daran sagte ich: »Danke, Mr. Anderson. Das war's für den Moment.«

»Dann kann ich jetzt gehen?« Er stellte das leere Glas ab und sprang auf.

»Eine Kleinigkeit noch.« Emerson grinste breit. »Sie haben vor Zeugen eingeräumt, daß Sie hier widerrechtlich eingedrungen sind. Dafür kann und werde ich Sie verhaften lassen, sollten Sie uns noch einmal irgendwelche Scherereien machen.«

»Grüßen Sie Kevin von uns, Mr. Anderson«, rief ich ihm noch nach, als er blitzartig aus dem Haus stürmte.

»So, und jetzt wenden wir uns wieder unserer Arbeit zu.« Emerson rieb sich die Hände. »Für morgen habe ich Deir el-Medina angesetzt. Ich möchte mir ansehen, was Selim dort erreicht hat.«

»Heißt das, wir beenden KV 55?« fragte David.

»Äh ... mmh.« Emerson legte den Kopf schief. »Noch nicht. Nein, noch nicht. Wir schieben ein paar Tage in Deir el-Medina dazwischen. Wird Zeit, daß wir die Grabungen dort einstellen und alles für die Franzosen vorbereiten. Ist der Tee fertig? Wo sind die Kinder?«

Ich hatte die Post sortiert und sah von einem Brief auf, den ich gerade las. »Meine Güte, Monsieur Lacau scheint sich irgendwie über dich geärgert zu haben, Ramses. Hast du etwa eine Verabredung mit ihm nicht eingehalten, als ihr in Kairo wart?«

»Das war keine Verabredung, sondern eher eine Vorladung«, entgegnete Ramses. »Außerdem hatte ich andere Dinge im Kopf.«

»Ich schick ihm eine kurze Notiz, worin ich ihm die Situation darlege«, erbot ich mich.

»Zum Henker mit Lacau«, knurrte Emerson. »Für wen hält er sich eigentlich, daß er meint, uns herumkommandieren zu können?«

»Vergiß nicht, er ist immerhin der Direktor der Antikenverwaltung«, erinnerte ich meinen Ehemann. »Zudem warten noch ein paar Dinge auf Klärung. Wir haben die Statue wiedergefunden, und wir kennen den rechtmäßigen Besitzer – das müssen wir den Behörden mitteilen. Ich bezweifle, ob sie Kenntnis von Mrs. – von Magdas erster Ehe haben. Überdies möchte ich Harriet die positive Wendung telegrafieren. Sie wird sich über das Geld freuen; sie hat das kleine Erbe von ihrer Mutter für die Ägyptenreise verbraucht, und Adrians Behandlung wird vermutlich teuer. Und Inspektor Ayyid muß über die Identität des Mörders informiert werden.«

»Ich dachte, das hättest du heute morgen schon erledigt«, warf Emerson ein.

»Na ja, nicht direkt. Wir müssen noch einen offiziellen Bericht abfassen und Ayyid eine Kopie von Daffingers Geständnis aushändigen. Ich hab ihm das für heute, spätestens morgen versprochen. Immerhin können wir ihm jetzt auch mitteilen, daß die Statue wieder da ist.«

Sethos schwieg demonstrativ. »Dank deiner tatkräftigen Unterstützung«, sagte ich und nickte ihm zu.

»Wir hätten sie sicher auch ohne ihn entdeckt«, nuschelte Emerson ungnädig.

»Emerson, nun sei doch nicht so. Bedank dich bei deinem Bruder.«

»Laß gut sein.« Sethos winkte lässig ab. »Hauptsache, ihr verdächtigt mich nicht länger. Hand aufs Herz, das habt ihr doch, oder?«

»Offen gestanden nährt dein früheres Verhalten eine gewisse Skepsis – nicht hinsichtlich des Mordes an Mrs. Petherick, aber wegen der diversen Einbruchsversuche. Du hättest Amira beispielsweise genausogut betäuben können wie Lidmann-Daffinger.«

»Das erste Mal war ich gar nicht hier«, protestierte Sethos. »Und das zweite Mal auch nicht.«

»Vermutlich hatten wir es sowieso mit mehr als einem potentiellen Dieb zu tun«, seufzte ich. »Aber gut, ich entschuldige mich bei dir für mein Mißtrauen.«

Emerson rang sich ein halbherziges »Ich auch« ab.

»Grundgütiger«, Sethos legte eine Hand auf sein Herz, »hoffentlich kann ich das verkraften.«

* * *

Die Angelegenheit war in weiten Teilen abgeschlossen, genau wie unser Gespräch mit Ayyid. Ich hatte Daffingers Geständnis noch einige Anmerkungen hinzugefügt, die Arbeit der Polizei gelobt und das Engagement des Inspektors.

Ayyid las diesen letzten Satz laut vor: »*Hätte er nicht umgehend gehandelt und die Flucht des Verdächtigen vereitelt, wäre besagte Person höchstwahrscheinlich mit ihrem unrechtmäßig erworbenen Besitz aus Luxor entkommen und in dem Moloch Kairo untergetaucht.* Sehr – äh – eloquent formuliert, Mrs. Emerson. Ich danke Ihnen.«

»Du hast diesen verdammten Anderson mit keinem Wort erwähnt«, krittelte Emerson, als wir Arm in Arm am Kai entlang zu unserem Boot zurückschlenderten.

»Das ist mein Druckmittel für Anderson«, erwiderte ich.

»Die Methode ist ungemein wirkungsvoll bei Journalisten.«

Emerson half mir in das Boot und setzte sich neben mich. »Wir haben's nicht eilig«, informierte er Sabir. »Laß dir ruhig Zeit, ja?«

Das Mondlicht brach sich silbrig schimmernd auf dem dunklen Gewässer. Emerson spähte zu Sabir, der uns taktvoll den Rücken zuwandte, und legte einen Arm um mich. »Wie schön, daß wir endlich mal wieder allein sind«, murmelte er. »Dieser Mist ... – ähm – Missinghurst ist wie eine lästige Klette.«

»Bissinghurst«, korrigierte ich ihn. »Du darfst dir von ihm nicht auf der Nase herumtanzen lassen. Das macht er doch nur, um dich zu ärgern.«

Ich hatte gehofft, die romantische Abendstimmung würde Emerson positiv beeinflussen, aber weit gefehlt.

»Was sollten eigentlich die vielsagenden Blicke zwischen dir und Ramses?«

»Wann ist dir das denn aufgefallen?«

»Mehr oder weniger den ganzen Tag. Versteig dich jetzt nicht in irgendwelche Ausreden, Peabody!«

»Niemals, mein Schatz.« Ich rückte ein bißchen näher zu ihm. »Ramses genügt Daffingers Geständnis nicht. Nach seiner Ansicht sind noch eine ganze Reihe von Zwischenfällen ungeklärt.«

»Du selbst hast vermutet, es seien Dutzende von Leuten hinter der Statuette hergewesen.«

»Das war leicht übertrieben, mein Schatz. Obwohl ich zugeben muß, daß ich es begrüßen würde, wenn Sir Malcolm sich etwas zuschulden hätte kommen lassen. Aber dafür taktiert der Kerl viel zu umsichtig, der läßt sich nicht bei einer Gesetzesübertretung erwischen. Nein, was Ramses Kopfzerbrechen bereitet, sind die beiden Angriffe auf ihn, hier und in Kairo. Den zweiten kann Daffinger schon deshalb nicht verübt haben, weil er Luxor nie verließ.«

»Dann war es Adrian Petherick«, sagte Emerson tonlos.

»So vermute ich auch. Aber Ramses weist das weit von sich.«

»Unser Sohn hat ein verdammt weiches Herz«, grummelte Emerson nicht ohne väterlichen Stolz. »Mir tut der junge Petherick auch leid, weil er ein Opfer dieses grausamen, überflüssigen Krieges wurde – aber deshalb muß er noch lange nicht ohne Schuld sein. Ich frage mich bloß, was aus dem Mädchen wird.«

»Harriet? Du magst sie, nicht?«

»Ich bewundere ihren Mumm. Und die Verbundenheit mit ihrem Bruder.«

»Ich fürchte, sie ist ein weiteres Kriegsopfer. Sie wird Adrian ihr Leben lang umsorgen und sich so die Chance auf ein eigenes Glück verbauen. Vielleicht sollte ich kurz nach Kairo –«

»Jetzt mach aber mal einen Punkt, Peabody.« Emerson zog mich in eine innige Umarmung. »Du kannst doch nicht die ganze Last der Welt auf deinen schmalen Schultern tragen. Ich brauche dich hier. Morgen –«

»Gehen wir alle zusammen nach Deir el-Medina. Und Ramses arbeitet weiter an seinen Papyri.«

»Oh«, entfuhr es Emerson. »Hmmm ... tja. Das lenkt ihn bestimmt ab.«

»Ich wünschte, du würdest dich mehr für seine Studien erwärmen. Einige der zuletzt gefundenen Fragmente fesseln ihn wohl ungemein.«

»Ich will seine Arbeit auf gar keinen Fall herabsetzen«, meinte Emerson schuldbewußt. »Sie ist von allergrößter Bedeutung. Meinst du, ich hätte das nicht deutlich genug herausgestellt? Also schön, mein Schatz. Dann werd ich das umgehend nachholen.«

Daß ihm damit ernst war, demonstrierte Emerson beim Abendessen. Das unverhoffte väterliche Interesse verblüffte Ramses maßlos, und er reagierte zunächst eher einsilbig.

»Und? Was weiter, mein Junge?« drängte Emerson weit

vornübergebeugt, wobei er sich mit den Ellbogen auf der Tischplatte abstützte. »Das Bewußtsein der eigenen Sündhaftigkeit, sagst du?«

Ramses hatte nichts dergleichen gesagt; ich hatte meinem Göttergatten die fragliche Theorie enthüllt. Unser Sohn konnte sich der Frage indes nicht verschließen und begann mit leuchtenden Augen zu erzählen.

»Ich glaube, die Begrifflichkeit existierte sehr viel früher als von Professor Breasted angenommen. Mir liegt ein spezielles Fragment vor – ein sehr großes sogar –, das von der Handschrift her Achtzehnte Dynastie sein könnte. Ich bin bislang nicht dazu gekommen, es zu übersetzen, aber die Begriffe ›Verbrechen‹ und ›Vergebung‹ tauchen mehrere Male dort auf.«

»Dann nimm dir endlich die Zeit, mein Junge«, entschied Emerson. »Und hol dir ruhig deinen Freund Katschewsky zu Hilfe, hm?«

»Katschenowsky«, korrigierte Ramses zum wiederholten Male. »Er wartet sicher darauf, daß er endlich von mir hört. Danke, Vater.«

»Nichts zu danken.« Emerson strahlte. »Halt mich auf dem laufenden, mein Junge.«

***

Unsere morgendliche Arbeit in Deir el-Medina gestaltete sich durchaus angenehm. Wir hatten uns Bertie ausgeborgt, der einen abschließenden Plan erstellte. Selim strahlte vor Stolz, weil Emerson ihn über den grünen Klee lobte. Nur Daoud grübelte versunken vor sich hin.

»Wir haben euch kein bißchen unterstützt«, maulte er. »Ihr habt den Übeltäter und seine Diebesbeute ohne unsere Hilfe gefunden. Wir haben nichts dazu beigetragen.«

»Ihr habt das Haus bewacht und uns den Hund mitgebracht«, versetzte Ramses.

Daouds rundes Gesicht legte sich in brütende Falten. »Der Hund hat nichts gemacht.«

»Das war auch nicht notwendig«, mischte ich mich ein. »Es war die Magie des Vaters der Flüche, die – ähm – letztendlich funktioniert hat.«

»Ah«, meinte Daoud. »Letztendlich bedeutet –«

»Daß die Magie ein bißchen länger brauchte als sonst«, klärte Ramses ihn auf.

»Ah.« Daoud überlegte. »Ja. Der schwarze Dämon war ungeheuer stark.«

»Der schwarze Dämon hat uns gottlob verlassen«, sagte ich. »Er kommt bestimmt nicht mehr zurück.«

»Inschallah«, murmelte Daoud.

Bei unserer Rückkehr brühte Fatima gerade den Nachmittagstee auf. »Ihr seid heute aber früh.« In ihrer Stimme schwang ein leiser Vorwurf.

»Laß dir ruhig Zeit«, erklärte ich. »Wo ist Ramses?«

»Er arbeitet. Gemeinsam mit seinem Bekannten.«

»Ich werde sie bitten, zum Tee herzukommen.«

Als ich mich dem Arbeitsraum näherte, vernahm ich ihre Stimmen. Ich blieb stehen und lauschte mit pochendem Herzen.

### Aus Manuskript H

Katschenowsky hatte zunächst nicht auf Ramses' Nachricht reagiert. Der junge Emerson arbeitete schon eine ganze Weile an den Papyri, bevor der Russe eintraf und ihn mit Entschuldigungen und Fragen überschüttete. Ramses beantwortete letztere eher ausweichend, wenn ihm sein Verdacht auch absurd schien. Der Russe verhielt sich nicht anders als sonst, war fleißig und zuvorkommend. Er übernahm einen Textteil von Ramses und fing an zu transkribieren. Ramses beobachtete ihn eine Zeitlang. Dann griff er zu einem weiteren Stück Papyrus.

»Sie haben das hier übersetzt, nicht?«

Katschenowsky hob den Blick. Sobald er sah, was Ramses ihm hinhielt, sprang er auf und wich ein paar Schritte zurück. Ramses' Herz sank. Er war sich ziemlich sicher gewesen, hatte aber dennoch gehofft, daß er sich täuschte.

»Ich weiß, daß Sie das waren«, fuhr Ramses fort. »Es lag nicht mehr so, wie ich es ursprünglich angeordnet hatte.«

Katschenowsky hob abwehrend die Hände und schob sie dann resigniert in die Hosentaschen. »Warum soll ich lügen? Ihr Erinnerungsvermögen ist phänomenal. Ja, ich habe es gelesen.«

»Ein bemerkenswertes Dokument.« Ramses überflog die eng beschriebenen Zeilen. »Wenn es veröffentlicht wird, verschafft es Ihnen ein hervorragendes Renommee in der Fachwelt.«

»Es ist mehr wert als das«, erwiderte der Russe. »Quasi eine Schatzkarte. Etliche Leute gäben eine Menge darum, wenn sie die darin enthaltenen Informationen hätten.«

Ramses hob ruckartig den Kopf und fixierte sein Gegenüber. Katschenowsky hatte eine Pistole gezogen, und zwar die, die Adrian Petherick gehört hatte. Ramses hatte sie hinter einem Regal im Arbeitsraum versteckt, um sie irgendwann verschwinden zu lassen. Persönliches Pech, dachte er bei sich, als er feststellte, wie professionell Katschenowsky mit der Waffe umging.

»Was soll das, Michail?« fragte er.

»Ich mache es nur ungern.« Aber mir bleibt nichts anderes übrig. Wenn ich mir das Dokument aneigne, erinnern Sie sich an jede einzelne Textstelle. Sie sind der einzige, der weiß, woher es stammt. Aber ich kann sagen, daß ich es von einem Händler erworben habe.«

»Also deshalb haben Sie in Kairo versucht, mich umzulegen?«

»Und in Luxor, an jenem Abend, als Sie auf meine Nachricht reagierten.« Der Russe straffte die eingesunkenen Schultern. Er hielt die Waffe mit absolut sicherer Hand. »Ich hatte keine Alternative. Ich mußte meinen Mitwisser ausschalten.«

Das erklärt die noch offenen Punkte auf Mutters Liste, sinnierte Ramses. Er war verblüfft über seine innere Gefaßtheit und erleichtert, daß er mit Adrian Petherick recht behalten hatte. Er konnte die Bedrohung einfach nicht ernst nehmen, nicht von diesem sanften, sympathischen Russen.

»Sie können mich doch jetzt nicht umbringen«, argumentierte er. »Das Haus ist voller Menschen. Man würde den Schuß hören und Sie sofort stellen.«

Katschenowsky spähte zu dem geöffneten Fenster. »Ich werde behaupten, daß jemand hier eindrang. Zwei Schüsse – einer traf Sie tödlich, ich bekam einen Streifschuß ab. Dann ließ der Täter die Waffe fallen und flüchtete.«

Unvermittelt drangen Geräusche aus dem Flur. Katschenowsky wandte sich zur Tür, sein Finger krümmte sich um den Abzug.

Sie platzte ins Zimmer hinein, steuerte geradewegs auf den Russen zu und feuerte ihre kleine Pistole ab. Wie üblich verfehlte sie ihr Ziel. Katschenowsky dagegen nicht.

Ramses spürte die Kugel nicht, die seinen Ärmel durchdrang. Er nahm auch den Tumult ringsum nicht wahr. Er wußte nur, daß seine Fäuste nachgiebiges Fleisch traktierten, bis der Russe zu Boden ging. Der junge Emerson sank neben seine Mutter, preßte die Hände auf die blutige Stelle, die sich beunruhigend rasch auf ihrer Bluse ausbreitete.

Sie öffnete die Augen. Ein triumphierendes Lächeln umspielte ihre bläßlich fahlen Lippen.

»Ich hab ihn … von Anfang an verdächtigt!« wisperte sie.

* * *

Ich hatte Abdullah noch nie so wütend erlebt. Er drohte mir sogar mit der gereckten Faust. »Was hab ich dir gesagt, Sitt? Wieso hast du nicht auf mich gehört?«

Ich hatte keine Schmerzen. In tiefen Zügen atmete ich die frische Morgenluft ein. »Bin ich tot?« wollte ich wissen.

»Nein«, meinte Abdullah zähneknirschend. »Diesmal noch nicht. Du hast so viele Leben wie eine Katze, Sitt, aber sei vorsichtig. Die meisten hast du schon verbraucht.«

»Was hätte ich deiner Ansicht nach tun sollen?« forschte ich. »Dabeistehen und tatenlos zusehen, wie er meinen Sohn umbringt?«

Abdullahs verkniffene Züge entspannten sich kaum merklich. »Du liebst ihn sehr, ihn und Emerson.«

»Das weißt du doch. Und jetzt hör auf zu schmollen. Freu dich lieber, mich zu sehen«, scherzte ich.

»Hmph«, brummte Abdullah. Er strich sich über den tiefschwarzen Bart und versuchte, ein Grinsen hinter der hohlen Hand zu verbergen.

»Immerhin hab ich deinen Hinweis berücksichtigt.«

»Tatsächlich?«

»Erinnere ich mich noch an diesen Traum, wenn ich aufwache?«

»Das liegt allein in Gottes Hand«, erwiderte Abdullah und grinste breit.

***

Das Aufwachen war kein angenehmer Prozeß. Stickige, nach Desinfektionsmitteln riechende Luft erfüllte den Raum, und trotz des watteweichen Morphiumnebels spürte ich einen diffusen Schmerz. Da war ein Klumpen an meinem Fuß, schwer und warm. Und da war Emersons Gesicht auch schon über mir, und seine starke Hand faßte meine. Er betrachtete mich mit einer Mischung aus Angst und Ärger.

»Schrei sie bitte nicht an«, artikulierte Nefrets entfernte, aber deutlich vernehmbare Stimme.

»Soll er doch ruhig«, murmelte ich. »Ramses. Ist er –«

»Mir fehlt nichts, Mutter. Dank deines couragierten Einschreitens.«

»Um so besser. Was ist das da für ein Gewicht an meinem Fuß?«

»Der Kater«, entfuhr es Emerson. »Ich nehm ihn runter – autsch!«

»Ach, laß ihn doch, Emerson«, flüsterte ich. »Wir haben noch eine ganze Menge zu bereden.«

»Aber nicht jetzt«, ordnete Nefret an.

»Also dann morgen«, raunte ich. »Und keine Widerrede.«

***

»Zig Leute haben sich nach dir erkundigt«, berichtete Nefret. »Daoud und Selim, Mr. Winlock, Mr. Barton, halb Kurna war hier, Marjorie Fisher und Miss Buchanan und eine ganze Reihe anderer. Die Vandergelts sind eben gekommen.«

»Wie schön«, sagte ich. »Bitte sie zu mir, ja?«

»Mutter, du darfst dich nicht überanstrengen. Die vielen Besucher –«

»Sind gut für meine Genesung«, beteuerte ich. »Und ich möchte Ramses und David sehen. Und –«

»Überredet«, seufzte Nefret. »Aber nur für ein paar Minuten. Versprichst du mir, daß du dich nicht aufregst und den anderen das Reden überläßt?«

»Aber ich muß mit ihnen sprechen. Also hör mal, du kannst mir doch den Mund nicht verbieten.«

Über Nefrets angespanntes Gesicht glitt ein Lächeln. »Zehn Minuten, Mutter, und keine Sekunde länger.«

Schließlich drängten alle ins Krankenzimmer, und ich erfreute mich bester Stimmung beim Anblick meiner Lieben. An Ramses gewandt, sagte ich: »Ich hab das meiste von deiner Unterhaltung mit Katschenowsky mitbekommen. Was habt ihr mit ihm angestellt?«

»Er liegt im Krankenhaus«, antwortete Emerson für seinen Sohn. »Ramses hat ihn ziemlich übel zugerichtet, aber der Russe wird's überleben – um sich dann wegen versuchten Mordes zu verantworten.«

»Tut mir richtig leid um den Mann«, seufzte ich. »Er ist ein begabter Wissenschaftler und war bestimmt ein zuverlässiger Mitarbeiter, bevor die Versuchung seine Vernunft ausschaltete. Sein Geständnis klärt die noch offenen Punkte auf meiner Liste. Adrian Petherick hat sich nichts zuschulden kommen lassen, wenn man davon absieht, daß er seine Schwester pausenlos tyrannisiert.«

»Du darfst nicht soviel reden.« Nefret legte ihre kühle Hand auf meine Stirn.

»Dann überlaß ich Ramses das Reden. Was zum Kuckuck stand überhaupt in dem fraglichen Papyrus?«

»Ich habe eine vorläufige Übersetzung angefertigt«, erklärte Ramses. Er zog ein ordentlich gefaltetes Blatt Papier aus der Jackentasche. »Teile des Papyrus waren unleserlich oder fehlten, also habe ich die Lücken nach bestem Wissen und Gewissen ausgefüllt. Es ist das Geständnis des ursprünglichen Diebes. Er beschreibt, wo und wie er die goldene Statue gefunden hat.

*Ich nahm das Abbild dieser Gottheit aus jenem Grab an der heiligen Stätte. Bakenamen, Sohn des Ptahmose, nahm die andere Statue, und Sebekhotep, der Handwerker, klaubte Ringe aus Gold und einen juwelenbesetzten Kragen. Die Wächter der Nekropole ertappten uns dabei und griffen Sebekhotep und Bakenamen auf, nur ich konnte unbemerkt entkommen. Jetzt hat eine lähmende Schwere meine Glieder erfaßt, die Götter strafen mich für meine Missetat, und ich vermag das kostbare Kleinod nicht an seinen angestammten Platz zurückzubringen. Deshalb opfere ich es dir, Herrin der Türkise, gnädige Göttin, auf daß du dich eines armseligen Sünders erbarmst und ich Erlösung im Jenseits finde.*«

»Herrin der Türkise«, echote Nefret. »Die Göttin Hathor.«

Ramses lächelte seine Frau an. »Die goldene Göttin. Er vergrub die Statue in der Nähe ihres Tempels, wo sie vor einigen Jahren von einem neuzeitlichen Grabräuber gefunden wurde. Darauf wäre ich nie gekommen – Papyrusfragmente aus Deir el-Medina, wo der Dieb vor über dreitausend Jahren lebte.«

»Faszinierend«, rief Bertie. »Absolut einzigartig!«

»Es sind eine ganze Reihe von Papyri bekannt, die sich auf Grabplünderungen und die Geständnisse der jeweiligen Diebe beziehen«, führte Ramses aus. »Sie stammen aus der Zwanzigsten Dynastie. Dieses Dokument hier ist weitaus älter – Achtzehnte Dynastie, sofern meine Analyse von Grammatik und Handschrift stimmt. Allerdings ist es der bislang einzige Fall, wo wir nicht nur das Geständnis des Diebes, sondern auch das gestohlene Objekt in Händen halten.«

»Ich kapiere bloß nicht, warum das so bedeutend ist. Außer natürlich vom wissenschaftlichen Standpunkt her«, setzte Bertie mit einem raschen Blick zu Jumana hinzu.

»Pst, Mutter. Du darfst dich nicht anstrengen.« Ramses legte spielerisch sanft seine Hand auf meine leicht geöffneten Lippen.

Trotzdem murmelte ich mit gedämpfter Stimme: »Es gibt zwei unerforschte Königsgräber im Tal. Abdullah hat es mir gesagt.«

»Sie hat sicher hohes Fieber«, meinte Katherine besorgt.

Nefret schüttelte ein Thermometer vor meiner Nase. »Solange ihr alle hier herumlungert, findet sie nicht zur Ruhe. Also los, raus mit euch.«

### Aus Manuskript H

»Wie geht es ihr heute morgen?« erkundigte sich Ramses. Seine Frau wirkte besorgt – zwei steile Falten hatten sich zwischen ihren schön geschwungenen Brauen eingegraben.

»Sie hat leichte Temperatur. Aber das war zu erwarten. Ich bleibe heute vorsichtshalber bei ihr.«

Emerson schob lustlos das Essen auf dem Teller herum. »Tu das. Wenn man sie nicht beaufsichtigt, steht sie womöglich noch auf und geistert in der Gegend herum. Ich halte mich am besten auch in ihrer Nähe auf.«

»Das ist wirklich nicht nötig, Vater«, erwiderte Nefret. »Sie braucht Ruhe.«

Ramses wäre zwar am liebsten auch daheim geblieben, doch er hatte Nefrets unterschwellige Andeutung verstanden: Seine Mutter fand eher Ruhe, wenn alle anderen aus dem Haus waren. Sein Onkel begleitete sie widerspruchslos und erbot sich sogar elanvoll, Schutt zu sieben. Emersons Bedenken, daß er nicht sorgfältig arbeitete, zerstreute er kurzerhand.

»Wenn ich nicht in der Lage bin, ein spezifisches Objekt in einem Haufen Geröll zu erkennen, dann hab ich verflucht viele Jahre im falschen Beruf vertrödelt«, lautete Sethos' Kommentar.

Ramses versuchte, nicht an seine Mutter zu denken, sich mit Arbeit abzulenken. Das taten alle. Ihre Verrichtungen gingen ihnen langsamer und ungeschickter von der Hand, sie redeten lauter als sonst. Die Angst war wie eine kleine, dunkle Wolke, die sich nicht verscheuchen ließ, sosehr Ramses sich auch bemühte. *»Das war zu erwarten«,* hatte Nefret gesagt. *»Sie hat leichte Temperatur.«* Und die beiden tief eingemeißelten Linien auf der Stirn seiner Frau ...

Der einzige, der sich von ihrer gedrückten Stimmung nicht anstecken ließ, war Daoud. Er hatte vollstes Vertrauen in Nefret und viele Stunden lang gebetet. Als sie sich zum Mittagsimbiß niederließen, redete er in einem fort von der goldenen Statue und dem Geständnis des Diebes. »Wenn man bedenkt, daß sie die ganze Zeit hier war«, seufzte er und wedelte mit einem abgenagten Hühnerbein in Richtung des Tempels.

Emerson, der sich in brütendes Schweigen hüllte, reagierte nicht. »Doch nicht in diesem Tempel, Daoud, der ist viel jünger als Achtzehnte Dynastie«, klärte David ihn auf. »Es existieren wesentlich ältere Tempel, die Hathor geweiht waren. Wir haben im letzten Jahr an einem solchen gearbeitet, weißt du das denn nicht mehr?«

»Aber klar doch«, brauste Daoud auf, der sich an jede ihrer Exkavationsstätten minutiös erinnerte.

»Womöglich haben wir sie nur um Zentimeter verfehlt«, gab Ramses zu bedenken. »Ist aber auch unwichtig jetzt, Daoud. Da ist nichts mehr. Der Dieb erwähnte lediglich die Statue.«

»Zurück an die Arbeit«, sagte Emerson mechanisch.

Früher als gewöhnlich drängte der Professor zur Rückkehr. Daoud und Selim begleiteten sie zum Haus, ersterer hatte einen silbernen Talisman in Form von Fatimas Hand mitgebracht.

Nefret begrüßte sie lächelnd, ihre Miene verhieß jedoch nichts Gutes. »Wir nehmen den Tee heute schon etwas früher ein«, verkündete sie mit aufgesetzter Fröhlichkeit. »Oh Daoud, wie lieb von dir! Ist der schön! Der wird ihr bestimmt gefallen.«

»Ich bring ihn ihr eben«, sagte Daoud.

»Mir wäre lieber, du würdest sie nicht stören«, wandte Nefret ein. »Sie hat fast den ganzen Tag geschlafen.«

Sethos setzte sich. »Ihr geht es schlechter«, murmelte er betreten.

»Aber nein! Das Fieber ist zwar gestiegen, aber das heißt nicht … Vater, warte.«

»Ich möchte zu ihr«, sagte Emerson. »Ich möchte sie nur kurz sehen.«

Nefret verzog das Gesicht, als müßte sie krampfhaft die Tränen zurückhalten. »Also gut«, sagte sie milde. »Aber nur für einen Augenblick. Schau kurz rein, sei aber leise!«

Daoud erhob sich geschmeidig. »Ich geh kurz mit. Ich bin auch stumm wie ein Fisch.« Er folgte Emerson ins Haus.

Ramses nahm seine gequält lächelnde Frau in die Arme.

»Die Last der Verantwortung ist so wahnsinnig hoch«, flüsterte sie bedrückt.

»Du tust doch alles für sie, was du kannst. Hätte ich nur ein bißchen schneller reagiert –«

»Aufhören, alle beide«, fuhr ihr Onkel schroff dazwischen. »Nefret, es gibt keine kompetentere und fürsorglichere Ärztin als dich. Und was dich angeht, Ramses ... meinst du, ihr wäre lieber, du lägest jetzt flach? Sie wußte genau, was sie tat. Amelia handelt nie unüberlegt!«

»Er hat recht«, räumte David ein. »Außerdem hast du selbst gesagt, die Verletzung sei nicht lebensbedrohend, Nefret.«

Vielleicht war es sein sanfter Einwurf oder auch Sethos' schonungslosere Form des Trostes, jedenfalls lachte Nefret unter Tränen. »Wißt ihr, was ihr das Leben gerettet hat? Dieser unsägliche Utensiliengürtel! Die Kugel prallte von ihrer Feldflasche ab und drang durch den Ledergürtel in ihre Hüfte, statt direkt in ihre inneren Organe.«

Als Emerson und Daoud zurückkehrten, war Sethos gerade dabei, die Whiskygläser zu füllen. »Sie schläft«, berichtete der Professor. »Fatima ist bei ihr.«

Daoud schwieg und verschwand eine kurze Weile später versonnen.

Carla und David John wußten, daß ihre Großmama krank war und daß sie besonders leise und brav sein mußten. Sethos verhielt sich großartig. Um die Kleinen bei Laune zu halten, verlor er immer wieder bei Schere, Stein, Papier, trotzdem atmeten alle erleichtert auf, als die Kinder endlich schlafen gingen. Niemand zeigte beim Abendessen großen Appetit. Emerson übernahm die nächtliche Wache am Bett seiner Frau, die anderen standen unschlüssig vor ihrer Zimmertür, bis Nefret sie verscheuchte.

»Du rufst mich doch, wenn sich ihr Zustand verändert?« erkundigte sich Ramses ohne Umschweife.

»Amelia ist zäh«, brummte Sethos. »Die schafft das schon.«

Damit die Kinder nicht allein waren, zog Ramses sich in

sein Haus zurück. Er legte sich angezogen hin und starrte gedankenvoll an die Decke. Die Nacht schien Jahre zu dauern. Von Nefret keine Nachricht. Sobald der erste Lichtschein ins Zimmer drang, hielt ihn nichts mehr in den Federn.

Mit einer Mischung aus Angst und Neugier lief er über den gepflasterten Weg, während es heller wurde und die riesigen weißen Kelche des nachtblühenden Stechapfels im sanften Wind schaukelten. Es sah ganz nach einem zauberhaften Morgen aus.

Vom Haus seiner Eltern drang das Klappern von Töpfen und Pfannen. Fatima machte Frühstück. Bei dem Gedanken drehte sich ihm der Magen um.

Als er die Veranda erreichte und mit zitternden Fingern die Blendentür öffnen wollte, sah er aus dem Augenwinkel einen hünenhaften Schatten.

»Salam aleikum«, schmetterte Daoud ihm freudestrahlend entgegen. »Ich hab sie gefunden.« Er hielt ihm die Hand hin.

Auf seinem großen dunklen Handteller lag ein winziger, etwa zwei Zentimeter langer Gegenstand. Drohend reckte die Kobra ihren fein ziselierten Kopf, um Pharaos überall lauernde Feinde abzuschrecken. Ihre Augen glitzerten in einem schrillen Grünton.

Während Ramses das Artefakt sprachlos staunend anstarrte, grinste Daoud: »Komm, wir bringen es ihr rasch.«

***

Zu meiner tiefen Verärgerung erlaubte Nefret mir erst mehrere Tage später, mich aufzusetzen und wieder nach Herzenslust zu parlieren. An jenem Freitag trug Emerson mich auf die Veranda, und ich genoß es, wieder im Kreise meiner Lieben zu weilen.

Natürlich ging mir die Uräusschlange nicht aus dem Kopf,

die ich, als ich irgendwann fieberfrei aufgewacht war, fest umklammert hielt. Daß Daoud sich der Anstrengung unterzogen hatte, unermüdlich danach zu buddeln, war für mich ein Beweis tiefer, aufopfernder Freundschaft.

»Deine Temperatur ging sowieso schon runter«, meinte Nefret. »Aber laß ihn trotzdem in dem Glauben, daß der Uräus dich gerettet hat. Er hat wirklich Schwerstarbeit geleistet, um ihn zu finden!«

»Bis auf die Augen, die herausgefallen waren«, gab ich lachend zurück. »Diese winzigen Steinchen konnte selbst Daoud nicht aufspüren.«

»Und deshalb hat er sich grüne Glassplitter von Khadija besorgt und diese in die leeren Höhlen gepreßt.« Nefret schüttelte sprachlos den Kopf. »Er meinte, ohne Augen habe die königliche Schlange keine Wirkung.«

»Darauf trinken wir.« Emerson reichte den Whisky herum – es war der erste nach meiner Genesung.

»Zudem«, hob Emerson an, »beweist Daouds Entdekkung zweifelsfrei, daß die Statue in Deir el-Medina gefunden wurde. Wird dich sicher freuen, Peabody, wir haben dort dichtgemacht. Schuttsieben ist bis auf weiteres gestrichen.«

»Schuttsieben ist immer noch angenehmer als krank im Bett zu liegen«, erklärte ich. »Aber jetzt bin ich wieder fit. Wir müssen mit KV 55 abschließen, schon aus reinen Sorgfaltserwägungen.«

»Da gibt es kein ›wir‹«, brummte Emerson. »Du gehst mir die nächste Zeit nicht ins Tal, Peabody. Ach übrigens, wie lautet eigentlich deine Analyse des Problems, das wir ursprünglich wälzten, bevor uns der Lauf der Ereignisse überrollte? Ich meine, wo genau wurde die Statuette ursprünglich gefunden?«

»Du meinst, wo genau im Tal der Könige?« forschte ich nach. »Da hast du wohl deine Theorie, hm?«

»Ich habe immer meine eigene Theorie«, raunzte Emerson. »Du, meine Liebe, hast dafür deine kleinen Listen. Sag jetzt nicht, sie sind dir ausgegangen!«

»Na ja«, ließ ich behutsam anklingen, »wo du schon einmal danach fragst ...« Triumphierend zog ich einen Zettel aus der Tasche.

»Auch ich habe meine logischen Schlüsse gezogen«, erklärte ich. »Die Statue stammt aus der Amarna-Periode. Der Dieb stahl sie aus einem Grab im Tal der Könige – der Nekropole. Im Tal sind keine Gräber aus dieser Periode bekannt. Folglich –«

»Muß es noch ein weiteres unentdecktes Grab geben«, schloß David messerscharf.

»Deine Logik hat nur einen Haken.« Emerson paffte genüßlich an seiner Pfeife. »Im Tal existiert ein Grab aus der Amarna-Periode – KV 55.«

»Das schien mir als Fundort von jeher fraglich«, erklärte ich selbstbewußt. »Das Grabmal wurde sämtlicher Kostbarkeiten beraubt. Die Eindringlinge kratzten sogar die Goldschicht von dem Sarkophag ab und versuchten, den Mumienschrein zu entfernen. Sie haben die Kartuschen von Echnaton zerstört, was darauf hindeutet, daß es sich nicht um gewöhnliche Diebe, sondern um Regierungsbeamte handelte, die nach seinem Tod die Macht an sich rissen und sein Vermächtnis zerstören wollten. Solche Leute hätten sämtliche Gegenstände aus Gold oder anderen Edelmetallen eingeschmolzen und einer anderen Verwendung zugeführt.«

»Sehr gut argumentiert, Peabody«, sagte Emerson, seine saphirblauen Augen blitzten vor neu erwachter Diskutierfreude. »Ich stimme dir zu. Kannst du mir vielleicht auch noch erklären, wieso du Katschenowsky ›von Anfang an‹ verdächtigt hast?«

»Habe ich das gesagt?«

»Ja.« Ramses faßte meine Hand. »Aber da ... da hattest du hohes Fieber, Mutter.«

»Oh ja, jetzt entsinne ich mich.« Wohlwollend erwiderte

ich seinen Händedruck. »Ich hab ihn verdächtigt, allerdings erst später. Wollt ihr wissen wieso?«

»Ich bitte darum.« Emerson bleckte seine makellos weißen Zähne.

»Nach dem ersten Übergriff auf Ramses fing ich an, genauer nachzudenken«, hob ich an. »Wieso ausgerechnet Ramses? überlegte ich. Was unterscheidet den Jungen von uns anderen? Mit Mrs. Petherick – äh – Magda konnte es nicht zusammenhängen. Es war seine Arbeit an den Papyri von Deir el-Medina, nicht wahr? Ich schloß daraus, daß sich in diesen Texten womöglich etwas findet, das seinen Co-Übersetzer – sprich Katschenowsky – zu einem Mord inspirieren könnte. Ich gebe jedoch zu, es war reine Spekulation«, setzte ich bescheiden hinzu.

Alle applaudierten, sogar Emerson. »Peabody«, tönte er feierlich, »du bist wirklich die größte!«

»Danke, mein Lieber.«

»Das bist du in der Tat, Tante Amelia«, bekräftigte David. »Aber um auf KV 55 zurückzukommen, Professor. Wenn du so überzeugt warst, daß das Grab leer sei, warum hast du dir dann die Mühe gemacht, es erneut freizulegen?«

»Ja«, murmelte Nefret. »Wieso eigentlich, Vater?«

»Wissenschaftliche Sorgfaltspflicht, nichts weiter«, erwiderte Emerson. »Wir haben nichts gefunden. Und jetzt wissen wir« – er deutete mit einem anerkennenden Kopfnicken zu seinem Sohn – »daß der Diebstahl auf die Achtzehnte Dynastie zurückgeht, Jahre bevor die Traditionalisten damit begannen, Echnatons Monumente und Relikte zu zerstören.«

Ramses räusperte sich.

»Da siehst du, von welcher Bedeutung Ramses' unscheinbare Papyrusschnipsel sind«, wies ich meinen Ehemann zurecht. »Du wolltest dergleichen einfach vom Tisch wischen.«

»Wie oft muß ich mich noch für meinen Lapsus entschuldigen, Peabody?«

»Vater«, begann Ramses. »Du mußt dich nicht –«

»Du bist zu großzügig, mein Junge«, sagte Emerson gönnerhaft. »Doch, doch, ich entschuldige mich bei dir. Und da ich schon einmal dabei bin, leiste ich auch ganz förmlich Abbitte bei meinem – öh – bei Sethos, weil ich ihn zu Unrecht verdächtigt habe. Soll nie wieder vorkommen.«

»Alter Narr«, grinste Sethos. »Trotzdem – Entschuldigung angenommen. Vielleicht wirft das ja ein gutes Licht auf mich, wenn ich Margaret morgen in Kairo treffe. Werde ihr erneut einen Antrag machen, wie es so schön heißt.«

»Bring sie mit. Ihr müßt hier heiraten«, sagte ich. »Ich kümmere mich auch um das ganze Drumherum.«

»Laß Fatima aber noch nicht die Hochzeitstorte backen«, erwiderte mein Schwager aufgeräumt. »Womöglich läßt Margaret mich wieder abblitzen.«

Darauf meinte Emerson, völlig aus dem Zusammenhang gegriffen: »Ach übrigens, Carter ist in der Stadt. Er wollte dir einen Krankenbesuch abstatten, Peabody, aber ich hab ihn weggeschickt.«

»Ich würde mich freuen, Howard zu sehen. Bitte ihn doch einfach morgen zum Tee.«

»Ich treffe ihn morgen im Tal der Könige. Nein, Peabody, völlig ausgeschlossen, daß du mitkommst, also bedräng mich nicht.«

Abrupt stellte ich mein Glas ab. »Emerson, du führst mich seit Wochen an der Nase herum. Ich weiß jetzt, warum du es kein bißchen eilig hattest, die Arbeit an KV 55 abzuschließen. Ich kann mir nämlich an den Fingern einer Hand abzählen, was du heimlich geplant hast. Es wird höchste Zeit, daß *du* ein Geständnis ablegst!«

»Hmph«, knurrte Emerson. Sein Blick glitt skeptisch von einem gespannten Gesicht zum nächsten. Sethos grinste wissend, und Ramses' Miene war fast noch rätselhafter als sonst.

»Uns kannst du doch vertrauen«, drängte ich.

»Hmph«, wiederholte mein Ehemann. Er hob die Statue hoch, die einen Ehrenplatz auf dem Tisch einnahm. Ramses hatte die Uräusschlange inzwischen behutsam wieder eingesetzt. »Die Statuette stellt weder Echnaton dar, noch stammt sie aus einem der ihm zugeschriebenen Gräber. Sie gehört zu den Grabbeigaben des einzigen Herrschers aus der Achtzehnten Dynastie, dessen Grabmal noch verschollen ist. Sein Name lautet ...«

»Tutenchamun«, sagte Ramses automatisch.

Emerson fixierte seinen Sohn mit vorwurfsvollem Blick. »Entschuldige Vater, daß ich dir ins Wort falle«, fuhr Ramses fort. »Mutters Analyse war zwar wie üblich brillant, trotzdem schließt ihre Argumentation nicht gänzlich aus, daß noch vor den Regierungsbeamten die obligatorischen Grabräuber in KV 55 eindrangen. Allerdings kann ich inzwischen beweisen, daß das nicht der Fall war.«

»Was?« brüllte Emerson. »Teufel noch, wie denn?«

Ramses lehnte sich entspannt zurück und faltete die Hände vor der Brust. »Wie ich schon andeutete, ist der von mir zitierte Papyrus lückenhaft und teilweise unleserlich. Ich habe mir die ganzen letzten Tage den Kopf darüber zerbrochen. Gestern stieß ich zufällig auf ein Fragment, das eine aufschlußreiche Passage enthält. Darin wird der Name eines Königs erwähnt, dessen Grab ausgeraubt wurde: Tutanchaton.«

»Tutenchamun!« entfuhr es mir.

»Hmph.« Emerson sackte sichtlich in sich zusammen.

Ramses ist eine Seele von Mensch, und er vergöttert seinen Vater. Nachdem er seinen kleinen Triumph ausgekostet hatte, lenkte er ein: »Du wußtest das natürlich, Vater. Als du vor einiger Zeit von deiner weit hergeholten Theorie anfingst, wie du sie nanntest ...«

»Aber sicher, mein Junge. Sicher doch.« Emerson lebte zusehends auf. »Ich dachte logischerweise spontan an das verschollene Grab von Tutenchamun, andererseits schien mir abwegig, daß ein neuzeitlicher Dieb es ohne irgendwelche Hinweise Dritter entdeckt haben könnte. Die Vorstellung war in der Tat so abstrus, daß ich mich dazu angehalten sah, die anderen Gräber aus dieser Periode zu untersuchen. Hätte ja sein können, daß einer der früheren Exkavatoren irgendwas übersehen hatte.«

»Brillant kombiniert, Vater«, lobte Ramses. »Dieser Gedanke ist mir nie gekommen.«

»Mir auch nicht«, bekräftigte ich. »Phänomenal, mein lieber Emerson!«

»Möchtest du noch einen kleinen Whisky, liebste Peabody?« versetzte mein Göttergatte und grinste von einem Ohr zum anderen.

***

»Jahr für Jahr lungern hier mehr von diesen vermaledeiten Touristen rum«, mäkelte Emerson. »Die reinste Schinderei, in dem Teil des Tals zu arbeiten.«

Er hatte Carter zum Tee mitgebracht, nach ihrem Besuch im Tal der Könige. Howard erkundigte sich rührend nach meinem Befinden und machte große Augen, als Emerson ihm die Statue zeigte.

»Wann fangen Sie denn mit der Exkavation an?« wollte ich wissen. »Die Ausgrabungssaison ist doch schon fast vorbei.«

Howard nahm dankend ein zweites Glas Whisky entgegen. »Seine Lordschaft wird in wenigen Tagen eintreffen. Ihm lag sehr daran, in Luxor einige auserlesene Artefakte zu erstehen, aber die Händler konnten Carnarvon nichts Entsprechendes anbieten.«

Wie magnetisch angezogen, wanderte sein Blick wieder sehnsüchtig zu der Statuette.

»Tja«, meinte der Professor gedehnt. »Passiert ist passiert, nicht?«

Emerson war bestens informiert, daß Harriet Petherick bereits Cyrus' Angebot für die Statue akzeptiert hatte.

»Wo arbeiten Sie denn dieses Jahr?« erkundigte Emerson sich höflich.

»Ich habe mir überlegt«, erwiderte Howard, »mit dem kleinen Abschnitt neben Ramses VI. abzuschließen, unterhalb der Arbeiterhütten. Wie Sie wissen, haben wir dort wegen der vielen störenden Besucher aufgehört.«

»Wir hatten das gleiche Problem«, bekräftigte der Professor. »Wegen der verdammten Touristen brauchen wir viel länger als geplant, um KV 55 abzuschließen.«

Von Emersons Umgänglichkeit und dem Alkohol eingelullt, wurde Howard vertrauensselig. »Ist doch wirklich nicht fair, oder?« platzte er heraus. »Ich meine, sehen Sie sich Theodore Davis an – der alte Gauner entdeckt ein Pharaonengrab nach dem anderen, und seine Lordschaft geht leer aus. Da glaubt man doch fast schon an ... an eine Art Fluch, an dunkle Prophezeiungen und solchen Hokuspokus. Weswegen ist Davis eigentlich so erfolgreich, frage ich mich?« Er nahm einen tiefen Schluck Whisky.

»Carnarvon hat es wirklich besser verdient«, meinte Emerson halb mitfühlend, halb mißgünstig.

Kopfschüttelnd beugte Howard Carter sich vor. »Er scheint das Interesse zu verlieren«, flüsterte er rauh. »Das hier könnte meine letzte Saison sein, Emerson, alter Junge.«

»Dann hoffe ich, daß sie erfolgreich verläuft«, sagte Emerson. »Ich hab da ein paar Ideen.«

Carter rieb sich verräterisch die Augen. »Sie sind ein feiner Kerl, Emerson, alter Junge. Ich wußte, daß ich mich auf Sie verlassen kann. Was raten Sie mir denn?«

Emerson brachte sein Gesicht so nah an Carters, daß sie sich fast berührten. »Wie ich Ihnen bereits erzählte, haben die ibn Simsahs in dem Schutt neben Siptahs Grab herumgewühlt. Einer von denen ging sogar so weit, eine Pistole auf mich abzufeuern, als ich das Gebiet inspizierte.«

»Richtig, das sagten Sie! Merkwürdig, nicht?«

»Höchst merkwürdig«, gab Emerson zurück. »Sie haben dort nie komplett abgeschlossen, was?«

»Nein. Nein, das ist korrekt. Wir hatten zeitliche Probleme ... Meinen Sie etwa, wir sollten es in diesem Gebiet noch einmal versuchen?«

»Warum nicht?« versetzte der Professor.

***

»Emerson«, hob ich an, sobald wir uns zur Nachtruhe zurückzogen, »sei mal ehrlich. Das fragliche Grab ist gar nicht in dem Gebiet, daß du Howard zur Suche empfohlen hast?«

»Ich hab ihm doch nicht ausdrücklich empfohlen, daß er ausgerechnet dort suchen soll«, erwiderte Emerson mit schlagfertiger Logik.

»Nein«, gestand ich. »Aber du gehst doch auch davon aus, daß es irgendwo anders ist, nicht?«

»Meine liebe Peabody. Ich weiß beim besten Willen nicht, wo das Grab von Tutenchamun sein könnte. Außerdem ist es vermutlich genauso leergeplündert wie all die anderen.«

Ich setzte mich an den Frisiertisch und bürstete mir die Haare. »Also gut, Emerson, dann behalt es in Dreiteufelsnamen für dich.«

»Na ja, es ist lediglich eine Vermutung, Peabody.« Er trat hinter mich und ließ mein geöffnetes Haar durch seine Finger gleiten. »Und eine vage Möglichkeit.«

»Daß Lord Carnarvon die Konzession abgibt, meinst du?«

»Ich lege es in die Hand des Schicksals«, seufzte Emerson. »Weißt du, ich versprach ... ich meine ...«

Ich drehte mich um und fixierte ihn. »Du hast *was* versprochen? Und wem?«

»Äh-em«, räusperte sich Emerson.

»Autsch, du ziehst mir an den Haaren, Emerson.«

»Oh. Verzeihung. Dann dreh dich wieder um, ja?«

»Emerson, hast du etwa gebetet? *Du*?«

Er wurde rot im Gesicht, wich meinem Blick aber nicht aus. »Ich weiß nicht was oder zu wem, Peabody. Mag sein, daß es auch mehr Drohung als Fürbitte war.«

»Wie ich dich kenne, bestimmt ersteres«, konterte ich trocken. »Also was hast du versprochen?«

Er kniete sich neben meinen Stuhl und schlang die Arme um mich. Das Gesicht an meinem Busen vergraben, murmelte er mit gepreßter Stimme: »Daß ich jedes verdammte Grab in Ägypten sausen lassen würde, wenn du bloß wieder gesund wirst.«

»Ach du meine Güte«, raunte ich sanft.

»Ich könnte nicht leben ohne dich, das weißt du doch.«

»Ja, das weiß ich.«

Emerson hob den Kopf. Seine Wimpern waren zwar ein bißchen feucht, aber er strahlte. »Du könntest das Kompliment ruhig zurückgeben.«

»Ich kann ohne dich nicht leben, mein Schatz.«

»Schon besser«, brummelte Emerson und sank auf die Fersen zurück. »Ähm … mir war damit ernst. Jedes Wort.«

»Mir auch.« Ich strich ihm über die zerzausten Haare. »Aber es ist nicht immer erforderlich, das Opfer zu bringen. Denk mal an Abraham und Isaak. Die Bereitschaft allein zählt.«

»Wir werden es ja erleben, was die Vorsehung für uns bereithält, Peabody.«

»Die nächste Saison wird bestimmt interessant«, sinnierte ich.

»Papperlapapp, die nächste Saison ist mir momentan ganz egal.« Emerson umarmte mich stürmisch.

»Ganz wie du meinst, mein Schatz.«

## Danksagung

Wie schon so oft, danke ich meinen offiziellen und inoffiziellen Mitarbeitern – Jennifer Brehl von Morrow, Kristen Whitbread von MPM Manor, Dennis Forbes vom KMT und George B. Johnson. Normalsterbliche, auch Profis wie die zuvor genannten, werden niemals absolute Perfektion erreichen: Mit ihrer Hilfe ist es mir jedoch geglückt, die vielen kleinen Fehler im Manuskript auszumerzen. Alle noch auftauchenden Schnitzer habe ich selbst zu verantworten. Ich weiß nicht, was ich ohne ihre Unterstützung gemacht hätte.

Die informierten Leser werden augenzwinkernd kleinere historische Ungereimtheiten feststellen. Dennis Forbes ist der Urheber für den meines Erachtens genialsten Spaß von allen: das überraschende Auftauchen einer geheimnisumwitterten goldenen Statuette.

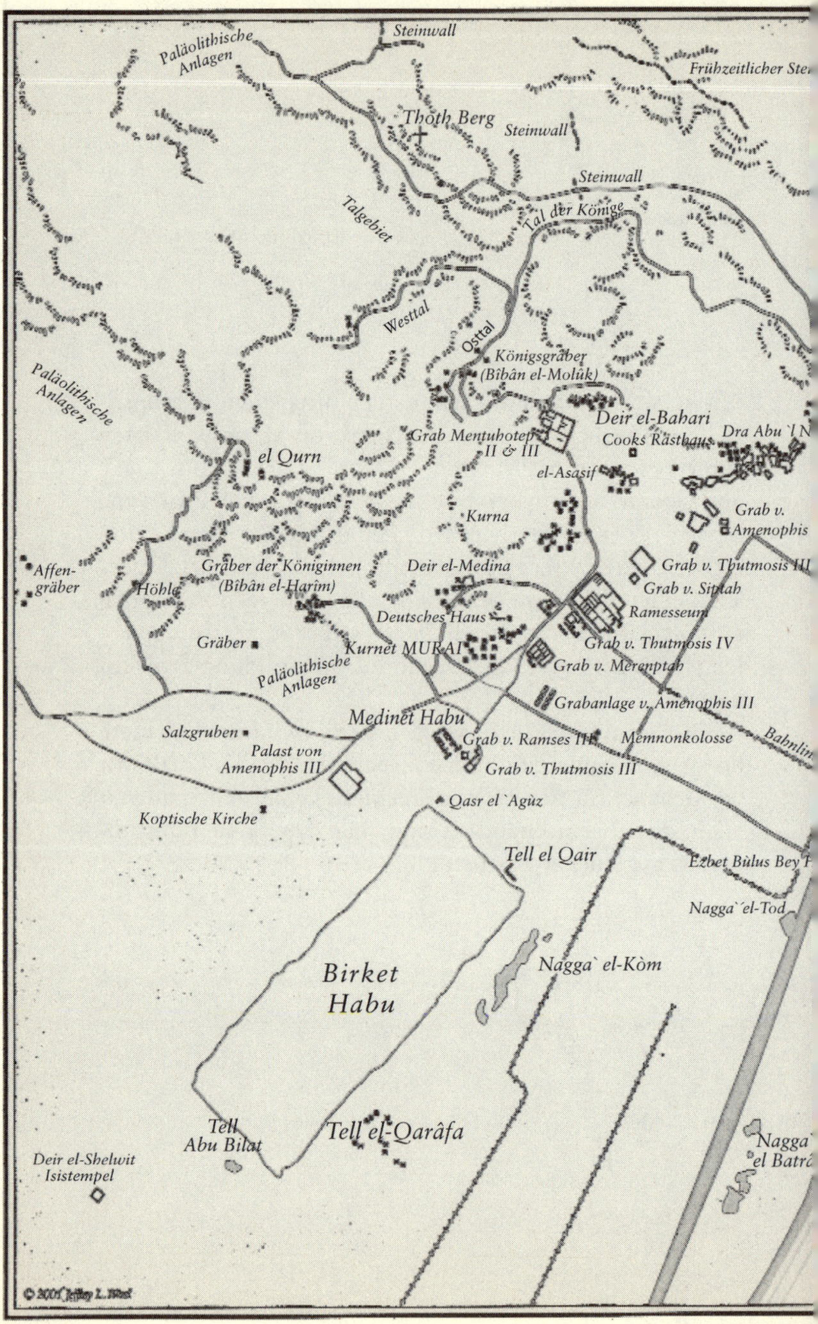
Steinwall
Paläolithische Anlagen
Frühzeitlicher Ste
Thoth Berg
Steinwall
Steinwall
Tal der Könige
Talgebiet
Westtal
Osttal
Königsgräber (Bîbân el-Molûk)
Paläolithische Anlagen
Deir el-Bahari
Grab Mentuhotep II & III
Cooks Rasthaus
Dra Abu `l N
el Qurn
el-Asasif
Kurna
Grab v. Amenophis
Affen-gräber
Gräber der Königinnen (Bîbân el-Harîm)
Deir el-Medina
Grab v. Thutmosis III
Höhle
Grab v. Siptah
Deutsches Haus
Ramesseum
Gräber
Kurnet MURAI
Grab v. Thutmosis IV
Paläolithische Anlagen
Grab v. Merenptah
Grabanlage v. Amenophis III
Medinet Habu
Salzgruben
Grab v. Ramses III
Memnonkolosse
Bahnlin
Palast von Amenophis III
Grab v. Thutmosis III
Qasr el `Agùz
Koptische Kirche
Tell el Qair
Ezbet Bùlus Bey
Nagga`el-Tod
Nagga` el-Kòm
Birket Habu
Tell Abu Bilat
Tell el-Qarâfa
Nagga el Batrâ
Deir el-Shelwit Isistempel

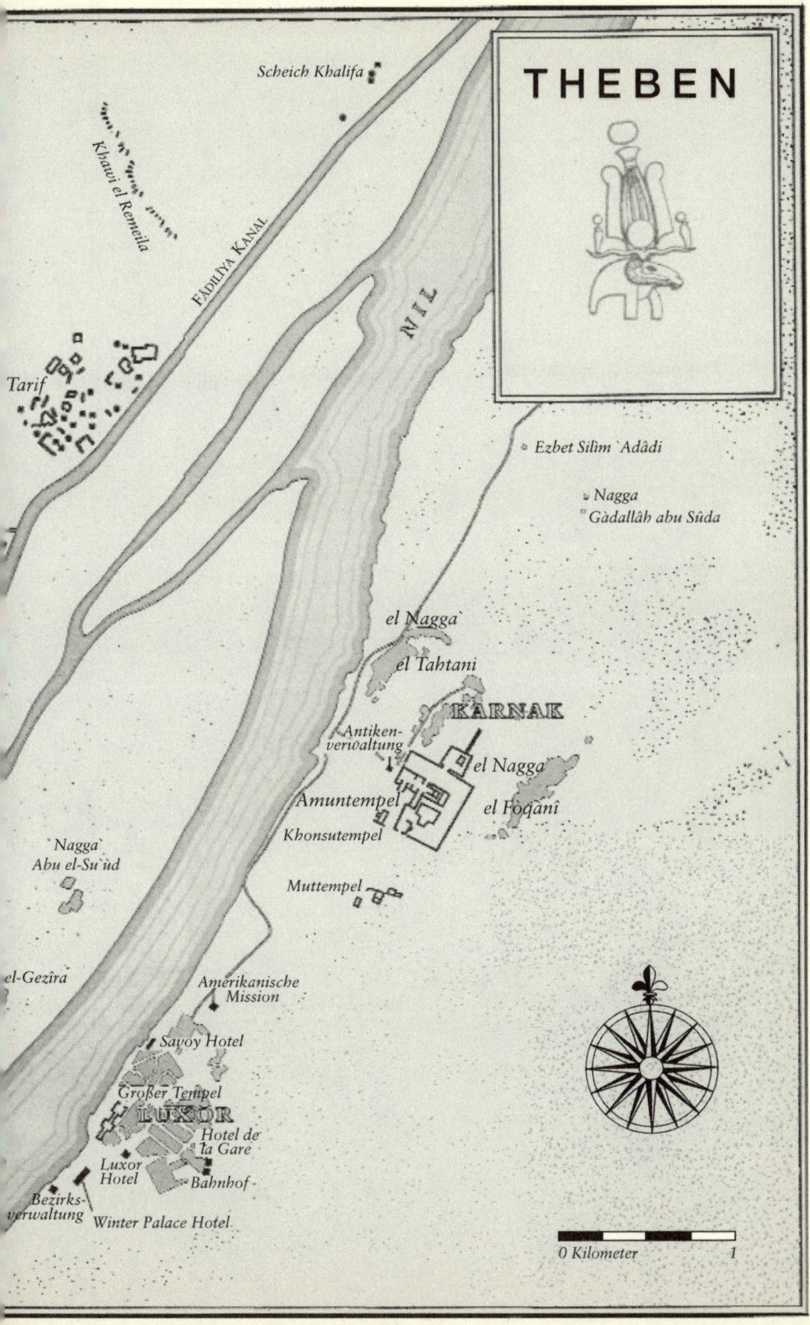

THEBEN
Scheich Khalifa
Khawi el Remeila
FÂDILÎYA KANAL
NIL
Tarif
Ezbet Silîm `Adâdi
Nagga
Gàdallâh abu Sûda
el Nagga`
el Tahtani
KARNAK
Antiken-
verwaltung
el Nagga
el Foqânî
Amuntempel
Khonsutempel
`Nagga`
Abu el-Su`ûd
Muttempel
el-Gezîra
Amerikanische
Mission
Savoy Hotel
Großer Tempel
LUXOR
Hotel de
la Gare
Luxor
Hotel
Bahnhof
Bezirks-
verwaltung
Winter Palace Hotel
0 Kilometer 1

Lesen Sie mehr von Elizabeth Peters!

Lassen Sie sich fesseln von …

# Das Königsgrab

Der neue Roman aus der beliebten Krimi-Serie
um die Archäologin und Ermittlerin Amelia Peabody

Amelias Ehemann Emerson hat schlechte Laune. Howard Carter hat die Grabungskonzession im östlichen Tal der Könige bekommen, um die Emerson sich bemüht hatte. Und nun ist Carter eine Sensation gelungen: Er hat ein unberührtes Pharaonengab entdeckt. Der Fund ist eine internationale Sensation: die Grabkammer des jungen Königs Tutenchamun lockt Archäologen, Journalisten und Glücksritter an.

In ihrem Haus in Theben beschäftigt sich Amelia Peabody außerdem mit ganz anderen Problemen: Ihr Sohn, der Hieroglyphenexperte Ramses, wird um die Entschlüsselung eines alten Dokuments gebeten. Als anonyme Briefe eintreffen und Anschläge auf Familienmitglieder verübt werden, schwant Amelia Übles. Offenbar sind die Geheimdienste hinter dem Manuskript her. Denn das Dokument scheint einen gefährlichen Umsturzplan zu enthalten.

Lesen Sie einen Teil aus dem ersten Kapitel.

# 1

»Ramses!«

Von der Terrasse des Shepheard's Hotel verfolgte ich interessiert, wie ein hoch aufgeschossener junger Mann beim Klang dieses Namens ruckartig stehen blieb und herumschnellte. Allerdings befanden wir uns nicht im vierzehnten Jahrhundert vor Christus, sondern im Jahre des Herrn 1922, und der Angesprochene war beileibe kein altägyptischer Pharao. Obwohl er mit seiner bronzefarbenen Haut und den tintenschwarzen Haaren glatt als Ägypter durchgegangen wäre, ließen Statur und Umgangsformen eindeutig auf einen wohlgeratenen, englischen Gentleman schließen. Zudem war selbiger Herr mein Sohn, Walter Peabody Emerson, besser bekannt unter seinem ägyptischen Spitznamen »Ramses«.

Er wollte höflich den Hut ziehen und stellte fest, dass er (wie üblich) gar keinen trug. In Anbetracht der fehlenden Kopfbedeckung grüßte er mit einem Nicken und – welch seltenes Wunder! – er lächelte gewinnend. Ich reckte mich auf meinem Stuhl und verrenkte mir den Hals, um besagtes Individuum zu lokalisieren, das diese Reaktion ausgelöst hatte, aber leider Gottes versperrte mir das geschäftige Treiben auf dem Boulevard die Sicht. Seit meinem ersten Ägyptenaufenthalt hatte der Verkehr in Kairo dramatisch zugenommen; mittlerweile machten sich Automobile mit Eseln und Kamelen, Karren und Kutschen die Straße streitig, weshalb der Motorengestank, schlimmer noch als die Lasttiere, den Geruchssinn traktierte. Ich muss gestehen, an deren Ausdünstungen und Ausscheidungen hatte ich mich mit den Jahren gewöhnt.

Ich mutmaßte, dass die Person, die mein Sohn begrüßte, von zierlicher Statur sei und höchstwahrscheinlich hübsch (Letzteres schloss ich aus Ramses' Bemühung, den Hut zu ziehen, und seinem galanten Lächeln). In diesem Augenblick schob sich eine beleibte, von einem riesigen Turban gekrönte Gestalt auf einem eher schmächtigen Eselchen an meinem Sohn vorbei, und als ich wieder freie Sicht hatte, kam der Junge bereits die Hoteltreppe hoch und an meinen Tisch gehechtet.

»Wer war das?«, wollte ich wissen.

»Guten Tag, Mutter.« Ramses gab mir einen flüchtigen Kuss auf die Wange.

»Guten Tag. Wer war das?«

»Wer war was?«

»Ramses«, bemerkte ich mit einem warnenden Unterton in der Stimme.

Darauf versagte sich mein Sohn weitere Spitzfindigkeiten. »Ich glaube, du kennst sie noch nicht, Mutter. Ihr Name ist Suzanne Malraux. Sie hat bei Mr Petrie studiert.«

»Ah ja«, erwiderte ich. »Du irrst, mein Lieber. Professor Petrie erwähnte sie mir gegenüber bereits letztes Jahr. Er umschrieb ihre Arbeit mit akzeptabel.«

»Das ist wieder typisch Petrie.« Ramses setzte sich und verstaute seine langen Beine unter dem Tisch. »Trotzdem, eins muss man ihm lassen. Er hat sich nie dagegen gesträubt, Frauen auf dem Feld der Archäologie auszubilden.«

»Ich habe auch nie abgestritten, dass er sich auf seinem Gebiet gewisse Verdienste erworben hat, Ramses.«

Sein Grinsen dokumentierte, dass er die leise Anspielung in meiner Äußerung erfasst hatte. »Mit der Ausbildung allein ist es nicht getan, Mutter. Bislang hat sie noch keine Anstellung gefunden.«

Was wollte mein Sohn damit andeuten, schoss es mir unvermittelt durch den Kopf. Dass wir sie in unseren Mitarbeiterstab aufnehmen sollten, vielleicht? Bestimmt wäre sie mit einem solchen Anliegen eher an ihn herangetreten als an seinen Vater oder an mich. Zugegeben, junge (wie ältere) Damen flogen auf ihn, obwohl er sie in keiner Weise dazu ermutigte. Er liebte seine bildhübsche Frau Nefret und wäre vermutlich nie auf die Idee gekommen, sich mit einer Jüngeren einzulassen. Mademoiselle Malraux war Halbfranzösin. Und – wie viele andere Frauen – sichtlich von Ramses beeindruckt. Kein Wunder bei seinen höflichen Umgangsformen (mein Verdienst) und der athletischen Statur (ein Erbe seines Vaters), seinem attraktiven, südländischen Äußeren und dem gewissen Etwas (das ich hier nicht näher spezifizieren möchte).

Nein, eine Anstellung der Dame schien mir nicht ratsam, obwohl wir dringend weiteres Personal benötigten.

»Hast du schon ein paar interessante Leute getroffen?«, erkundigte sich Ramses nach einem Blick über die Gäste, die auf der Terrasse den Tee einnahmen. Es war der übliche Haufen – gut gekleidet, gut situiert und fast durchweg hellhäutig – besser gesagt von sommersprossig weiß bis zu einem sonnenverbrannten Puterrot.

»Lord und Lady Allenby waren kurz bei mir am Tisch«, erwiderte ich. »Er war ganz reizend, aber ich verstehe durchaus, wieso die Leute ihn als den Bullen bezeichnen. Sein ausladendes Kinn deutet auf eine energische Persönlichkeit.«

»Das muss er auch sein. Als Hochkommissar steht er sowohl unter Beschuss der Imperialisten in der britischen Regierung als auch der ägyptischen Nationalisten. Im Großen und Ganzen kann ich seine Bemühungen nur begrüßen.«

Ich hatte absolut keine Lust auf das Thema Politik, denn das war ganz einfach deprimierend.

»Da kommt dein Vater«, sagte ich stattdessen. »Und wie üblich verspätet.«

Ramses blickte über seine Schulter auf die Straße. Kein

Zweifel, dort unten wandelte Emerson. Auffallend gut aussehend wie eh und je, mit schwarzglänzenden Locken und irisierend saphirblauen Augen, überragte er mit seiner eindrucksvollen Statur die Passantenmenge, und seine wohltönende Stimme war weithin vernehmbar. Lautstark begrüßte er englische und einheimische Bekannte, das Arabische mit deftigen Kraftausdrücken gespickt, weshalb die Ägypter ihm den Beinamen Vater der Flüche gegeben hatten. Sie waren seine Ausdrucksweise gewohnt und reagierten breit grinsend auf Anwürfe wie »Na, wie geht's denn so, Ibrahim, missratener Sohn eines stinkenden Kamels?« Mein geliebter Mann, der renommierteste Ägyptologe seiner wie jeder noch kommenden Ära, genoss den Respekt der Ägypter, mit denen er seit vielen Jahren zusammenarbeitete, weil er mit ihnen so umsprang, als wären sie seine Archäologen-Kollegen. Soll heißen, er beschimpfte sie wüst, wenn sie irgendetwas gemacht hatten, das ihm nicht in den Kram passte. Es war nicht weiter schwierig, Emerson auf hundertachtzig zu bringen. Er hatte rigide professionelle Standards, ein stringentes Berufsethos und ein aufbrausendes Temperament, das er selbst mit zunehmendem Alter nicht zu mäßigen wusste.

»Er hat jemanden bei sich«, sagte Ramses.

»Stimmt«, antwortete ich. »Was für eine Überraschung.«

Die Person, die in Emersons gewaltigem Schatten folgte, war kein Geringerer als Howard Carter.

Vermutlich sollte ich den Grund für meinen Sarkasmus näher erläutern. Howard war einer unserer ältesten Freunde, ein Archäologe, dessen Karriere Höhen und Tiefen erfahren hatte. Derzeit war er für Lord Carnarvon tätig und mit der Suche nach unbekannten Pharaonengräbern im Tal der Könige betraut. Und genau dem galt auch Emersons gesteigerter Ehrgeiz, dem er jedoch nicht frönen konnte, solange Carnarvon seine Konzession nicht zurückgab. Es kursierten Gerüchte, dass seine Lordschaft sich mit ebendiesem

Gedanken trage, nachdem er wie die meisten anderen Ägyptologen zu dem Schluss gekommen war, dass das Tal keine weiteren Schätze mehr preisgeben würde.

Emerson teilte diese Überzeugung nicht. Gegen Ende der letzten Saison hatte er mir gegenüber eingeräumt, dass es nach seinem Dafürhalten wenigstens ein weiteres unentdecktes Königsgrab gebe, nämlich das des jung verstorbenen Pharaos Tutanchamon. Howard hatte er diese Einschätzung geflissentlich vorenthalten. Und um zu eruieren, welche Pläne Howard und sein Mäzen für die anstehende Saison hatten, waren wir früher als sonst nach Ägypten gekommen.

Ich las in Emersons markantem Gesicht wie in einem offenen Buch. Ungeachtet seiner blumigen Begrüßungstour waren seine saphirblauen Tiefen umwölkt, seine wohlgeformten Lippen missmutig verzogen: Carnarvon hatte seinen Firman nicht zurückgegeben.

Howard Carter schien mir auch nicht besser gelaunt. Wie üblich flott gekleidet mit Tweedanzug und Fliege, eine Zigarettenspitze in den Fingern balancierend, begrüßte er mich mit einer steifen Verbeugung, ehe er auf dem angebotenen Stuhl Platz nahm.

»Schön, Sie zu sehen, Howard«, hob ich an. »Wir haben diesen Sommer mehrfach versucht, mit Ihnen Verbindung aufzunehmen, aber leider erfolglos.«

»Bedaure sehr«, brummelte Howard. »Ich war überall und nirgends, wie es so schön heißt. Schwer beschäftigt.«

»Ich hab ihn zufällig im Büro des Direktors getroffen«, meinte Emerson, der ihm dort schon seit zwei Tagen auflauerte. Er verfiel in brütendes Schweigen. Ramses warf mir einen vielsagenden Blick zu und versuchte, das Gespräch wieder in Gang zu bringen.

»Sie sind dieses Jahr früher dran, Carter, genau wie wir.«

»Ging nicht anders.«

Der Kellner nahte mit einem beladenen Tablett. Mit der

im Shepheard's üblichen Professionalität hatte er sich die Anzahl der Personen an unserem Tisch notiert. Jetzt brachte er Tassen und Gebäck für alle.

»Das Gebiet, in dem ich graben will, ist ein beliebtes Touristenziel«, nahm Howard den Faden wieder auf. »Und ich möchte fertig sein, bevor der Massenansturm losgeht.«

»Ah«, meinte Ramses. »Dann bleibt Lord Carnarvon also noch eine weitere Saison in der Region. Uns ist zu Ohren gekommen, dass er seinen Firman zurückgeben will.«

Emerson entfuhr ein gedämpftes Grummeln, und Howard tat ganz erstaunt. »Aber nein, eine Saison bleiben wir mindestens noch. Ich konnte seine Lordschaft davon überzeugen, dass wir das unerforschte Terrain in der Nähe von Ramses VI. noch genauer inspizieren müssen. Erst dann ist unsere Arbeit sinnvoll abgeschlossen.« Nach einem kurzen Blick zu Emerson setzte er hinzu: »Das hab ich nicht zuletzt dem Professor zu verdanken. Eigentlich war seine Lordschaft nämlich der Meinung, dass eine weitere Saison im Tal Zeitverschwendung wäre. Aber als ich andeutete, dass Professor Emerson sich anerboten hätte, die Konzession und meine Wenigkeit zu übernehmen, überlegte Carnarvon es sich anders.«

»Verständlich«, murmelte ich, ohne Emerson dabei anzuschauen. »Also dann, Howard, wünschen wir Ihnen viel Glück und gutes Gelingen. Wann reisen Sie nach Luxor?«

»Das steht noch nicht fest. Vorher möchte ich noch die Runde bei den Antiquitätenhändlern machen. Obwohl ich nicht glaube, dass ich etwas so Bemerkenswertes entdecke wie Ihre Statuette letztes Jahr.«

»Glaub ich auch nicht«, meinte Emerson, wieder erkennbar besserer Stimmung.

Howard erkundigte sich nach unseren Plänen, und wir bedankten uns bei ihm, dass wir weiterhin im Westtal buddeln durften, das offiziell zur Konzession seiner Lordschaft gehörte. Nachdem wir den Tee eingenommen und Howard sich verabschiedet hatte, knöpfte ich mir meinen Mann vor.

»Sag jetzt nichts«, knurrte der, sobald ich mich zu ihm umdrehte.

»Emerson, ich würde dir bestimmt nie Vorhaltungen machen, weil du meine Ratschläge nicht beherzigst. Aber in diesem Fall habe ich dich mit Engelszungen gewarnt, dass dein Angebot an Lord Carnarvon nach hinten losgehen würde. Dein Renommee als Wissenschaftler und dein unverhohlenes Interesse an der Sache mussten seinen Forschergeist geradezu herausfordern.«

»Ich hab dir lang und breit erklärt –«, brüllte Emerson. Die Gäste an den Nachbartischen reckten die Köpfe und starrten zu uns. Emerson starrte zurück, worauf sie fahrig nach anderen lohnenswerten Motiven Ausschau hielten. Es kostete ihn einige Mühe, sich ein gequältes Lächeln abzuringen. »Verzeih mir, meine liebe Peabody.«

Aus dem Amerikanischen von Beate Darius

Published by Arrangement with Dr. Barbara Metz

David Hewson

**Villa der Schatten**

Roman

ISBN 978-3-548-26647-3
www.ullstein-buchverlage.de

Rom: Am Ufer des Tiber entdeckt ein Pärchen tief im Schlamm eine mysteriöse Tote. Kurz darauf wird ein Mädchen entführt, das der mumifizierten Frau verblüffend ähnlich sieht. Der junge Polizist Nic Costa nimmt die Ermittlungen auf und gerät schnell in ein Geflecht aus Verführung, Mafia-Fehden und antiken Ritualen des Dionysos-Kults …

»Mit seiner Erzählkraft lässt Hewson die Kollegen seines Genres weit hinter sich.« *Blick*

Jo Nesbø

# Kakerlaken

Kriminalroman

Deutsche Erstausgabe

ISBN 978-3-548-26646-6
www.ullstein-buchverlage.de

Harry Holes zweiter Fall: In Bangkok wurde der norwegische Botschafter ermordet. Hole soll die thailändische Polizei unterstützen und taucht tief ein in die Unterwelt einer Stadt, in der Moral und Gesetz keine Rolle spielen. Dabei findet er mehr über den Ermordeten heraus, als seinen Vorgesetzten lieb ist …

»Unglaublich spannend, eine originelle Story und meisterhaft geschrieben.« *Berlingske Tidene*

»Nesbø ist einer der absolut interessantesten Krimischriftsteller Skandinaviens.« *Skånska Dagbladet*

UB405

ullstein